Percy Jackson

Le Voleur de foudre

Rick Riordan

Percy Jackson

Le Voleur de foudre

Traduit de l'anglais (américain)
par Mona de Pracontal

wiz
Albin Michel

Du même auteur chez Albin Michel Wiz :

PERCY JACKSON

La Mer des Monstres

Le Sort du Titan

La Bataille du Labyrinthe

Titre original :
PERCY JACKSON AND THE OLYMPIANS BOOK ONE
THE LIGHTNING THIEF
(Première publication : Hyperion Books for Children,
New York, 2005)

Pour Haley,
qui a été la première à entendre cette histoire.

1 Je pulvérise ma prof de maths sans le faire exprès

Croyez-moi, je n'ai jamais souhaité être un sang-mêlé.

Si vous lisez ces lignes parce que vous soupçonnez en être un, vous aussi, écoutez mon conseil : refermez ce livre immédiatement. Prenez pour argent comptant le mensonge que vos parents vous ont raconté sur votre naissance et tentez de mener une vie normale.

Une vie de sang-mêlé, c'est dangereux. C'est angoissant. Et, le plus souvent, ça se termine par une mort abominable et douloureuse.

Si vous êtes un gamin normal qui avez ouvert ce livre en pensant qu'il s'agissait d'une œuvre de fiction, parfait. Poursuivez votre lecture. Je vous envie de pouvoir croire que rien de toute cette histoire n'est jamais arrivé.

Mais si vous vous reconnaissez dans ces pages – si vous sentez quelque chose remuer en vous – arrêtez tout de suite de lire. Il se pourrait que vous soyez des nôtres. Or dès l'instant où vous le saurez, il ne leur faudra pas longtemps pour le percevoir, *eux aussi*, et se lancer à vos trousses.

Je vous aurai prévenu, ne dites pas le contraire.

Je m'appelle Percy Jackson. Il y a quelques mois encore, j'étais pensionnaire à l'Institut Yancy, une boîte privée pour enfants à problèmes qui se trouve dans le nord de l'État de New York.

Suis-je un enfant à problèmes ?

Oui. C'est une façon de le dire.

Je pourrais en donner comme preuve n'importe quel moment de ma brève et pitoyable existence, mais c'est en mai dernier que les choses se sont vraiment gâtées, lorsque notre classe de sixième est partie à New York dans le cadre d'une sortie éducative : vingt-huit gamins perturbés et deux professeurs dans un car scolaire jaune, tous en route pour le musée des Beaux-Arts, département des antiquités grecques et romaines.

Je sais : ça ressemble énormément à un supplice. Comme la plupart des sorties éducatives de Yancy.

Seulement c'était M. Brunner, notre prof de latin, qui encadrait l'excursion, et cela me rendait optimiste.

M. Brunner était un quinquagénaire en fauteuil roulant électrique. Il avait les cheveux clairsemés, la barbe hirsute et une veste en tweed élimée qui sentait toujours le café. À priori pas le portrait-robot du type super-cool, pourtant il racontait des histoires, plaisantait et nous faisait faire des jeux en cours. Comme, en plus, il avait une redoutable collection d'armes et d'armures romaines, c'était le seul professeur dont les cours ne m'endormaient pas.

J'espérais que l'excursion se passerait bien. Enfin, j'espérais, pour une fois, ne pas m'attirer d'ennuis.

Je me trompais, et comment.

Vous comprenez, il m'arrive toujours un tas d'ennuis

pendant les sorties éducatives. Par exemple, à l'école où j'étais en CM2, lorsque nous sommes allés au champ de bataille de Saratoga, j'ai provoqué un accident avec un canon de la guerre d'Indépendance. Je ne visais pas le car scolaire, mais je me suis fait renvoyer quand même, bien sûr. Et avant cela, à mon école de CM1, quand nous avons visité le bassin aux requins du Monde Aquatique par « l'envers du décor », j'ai, je ne sais trop comment, actionné la mauvaise manette sur la passerelle et toute la classe a piqué un plongeon qui n'était pas au programme. Et la fois d'avant... bref, vous voyez le topo.

Alors, cette fois-ci, j'étais bien décidé à me tenir à carreau.

Sur tout le trajet, j'ai laissé Nancy Bobofit, la cleptomane rousse aux taches de rousseur, bombarder mon meilleur ami Grover de boulettes de sandwich beurre de cacahouètes-ketchup dans la nuque.

Grover était une cible facile. C'était un poids plume. Il pleurait quand il était frustré. Il avait dû redoubler plusieurs fois car il était le seul sixième à avoir de l'acné et une ombre de duvet sur le menton. Pour arranger le tout, il était handicapé. Il était dispensé de cours de gym à vie parce qu'il souffrait d'une maladie musculaire aux jambes. Il marchait d'une drôle de façon, comme si chaque pas lui faisait mal, mais il ne fallait pas se fier aux apparences : si vous l'aviez vu courir à la cafétéria le jour où on avait des enchiladas !

Toujours est-il que Nancy Bobofit n'arrêtait pas de lui lancer des morceaux de sandwich qui se plantaient dans ses cheveux bruns et bouclés, sachant pertinemment que je ne pouvais pas riposter parce que j'étais déjà en période d'essai. Le directeur m'avait menacé de mort-par-heures-de-colle s'il se passait quoi que ce soit de mal, de gênant ou même d'un tout petit peu distrayant pendant cette excursion.

– Je vais la tuer, ai-je grommelé.

Grover a essayé de me calmer :

– Ce n'est pas grave. J'aime bien le beurre de cacahouètes.

Il a esquivé une autre bouchée du déjeuner de Nancy.

– Là, c'est bon. (J'ai voulu me lever mais Grover m'a forcé à me rasseoir.)

– Tu es déjà en période d'essai, m'a-t-il rappelé. Tu sais sur qui ça va retomber s'il se passe quoi que ce soit.

En y repensant, je regrette de ne pas avoir fichu une bonne raclée à Nancy Bobofit sur-le-champ. Passer des heures de colle enfermé dans une salle de classe, ce n'était rien comparé au pétrin dans lequel j'allais me fourrer.

M. Brunner dirigeait la visite.

Il avançait en tête du groupe dans son fauteuil roulant, nous faisant traverser les grandes galeries sonores du musée en longeant des statues de marbre et des vitrines pleines de poteries orange et noir vraiment très anciennes.

J'étais sidéré de savoir que tous ces trucs-là avaient survécu à deux mille, et même trois mille ans.

Il nous a rassemblés devant une colonne de pierre haute de quatre mètres surmontée d'un grand sphinx, et il s'est mis à nous expliquer que c'était une pierre tombale, une *stèle*, construite pour une fille de notre âge. Il nous a parlé des reliefs sculptés sur les côtés. J'essayais d'écouter ce qu'il avait à dire parce que c'était plutôt intéressant, mais tout le monde bavardait autour de moi et chaque fois que je leur disais de se taire, Mme Dodds, l'autre professeur qui encadrait le groupe, me fusillait du regard.

Mme Dodds était une prof de maths pas très grande, originaire du sud des États-Unis et qui portait toujours un blouson de cuir noir malgré ses cinquante ans. Elle avait l'air assez méchante pour vous pilonner votre casier de vestiaire en rentrant dedans en Harley-Davidson. Elle était arrivée à Yancy au milieu de l'année, quand la professeur précédente avait fait une dépression nerveuse.

Dès le premier jour, Mme Dodds a adoré Nancy Bobofit et décidé que j'étais un suppôt de Satan. Quand elle pointait sur moi son doigt crochu en disant : « Écoutez, mon chou... » d'un ton doucereux, je savais que j'allais écoper d'un mois de retenue après les cours.

La fois où elle m'avait fait gommer les solutions écrites au crayon dans de vieux livres d'exercices jusqu'à minuit, j'ai dit à Grover que je pensais que Mme Dodds n'était pas humaine. Il m'avait regardé très sérieusement et répondu

– Tu as entièrement raison.

M. Brunner nous parlait toujours de l'art funéraire grec.

Nancy Bobofit a fini par sortir une idiotie sur l'homme nu sur la stèle, tout en gloussant, alors je me suis retourné et je lui ai lancé :

– Tu vas pas la fermer ?

Seulement j'avais parlé plus fort que je ne l'aurais voulu.

Tout le groupe a ri. M. Brunner s'est interrompu.

– Monsieur Jackson, a-t-il dit. Souhaitez-vous faire un commentaire ?

Je me suis senti devenir écarlate.

– Non, monsieur, ai-je répondu.

M. Brunner a montré du doigt une des scènes gravées sur la stèle.

– Peut-être pourriez-vous nous dire ce que représente cette gravure ?

J'ai regardé la scène et je me suis senti soulagé car, en fait, je la reconnaissais.

– C'est Cronos dévorant ses enfants, n'est-ce pas ?

– Oui, a dit M. Brunner, qui n'avait pas l'air satisfait du tout. Et il a fait cela parce que...

– Eh bien... (Je me suis creusé les méninges.) Cronos était le roi des dieux et...

– Des dieux ? a interrogé M. Brunner.

– Des Titans, ai-je rectifié. Et... il ne faisait pas confiance à ses enfants, qui étaient les dieux. Alors, euh, Cronos les a mangés, d'accord ? Mais sa femme a caché le petit bébé Zeus et donné à Cronos une pierre à manger à la place. Et plus tard, quand Zeus a grandi, il a recouru à la ruse pour pousser son père, Cronos, à vomir ses frères et sœurs...

– Beurk ! a fait une des filles derrière moi.

– ... et ensuite, ai-je continué, il y a eu un grand combat entre les dieux et les Titans, et ce sont les dieux qui ont gagné.

Quelques ricanements ont fusé du groupe.

Derrière moi, Nancy Bobofit a murmuré à l'oreille d'une de ses copines :

– Le truc qui va nous être vraiment utile dans la vraie vie. Genre tu te présentes à un boulot et sur le formulaire de candidature on va te demander : « Prière d'expliquer pourquoi Cronos a mangé ses enfants. »

– Et en quoi, monsieur Jackson, a dit M. Brunner, cela a-t-il de l'importance dans la vraie vie, pour paraphraser l'excellente question de Mlle Bobofit ?

– Et toc, prends-toi ça ! a marmonné Grover

- Tais-toi ! a persiflé Nancy, le visage encore plus flamboyant que ses cheveux roux.

Au moins, Nancy se faisait rabrouer, elle aussi. M. Brunner était le seul à jamais la surprendre en train de dire quelque chose qu'il ne fallait pas. Il avait des oreilles radar.

J'ai réfléchi à la question, puis j'ai haussé les épaules.

– Je ne sais pas, monsieur.

– Je vois. (M. Brunner a paru déçu.) Eh bien, monsieur Jackson, ce n'est qu'une moitié de bonne réponse. Zeus a effectivement donné à Cronos un mélange de vin et de moutarde qui l'a fait régurgiter ses cinq autres enfants, lesquels, bien sûr, étant des dieux immortels, avaient vécu et grandi jusqu'à présent dans le ventre du Titan sans être digérés du tout. Les dieux ont vaincu leur père, l'ont découpé en morceaux avec sa propre faux et ont jeté ses restes dans le Tartare, qui est le lieu le plus sombre des Enfers. Et sur cette note joyeuse, allons déjeuner. Madame Dodds, voulez-vous bien prendre la tête du groupe ?

Les élèves se sont dirigés en désordre vers la sortie, les filles se tenant le ventre, les garçons se bousculant et faisant les imbéciles.

Grover et moi allions les suivre quand M. Brunner a lancé :

– Monsieur Jackson.

J'ai deviné ce qui m'attendait.

J'ai dit à Grover de continuer sans moi, puis je me suis tourné vers M. Brunner.

– Oui, monsieur ?

M. Brunner avait un de ces regards qui ne vous lâchent pas – des yeux bruns pleins de vie qui auraient pu avoir mille ans d'âge et semblaient avoir tout vu.

– Vous devez apprendre la réponse à ma question, m'a dit M. Brunner.

– Sur les Titans ?

– Sur la vraie vie. Et sur le rôle qu'y jouent vos études.

– Ah.

– Ce que vous apprenez avec moi, a-t-il poursuivi, est d'une importance vitale. Je compte sur vous pour le traiter comme tel. Je n'accepterai que le meilleur de votre part, Percy Jackson.

J'avais envie de me mettre en colère ; ce type était d'une telle exigence à mon égard !

Bien sûr, c'était plutôt sympa, les jours de tournoi, quand il arrivait en armure romaine, criait « À l'assaut ! » et nous mettait au défi, pointe de l'épée contre bâton de craie, de courir au tableau et de nommer tous les Grecs et les Romains qui aient jamais vécu, leurs mères et les dieux qu'ils adoraient. Seulement M. Brunner s'attendait à ce que je sois aussi bon que tous les autres, alors que je suis dyslexique, que je souffre du trouble du déficit de l'attention et que de ma vie entière, je n'ai jamais eu la moyenne. Non, il ne s'attendait pas à ce que je sois aussi bon que les autres ; il voulait que je sois meilleur. Et moi j'étais incapable d'apprendre tous ces noms et ces faits, encore moins de les écrire correctement.

J'ai vaguement bredouillé que je m'appliquerais davantage, tandis que M. Brunner lançait un dernier regard empli de tristesse à la stèle, comme s'il était allé à l'enterrement de cette fille.

Il m'a dit de sortir déjeuner avec mes camarades.

Tous les élèves s'étaient rassemblés sur les marches du musée, d'où on pouvait regarder les gens qui passaient sur la Cinquième Avenue.

Au-dessus de nous couvait une énorme tempête, avec des nuages plus noirs que je n'en avais jamais vu sur la ville. J'ai pensé que ça devait être un effet du réchauffement planétaire car, depuis Noël, le temps était détraqué dans tout l'État de New York. On avait eu de violentes tempêtes de neige, des inondations et des incendies provoqués par la foudre. Cela ne m'aurait pas étonné outre mesure qu'un ouragan se prépare.

Personne, à part moi, ne semblait s'en apercevoir. Certains garçons bombardaient les pigeons avec des morceaux de biscuit, Nancy Bobofit essayait de voler quelque chose dans le sac à main d'une dame et Mme Dodds, comme de bien entendu, ne voyait rien.

Grover et moi étions assis à l'écart, sur le rebord de la fontaine. Nous pensions que de cette façon, avec un peu de chance, les gens ne sauraient pas que nous appartenions à cette école – l'école des losers et des tarés dont on ne voulait nulle part ailleurs.

– Collé ? m'a demandé Grover.

– Non, ai-je répondu. Pas avec Brunner. Mais j'aimerais bien qu'il me lâche un peu les baskets. Je veux dire... je ne suis pas un génie.

Grover s'est tu un bon moment. Puis, quand j'ai cru qu'il allait me gratifier d'un commentaire philosophique profond pour me remonter le moral, il m'a demandé ·

– Je peux prendre ta pomme ?

Je n'avais pas très faim, alors je la lui ai donnée.

J'ai regardé le flot des taxis qui descendaient l'avenue et

j'ai pensé à l'appartement de ma mère, qui n'était pas bien loin de là où nous étions assis, au nord de la ville. Je ne l'avais pas vue depuis Noël. Je mourais d'envie de sauter dans un taxi et de rentrer à la maison. Elle serait contente de me voir et m'embrasserait, mais elle serait déçue, également. Elle me renverrait illico à Yancy en me rappelant que je devais m'appliquer davantage, même si c'était ma sixième école en six ans et que j'allais sans doute me faire renvoyer une fois de plus. Je ne supporterais pas la tristesse dans ses yeux.

M. Brunner avait garé son fauteuil roulant au pied de la rampe d'accès pour handicapés. Il mangeait des bâtonnets de céleri tout en lisant un roman en édition de poche. Un parapluie rouge était planté à l'arrière de son fauteuil, ce qui lui donnait l'air d'une table de café motorisée.

J'allais déballer mon sandwich quand Nancy Bobofit a débarqué devant moi avec ses horribles copines – elle avait dû se lasser de voler les touristes – et a jeté son pique-nique à moitié mangé sur les genoux de Grover.

– Oh, pardon !

Elle m'a souri de toutes ses dents de travers. Son visage était couvert de taches de rousseur orange, comme si quelqu'un l'avait aspergé de mimolette liquéfiée.

J'ai essayé de garder mon calme. La psychologue de l'école me l'avait dit mille fois : « Compte jusqu'à dix, maîtrise ta colère. » Mais j'étais tellement furieux que je ne pouvais plus penser Une vague a rugi dans mes oreilles.

Je ne me souviens pas de l'avoir touchée, pourtant tout d'un coup Nancy s'est retrouvee sur son derrière dans la fontaine et s'est mise à hurler :

– Percy m'a poussée !

Mme Dodds s'est matérialisée devant nous.

Certains gamins murmuraient :

– Tu as vu...

– ... l'eau...

– ... comme si elle l'attrapait...

Je ne comprenais pas de quoi ils parlaient. Tout ce que je savais, c'est que je m'étais encore attiré des ennuis.

Après s'être assurée que la pauvre petite Nancy allait bien, lui avoir promis de lui acheter un tee-shirt neuf à la boutique du musée etc., etc., Mme Dodds s'est tournée vers moi. Il y avait une lueur de triomphe dans ses yeux, comme si j'avais fait quelque chose qu'elle attendait depuis le début du semestre.

– Écoutez, mon chou...

– Je sais, ai-je grommelé. Un mois à gommer des livres d'exercices.

Ce n'était sans doute pas la chose à dire.

– Venez avec moi, a rétorqué Mme Dodds.

– Attendez ! a glapi Grover. C'était moi. C'est moi qui l'ai poussée.

Je l'ai regardé, estomaqué. Je n'arrivais pas à en croire mes oreilles : Grover essayait de me couvrir. Lui qui était terrorisé par Mme Dodds.

Elle l'a toisé avec une telle dureté que son menton duveteux s'est mis à trembler.

– Je ne vous crois pas, monsieur Underwood.

– Mais..

– VOUS NE BOUGEZ PAS D'ICI.

Grover m'a lancé un regard désespéré.

– T'inquiète pas, vieux, lui ai-je dit. Merci d'avoir essayé.

– On se dépêche, mon chou, a aboyé Mme Dodds.

Nancy Bobofit a ricané.

Je lui ai décoché mon regard le plus féroce, genre « Tu ne perds rien pour attendre ». Puis je me suis tourné vers Mme Dodds, mais elle n'était plus là. Elle était postée à l'entrée du musée, tout en haut des marches, et me faisait signe avec impatience de la rejoindre.

Comment avait-elle fait pour arriver là-haut si vite ?

C'est une chose qui m'arrive souvent, ces moments où mon cerveau s'absente ou s'endort, et je m'aperçois soudain que j'ai raté quelque chose, comme si un morceau de puzzle était tombé de l'univers et que je contemplais soudain l'espace vide qu'il laissait. La psychologue de l'école m'avait dit que ça faisait partie du syndrome d'HADA, « Hyperactivité Avec Déficit de l'Attention », que c'était mon esprit qui interprétait les choses de travers.

Ça ne m'avait pas convaincu.

Je suis parti rejoindre Mme Dodds.

À mi-hauteur des marches, j'ai jeté un coup d'œil à Grover. Il était pâle et ses yeux faisaient le va-et-vient entre M. Brunner et moi, comme s'il souhaitait que M. Brunner remarque ce qui se passait, mais M. Brunner était absorbé par son roman.

J'ai tourné la tête de nouveau. Et, de nouveau, Mme Dodds avait changé de place. Elle était entrée dans le bâtiment et elle se dirigeait vers le fond du hall.

D'accord, ai-je pensé. *Elle va me demander d'acheter un tee-shirt neuf pour Nancy à la boutique de cadeaux.*

Mais visiblement, ce n'était pas son plan.

Je l'ai suivie dans les profondeurs du musée. Lorsque je l'ai enfin rattrapee, nous étions de retour au département gréco-romain.

En dehors de nous, la galerie était déserte.

Mme Dodds s'est plantée bras croisés devant une grande frise de marbre représentant les dieux grecs. Elle émettait un drôle de bruit de gorge, une sorte de grondement.

Même sans ce bruit, j'aurais été mal à l'aise. C'était déjà bizarre d'être seul avec un professeur, et encore plus quand il s'agissait de Mme Dodds. Elle regardait la frise d'une manière troublante, comme si elle voulait la pulvériser...

– Vous nous causez bien du souci, mon chou, a-t-elle dit.

J'ai joué la prudence et répondu :

– Oui, m'dame.

Elle a tiré sur les poignets de son blouson de cuir.

– Vous ne pensiez tout de même pas vous en tirer comme ça ?

L'expression de son regard allait au-delà de la folie : c'était de la méchanceté à l'état pur.

C'est un professeur, ai-je pensé avec inquiétude. *Elle ne peut pas me faire de mal.*

– Je... je vais m'appliquer davantage, ai-je dit.

Un roulement de tonnerre a secoué le bâtiment.

– Nous ne sommes pas des imbéciles, Percy Jackson, a dit Mme Dodds. Nous t'aurions repéré tôt ou tard. Avoue et tu souffriras moins.

Je n'avais aucune idée de ce qu'elle voulait dire.

Les seules choses auxquelles j'ai pu penser, c'était que les professeurs avaient dû découvrir le stock de bonbons que je vendais illégalement dans ma chambre. Ou bien qu'ils s'étaient rendu compte que j'avais pompé ma rédaction sur

Tom Sawyer sur Internet sans avoir lu le livre et qu'ils allaient annuler ma note Ou, pire encore, me forcer à lire le livre.

– Alors ? a-t-elle demandé.

– M'dame, je...

– Ton heure est venue, a-t-elle craché entre ses dents, et ses yeux ont lui comme des charbons de barbecue rougeoyants. Ses doigts se sont allongés et transformés en serres. Son blouson a fondu et s'est étiré en deux grandes ailes parcheminées. Elle n'était pas humaine. C'était une vieille sorcière flétrie ; elle avait des ailes de chauve-souris, des griffes et une bouche pleine de crocs jaunes et elle s'apprêtait à me mettre en lambeaux.

Là-dessus, les choses sont devenues encore plus bizarres.

M. Brunner, qui était devant le musée à peine une minute plus tôt, a franchi le seuil de la galerie dans son fauteuil roulant, un stylo-bille à la main.

– À l'assaut, Percy ! a-t-il crié en lançant le stylo-bille dans ma direction.

Mme Dodds s'est jetée sur moi.

Étouffant un cri, j'ai esquivé et senti le souffle des griffes qui fendaient l'air tout contre mon oreille. J'ai cueilli le Bic en plein vol mais au contact de ma main, il a cessé d'être un stylo-bille. C'était maintenant une épée – l'épée de bronze de M. Brunner, dont il se servait toujours pour les tournois.

Mme Dodds a pivoté, une lueur meurtrière dans le regard.

J'avais les genoux en compote. Mes mains tremblaient si fort que j'ai presque lâché l'épée.

– Meurs, mon chou ! a-t-elle aboyé.

Une vague de terreur absolue a déferlé dans mon corps. J'ai

fait l'unique chose qui me venait naturellement : un moulinet avec l'épée.

La lame de métal a touché Mme Dodds à l'épaule et traversé son corps comme si elle était faite entièrement d'eau. *Pfuitt !*

Mme Dodds a disparu comme un château de sable devant un ventilateur. Elle a explosé en gerbe de poudre jaune et s'est volatilisée devant moi, laissant pour seules traces une odeur de soufre, un râle d'agonie et un frisson maléfique en suspension dans l'air, comme si ses deux yeux de braise me regardaient encore.

J'étais seul.

J'avais un stylo-bille à la main.

M. Brunner n'était pas là. Il n'y avait personne d'autre que moi dans la galerie.

Mes mains tremblaient toujours. Pas possible, mes céréales du petit déjeuner devaient avoir été en contact avec des champignons magiques.

Avais-je imaginé toute cette histoire ?

Je suis ressorti.

Il avait commencé à pleuvoir.

Grover était assis près de la fontaine, s'abritant la tête sous un plan du musée. Nancy Bobofit était encore là, trempée après son plongeon dans le bassin, et bavardait à mi-voix avec ses horribles copines. En me voyant, elle a dit :

– J'espère que Mme Kerr t'a passé un bon savon.

– Qui ça ?

– Notre *professeur*, patate !

J'ai accusé le coup. Aucun de nos professeurs ne s'appelait Mme Kerr. J'ai demandé à Nancy ce qu'elle voulait dire.

Elle a levé les yeux au ciel et s'est éloignée.

J'ai demandé à Grover où était Mme Dodds.

– Qui ça ? a-t-il répondu.

Mais il avait hésité un bref instant et ne me regardait pas dans les yeux, alors j'ai pensé qu'il me faisait marcher.

– Ce n'est pas drôle, vieux, ai-je dit. Je suis sérieux, là.

Un coup de tonnerre a retenti.

J'ai aperçu M. Brunner qui lisait son livre, assis sous son parapluie rouge, comme s'il n'avait jamais bougé.

Je me suis approché de lui.

Il a levé la tête, l'air un peu distrait.

– Tiens, mon stylo-bille. À l'avenir, monsieur Jackson, vous serez gentil, vous penserez à prendre de quoi écrire avec vous.

Je lui ai tendu le stylo-bille. Je ne m'étais même pas rendu compte que je le tenais encore dans ma main.

– Monsieur, ai-je demandé. Où est Mme Dodds ?

Il m'a regardé d'un œil impassible :

– Qui donc ?

– L'autre accompagnateur de l'excursion. Mme Dodds. Le professeur de mathématiques.

M. Brunner s'est penché en avant en fronçant les sourcils, l'air un peu soucieux.

– Percy, aucune Mme Dodds ne participe à cette excursion. Autant que je sache, il n'y a jamais eu de Mme Dodds à l'Institut Yancy. Vous vous sentez bien ?

2 Trois vieilles dames tricotent les chaussettes de la mort

J'avais l'habitude de vivre une expérience bizarre de temps à autre mais, d'ordinaire, elles se terminaient rapidement. Tandis que là, cette hallucination permanente, sept jours sur sept et vingt-quatre heures sur vingt-quatre, c'était insupportable. Pendant le reste de l'année scolaire, j'ai eu l'impression que tout le monde à la pension me faisait marcher. Les élèves se comportaient tous comme s'ils étaient absolument persuadés que Mme Kerr – une jeune femme blonde pleine d'entrain que je n'avais jamais vue avant qu'elle monte dans notre car scolaire à la fin de la sortie éducative – était notre prof de maths depuis Noël.

De temps en temps, je lançais une allusion à Mme Dodds en espérant que mon interlocuteur, pris par surprise, se trahirait, mais chaque fois, on me regardait comme si j'étais dérangé.

J'en suis presque venu à les croire : Mme Dodds n'avait jamais existé.

Presque.

Mais Grover n'arrivait pas à me berner. Chaque fois que j'évoquais Mme Dodds, il hésitait d'abord, puis il affirmait qu'elle n'existait pas. Je savais qu'il mentait.

Il y avait anguille sous roche. Il s'était véritablement passé quelque chose au musée.

Je n'avais pas trop le temps d'y penser pendant la journée mais la nuit, je me réveillais avec des sueurs froides, en proie à des visions de Mme Dodds dotée de griffes et d'ailes de chauve-souris.

Le temps a continué de se détraquer, ce qui n'arrangeait pas mon humeur. Une nuit, un orage a fait voler en éclats les carreaux de ma fenêtre. Quelques jours plus tard, la tornade la plus forte jamais relevée dans la vallée de l'Hudson est passée à quatre-vingts kilomètres seulement de Yancy. Entre autres phénomènes d'actualité, nous avions étudié en cours le nombre inhabituel de petits avions qui s'étaient abîmés dans l'Atlantique, pris dans une bourrasque soudaine, au cours de cette année.

J'ai fini par me sentir irritable et de mauvaise humeur presque en permanence. Mes notes ont dégringolé de D à F. Je me disputais de plus en plus souvent avec Nancy Bobofit et sa clique. Je me faisais mettre à la porte de la plupart des cours.

Pour finir, quand notre prof d'anglais, M. Nicoll, m'a demandé pour la millième fois pourquoi je ne me donnais même pas la peine de réviser avant les dictées, j'ai fait mon insolent. Je l'ai traité de vieux pochard. Je ne savais pas trop ce que ça signifiait, d'ailleurs, mais je trouvais que ça sonnait bien.

La semaine suivante, le directeur a envoyé à ma mère une lettre qui officialisait la chose : je ne serais pas invité à revenir à l'Institut Yancy l'année suivante.

Bien, me suis-je dit. *Parfait.*

J'avais le cafard.

J'avais envie d'être avec ma mère dans notre petit appartement de New York, même si cela m'obligeait à aller à l'école publique et à supporter mon horrible beau-père et ses stupides parties de poker.

Et pourtant... certaines choses à Yancy me manqueraient. La vue des bois par la fenêtre de la chambre que je partageais avec Grover, l'Hudson au loin, l'odeur des sapins. Grover me manquerait ; il avait toujours été un bon ami pour moi, même s'il était un peu bizarre. Je me demandais avec inquiétude comment il ferait pour survivre sans moi l'année prochaine.

Et les cours de latin me manqueraient, eux aussi : les tournois fous de M. Brunner et sa foi dans ma capacité à réussir.

À l'approche des examens de fin d'année, je ne révisais plus que mon latin. Je n'avais pas oublié que M. Brunner m'avait dit que cette matière était d'une importance vitale pour moi. J'ignorais pourquoi, mais j'avais fini par le croire.

La veille de l'examen, j'ai été pris d'un tel sentiment de frustration que j'ai balancé mon *Guide de la mythologie grecque* en travers de ma chambre. Les mots s'étaient mis à danser devant mes yeux, à tourner autour de ma tête, les lettres à faire des grands 8. Jamais je ne pourrais retenir la différence entre Chiron et Charon, Polydectès et Polydeucès. Et toutes ces conjugaisons latines ? N'en parlons pas.

J'arpentais ma chambre avec la sensation d'avoir des fourmis qui grouillaient sur ma peau, sous mon tee-shirt.

Je me suis souvenu de l'expression grave de M. Brunner, de ses yeux vieux de mille ans. *Je n'accepterai que le meilleur de votre part, Percy Jackson.*

J'ai respiré à fond. J'ai ramassé le livre de mythologie.

Je n'avais encore jamais demandé de l'aide à un professeur. Peut-être que si j'allais trouver M. Brunner, il pourrait me donner quelques tuyaux. Et, au moins, je pourrais m'excuser pour le gros « F » que je m'apprêtais à récolter à son examen. Je ne voulais pas quitter Yancy sans qu'il sache que j'avais essayé.

Je suis descendu aux bureaux des enseignants. Pour la plupart, ils étaient vides et sombres, mais la porte de M. Brunner était entrebâillée ; la lumière de sa fenêtre s'étirait sur le sol du couloir.

Je n'étais plus qu'à trois pas de la poignée quand j'ai entendu des voix dans le bureau. M. Brunner a posé une question. Une voix qui était indiscutablement celle de Grover a répondu :

– ... du souci pour Percy, monsieur.

Je me suis figé sur place.

Je ne suis pas du genre à écouter aux portes, normalement, mais je vous mets au défi de vous retenir d'écouter si vous entendez votre meilleur ami parler de vous à un adulte.

Je me suis rapproché.

– ... seul cet été, disait Grover. Je veux dire, une Bienveillante dans notre école ! Maintenant que nous en avons la certitude, et qu'ils le savent eux aussi...

– Nous ne ferions qu'aggraver les choses en le bousculant, a dit M. Brunner. Il faut que ce garçon mûrisse davantage.

– Mais il risque de ne pas en avoir le temps. L'échéance du solstice d'été...

– ... devra être résolue sans lui, Grover. Qu'il profite de son ignorance tant qu'il le peut encore.

– Mais il l'a vue, monsieur...

– Son imagination, a insisté M. Brunner. La Brume sur les élèves et les enseignants suffira à l'en convaincre.

– Monsieur... je ne peux pas échouer à nouveau dans mes fonctions. (Grover avait la voix étranglée par l'émotion.) Vous savez ce que cela signifierait.

– Ce n'était pas un échec, Grover, a dit M. Brunner avec gentillesse. J'aurais dû la reconnaître pour ce qu'elle était vraiment. À présent, soucions-nous plutôt de maintenir Percy en vie jusqu'à l'automne prochain...

Le livre de mythologie m'a glissé des mains et s'est écrasé bruyamment par terre.

M. Brunner s'est tu.

Le cœur battant, j'ai ramassé le livre et rebroussé chemin le long du couloir.

Une ombre est passée devant le panneau de verre de la porte du bureau de Brunner, l'ombre d'une créature bien plus grande que mon prof en fauteuil roulant, tenant dans ses mains ce qui ressemblait étrangement à un arc.

J'ai ouvert la première porte et me suis glissé dans la pièce.

Quelques secondes plus tard, j'ai entendu un lent *clip-clop* assourdi, comme des cubes de bois emmitouflés, puis un bruit d'animal reniflant juste derrière ma porte. Une grande forme sombre s'est immobilisée devant le panneau vitré, puis s'est éloignée.

Une goutte de sueur a coulé le long de mon cou.

Quelque part dans le couloir, Brunner a pris la parole.

– Rien, a-t-il murmuré. J'ai les nerfs à fleur de peau depuis le solstice d'hiver.

– Moi aussi, a répondu Grover. Pourtant j'aurais juré...

– Il est temps d'aller se coucher, maintenant, Grover, lui a dit M. Brunner. La journée sera longue, demain, avec tous les examens.

– Je n'ai pas oublié.

La lumière s'est éteinte dans le bureau de M. Brunner.

J'ai attendu dans le noir pendant presque une éternité.

Finalement, je me suis glissé dans le couloir et j'ai regagné la chambre à pas de loup.

Grover était allongé sur son lit et révisait ses cours de latin comme s'il n'avait pas bougé de la soirée.

– Hé, m'a-t-il dit, les yeux pleins de sommeil. Tu es prêt pour l'exam' de latin ?

Je n'ai pas répondu.

– Dis donc, tu as une sale mine, a-t-il ajouté en fronçant les sourcils. Il y a quelque chose qui ne va pas ?

– Je suis fatigué, c'est tout.

Je lui ai tourné le dos pour qu'il ne puisse pas déchiffrer mon expression et je me suis préparé à me coucher.

Je ne parvenais pas à comprendre ce que j'avais entendu en bas. Je voulais croire que j'avais tout imaginé.

Cependant une chose était claire : Grover et M. Brunner parlaient de moi dans mon dos. Ils croyaient que j'étais en danger, d'une manière ou d'une autre.

Le lendemain après-midi, au moment où je sortais de la salle de classe après les trois heures d'examen de latin, la tête pleine à craquer de tous ces noms grecs et romains que j'avais orthographiés de travers, M. Brunner m'a rappelé.

J'ai eu peur un instant qu'il ait découvert que j'avais écouté à sa porte la veille, mais apparemment ce n'était pas de cela qu'il s'agissait.

– Percy, a-t-il dit. Ne soyez pas découragé de quitter Yancy. C'est... ça vaut mieux comme ça.

Le ton de sa voix était gentil, mais ses paroles m'embarrassaient. Il avait beau parler doucement, les autres gamins qui finissaient leur examen pouvaient l'entendre. Nancy Bobofit m'a adressé un petit sourire moqueur et fait mine de m'envoyer des baisers du bout des lèvres.

– Oui, monsieur, ai-je bredouillé.

– Je veux dire... (M. Brunner avançait et reculait avec son fauteuil roulant comme s'il ne savait pas trop quoi dire.) Ce n'est pas le bon endroit pour vous, ici. Ce n'était qu'une question de temps.

J'ai senti les yeux me piquer.

Mon professeur préféré me disait, devant toute la classe, que je n'assurais pas. Après m'avoir répété toute l'année qu'il croyait en moi, il m'expliquait que mon destin était de me faire virer.

– D'accord, ai-je dit en tremblant.

– Non, non, a fait M. Brunner. Oh, zut de zut ! Ce que j'essaie de vous dire... vous n'êtes pas normal, Percy. Il n'y a pas de quoi...

– Merci de me le rappeler, monsieur, ai-je explosé. Merci beaucoup.

– Percy...

Mais j'étais déjà parti.

Le dernier jour du trimestre, j'ai fourré mes vêtements dans ma valise.

Les autres garçons plaisantaient entre eux, se racontaient leurs projets de vacances. L'un d'eux allait faire de la randonnée en Suisse. L'autre sillonnerait les Caraïbes pendant un mois. C'étaient des jeunes à problèmes, comme moi, mais des jeunes à problèmes qui avaient de l'argent. Leurs pères étaient cadres, ambassadeurs, stars. Moi, j'étais un rien du tout, issu d'une famille de riens du tout.

Ils m'ont demandé ce que j'allais faire cet été et j'ai répondu que je rentrais à New York.

Ce que je ne leur ai pas dit, c'est que j'allais devoir me trouver un boulot d'été, du genre promener des chiens ou vendre des abonnements à des revues, et que je passerais mon temps libre à m'inquiéter pour ma rentrée scolaire de l'automne.

– Oh, c'est cool, a dit un des garçons.

Et ils ont repris leur conversation comme si je n'avais jamais existé.

La seule personne à qui je redoutais de dire au revoir était Grover, mais en fin de compte je n'ai pas eu à le faire. Il avait pris un billet pour New York par le même autocar que moi et nous nous sommes donc retrouvés côte à côte une fois de plus.

Pendant tout le trajet, Grover n'a pas cessé de jeter des coups d'œil inquiets dans le couloir, d'observer les autres passagers. En fait, il s'était toujours montré nerveux et sur ses gardes chaque fois que nous quittions Yancy. Avant, je croyais juste qu'il avait peur qu'on l'embête. Mais il n'y avait personne pour l'embêter dans cet autocar.

Finalement, j'ai craqué. Et j'ai dit :

– Tu cherches des Bienveillantes ?

Grover a failli sauter de son siège.

– Qu'est-ce que... Qu'est-ce que tu veux dire ?

Je lui ai avoué que je les avais surpris, M. Brunner et lui, la veille de l'examen.

Grover a cligné des paupières.

– Qu'as-tu entendu ? m'a-t-il demandé.

– Oh, pas grand-chose. C'est quoi, l'échéance du solstice d'été ?

Il a grimacé.

– Écoute, Percy... je m'inquiétais pour toi, c'est tout, tu comprends ? Tu sais, avec tes hallucinations de prof de maths démoniaque...

– Grover...

– Et je disais à M. Brunner que tu étais peut-être hyper-stressé ou quelque chose comme ça, parce qu'il n'y a jamais eu de Mme Dodds, et...

– Grover, tu es un très, très mauvais menteur.

Ses oreilles sont devenues toutes roses.

De sa poche de chemise, il a extirpé une carte de visite en piteux état.

– Prends ça, d'accord ? Au cas où tu aies besoin de moi cet été.

La carte était imprimée en caractères alambiqués, ce qui était mortel pour mes yeux de dyslexique, mais j'ai fini par déchiffrer quelque chose du genre :

Grover Underwood, Gardien
Colline des Sang-Mêlé
Long Island, New York
(800) 009 – 0009

– C'est quoi, la colline des Sang-...

– Ne lis pas tout haut ! a-t-il glapi. C'est, euh... mon adresse d'été.

J'ai eu un pincement de cœur. Grover avait une maison de vacances. Il ne m'avait jamais traversé l'esprit qu'il puisse venir d'une famille de riches, comme les autres à Yancy.

– D'accord, ai-je dit d'un ton morose. Genre, si je veux visiter ton manoir.

Il a hoché la tête :

– Ou... ou si tu as besoin de moi.

– Pourquoi aurais-je besoin de toi ?

J'ai dit cela plus brutalement que je ne l'aurais voulu. Grover a rougi jusqu'à la pomme d'Adam.

– Écoute, Percy, la vérité, c'est que je... je suis censé te protéger, en quelque sorte.

Je l'ai dévisagé.

J'avais passé toute l'année à me battre avec les garçons qui voulaient se défouler sur lui. J'avais eu des insomnies à la pensée qu'il risquait de se faire casser la figure l'année prochaine, sans moi. Et le voilà qui prétendait que c'était lui qui me défendait.

– Grover, ai-je dit, de quoi me protèges-tu, au juste ?

Un grincement strident a retenti sous nos pieds. Le tableau de bord s'est mis à déverser une épaisse fumée noire et une odeur d'œuf pourri a envahi le car.

Avec un juron, le chauffeur s'est rangé sur la bande d'arrêt d'urgence. Au bout de quelques minutes à trifouiller sous le capot, il nous a annoncé que nous devions tous descendre. Grover et moi sommes sortis avec les autres passagers, à la queue leu leu.

Nous étions en rase campagne, dans un coin qui ne retiendrait pas l'attention à moins d'y tomber en panne. De notre côté de l'autoroute, il n'y avait rien d'autre à voir que des érables et des détritus jetés par les gens qui passaient en voiture. En face, de l'autre côté des quatre voies d'asphalte qui luisaient dans la chaleur de l'après-midi, se dressait un étal de fruits à l'ancienne.

La marchandise était vraiment appétissante : des cageots débordant de cerises et de pommes vermillon, des noix et des abricots, de grandes bouteilles de jus de pomme dans une baignoire à pattes de griffon pleine de glace. Il n'y avait pas de clients, juste trois vieilles dames assises dans des rocking-chairs à l'ombre d'un érable, qui tricotaient la plus grande paire de chaussettes que j'aie jamais vue.

C'est simple, ces chaussettes avaient la taille d'un pull, mais c'étaient incontestablement des chaussettes. La dame qui était sur la droite en tricotait une. La dame assise à gauche tricotait l'autre. La dame du milieu tenait une énorme corbeille de fil à tricoter bleu électrique.

Les trois femmes avaient un air antédiluvien avec leurs visages blêmes et ridés comme de vieilles pommes, leurs cheveux argent retenus par des bandanas blancs et leurs bras décharnés dans leurs robes de coton décolorées.

Le plus étrange, c'était qu'elles semblaient avoir le regard rivé sur moi.

J'ai tourné la tête pour en parler à Grover et j'ai vu qu'il était devenu livide. Son nez tressaillait.

– Grover ? ai-je dit. Hé, mec...

– Dis-moi qu'elles ne te regardent pas... elles te regardent, n'est-ce pas ?

– Ouais. Bizarre, non ? Tu crois que ces chaussettes m'iraient ?

– C'est pas drôle, Percy. Pas drôle du tout.

La vieille dame du milieu a attrapé une énorme paire de ciseaux – or et argent, à longues lames comme des cisailles. J'ai entendu Grover retenir sa respiration.

– On remonte dans le car, m'a-t-il dit. Viens.

– Quoi ? Mais il fait mille degrés là-dedans !

– Viens !

Il a forcé la porte et il est entré dans le car, mais je suis resté dehors.

De l'autre côté de la route, les vieilles dames m'observaient toujours. Celle du milieu a coupé le fil, et je vous jure que j'ai entendu ce *clic-clac* malgré les quatre voies de circulation. Ses deux amies ont roulé les chaussettes bleu électrique en boule, me laissant à ma perplexité : à qui étaient-elles destinées, au Yéti ou à Godzilla ?

À l'arrière du car, le chauffeur a arraché un gros bout de métal fumant de sous le capot. Le car s'est ébranlé et le moteur s'est réveillé avec un grondement.

Les passagers ont applaudi.

– Et voilà le travail ! a crié le chauffeur. (Il a fait claquer son chapeau sur la carrosserie.) En voiture tout le monde !

Une fois que nous eûmes démarré, j'ai commencé à me sentir fiévreux, comme si j'avais attrapé la grippe.

Grover n'avait pas l'air en meilleure forme. Il frissonnait et claquait des dents.

– Grover ?

– Ouais ?

– Qu'est-ce que tu me caches ?

Il s'est tamponné le front avec sa manche de chemise.

– Percy, qu'est-ce que tu as vu là-bas à l'étal de fruits ?

– Tu veux dire les trois vieilles dames ? C'est quoi l'histoire, mec ? Elles ne sont pas... elles ne sont pas comme Mme Dodds, si ?

L'expression de Grover était difficile à décrypter, mais j'ai eu l'impression que les dames de l'étal de fruits représentaient quelque chose de bien, bien pire que Mme Dodds. Pour toute réponse, il m'a dit :

– Raconte-moi juste ce que tu as vu.

– Celle du milieu a pris ses ciseaux et elle a coupé le fil.

Il a fermé les yeux et fait un geste avec les doigts, un peu comme s'il se signait, mais ce n'était pas ça. C'était quelque chose d'autre, quelque chose de presque... plus ancien.

Il a dit :

– Tu l'as vue trancher le fil.

– Ouais. Et alors ? ai-je rétorqué. (Mais je savais déjà que c'était grave.)

– Je refuse d'y croire, a marmonné Grover. (Il s'est mis à mordiller son pouce.) Je ne veux pas que ça se passe comme la dernière fois.

– Quelle dernière fois ?

– Et toujours en sixième. Ils ne dépassent jamais la sixième.

– Grover, ai-je dit, parce qu'il commençait vraiment à me faire peur, de quoi tu parles ?

– Laisse-moi te raccompagner de la gare routière à chez toi. Promets-le-moi.

Ça m'a paru une drôle de demande, mais je lui ai promis qu'il pourrait me raccompagner.

- C'est une superstition ou quoi ? lui ai-je demandé.

Pas de réponse.

– Grover... ce fil tranché. Est-ce que ça signifie que quelqu'un va mourir ?

Il m'a regardé tristement, comme s'il choisissait déjà les fleurs qui me plairaient le plus pour mon cercueil.

3 Grover perd son pantalon à l'improviste

Oui, je l'avoue : j'ai faussé compagnie à Grover dès notre arrivée à la gare routière.

Je sais, je sais. C'est mal élevé. Mais Grover m'angoissait, avec sa façon de me regarder comme si j'étais mort, de grommeler « Pourquoi cela arrive-t-il à tous les coups ? » et « Pourquoi toujours en sixième ? »

Quand Grover était bouleversé, sa vessie lui jouait des tours ; je n'ai donc pas été surpris qu'à peine arrivé à la gare, il me fasse promettre de l'attendre et fonce aux toilettes. Au lieu de l'attendre, j'ai pris ma valise, je suis descendu en douce du car et j'ai sauté dans le premier taxi qui passait.

– J'aimerais aller au coin de la 104e Rue est et de York Avenue, s'il vous plaît, ai-je dit au chauffeur.

Un mot sur ma mère, avant que vous la rencontriez.

Elle s'appelle Sally Jackson et c'est la personne la plus formidable du monde, ce qui ne fait que prouver ma théorie selon laquelle ce sont les gens les plus formidables qui ont la pire des malchances. Elle a perdu ses parents dans un accident d'avion quand elle avait cinq ans et elle a été élevée par un oncle qui ne s'intéressait pas beaucoup à elle. Comme elle voulait devenir romancière, elle a travaillé pendant toutes ses années de lycée pour économiser de quoi payer ses études dans une université qui offre un bon cursus d'écriture et de création littéraire. Puis son oncle a eu le cancer et elle a dû quitter le lycée en dernière année pour s'occuper de lui. Quand il est mort, elle s'est retrouvée sans argent, sans famille et sans diplôme.

La seule chance qu'elle ait jamais eue, ce fut de rencontrer mon père.

Je n'ai aucun souvenir de lui, juste une sorte de halo chaleureux, peut-être l'esquisse floue de son sourire. Maman n'aime pas parler de lui parce que ça la rend triste. Elle n'a pas de photo de lui.

Vous comprenez, ils n'étaient pas mariés. Elle m'a dit que c'était quelqu'un de riche et haut placé et que leur relation était secrète. Puis, un beau jour, il s'était embarqué sur l'Atlantique pour je ne sais quel voyage important dont il n'est jamais revenu.

Perdu en mer, me disait maman. Pas mort. Perdu en mer.

Elle faisait des petits boulots, prenait des cours du soir pour passer son bac et m'élevait toute seule. Elle ne se plaignait ni ne se fâchait jamais. Pas une seule fois. Je savais, pourtant, que je n'étais pas un enfant facile.

Pour finir, elle a épousé Gaby Ugliano, un type sympa les trente premières secondes où nous l'avons connu, mais qui a ensuite montré sa vraie nature de crétin planétaire. Quand j'étais petit, je l'avais surnommé Gaby Pue-Grave. Je suis désolé, mais c'est la vérité. Ce type dégageait une puanteur de pizza à l'ail moisie roulée dans un short de gym.

À nous deux, nous rendions la vie plutôt difficile à ma

mère. La façon dont Gaby Pue-Grave la traitait, la façon dont nous nous entendions lui et moi... mon arrivée à la maison en est un bon exemple.

Je me suis glissé dans notre petit appartement en espérant que maman serait déjà rentrée de son travail. Au lieu de quoi j'ai trouvé Gaby Pue-Grave au salon, qui jouait au poker avec ses potes. La télévision beuglait ; des chips et des cannettes de bières jonchaient la moquette.

Relevant à peine la tête, il a dit sans ôter son cigare de sa bouche :

– Alors t'es rentré.

– Où est maman ?

– Elle travaille. T'as de l'argent ?

Et voilà. Pas de *Bienvenue. Ça me fait plaisir de te voir. Comment as-tu passé les six derniers mois ?*

Gaby avait grossi. Il avait l'air d'un morse qui s'habillerait aux puces – les défenses en moins. Il avait trois cheveux sur le crâne qu'il plaquait sur sa calvitie comme si ça pouvait le rendre séduisant.

C'était le gérant d'une grande surface d'électroménager en banlieue, mais il passait la majeure partie de son temps à la maison. Je ne comprenais pas qu'il ne se soit pas fait virer depuis longtemps. Il se contentait de toucher ses chèques de paie et de dépenser l'argent en cigares qui me donnaient mal au cœur et en bière, bien sûr. Toujours de la bière. Quand j'étais à la maison, il comptait sur moi pour financer ses parties de poker. Il appelait ça notre secret « entre hommes ». En d'autres termes, si je le disais à maman, il me casserait la figure.

– Je n'ai pas d'argent, ai-je répondu.

Il a levé un sourcil gras.

Gaby avait un flair de limier pour l'argent, ce qui était assez étonnant dans la mesure où sa propre odeur aurait dû couvrir tout le reste.

– Tu as pris un taxi à la gare routière, a-t-il dit. Tu as sans doute payé avec un billet de vingt. Il t'aura rendu six ou sept dollars de monnaie. Celui qui veut vivre sous ce toit, il a intérêt à apporter sa contribution. J'ai pas raison, Eddie ?

Eddie, le gardien de notre immeuble, m'a regardé avec une pointe de compassion.

– Oh, allez, Gaby, a-t-il dit. Le gosse vient tout juste d'arriver.

– J'ai pas *raison* ? a répété Gaby.

Eddie a plongé le nez dans son bol de cacahouètes. Les deux autres types ont pété à l'unisson.

– C'est bon, ai-je dit. (J'ai extirpé une liasse de dollars de ma poche et jeté l'argent sur la table.) J'espère que tu vas perdre.

– Ton carnet de notes est arrivé, le génie ! À ta place je ne ferais pas le malin ! a crié Gaby dans mon dos.

J'ai claqué la porte de ma chambre, qui n'était plus vraiment ma chambre. Pendant les mois d'école, elle devenait le « bureau » de Gaby. Il n'y étudiait rien d'autre que des vieilles revues automobiles, mais il adorait fourrer mes affaires dans le placard, laisser traîner ses bottes crottées sur mon rebord de fenêtre et s'arranger pour que la pièce empeste son abominable après-rasage, le cigare et la bière rance.

J'ai posé ma valise sur le lit. Bienvenue à la maison.

L'odeur de Gaby était presque pire que les cauchemars sur

Mme Dodds ou le bruit de la vieille dame aux fruits tranchant le fil avec ses cisailles.

Mais à peine avais-je formulé cette pensée que j'ai senti mes jambes flageoler. Je me suis souvenu de l'expression de panique de Grover, quand il m'avait fait promettre de ne pas rentrer à la maison sans lui. Un frisson soudain m'a parcouru. J'ai eu l'impression que quelqu'un – quelque chose – me cherchait en cet instant même, gravissait peut-être les marches de l'escalier à pas lourds, en dardant de longues griffes horribles

Puis j'ai entendu la voix de ma mère.

– Percy ?

Elle a ouvert la porte de la chambre et mes peurs se sont volatilisées.

Ma mère peut me mettre de bonne humeur rien qu'en entrant dans la pièce. Elle a les yeux qui pétillent et qui changent de couleur à la lumière. Son sourire est chaud comme une couette. Elle a quelques fils d'argent qui s'entremêlent à ses longs cheveux châtains mais je ne la considère jamais comme quelqu'un d'âgé. Lorsqu'elle me regarde, on dirait qu'elle voit toutes les bonnes choses en moi, et aucune des mauvaises. Je ne l'ai jamais entendue lever la voix ou dire une parole désagréable à qui que soit, pas même à Gaby ou à moi.

– Oh, Percy. (Elle m'a serré fort dans ses bras.) C'est incroyable ! Comme tu as grandi depuis Noël !

Son uniforme rouge, blanc et bleu des « Douceurs d'Amérique » était imprégné des odeurs les plus délicieuses du monde : chocolat, réglisse et toutes les autres sucreries qu'elle vendait au magasin de bonbons de la gare de Grand Central.

Elle m'avait apporté un énorme sac d'« échantillons gratuits », comme elle le faisait toujours quand je rentrais de pension.

Nous nous sommes assis l'un à côté de l'autre au bord du lit. Pendant que j'attaquais un ruban de guimauve bleue, elle m'a passé la main dans les cheveux en exigeant que je lui raconte tout ce que je n'avais pas écrit dans mes lettres. Elle n'a fait aucune allusion à mon renvoi. Elle n'avait pas l'air de s'en inquiéter. En revanche, est-ce que j'allais bien ? Est-ce que son petit garçon était en forme ?

Je lui ai dit de me lâcher, qu'elle m'étouffait, tout ça, mais en réalité, j'étais vraiment, vraiment content de la voir.

De la pièce d'à côté, Gaby a hurlé :

– Hé, Sally, tu nous apportes du guacamole ?

J'ai serré les dents.

Ma mère est la femme la plus formidable du monde. Elle devrait être mariée avec un millionnaire, pas avec un crétin comme ce Gaby.

Pour lui faire plaisir, j'ai essayé de raconter mes derniers jours à Yancy avec enthousiasme. Je lui ai dit que je n'étais pas trop découragé de m'être fait renvoyer. Au moins, cette fois-ci, j'avais tenu bon toute l'année. Je m'étais fait de nouveaux amis. Je ne m'étais pas mal débrouillé en latin. Et, franchement, les disputes n'étaient pas aussi graves que le racontait le directeur. L'Institut Yancy m'avait bien plu. Vraiment. J'ai décrit mon année sous un jour tellement joyeux que je me suis presque convaincu moi-même. Ma gorge a commencé à se serrer au souvenir de Grover et de M. Brunner. Même Nancy Bobofit, soudain, ne me semblait plus si abominable que ça.

Jusqu'à cette excursion au musée...

– Quoi ? a demandé maman. (Ses yeux scrutaient mon visage, essayant de m'arracher des secrets.) Y a-t-il quelque chose qui t'a fait peur ?

– Non, maman.

Ça ne me plaisait pas de mentir. J'aurais voulu lui parler de Mme Dodds et des trois vieilles dames avec le fil à tricoter, mais j'ai eu l'impression que ça lui semblerait stupide.

Elle a pincé les lèvres. Elle savait que je lui cachais quelque chose, mais elle n'a pas insisté.

– J'ai une surprise pour toi, a-t-elle dit. Nous partons à la plage.

J'ai écarquillé les yeux :

– À Montauk ?

– Pour trois nuits. Le même bungalow.

Je n'en croyais pas mes oreilles. Les deux étés précédents, maman et moi n'étions pas allés à Montauk parce que Gaby disait que nous n'avions pas assez d'argent.

À ce moment-là, Gaby a surgi sur le pas de la porte et grommelé :

– Le guacamole, Sally ! T'as pas entendu ?

J'avais envie de le baffer, mais j'ai croisé le regard de ma mère et compris qu'elle me proposait un marché : fais un effort, sois gentil avec Gaby. Juste le temps que je me prépare pour partir à Montauk. Et ensuite, *ciao* !

– J'allais y aller, chéri, a-t-elle dit à Gaby. Nous parlions justement de notre petit voyage.

Gaby a plissé les yeux.

– Votre voyage ? Tu veux dire que tu étais sérieuse ?

– J'en étais sûr, ai-je grommelé. Il ne va pas nous laisser partir.

– Bien sûr que si, a dit calmement ma mère. Ton beau-père s'inquiète pour l'argent, c'est tout. Par ailleurs, a-t-elle ajouté, Gabriel n'aura pas besoin de se contenter de guacamole. Je vais lui préparer suffisamment de petites sauces pour tout le week-end. Purée de haricots, salsa, crème fraîche... la totale.

Gaby s'est un peu radouci.

– Alors l'argent de ce voyage... tu le prends sur ton budget vêtements, n'est-ce pas ?

– Oui, chéri, a dit ma mère.

– Et tu ne te serviras de ma voiture que pour faire l'aller et le retour ?

– Nous y ferons très attention.

Gaby a gratté son double menton.

– Peut-être que si tu te dépêches de préparer ces petites sauces... Et peut-être que si le môme s'excuse d'avoir interrompu ma partie de poker...

Peut-être que si je t'envoyais un bon coup de pied dans tes parties sensibles, ai-je pensé. *Histoire de te rendre soprano pour la semaine...*

Mais les yeux de maman m'ont sommé de ne pas le mettre en colère.

Pourquoi donc supportait-elle ce type ? J'avais envie de hurler. Pourquoi donc accordait-elle de l'importance à ce qu'il pensait ?

– Je suis désolé, ai-je grommelé. Je suis vraiment désolé d'avoir interrompu ta partie de poker tellement importante. S'il te plaît, reprends-la immédiatement.

Le visage de Gaby s'est crispé. Son minuscule cerveau

s'efforçait sans doute de détecter s'il y avait de l'ironie dans mes paroles.

– Ouais, c'est ça, a-t-il fini par trancher.

Il est retourné à sa partie de cartes.

– Merci, Percy, a dit maman. Quand nous serons à Montauk, nous parlerons davantage de... de ce que tu as oublié de me dire, d'accord ?

L'espace d'un instant, j'ai cru lire de l'inquiétude dans ses yeux – la même peur que j'avais vue dans les yeux de Grover dans le car – comme si ma mère sentait elle aussi un frisson étrange dans l'air.

Mais elle a souri et je me suis dit que j'avais dû me tromper. Elle m'a ébouriffé les cheveux et elle est partie préparer l'assortiment de petites sauces pour Gaby.

Une heure plus tard, nous étions prêts à partir.

Gaby a interrompu sa partie de poker juste assez longtemps pour me regarder charger les sacs de maman dans le coffre de sa voiture. Il n'arrêtait pas de râler et de se plaindre qu'il allait être privé de la cuisine de maman et, surtout, de sa Camaro de 1978 pendant un week-end entier.

– Je ne veux pas une éraflure sur cette voiture, le génie, m'a-t-il dit quand j'ai chargé le dernier sac. Pas la moindre petite éraflure.

Comme si c'était moi qui conduisais. J'avais douze ans. Mais ça n'y changeait rien, pour Gaby. Si une mouette avait l'audace de lâcher une fiente sur la carrosserie, il trouverait moyen de m'en rendre responsable.

En le regardant retourner vers l'immeuble de son pas traînant, j'ai été pris d'une telle colère que j'ai fait une chose que je ne m'explique pas. Lorsque Gaby a franchi la porte, j'ai reproduit le geste que j'avais vu Grover faire dans l'autocar, une sorte de conjuration du mal, la main refermée sur le cœur, puis un mouvement de poussée dans la direction de Gaby. La contre-porte à moustiquaire a claqué si fort qu'elle s'est écrasée sur son derrière et l'a propulsé dans l'escalier comme un boulet de canon. Peut-être était-ce juste un coup de vent ou un accident insolite lié au fonctionnement des gonds, je ne me suis pas attardé pour le découvrir.

J'ai sauté dans la Camaro et dit à ma mère d'appuyer sur le champignon.

Notre bungalow de location se trouvait sur la côte sud de Long Island, tout en haut de la pointe de l'île. C'était une petite boîte pastel aux rideaux décolorés, nichée entre les dunes. Il y avait toujours du sable dans les draps et des araignées dans les placards et, la plupart du temps, l'eau était trop froide pour qu'on puisse se baigner.

J'adorais cet endroit.

Nous y allions depuis que j'étais bébé. Maman y allait depuis encore plus longtemps. Elle ne me l'avait jamais vraiment dit, mais je savais pourquoi cette plage était un lieu particulier pour elle. C'était là qu'elle avait rencontré mon père.

À mesure que nous approchions de Montauk, elle paraissait rajeunir, et des années de travail et de soucis s'effaçaient de son visage. Ses yeux prenaient la couleur de l'océan.

Nous sommes arrivés au coucher du soleil et nous avons aussitôt ouvert toutes les fenêtres du bungalow et procédé à notre ménage habituel. Ensuite nous nous sommes promenés sur la plage en donnant des chips de maïs bleues aux mouettes et en grignotant des Dragibus bleus, des caramels au beurre salé bleus, ainsi que tous les autres échantillons gratuits que ma mère avait rapportés du travail.

Je crois que je devrais vous expliquer cette histoire de nourriture bleue.

En fait, un jour, Gaby avait dit à ma mère que ça n'existait pas, des aliments bleus. Ils se sont disputés, mais sur le coup on aurait dit une dispute anodine. Sauf qu'à partir de ce jour, ma mère a fait des efforts particuliers pour manger bleu. Elle faisait des gâteaux d'anniversaire bleus. Elle préparait des milk-shakes aux myrtilles. Elle achetait des chips de maïs bleues et rapportait des bonbons bleus du magasin. Ceci – plus le fait qu'elle ait gardé son nom de jeune fille, Jackson, au lieu de se faire appeler Mme Ugliano – était une preuve qu'elle n'était pas entièrement sous la coupe de Gaby. Elle avait un tempérament rebelle, comme moi.

À la tombée de la nuit, nous avons fait un feu. Nous avons fait griller des saucisses et des marshmallows. Maman m'a raconté des histoires de son enfance, avant que ses parents ne meurent dans l'accident d'avion. Elle m'a parlé des livres qu'elle aimerait écrire un jour, quand elle aurait assez d'argent pour quitter la confiserie.

Pour finir, j'ai eu le courage de lui poser des questions sur le sujet qui me préoccupait toujours quand nous venions à Montauk : mon père. Les yeux de ma mère se sont embués. Je savais bien qu'elle allait me dire les mêmes choses qu'elle me racontait toujours, mais je ne me lassais jamais de les entendre.

– Il avait du cœur, Percy, a-t-elle dit. Il était grand, beau et fort. Mais gentil, aussi. Tu as ses cheveux noirs, tu sais, et ses yeux verts.

Maman a pioché un Dragibus dans son sac de bonbons.

– J'aimerais tant qu'il puisse te voir, Percy. Il serait tellement fier.

Je me suis demandé comment elle pouvait dire une chose pareille. Que pouvait-on me trouver de si formidable ? Un garçon dyslexique et hyperactif, abonné au D+, qui venait de se faire renvoyer de l'école pour la sixième fois en six ans.

– Quel âge j'avais ? ai-je demandé. Je veux dire... quand il est parti ?

Elle regardait les flammes.

– Il n'a passé qu'un seul été avec moi, Percy. Ici même, sur cette plage. Dans ce bungalow.

– Mais... il m'a connu bébé.

– Non, chéri. Il savait que j'attendais un bébé, mais il ne t'a jamais vu. Il a dû partir avant ta naissance.

J'ai essayé de concilier cette nouvelle donnée avec le fait qu'il me semblait me souvenir... d'un quelque chose de mon père. Un halo chaleureux. Un sourire.

J'avais toujours cru qu'il m'avait connu bébé. Ma mère ne me l'avait jamais dit explicitement, pourtant j'avais toujours eu le sentiment que c'était la vérité. Alors apprendre maintenant qu'il ne m'avait jamais vu...

J'ai éprouvé de la colère envers mon père. Peut-être était-ce idiot, mais je lui en voulais de s'être embarqué pour cette traversée de l'océan, de ne pas avoir eu le courage d'épouser ma mère. Il nous avait quittés, et maintenant nous étions coincés avec Gaby Pue-Grave.

– Est-ce que tu vas de nouveau m'envoyer en pension ? lui ai-je demandé. Encore une autre pension ?

Elle a sorti un marshmallow du feu.

– Je ne sais pas, chéri. (Elle avait la voix grave.) Je crois... je crois que nous allons devoir faire quelque chose.

– Parce que tu ne veux pas m'avoir dans les pattes ?

J'ai immédiatement regretté d'avoir dit cela.

Maman a eu les larmes aux yeux. Elle m'a pris la main et l'a serrée très fort.

– Oh non, Percy, non. Je... je suis obligée, chéri. Pour ton propre bien. Je dois t'envoyer en pension.

Ses paroles m'ont rappelé ce que m'avait dit M. Brunner : qu'il valait mieux pour moi que je quitte Yancy.

– Parce que je ne suis pas normal, ai-je dit.

– Tu dis ça comme si c'était un mal, Percy. Mais tu ne te rends pas compte à quel point tu es important. Je pensais que l'Institut Yancy serait suffisamment loin. Je croyais que tu serais enfin à l'abri.

– Comment ça, à l'abri ? À l'abri de quoi ?

J'ai croisé son regard et un flot de souvenirs me sont revenus : toutes les choses bizarres et effrayantes qui m'étaient arrivées dans ma vie, que j'avais essayé d'oublier pour certaines.

En CE2, un homme en imperméable noir m'avait suivi dans la cour de récréation. Quand les professeurs avaient menace d'appeler la police, l'homme était parti en grognant, mais personne ne m'a cru quand j'ai dit que sous son chapeau à large bord, l'homme n'avait qu'un seul œil, au beau milieu du front.

Avant cela, un souvenir vraiment précoce. J'étais à la

maternelle et, pour la sieste, une maîtresse m'avait installé par accident dans un lit de bébé où un serpent s'était glissé. Ma mère a hurlé lorsqu'elle est venue me chercher et qu'elle m'a trouvé en train de jouer avec une corde inerte et couverte d'écailles, que j'étais arrivé à étrangler de mes petites mains potelées de bébé.

Dans chaque école où j'avais mis les pieds, il s'était toujours produit quelque chose de louche, quelque chose de dangereux, et j'avais été obligé de partir.

Je savais que j'aurais dû parler à ma mère des vieilles dames à l'étal de fruits et de Mme Dodds au musée, de mon étrange hallucination d'avoir réduit ma prof de maths en poussière d'un coup d'épée. Mais je ne pouvais me résoudre à le faire. J'avais le sentiment bizarre que ces nouvelles mettraient abruptement fin à notre séjour à Montauk, et ça, il n'en était pas question.

– J'ai toujours essayé de te garder le plus près de moi possible, a repris maman. Ils m'ont dit que c'était une erreur. Mais il n'y a qu'une seule autre possibilité, Percy : l'endroit où ton père voulait t'envoyer. Et je... je ne supporte pas cette idée.

– Mon père voulait m'envoyer dans une école spéciale ?

– Pas dans une école, a-t-elle dit doucement. Dans une colonie de vacances.

J'avais la tête qui tournait. Pourquoi mon père – qui n'était même pas resté assez longtemps pour me voir naître – aurait-il parlé à ma mère d'une colonie de vacances ? Et si c'était tellement important, pourquoi ne m'en avait-elle jamais rien dit ?

– Je suis désolée, Percy, a-t-elle ajouté en surprenant mon

regard. Mais je ne peux pas t'en parler. Je... je ne peux pas t'envoyer là-bas. Ça pourrait signifier te dire au revoir pour toujours.

– Pour toujours ? Mais si c'est juste une colonie de vacances...

Elle a tourné la tête vers le feu et j'ai compris à son expression que si je lui posais davantage de questions, elle se mettrait à pleurer.

Cette nuit-là, j'ai fait un rêve très frappant.

La tempête faisait rage sur la plage et des animaux somptueux, un cheval blanc et un aigle royal, essayaient de s'entretuer à la lisière de l'eau. L'aigle piquait et attaquait le cheval aux naseaux avec ses serres acérées. Le cheval ruait en envoyant des coups de sabot aux ailes de l'aigle. Tandis qu'ils s'affrontaient, le sol grondait et une voix monstrueuse gloussait quelque part dans les entrailles de la terre, incitant les deux animaux à se battre plus violemment.

Je courais vers eux, sachant que je devais les empêcher de s'entretuer, mais je courais au ralenti. Je savais que j'arriverais trop tard. J'ai vu l'aigle fondre en dardant le bec vers les grands yeux du cheval et j'ai hurlé : *Non !*

Je me suis réveillé en sursaut.

Dehors, il faisait effectivement de l'orage, le genre de tempête qui fracasse des arbres et souffle des maisons. Il n'y avait ni cheval ni aigle sur la plage, juste des éclairs qui créaient une fausse lumière de jour et des vagues hautes de six mètres qui pilonnaient les dunes comme des canons.

Le coup de tonnerre suivant a réveillé ma mère. Elle s'est redressée, les yeux écarquillés, et elle a dit :

– Un ouragan.

Je savais que c'était de la folie. Long Island n'avait jamais connu d'ouragan en début d'été. Mais l'océan semblait l'avoir oublié. J'ai perçu, couvrant les hurlements du vent, un mugissement lointain, un son furieux et torturé qui m'a fait dresser les cheveux sur la tête.

Puis un bruit beaucoup plus proche, comme des coups de marteau dans le sable. Une voix désespérée – quelqu'un qui criait, qui tambourinait à la porte de notre bungalow.

Ma mère a bondi hors de son lit en chemise de nuit et a couru ouvrir le verrou.

Grover s'est encadré dans l'embrasure de la porte, sur un arrière-plan d'averse. Mais ce n'était pas... ce n'était pas tout à fait Grover.

– Je t'ai cherché toute la nuit, a-t-il hoqueté. Qu'est-ce qui t'a pris ?

Ma mère s'est tournée vers moi, terrifiée : elle n'avait pas peur de Grover, mais de la raison qui l'amenait ici.

– Percy, a-t-elle dit en criant pour se faire entendre malgré la pluie. Que s'est-il passé à l'école ? Qu'est-ce que tu me caches ?

Je regardais fixement Grover, comme pétrifié. Je n'arrivais pas à comprendre ce que mes yeux voyaient.

– *O Zeu kai alloi theoi !* a-t-il hurlé. Il est sur mes talons ! Tu ne lui as rien dit ? !

J'étais dans un tel état de choc que je n'ai pas remarqué que Grover venait de jurer en grec ancien et que je l'avais parfaitement bien compris. J'étais tellement choqué, en fait, que je ne me suis pas demandé comment il avait débarqué ici tout seul en pleine nuit. Parce que Grover ne portait pas de pantalon – et qu'à l'endroit où auraient dû se trouver ses jambes... à l'endroit où auraient dû se trouver ses jambes...

Maman m'a regardé sévèrement et m'a parlé sur un ton qu'elle n'avait jamais employé jusqu'alors :

– *Percy.* Dis-le-moi *tout de suite* !

J'ai bredouillé quelque chose sur les vieilles dames de l'étal de fruits et sur Mme Dodds tandis que maman me dévisageait, d'une pâleur mortelle à la lueur des éclairs.

Elle a attrapé son sac à main, m'a lancé mon imper et nous a dit :

– Allez à la voiture. Tous les deux. Courez !

Grover s'est élancé vers la Camaro, mais il ne courait pas à proprement parler. Il trottait en agitant son arrière-train poilu et, soudain, j'ai compris son histoire de maladie musculaire aux jambes. J'ai compris comment il pouvait courir aussi vite et pourtant boiter quand il marchait.

C'était parce qu'à l'endroit où ses pieds auraient dû se trouver, il n'avait pas de pieds. Il avait des sabots fendus.

4 Ma mère m'enseigne l'art de la tauromachie

Nous foncions dans la nuit noire par de petites routes de campagne. Le vent fouettait la Camaro. La pluie cinglait le pare-brise. Je ne savais pas comment maman y voyait quoi que ce soit, mais elle ne décollait pas le pied de l'accélérateur.

À chaque éclair, je regardais Grover, assis à côté de moi sur la banquette arrière, en me demandant si je n'étais pas devenu fou ou s'il portait un pantalon taillé dans un tapis à longs poils. Mais non, je me souvenais bien de cette odeur que je sentais quand, au jardin d'enfants, nous allions au petit zoo : une odeur de lanoline, comme la laine. L'odeur d'un animal de ferme mouillé.

La seule chose que j'ai trouvée à dire fut :

– Alors maman et toi... vous vous connaissez ?

Grover a jeté un coup d'œil au rétroviseur bien qu'il n'y ait aucune voiture derrière nous.

– Pas exactement, a-t-il répondu. Je veux dire, nous ne nous étions jamais rencontrés en personne. Mais elle savait que je veillais sur toi.

– Que tu veillais sur moi ?

– Que j'ouvrais l'œil. Que je m'assurais que tu allais bien.

Mais je ne faisais pas semblant d'être ton ami, s'est-il empressé d'ajouter. Je suis vraiment ton ami.

– Euh... qu'est-ce que tu es, au juste ?

– Ça n'a pas d'importance pour le moment.

– Ça n'a pas d'importance ? À partir de la taille, mon meilleur ami est un âne...

Grover a émis un *Beehhh-ehh !* aigu et guttural.

Je l'avais déjà entendu faire ce bruit mais j'avais toujours cru que c'était un rire nerveux. À présent je me rendais compte qu'il s'agissait plutôt d'un bêlement agacé.

– Chèvre ! s'est-il écrié.

– Quoi ?

– Je suis une chèvre à partir de la taille.

– Tu viens de dire que ça n'avait pas d'importance.

– *Beehh-ehh !* Il y a des satyres qui te piétineraient sous leurs sabots pour une pareille insulte !

– Attends, une seconde... Des satyres. Tu veux dire... comme dans les mythes de M. Brunner ?

- Les vieilles dames de l'étal de fruits étaient-elles un mythe, Percy ? Mme Dodds était-elle un mythe ?

– Alors tu reconnais que Mme Dodds a bien existé !

– Bien sûr.

Alors pourquoi...

- Moins tu en savais, moins tu risquais d'attirer des monstres, a dit Grover comme si c'était l'évidence même. Nous avons posé une Brume sur les yeux des humains. Nous espérions que tu croirais que la Bienveillante était une hallucination. Mais ça n'a pas marché. Tu commençais à comprendre qui tu étais.

– Qui je... attends une seconde, qu'est-ce que tu veux dire ?

L'étrange mugissement a retenti de nouveau quelque part derrière nous, plus proche qu'avant. La chose qui nous pourchassait était toujours à nos trousses.

– Percy, a dit maman, c'est trop long à expliquer et nous n'avons pas le temps. Nous devons te mettre à l'abri.

– À l'abri de quoi ? Qui me poursuit ?

– Oh, personne de bien méchant, a fait Grover, visiblement encore vexé par mon allusion à un âne. Juste le Seigneur des Morts et une poignée de ses sbires les plus sanguinaires.

– Grover !

– Excusez-moi, madame Jackson. Pourriez-vous accélérer, s'il vous plaît ?

J'ai essayé de comprendre ce qui se passait, mais je n'y suis pas arrivé. Je savais que ce n'était pas un rêve. Je n'avais aucune imagination. Je n'aurais jamais pu concevoir quelque chose d'aussi bizarre, même en rêve.

Ma mère a donné un coup de volant brutal sur la gauche. Nous nous sommes engouffrés à fond de train dans une route plus étroite, bordée de fermes plongées dans l'obscurité, de collines boisées et de panneaux CUEILLETTE DE FRAISES sur des palissades blanches.

– Où allons-nous ? ai-je demandé.

– À la colonie de vacances dont je t'ai parlé. (Ma mère avait la voix tendue ; elle s'efforçait de dominer sa peur pour ne pas m'affoler.) L'endroit où ton père voulait t'envoyer.

– L'endroit où tu ne voulais pas que j'aille.

– S'il te plaît, chéri, a supplié ma mère. C'est déjà assez difficile comme ça. Essaie de comprendre. Tu es en danger.

– Parce que des vieilles dames ont coupé un fil.

– Ce n'étaient pas des vieilles dames, a dit Grover. C'étaient les Parques. Sais-tu ce que cela signifie, le fait qu'elles soient apparues devant toi ? Elles ne le font que lorsque tu vas... lorsque quelqu'un va mourir.

– Une seconde. Tu as dit « tu ».

– Non. J'ai dit « quelqu'un ».

– Tu voulais dire « tu ». Genre « moi ».

– Je voulais dire « tu » genre « on », genre « quelqu'un ». Pas forcément toi.

– Les garçons ! a dit maman.

Elle a donné un coup de volant sur la droite et j'ai entrevu la silhouette qu'elle venait d'éviter d'un brusque écart : une forme sombre et flottante, à présent avalée par la tempête.

– C'était quoi, ça ? ai-je demandé.

– Nous y sommes presque, a dit ma mère, ignorant ma question. Plus qu'un kilomètre et demi. S'il vous plaît mon Dieu s'il vous plaît.

Je ne savais pas où nous allions mais je me suis surpris à me pencher en avant dans la voiture, impatient et désireux d'y arriver.

Dehors, seule la pluie venait troubler l'obscurité : c'était le genre de paysages déserts qu'on trouve lorsqu'on s'enfonce dans la pointe de l'île. J'ai repensé à Mme Dodds et au moment où elle s'était transformée en cette créature aux dents pointues et aux ailes parcheminées. Dans tout mon corps, j'ai senti l'effet du choc à retardement. Elle n'était littéralement pas humaine. Elle avait voulu me tuer.

Puis j'ai pensé à M. Brunner... et à l'épée qu'il m'avait lancée. Alors que j'allais poser une question à Grover à ce sujet, les poils se sont hérissés sur ma nuque. Un éclair m'a ébloui, un *boum !* fracassant a retenti et notre voiture a explosé.

Je me souviens d'une sensation d'extrême légèreté, un peu comme si j'étais broyé, frit et aspergé au jet en même temps.

J'ai décollé mon front du dossier du siège du conducteur et j'ai dit :

– Aïe.

– Percy ! a crié maman.

– Ça va...

J'ai essayé de me tirer de la torpeur qui m'engourdissait. Je n'étais pas mort. La voiture n'avait pas explosé. Nous étions partis dans le fossé. Les portières du côté conducteur s'étaient enfoncées dans la boue. Le toit avait craqué comme une coquille d'œuf et la pluie tombait à seaux dans l'habitacle.

La foudre. C'était l'unique explication. Une déflagration de foudre nous avait projetés dans le fossé. À côté de moi, sur la banquette arrière, gisait une masse inerte.

– Grover !

Il était affalé, un filet de sang coulant au coin de sa bouche. J'ai secoué sa hanche couverte de fourrure en pensant : *Non ! Même si tu es à moitié chèvre, tu es mon meilleur ami et je ne veux pas que tu meures !*

À ce moment-là, il a gémi « Manger », et j'ai su qu'il y avait encore de l'espoir.

– Percy, a dit ma mère, nous devons...

Sa voix a tremblé.

Je me suis retourné. À la lumière d'un éclair, par le pare-brise arrière maculé de boue, j'ai aperçu une silhouette qui avançait à pas lourds sur le bas-côté, dans notre direction. Ça m'a donné la chair de poule. C'était la silhouette sombre d'un type baraqué comme un joueur de football américain. On aurait dit qu'il s'abritait la tête sous une couverture. La moitié supérieure de son corps était carrée et duveteuse. Ses mains levées lui donnaient l'air d'avoir des cornes.

J'ai ravalé ma salive.

– Qui est...

– Percy, m'a interrompu ma mère sur un ton extrêmement sérieux. Sors de la voiture.

Ma mère s'est jetée contre la portière du côté conducteur. Elle était coincée par la boue. J'ai essayé d'ouvrir la mienne. Coincée elle aussi. J'ai regardé désespérément le trou dans le toit. Ç'aurait été une sortie possible, mais les bords d'acier étaient encore crépitants et fumants.

– Sors du côté passager ! m'a dit ma mère. Percy, il faut que tu te sauves. Tu vois ce grand arbre ?

– Quoi ?

Il y a eu un autre éclair et, par le trou fumant du toit, j'ai vu l'arbre dont elle parlait : un pin immense, perché sur la crête de la colline la plus proche.

– C'est la limite de la propriété, a repris maman. Grimpe au sommet de cette colline et tu verras une grande ferme en contrebas dans la vallée. Cours et ne te retourne pas. Appelle au secours. Cours sans t'arrêter jusqu'à la porte.

– Maman, tu viens toi aussi !

Elle était pâle et ses yeux étaient aussi tristes que lorsqu'elle regardait l'océan.

– Non, ai-je crié. Tu viens avec moi ! Aide-moi à porter Grover !

– Manger ! a gémi Grover un peu plus fort.

L'homme à la couverture sur la tête se rapprochait toujours, s'accompagnant de grognements et de reniflements. Maintenant que la distance était moindre, je voyais bien qu'il ne pouvait pas tenir une couverture sur sa tête pour la bonne raison que ses mains – de gros battoirs charnus – se balançaient contre ses flancs. Il n'y avait pas de couverture. Autrement dit, la masse carrée et duveteuse trop grande pour être sa tête... était sa tête. Et les pointes qui ressemblaient à des cornes...

– Ce n'est pas nous qu'il veut, a dit ma mère. C'est toi. De toute façon, je ne peux pas traverser la limite de la propriété.

– Mais...

– Nous n'avons pas le temps, Percy. Vas-y. S'il te plaît.

Alors j'ai été pris d'une grosse colère – colère contre ma mère, contre Grover la chèvre, contre la chose à cornes qui avançait vers nous à pas pesants et décidés comme... comme un taureau.

J'ai enjambé Grover et ouvert la portière.

– On y va ensemble. Viens, maman.

– Je t'ai dit...

– Maman ! Je ne pars pas sans toi. Aide-moi à porter Grover.

Je n'ai pas attendu sa réponse. Je me suis extirpé de la voiture en traînant Grover derrière moi sous la pluie. Il était étonnamment léger, mais je n'aurais pas pu l'emmener très loin si maman ne m'était pas venue en aide.

Nous l'avons porté à deux en le tenant chacun par un bras, et nous avons commencé à gravir la colline entre les grandes herbes qui nous arrivaient à la taille.

J'ai tourné la tête et vu le monstre distinctement pour la première fois. Il mesurait facilement deux mètres quinze et ses bras et jambes étaient dignes de faire la couverture de *Monde du muscle* : un paquet de biceps, triceps et autres ceps saillants, tous denses comme des balles de base-ball sous une peau striée de veines. Il ne portait aucun vêtement à part un slip – le genre kangourou en coton blanc, vous savez, ce qui aurait eu un côté plutôt drôle sans la moitié supérieure de son corps. Des poils bruns et drus couvraient son ventre au-dessus du nombril et s'épaississaient en toison sur ses épaules.

Son cou était une masse de muscle et de fourrure qui soutenait une tête énorme, dotée d'un museau long comme mon bras, de narines pleines de morve où scintillait un anneau de cuivre jaune, d'yeux noirs cruels et de cornes – d'immenses cornes noir et blanc aux pointes acérées comme on ne pourrait jamais en obtenir même avec un taille-crayon électrique.

J'ai reconnu le monstre, pas de problème. Il figurait dans une des premières histoires que M. Brunner nous avait racontées. Mais il ne pouvait pas être réel.

J'ai cligné des paupières pour chasser la pluie de mes yeux.

– C'est...

– Le fils de Pasiphaë, a dit ma mère. Si seulement j'avais su qu'ils étaient aussi déterminés à te tuer !

– Mais c'est un min...

– Ne dis pas son nom, m'a-t-elle averti. Les noms ont du pouvoir.

Le pin était encore beaucoup trop loin : au moins une centaine de mètres plus haut.

J'ai jeté un coup d'œil en arrière.

L'homme-taureau était penché sur notre voiture et regardait par les fenêtres – mais regarder n'est pas le terme exact. Il reniflait, plutôt, fouinait du groin. Je ne sais pas trop pourquoi, d'ailleurs, vu que nous étions à peine à quinze mètres.

– Manger ? a gémi Grover.

– Chut ! lui ai-je dit. Maman, qu'est-ce qu'il fait ? Il ne nous voit pas ?

– Sa vue et son ouïe sont très mauvaises, m'a-t-elle expliqué. Il se guide à l'odorat. Mais il va vite trouver où nous sommes.

Comme pour lui donner raison, l'homme-taureau a mugi rageusement. Il a saisi la Camaro de Gaby par son toit déchiré et le châssis a grincé et gémi. Puis il a soulevé la voiture au-dessus de sa tête et l'a lancée sur la route. Elle s'est écrasée sur l'asphalte mouillé et elle a rebondi en faisant des étincelles sur huit cents mètres avant de s'immobiliser. Alors, le réservoir d'essence a explosé.

« Pas une éraflure », avait dit Gaby.

Désolé, mon gars...

– Percy, a dit maman. Quand il va nous voir, il va charger. Attends jusqu'à la dernière seconde, puis écarte-toi d'un bond sur le côté. Il a du mal à changer de direction quand il est en train de charger. Tu comprends ?

– Comment sais-tu tout ça ?

– Je redoute une attaque depuis longtemps. J'aurais dû m'y attendre. C'était égoïste de ma part de te garder près de moi.

– Me garder près de toi ? Mais...

Un autre mugissement rageur a retenti et l'homme-taureau s'est lancé à l'assaut de la colline.

Il avait senti notre piste.

Le pin n'était plus qu'à quelques mètres mais le haut de la colline était plus raide et plus glissant, et Grover pas plus léger.

L'homme-taureau se rapprochait. Encore quelques secondes et il nous rattraperait.

Ma mère devait être à bout de forces, mais elle a hissé Grover sur son épaule.

– Vas-y, Percy ! Pars de ton côté ! Souviens-toi de ce que je t'ai dit.

Je n'avais pas envie de les quitter, mais je sentais qu'elle avait raison. C'était notre seule chance. J'ai piqué un sprint vers la gauche, je me suis retourné et j'ai vu que la créature fonçait sur moi. Ses yeux noirs brillaient de haine. Il dégageait une puanteur de viande pourrie.

Il a baissé la tête et il a chargé en pointant ses cornes tranchantes sur ma poitrine.

La peur qui me nouait le ventre me disait de détaler, mais ça ne marcherait pas. Je ne pourrais jamais semer un engin pareil. Alors je me suis campé là et, au dernier moment, j'ai sauté sur le côté.

L'homme-taureau est passé comme un train de marchandises, puis il a poussé un mugissement frustré et s'est tourné, mais pas dans ma direction, cette fois-ci ; dans celle de ma mère, qui déposait Grover dans l'herbe.

Nous avions atteint la crête de la colline. En contrebas, j'ai aperçu une vallée, comme ma mère me l'avait dit, ainsi que les lumières d'une ferme qui brillaient d'un éclat jaune sous la pluie. Mais c'était à huit cents mètres. Nous n'y arriverions jamais.

L'homme-taureau grattait le sol avec son sabot tout en grondant. Il ne détachait pas ses yeux de ma mère, qui battait maintenant lentement en retraite, redescendant vers la route, pour essayer d'éloigner le monstre de Grover.

– Cours, Percy ! m'a-t-elle dit. Je ne peux pas aller plus loin. Cours !

Mais je suis resté planté là, paralysé par la peur, tandis que le monstre fonçait sur elle. Elle a tenté de l'esquiver comme elle m'avait appris à le faire, mais le monstre avait retenu la leçon. Il a tendu le bras et l'a attrapée par le cou au moment où elle essayait de s'enfuir. Il l'a soulevée et elle s'est débattue de toutes ses forces, en donnant des coups de poing et de pied dans l'air.

– Maman !

Elle a croisé mon regard et réussi à émettre un dernier mot :

– Pars !

Alors, avec un rugissement de colère, le monstre a refermé les deux mains sur le cou de ma mère et elle s'est dissoute sous mes yeux, réduite en lumière, en forme dorée et scintillante comme si elle devenait un hologramme. Il y a eu un éclair aveuglant et elle a tout simplement... disparu.

– Non !

Ma peur a cédé la place à la colère. Une force nouvelle animait mes bras et jambes ; c'était la même montée d'énergie que j'avais connue quand Mme Dodds avait sorti ses griffes.

L'homme-taureau se ruait sur Grover, qui gisait sans force dans l'herbe. Le monstre s'est penche sur mon meilleur ami en le reniflant, comme s'il s'apprêtait à le soulever et à le dissoudre lui aussi.

Je ne pouvais pas le laisser faire.

J'ai retiré mon coupe-vent rouge.

– Hé ! ai-je hurlé, tout en agitant le coupe-vent et en courant sur un des côtés du monstre. Espèce de crétin ! Bifteck haché !

– Grrrrrrrr !

Le monstre s'est tourné vers moi en levant ses gros poings.

J'ai eu une idée – une idée stupide, mais c'était mieux que pas d'idée du tout. Je me suis placé dos au pin et j'ai secoué ma veste rouge devant l'homme-taureau, en me disant que je m'écarterais au dernier moment.

Mais ça ne s'est pas passé comme ça.

L'homme-taureau a chargé trop vite, tendant les bras pour m'attraper quelle que soit la direction par laquelle j'essaierais de l'esquiver.

Le temps a ralenti.

Mes jambes se sont raidies. Comme je ne pouvais pas sauter d'un côté ni de l'autre, je me suis propulsé à la verticale, puis j'ai rebondi sur la tête de la créature comme sur un tremplin, j'ai fait un tour en l'air et j'ai atterri sur son cou.

Comment avais-je pu faire ça ? Pas le temps d'y réfléchir. Une fraction de seconde plus tard, la tête du monstre s'écrasait contre l'arbre et l'impact a failli me décrocher toutes les dents.

L'homme-taureau s'est mis à tituber en s'ébrouant pour se débarrasser de moi. Je me suis agrippé à ses cornes pour ne pas me faire éjecter. Pendant ce temps, la foudre et le tonnerre faisaient toujours rage. La pluie me rentrait dans les yeux. L'odeur de viande pourrie me brûlait les narines.

Le monstre ruait et se cabrait comme un taureau de rodéo. Il lui aurait suffi de reculer contre le tronc de l'arbre pour m'écraser comme une crêpe, mais je commençais à me rendre compte que cette créature ne connaissait qu'une seule vitesse : la marche avant.

Entretemps, Grover s'était mis à gémir sur l'herbe. Je voulais lui hurler de se taire, mais ballotté comme je l'étais, si j'ouvrais la bouche, je risquais de me couper la langue avec mes propres dents.

– Manger ! a gémi Grover.

L'homme-taureau s'est tourné d'un coup vers lui, a martelé le sol de nouveau et s'est préparé à charger. J'ai repensé à la façon dont il venait d'étouffer la vie de ma mère, de l'anéantir dans un éclair de lumière, et la fureur m'a empli comme un carburant à indice d'octane élevé. J'ai empoigné une de ses cornes à deux mains et tiré de toutes mes forces. Le monstre s'est tendu, a émis un grognement de surprise, puis... *crac* !

L'homme-taureau a hurlé et m'a projeté en l'air. Je suis retombé dans l'herbe à plat dos. Ma tête a heurté une pierre. Lorsque je me suis redressé, ma vision était floue mais j'avais une corne à la main, une arme en os déchiqueté, grande comme un couteau.

Le monstre a chargé.

Sans réfléchir, j'ai roulé sur le côté et je me suis relevé à genoux. Quand il a déboulé, je lui ai enfoncé la corne brisée en plein flanc, juste en dessous de sa cage thoracique couverte de fourrure.

L'homme-taureau a rugi de douleur. Il a titubé, tenant sa poitrine à deux mains, puis il a commencé à se désintégrer. Pas comme ma mère, dans un éclair de lumière dorée, mais comme du sable qui s'effrite, emporté par paquets par le vent, de la même façon que Mme Dodds quand elle avait explosé.

Et il a disparu.

La pluie avait cessé. L'orage grondait toujours, mais au loin seulement. Je sentais le fauve et mes genoux flageolaient. Ma tête me faisait mal comme si j'avais le crâne ouvert. Je me sentais faible, j'avais peur et je tremblais de chagrin. Je venais de voir ma mère disparaître. J'aurais voulu m'allonger par terre et pleurer, mais il y avait Grover et il avait besoin de mon aide, alors, vaille que vaille, je l'ai hissé jusqu'au pin puis traîné dans la vallée, vers les lumières de la ferme. J'étais en larmes, j'appelais ma mère, mais je tenais fermement Grover : pas question de le perdre, lui aussi.

La dernière chose dont je me souvienne, c'est de m'être effondré sur une véranda en bois, d'avoir vu un ventilateur qui tournait au-dessus de ma tête, des papillons de nuit voletant autour d'une ampoule jaune et les visages graves d'un homme barbu à l'air familier et d'une jolie fille aux cheveux blonds bouclés comme ceux de Cendrillon. Ils me regardaient tous les deux et la fille a dit :

– C'est lui. Ce doit être lui.

– Silence, Annabeth, a rétorqué l'homme. Il est encore conscient. Emmène-le à l'intérieur.

5 Je joue aux cartes avec un cheval

J'ai fait des rêves bizarres, pleins d'animaux de ferme. Pour la plupart, ils voulaient me tuer. Les autres réclamaient à manger.

J'ai dû me réveiller plusieurs fois, mais ce que j'entendais et voyais n'avait aucun sens, alors je sombrais de nouveau dans l'inconscience. Je me souviens que j'étais allongé dans un lit moelleux et qu'on me faisait manger à la petite cuillère un truc qui avait un goût de pop-corn au beurre, mais une consistance de crème. La fille aux cheveux blonds bouclés était penchée sur moi et elle souriait d'un air satisfait en retirant des petites éclaboussures de mon menton avec la cuillère.

Lorsqu'elle a vu mes yeux s'ouvrir, elle a demandé :

– Que se passera-t-il au solstice d'été ?

J'ai réussi à éructer :

– Quoi ?

Elle a regardé autour d'elle, comme si elle avait peur que quelqu'un entende.

– Qu'est-ce qui se passe ? Qu'est-ce qui a été volé ? Nous n'avons que quelques semaines !

– Je suis désolé, ai-je bafouillé. Je ne...

On a frappé à la porte et la fille s'est empressée de me fourrer une cuillère de crème dans la bouche.

Quand je me suis réveillé la fois suivante, la fille était partie.

Un grand blond à la dégaine de surfeur me surveillait, debout dans un coin de la chambre. Il avait des yeux bleus – une bonne douzaine – sur les joues, le menton, le dessus des mains.

Lorsque j'ai enfin repris conscience pour de bon, le cadre où je me trouvais n'avait rien de bizarre, si ce n'est qu'il était plus beau que tout ce à quoi j'étais habitué. J'étais allongé dans un transat, sur une immense terrasse avec vue sur une prairie et un horizon de collines verdoyantes. Le vent était chargé d'un parfum de fraises. J'avais une couverture sur les genoux, un oreiller sous la nuque. Tout ça était super, sauf que j'avais la bouche sèche comme si un scorpion y avait fait son nid. Ma langue était désagréablement râpeuse et chacune de mes dents me faisait mal.

J'ai aperçu, posé sur ma table de chevet, un grand verre d'une boisson ambrée – du jus de pomme, sans doute – avec une paille verte et une ombrelle en papier plantée dans une cerise confite.

Mes mains étaient si faibles que lorsque j'ai refermé les doigts sur le verre, il a failli m'échapper.

– Attention, a dit une voix familière.

Grover était appuyé contre la balustrade de la terrasse. Il avait une mine de déterré. Sous le bras, il tenait un carton à chaussures. Il portait un blue-jeans, des Converse montantes et un tee-shirt orange vif avec l'inscription COLONIE DES SANG-MÊLÉ. Mon bon vieux Grover, rien de plus. Pas le biquet.

Alors peut-être avais-je fait un cauchemar. Peut-être maman était-elle saine et sauve. Nous étions toujours en vacances et nous avions fait halte dans cette grande maison pour une raison quelconque. Et...

– Tu m'as sauvé la vie, a dit Grover. Je... enfin, c'était le moins que je puisse faire... Je suis retourné à la colline. Je me suis dit que tu aimerais peut-être la garder.

Avec révérence, il a déposé le carton à chaussures sur mes genoux.

À l'intérieur, il y avait une corne de taureau noir et blanc, dont la base était déchiquetée car elle avait été cassée, et la pointe maculée de sang séché. Ce n'était pas un cauchemar.

– Le Minotaure, ai-je dit.

– Euh, Percy, ce n'est pas une bonne idée...

– C'est le nom qu'on lui donne dans la mythologie grecque, n'est-ce pas ? ai-je insisté. Le Minotaure. Moitié homme, moitié taureau.

Grover s'est tortillé, l'air mal à l'aise.

– Tu es resté inconscient deux jours. De quoi te souviens-tu ?

– Maman. Est-ce qu'elle est vraiment...

Il a baissé les yeux.

J'ai regardé le paysage qui s'étendait devant moi. Des bosquets d'arbres, une rivière qui serpentait, des hectares de fraises déployés sous le ciel bleu. La vallée était entourée de collines ondulantes et la plus haute, juste en face de nous, était celle où se dressait le pin géant. Même cet arbre, dans la lumière du soleil, était beau.

Ma mère n'était plus. Le monde entier aurait dû être sombre et froid. Rien n'aurait dû être beau.

– Je suis désolé, a dit Grover en reniflant. Je suis un raté. Je... je suis le pire satyre du monde.

Il a gémi et tapé du pied si fort qu'il l'a fait se détacher. La Converse, je veux dire. À l'intérieur, elle était pleine de polystyrène expansé, à part un trou en forme de sabot.

– Oh, Styx ! a-t-il grommelé.

Un grondement de tonnerre a traversé le ciel serein.

Tout en le regardant se démener pour remettre son sabot dans le faux pied, je me suis dit : *Bon, voilà une question de moins.*

Grover était un satyre. J'étais prêt à parier que si je rasais ses cheveux bruns et bouclés, je trouverais de minuscules cornes sur sa tête. Mais j'étais trop malheureux pour accorder la moindre importance à l'existence des satyres, et même des minotaures.

Tout cela signifiait que ma mère avait véritablement été réduite à néant, vaporisée en lumière jaune.

J'étais seul. Orphelin. J'allais devoir vivre avec... Gaby Pue-Grave ? Non. C'était hors de question. Plutôt vivre à la rue. Ou prétendre que j'avais dix-sept ans et rentrer dans l'armée. Je trouverais quelque chose.

Grover reniflait toujours. Le pauvre garçon – le pauvre biquet, le pauvre satyre, peu importe – avait l'air de s'attendre à recevoir des coups.

– Ce n'est pas ta faute, lui ai-je dit.

– Si. J'étais censé te protéger.

– Est-ce ma mère qui t'avait demandé de me protéger ?

– Non. Mais c'est mon boulot. Je suis un gardien. Du moins... je l'étais.

– Mais pourquoi...

Soudain, j'ai été pris d'un vertige et ma vue s'est brouillée.

– Ne force pas, m'a dit Grover. Tiens.

Il m'a aidé à tenir le verre et à mettre la paille entre les lèvres.

Le goût m'a fait sursauter car je m'attendais à du jus de pomme. Ce n'était pas ça du tout. C'étaient des biscuits aux pépites de chocolat. Des biscuits liquides. Et pas n'importe lesquels : les biscuits bleus au chocolat que faisait maman, riches en beurre et tout chaud sortis du four, avec les pépites de chocolat encore fondantes. En buvant, je sentais mon corps entier se détendre et se réchauffer, se recharger en énergie. Mon chagrin n'a pas disparu, mais j'ai eu l'impression que maman venait de me caresser la joue, de me donner un biscuit comme elle le faisait quand j'étais petit, en me disant que tout irait bien.

Sans m'en rendre compte, j'ai vidé le verre. J'ai regardé longuement l'intérieur, convaincu que je venais d'avaler une boisson chaude, alors que les glaçons n'avaient même pas fondu.

– C'était bon ? m'a demandé Grover.

J'ai fait oui de la tête.

– Quel goût ça avait ? (Sa voix était d'une telle mélancolie que je me suis senti coupable.)

– Excuse-moi. J'aurais dû te faire goûter.

Il a écarquillé les yeux :

– Non ! Ce n'est pas ce que je voulais dire. Je me demandais, c'est tout.

– Un goût de biscuits aux pépites de chocolat. Ceux de maman. Faits maison.

Grover a soupiré.

– Et comment te sens-tu ?

– Capable de projeter Nancy Bobofit à cent mètres.

– C'est bien, a-t-il dit. C'est bien. Je ne crois pas que tu puisses te risquer à prendre davantage de ce breuvage.

– Qu'est-ce que tu veux dire ?

Il m'a retiré le verre vide des mains avec précaution, comme si c'était de la dynamite, et l'a reposé sur la table.

– Viens. Chiron et Monsieur D. attendent.

La terrasse faisait tout le tour du corps de ferme.

J'avais les jambes en coton et c'était un sacré effort de marcher autant. Grover a proposé de porter la corne du Minotaure, mais j'ai tenu à la garder. J'avais payé ce souvenir assez cher ; je n'étais pas près de m'en défaire.

Quand nous sommes arrivés de l'autre côté du bâtiment, j'ai eu le souffle coupé.

Avant, nous devions être face à la côte nord de l'île de Long Island, car de ce côté-ci la vallée se prolongeait jusqu'à l'océan, qui scintillait à un ou deux kilomètres à l'horizon. Quant à ce que je voyais entre la grande bleue et nous, je ne savais tout simplement pas quoi en faire. Le paysage était parsemé de bâtiments dont l'architecture rappelait la Grèce antique – un kiosque de plein air, un amphithéâtre, un cirque – à une différence près : ils avaient tous l'air flambant neufs, avec leurs colonnes de marbre blanc qui étincelaient au soleil. À côté, sur un terrain sablé, une douzaine d'ados et de satyres jouaient au volley-ball. Des canoës glissaient sur un petit lac. Des gamins en tee-shirts orange vif comme celui de Grover couraient les uns après les autres autour d'un groupe de bungalows nichés dans les bois. D'autres s'entraînaient au tir à l'arc. D'autres encore faisaient du cheval le long d'une piste bordée d'arbres, et soit j'avais des hallucinations, soit certains des chevaux étaient ailés.

Au bout de la terrasse, deux hommes étaient assis à une table de jeu l'un en face de l'autre. La fille blonde qui m'avait fait manger de la crème au parfum de pop-corn à la petite cuillère se tenait à la balustrade à côté d'eux.

L'homme qui me faisait face était petit, mais gros. Il avait le nez rouge, de grands yeux larmoyants et des cheveux bouclés si noirs qu'ils en paraissaient presque violets. Il ressemblait aux peintures des bébés anges... comment ça s'appelle, déjà ? Des poupins ? Non, des chérubins. C'est ça. Il avait l'air d'un chérubin qui serait devenu quinquagénaire dans une banlieue pauvre. Il portait une chemise hawaïenne à imprimé tigre et il se serait très bien intégré dans une des parties de poker de Gaby, sauf qu'il semblait capable de battre mon beau-père à plates coutures.

– C'est Monsieur D., m'a chuchoté Grover. C'est le directeur de la colonie. Sois poli avec lui. La fille, c'est Annabeth Chase. C'est une pensionnaire, mais elle est là depuis plus longtemps que tout le monde. Et tu connais déjà Chiron...

Il a montré du doigt le type qui me tournait le dos.

J'ai d'abord remarqué qu'il était assis dans un fauteuil roulant. Puis j'ai reconnu la veste de tweed, les cheveux châtains clairsemés.

– Monsieur Brunner ! me suis-je écrié.

Le professeur de latin s'est retourné et m'a souri Ses yeux

brillaient de la même étincelle malicieuse qu'il avait parfois en classe, quand il nous avait concocté un test à choix multiples dont toutes les bonnes réponses étaient le B.

– Ah, Percy, très bien, a-t-il dit. Nous voici quatre pour jouer à la belote.

Il m'a offert une chaise à la droite de Monsieur D., qui m'a regardé avec des yeux injectés de sang puis a poussé un gros soupir.

– Oh, bon, faut bien que je le dise. Alors bienvenue à la Colonie des Sang-Mêlé. Voilà, c'est fait. Maintenant ne t'imagine pas que je sois content de te voir.

– Euh, merci.

Je me suis un peu écarté de lui parce que s'il y a une chose que j'ai apprise en vivant avec Gaby, c'est à reconnaître quand un adulte a taquiné la bouteille. Et si Monsieur D. ne touchait jamais à l'alcool, alors moi, j'étais un satyre.

– Annabeth ? a appelé M. Brunner.

La fille blonde s'est approchée et M. Brunner nous a présentés.

– Cette jeune demoiselle t'a soigné jusqu'à ton rétablissement, Percy. Annabeth, ma chère, si tu allais t'occuper du lit de Percy ? Nous allons l'installer au bungalow 11, pour le moment.

– Entendu, Chiron, a dit Annabeth.

Elle devait avoir mon âge, mesurait quelques centimètres de plus que moi, peut-être, et paraissait bien plus sportive. Très bronzée, les cheveux blonds bouclés, c'était presque le stéréotype de la Californienne telle que je me l'imaginais, à part ses yeux qui chamboulaient complètement le tableau. Elle avait des yeux d'un gris étonnant, comme des nuages d'orage ; beaux, mais intimidants, aussi, comme si elle était en train de jauger la meilleure façon de me combattre en corps à corps.

Elle a jeté un coup d'œil à la corne de minotaure entre mes mains, puis elle m'a regardé de nouveau. J'ai cru qu'elle allait s'exclamer « Tu as tué un minotaure ! » ou « La vache, t'es trop fort ! », un commentaire de cette veine.

Au lieu de quoi, elle a dit :

– Tu baves dans ton sommeil.

Sur ces mots, elle est partie en courant dans la prairie, ses cheveux blonds flottant dans l'air derrière elle.

– Alors, ai-je dit (désireux de changer de sujet), vous, euh, travaillez ici, monsieur Brunner ?

– Pas monsieur Brunner, a dit l'ex-M. Brunner. C'était un pseudonyme, je le crains. Tu peux m'appeler Chiron.

– D'accord. (Un peu perdu, j'ai regardé le directeur.) Et Monsieur D., cela signifie-t-il quelque chose ?

Monsieur D. a cessé de battre les cartes. Il m'a regardé comme si je venais de lâcher un rot tonitruant.

– Jeune homme, les noms sont des choses puissantes. On ne les prononce pas comme ça sans raison.

– Ah bon. Excusez-moi.

– Je dois dire, Percy, a interrompu Chiron-Brunner, que je suis content de te voir en vie. Cela faisait longtemps que je n'avais pas rendu visite à domicile à un pensionnaire potentiel. La pensée d'avoir perdu mon temps m'aurait été très désagréable.

– Visite à domicile ?

– Mon année à l'Institut Yancy, pour t'instruire. Nous avons des satyres à l'affût dans la plupart des écoles. Grover m'a alerté dès qu'il t'a rencontré. Il a senti que tu étais spécial, c'est pourquoi j'ai décidé de venir à Yancy. J'ai convaincu l'autre professeur de latin de… prendre un congé.

J'ai essayé de me rappeler le début de l'année scolaire. Cela paraissait tellement loin, toutefois je me souvenais vaguement que nous avions eu un autre professeur de latin ma première semaine de cours à Yancy. Puis, sans explication, il avait disparu et M. Brunner avait repris la classe.

– Vous êtes venu à Yancy juste pour me donner des cours ?

Chiron a acquiescé.

– Pour être honnête, au début, j'avais des doutes à ton sujet. Nous avons contacté ta mère et nous l'avons informée que nous te suivions de près au cas où tu sois mûr pour la Colonie des Sang-Mêlé. Mais il te restait encore tant à apprendre. Cela dit, tu es arrivé ici vivant, ce qui est toujours le premier test.

– Grover, a dit Monsieur D. d'un ton impatient, tu joues oui ou non ?

– Oui, monsieur !

Grover tremblait quand il a tiré la quatrième chaise et je me suis demandé ce qui pouvait bien lui faire peur chez un petit homme bedonnant en chemise hawaïenne à imprimé tigre.

– Tu sais jouer à la belote, bien sûr ? m'a demandé Monsieur D. en me gratifiant d'un regard soupçonneux.

– Je suis désolé mais en fait non, ai-je répondu.

– Je suis désolé mais en fait non, monsieur, a-t-il corrigé.

– Monsieur, ai-je répété.

Le directeur de la colonie me plaisait de moins en moins.

– Eh bien, m'a-t-il dit, avec les combats de gladiateurs et

Pac-Man, c'est l'un des plus grands jeux jamais inventés par les humains. J'aurais pensé que tous les jeunes gens *civilisés* connaissaient les règles.

– Je suis sûr que Percy peut les apprendre, a dit Chiron.

– S'il vous plaît, ai-je demandé, quel est cet endroit ? Qu'est-ce que je fais là ? Monsieur Brunn... Chiron... qu'est-ce qui vous a poussé à aller à l'Institut Yancy pour me faire cours ?

– Je lui ai posé la même question, a dit Monsieur D. en plissant le nez.

Le directeur de la colonie a distribué les cartes. Grover tressaillait chaque fois qu'une carte atterrissait sur sa pile.

Chiron m'a souri avec bienveillance, comme il le faisait en cours de latin, l'air de sous-entendre que quelle que soit ma moyenne, j'étais son élève vedette et qu'il comptait sur moi pour avoir la bonne réponse.

– Percy, m'a-t-il demandé, ta mère ne t'a-t-elle rien dit ?

– Elle m'a dit... (Je me suis souvenu de ses yeux tristes, tournés vers la mer.) Elle m'a dit qu'elle avait peur de m'envoyer ici, même si c'était la volonté de mon père. Elle m'a dit qu'une fois que je serais ici, je ne pourrais sans doute plus repartir. Elle voulait me garder près d'elle.

– Typique, a fait Monsieur D. En général c'est comme ça qu'ils se font tuer. Jeune homme, tu fais ton annonce oui ou non ?

– Quoi ? ai-je demandé.

Il m'a expliqué, non sans impatience, comment on faisait une annonce à la belote, et je me suis exécuté.

– Je crains que ce ne soit trop complexe, a dit Chiron. Je ne suis pas sûr que notre film d'orientation suffise.

– Film d'orientation ? ai-je demandé.

– Non, a tranché Chiron. Écoute, Percy. Tu sais que ton ami Grover est un satyre. Tu sais (il a montré du doigt la corne dans le carton à chaussures) que tu as tué un minotaure. Ce qui n'est pas un mince exploit, d'ailleurs, jeune homme. Ce que tu ignores peut-être, c'est que de grandes puissances sont à l'œuvre dans ta vie. Les dieux – les forces que tu appelles les dieux grecs – sont bien vivants.

J'ai regardé les deux autres, assis à la table.

J'ai attendu que l'un d'eux s'exclame « Bien sûr que non ! ». Mais le seul à prendre la parole a été Monsieur D., qui s'est écrié :

– Rebelote ! Je ramasse !

Et il a compté ses points en gloussant.

– Monsieur D., a demandé timidement Grover, si vous ne la mangez pas, pourrais-je avoir votre cannette de Coca light ?

– Hein ? Ouais, d'accord.

Grover a arraché un grand bout de la cannette d'aluminium vide et l'a mastiqué avec morosité.

– Attendez, ai-je dit à Chiron. Vous me dites que Dieu existe.

– Voyons, a fait Chiron. Dieu D majuscule, Dieu. Il s'agit là d'une tout autre affaire. Laissons la métaphysique de côté.

– La métaphysique ? Mais vous me parliez à l'instant de...

– Ah, des dieux, au pluriel. C'est-à-dire d'êtres puissants qui ont la faculté d'affecter, voire de contrôler les forces de la nature, et d'interférer dans les entreprises humaines. Pour nous autres, ce sont les dieux immortels de l'Olympe. C'est une affaire de moindre importance.

– De moindre importance !

– Exactement. Les dieux dont nous discutions en cours de latin.

– Zeus, ai-je dit. Héra. Apollon. C'est d'eux dont vous parlez.

Et ça a recommencé : un grondement de tonnerre lointain, par une journée sans nuages.

– Jeune homme, a dit Monsieur D., à ta place je ferais vraiment attention à ne pas lancer ce genre de noms à tout bout de champ.

– Mais ce sont des histoires, ai-je protesté. Ce sont... des mythes, pour expliquer la foudre, les saisons, tous ces phénomènes. C'est ce que les gens croyaient avant l'arrivée de la science.

– La science ! a ricané Monsieur D. Dis-moi, Persée Jackson...

J'ai sursauté en l'entendant m'appeler par mon véritable nom, que je n'avais jamais dit à personne.

– ... que penseront les gens de ta science dans deux mille ans ? a continué Monsieur D. Hein ? Ils la traiteront de charabia primitif, et voilà tout. Ah, j'adore les mortels ! Ils n'ont aucun sens de la perspective historique. Ils se croient tellement avancés ! Et qu'en penses-tu, Chiron, le sont-ils ? Regarde ce garçon et dis-moi.

Le directeur de la colonie ne me plaisait pas beaucoup, mais il y avait quelque chose dans la façon dont il m'avait traité de mortel... comme si lui-même ne l'était pas. C'était suffisant pour qu'une boule se forme dans ma gorge et que je commence à comprendre pourquoi Grover s'occupait sagement de ses cartes en mâchonnant sa cannette de Coca sans piper mot.

– Percy, m'a dit Chiron. À toi de choisir si tu crois ou non, mais le fait est que « immortel » signifie immortel. Peux-tu imaginer un instant ce que cela représente, de ne jamais mourir ? De ne jamais dépérir ? D'exister, tel que tu es, pour toujours ?

J'allais répondre, spontanément, que ça me paraissait plutôt sympa, mais le ton de voix de Chiron m'a fait hésiter.

– Vous voulez dire, que les gens croient en vous ou non ? ai-je dit.

– Exactement, a acquiescé Chiron. Si tu étais un dieu, cela te plairait-il qu'on te traite de mythe, de vieille histoire servant à expliquer la foudre ? Si je te disais, Percy Jackson, qu'un jour les gens te traiteraient de mythe toi aussi, un mythe créé seulement pour expliquer comment les petits garçons peuvent se remettre de la perte de leur mère ?

Mon cœur s'est emballé. Je ne sais pas pourquoi il essayait de me mettre en colère, mais je n'allais pas me laisser emporter.

– Ça ne me plairait pas, ai-je répondu. Il n'empêche que je ne crois pas aux dieux.

– Ben t'aurais intérêt, a bougonné Monsieur D. Avant qu'un de nous ne te carbonise.

Grover est alors intervenu :

– S'il... s'il vous p... plaît, monsieur. Il vient de perdre sa mère. Il est en état de choc.

– Heureusement pour lui, a grommelé Monsieur D., qui a jeté une carte. C'est déjà assez pénible d'être coincé à ce poste lamentable, en plus s'il faut travailler avec des garçons qui ne croient même pas !

Il a agité la main et une coupe s'est matérialisée sur la table, comme si la lumière du soleil s'était réfractée, un bref instant, pour transformer l'air en verre. La coupe s'est remplie de vin rouge.

J'en suis resté bouche bée mais Chiron a à peine levé la tête.

– Monsieur D., a-t-il dit. Vos restrictions.

Monsieur D. a regardé le vin en feignant la surprise.

– Aïe aïe aïe. (Il a tourné les yeux vers le ciel.) Désolé ! s'est-il écrié. C'est l'habitude !

Nouveau grondement de tonnerre.

Monsieur D. a agité la main une seconde fois et le verre de vin s'est changé en une nouvelle cannette de Coca light. Il a poussé un soupir malheureux, fait sauter la capsule et reporté son attention sur son jeu.

Chiron m'a lancé un clin d'œil :

– Monsieur D. a offensé son père il y a quelque temps. Il s'est toqué d'une nymphe des bois qui avait été déclarée zone interdite.

– Une nymphe des bois, ai-je répété, fixant toujours la cannette de Coca comme si elle avait surgi de l'espace.

– Oui, a avoué Monsieur D. Père adore me punir. La première fois, ça a été la Prohibition. Abominable ! Dix années d'horreur totale ! La deuxième fois – faut dire qu'elle était vraiment jolie, j'ai pas pu résister –, la deuxième fois, il m'a envoyé ici. La colline des Sang-Mêlé. Une colonie de vacances pour des morveux de ton espèce. « Essaie d'exercer une meilleure influence, qu'il m'a dit. Travaille avec les jeunes au lieu de les démolir. » Ha ! Injustice totale !

Monsieur D. me faisait penser à un gamin boudeur de six ans.

– Et..., ai-je bafouillé, votre père est...

– *Di immortales.* Chiron, s'est exclamé Monsieur D., je croyais que tu avais enseigné les bases à ce garçon. Mon père est Zeus, bien sûr.

J'ai passé en revue dans ma tête les noms en D de la mythologie grecque. Le vin. La peau de tigre. Tous les satyres qui semblaient travailler ici. L'attitude servile de Grover, comme si Monsieur D. était son maître.

– Vous êtes Dionysos, ai-je dit. Le dieu du vin.

Monsieur D. a roulé les yeux.

– Qu'est-ce qu'ils disent, les jeunes, de nos jours, Grover ? « Trop fort ! », c'est ça ?

– Ou... oui, Monsieur D.

– *Trop fort*, Percy Jackson ! Tu croyais peut-être que j'étais Aphrodite ?

– Vous êtes un dieu.

– Oui, petit.

– Vous. Un dieu.

Il s'est tourné pour me regarder bien en face et j'ai aperçu une sorte de feu violacé dans ses yeux, qui suggérait que ce petit homme grincheux et bedonnant ne me montrait qu'une part infime de sa véritable nature. Puis j'ai vu défiler des images d'incroyants périssant étouffés sous des grappes de raisins, de guerriers ivres rendus fous par la griserie du combat, de marins hurlant alors que leurs mains se transformaient en nageoires et que leurs visages s'allongeaient en museaux de dauphin. J'ai compris que si j'insistais, Monsieur D. me montrerait des choses bien pires. Il introduirait dans mon cerveau une maladie qui me ferait passer le restant de mes jours en camisole de force dans une chambre capitonnée.

– Aimerais-tu me mettre à l'épreuve, petit ? m'a-t-il demandé calmement.

– Non. Non, monsieur.

Le feu s'est un peu apaisé. Monsieur D. a reporté son attention sur la partie.

– Je crois que j'ai gagné.

– Pas tout à fait, a répliqué Chiron. (Il a déposé une suite sur la table, puis compté les points.) Cette partie est pour moi.

J'ai bien cru que Monsieur D. allait pulvériser Chiron sous mes yeux dans son fauteuil roulant, mais il s'est contenté de souffler par le nez, comme s'il avait l'habitude de se faire battre par le professeur de latin. Il s'est levé, aussitôt imité par Grover.

– Je suis fatigué, a dit Monsieur D. Je crois que je vais faire une sieste avant la soirée de chants de tout à l'heure. Mais d'abord, Grover, il faut que nous parlions, une fois de plus, de ton exécution moins que parfaite de cette mission.

La sueur a perlé sur le front de Grover.

– Oui, mon... monsieur.

Monsieur D. s'est tourné vers moi :

– Bungalow 11, Percy Jackson. Et surveille tes manières.

Il s'est engouffré à grands pas dans la maison et Grover l'a suivi comme un malheureux.

– Ça va aller pour Grover ? ai-je demandé à Chiron.

Chiron a hoché la tête, mais il avait l'air un peu inquiet.

– Ce vieux Dionysos n'est pas vraiment fâché. Il déteste son boulot, c'est tout. Il est... privé de sortie, si tu veux, et il ne supporte pas l'idée de devoir attendre encore un siècle avant de pouvoir retourner à l'Olympe.

– Le mont Olympe. Êtes-vous en train de me dire qu'il y a bel et bien un palais là-bas ?

– Alors, voyons. Il y a le mont Olympe en Grèce. Et puis il y a la résidence des dieux olympiens, le point de convergence de leurs puissances, qui se trouvait effectivement sur le mont Olympe au départ. On l'appelle toujours mont Olympe par respect pour la tradition, mais le palais se déplace, Percy, tout comme le font les dieux.

– Vous voulez dire que les dieux grecs sont ici ? Genre... aux États-Unis ?

– Mais très certainement. Les dieux se déplacent avec le cœur de l'Occident.

– De quoi ?

– Voyons, Percy. Ce qu'on appelle la « civilisation occidentale ». Tu pensais que c'était juste un concept abstrait ? Tu sais bien que la Grèce antique est le berceau de notre civilisation ; les dieux olympiens lui sont intimement liés, ils ont assisté à sa naissance il y a près de trois mille ans. C'est en Grèce qu'elle a connu son premier essor, jeté les bases de sa philosophie, de sa science et de ses beaux-arts. Puis, comme tu le sais – du moins je l'espère, puisque tu as assisté à mon cours – Rome a supplanté Athènes et elle est devenue le nouveau centre politique et culturel de cette civilisation, qu'elle a répandue à travers l'Europe en construisant l'empire romain. Les dieux ont suivi le mouvement et se sont installés à Rome. Oh, avec des noms différents, peut-être – Jupiter pour Zeus, Vénus pour Aphrodite et ainsi de suite – mais c'étaient les mêmes forces, les mêmes dieux.

– Et puis ils sont morts.

– Morts ? Non. L'Occident est-il mort ? Les dieux olympiens ont juste continué de se déplacer, partant toujours s'établir là où la civilisation occidentale était la plus dynamique, selon les différentes phases de son histoire. L'Allemagne, la France, l'Italie, l'Espagne pendant un certain temps... plusieurs siècles en Angleterre. Il te suffit de regarder l'architecture. Les gens n'oublient pas les dieux. Dans chacun des lieux où ils ont régné, au cours des trois derniers millénaires, tu peux les voir en tableaux et en statues, sur les édifices les plus importants. Et, oui, Percy, bien sûr, ils se trouvent maintenant dans tes États-Unis d'Amérique. Tu sais bien que les colons venus d'Europe ont apporté leur culture avec eux sur cette terre. Regarde votre symbole, l'aigle américain : c'est l'aigle de Zeus. Regarde la statue de Prométhée, au Rockefeller Center à New York ; regarde les façades grecques des bâtiments gouvernementaux à Washington. Je te mets au défi de trouver une seule ville des États-Unis où les Olympiens ne soient pas représentés en grande pompe en plusieurs endroits. Que ça te plaise ou non – et, crois-moi, beaucoup de gens ne raffolaient pas de Rome non plus – à l'heure actuelle, les États-Unis sont le fer de lance de l'Occident. L'Olympe se trouve donc ici. Et nous aussi.

C'était trop pour moi, tout cela. Surtout le fait que Chiron semblait m'inclure dans son « nous », comme si j'appartenais à je ne sais quel club.

– Qui êtes-vous, Chiron ? Qui... qui suis-je ?

Chiron a souri. Il a remué comme s'il allait sortir de son fauteuil roulant, mais je savais que c'était impossible : il était paralysé depuis la taille.

– Qui es-tu, a-t-il repris d'un ton songeur. Eh bien, c'est la question dont nous cherchons tous la réponse, n'est-ce pas ? Mais pour l'instant, nous ferions bien de te trouver un lit au bungalow 11. Tu vas rencontrer de nouveaux amis. Nous aurons tout le temps pour étudier demain. En plus, il y aura des marshmallows grillés au chocolat au feu de camp ce soir, et j'adore le chocolat.

Là-dessus, il est bel et bien sorti de son fauteuil roulant. Mais il y avait quelque chose de bizarre dans sa façon de faire. Sa couverture est tombée de ses genoux, mais ses jambes n'ont pas bougé. Sa taille s'est mise à s'allonger, s'allonger, en poussant de sa ceinture. Au début, j'ai cru qu'il portait des caleçons longs, en velours blanc, mais au fur et à mesure qu'il s'extirpait de son fauteuil et dépassait la taille d'un homme, je réalisais que le caleçon de velours n'était pas un caleçon c'était le devant d'un animal, du muscle et des tendons sous une épaisse fourrure blanche. Et le fauteuil roulant n'était pas un fauteuil roulant. C'était une sorte de récipient, d'immense boîte sur roues, qui devait avoir des pouvoirs magiques car, sinon, elle n'aurait jamais pu le contenir en entier. Une patte est sortie, longue et noueuse, terminée par un gros sabot poli. Puis une autre patte avant, puis l'arrière-train, et la boîte s'est retrouvée vide, simple coquille de métal garnie de deux fausses jambes humaines.

J'ai regardé avec stupéfaction le cheval qui venait de jaillir du fauteuil roulant : un immense étalon blanc. Mais à l'emplacement de son cou commençait le tronc de mon professeur de latin, qui se fondait harmonieusement avec le corps du cheval.

– Quel soulagement, a dit le centaure. Je suis enfermé là-dedans depuis si longtemps que mes pieds commençaient à s'engourdir. Viens, maintenant, Percy Jackson. Allons rencontrer les autres pensionnaires.

6 Je deviens seigneur suprême des toilettes

Quand j'ai eu été remis du fait que mon prof de latin était un cheval, nous avons fait une agréable visite des lieux, mais j'ai soigneusement évité de marcher derrière lui. J'avais fait partie plusieurs fois de l'équipe de ramassage de crottin au défilé à cheval du grand magasin Macy's, pour la fête nationale de Thanksgiving, et je suis désolé, mais je ne faisais pas autant confiance à l'arrière-train de Chiron qu'à l'avant de sa personne.

Nous sommes passés devant le terrain de volley-ball. Plusieurs pensionnaires ont échangé des coups de coude. L'un d'eux a pointé du doigt vers la corne de minotaure que je tenais entre mes mains. Un autre a dit : « C'est lui. »

La plupart des pensionnaires étaient plus âgés que moi. Leurs amis satyres étaient plus grands que Grover et trottaient tous en tee-shirt orange avec l'inscription COLONIE DES SANG-MÊLÉ, sans rien d'autre pour couvrir leurs arrière-trains nus au pelage broussailleux. Je n'étais pas spécialement timide, d'ordinaire, mais leur façon de me regarder me mettait mal à l'aise. J'avais l'impression qu'ils s'attendaient à ce que je fasse un saut de mains ou je ne sais quoi.

Je me suis retourné vers le corps de ferme. Je n'avais pas

remarqué de prime abord que le bâtiment était aussi grand : trois étages, bleu ciel avec un liseré blanc, un peu comme un luxueux hôtel de bord de mer. J'examinais la girouette de laiton en forme d'aigle lorsque quelque chose a attiré mon attention, une ombre à la fenêtre la plus élevée des combles. Quelque chose avait écarté le rideau, juste une seconde, et j'ai eu la distincte impression d'être surveillé.

– Qu'est-ce qu'il y a là-haut ? ai-je demandé à Chiron.

Il a regardé dans la direction que je lui montrais du doigt et son sourire s'est effacé.

– Le grenier, c'est tout.

– Y a-t-il quelqu'un qui vit là ?

– Non, a-t-il répondu avec fermeté. Pas la moindre créature.

J'ai eu le sentiment qu'il était sincère. Mais j'avais aussi la certitude qu'on avait écarté ce rideau.

– Viens, Percy, a repris Chiron, d'un ton joyeux qui était à présent un peu forcé. Nous avons beaucoup de choses à voir.

Nous avons traversé les champs de fraises, où plusieurs pensionnaires faisaient la cueillette en remplissant des paniers entiers au son d'un pipeau que jouait un satyre.

Chiron m'a expliqué que la colonie obtenait de belles récoltes de fraises qu'elle vendait au mont Olympe et aux restaurants de New York. « Ça couvre nos frais, m'a-t-il dit. Et les fraises ne demandent pratiquement aucun effort. »

Il m'a raconté que Monsieur D. avait un effet particulier sur les plantes à fruits : sa présence les rendait exubérantes. C'était avec les raisins que ça marchait le mieux, mais comme Monsieur D. était interdit de vigne, ils cultivaient des fraises.

J'ai observé le satyre qui jouait du pipeau. Sa musique chassait du parterre de fraises des files d'insectes qui fuyaient dans toutes les directions, comme des réfugiés fuyant un incendie. Je me suis demandé si Grover était capable de produire ce type de magie en jouant de la musique. Et je me suis demandé s'il était toujours à l'intérieur de la ferme, à se faire enguirlander par Monsieur D.

– Grover ne va pas avoir trop d'ennuis, j'espère ? ai-je demandé à Chiron. Je veux dire... c'était un bon protecteur. Vraiment.

Chiron a soupiré. Il a retiré sa veste en tweed et l'a drapée comme une selle en travers de son dos.

– Grover a de grands rêves, Percy. Peut-être plus grands qu'il ne serait raisonnable. Pour atteindre son but, il doit d'abord faire la preuve de son courage en menant à bien sa mission de gardien, c'est-à-dire trouver un nouveau pensionnaire, veiller sur lui et l'amener sain et sauf à la colline des Sang-Mêlé.

– Mais il l'a fait, ça !

– Je serais plutôt d'accord avec toi, a dit Chiron. Mais ce n'est pas à moi qu'il revient d'en juger. C'est à Dionysos et au Conseil des Sabots Fendus de décider. Et j'ai peur qu'ils ne considèrent pas cette mission comme un succès. Après tout, Grover t'a perdu à New York. Puis il y a le... euh... triste sort de ta mère. Plus le fait que Grover était inconscient quand tu l'as traîné dans l'enceinte de la propriété. Le conseil risque de trouver que ce n'est pas une démonstration de courage de la part de Grover.

Je voulais protester. Rien de qui etait arrivé n'était la faute de Grover. De plus, je me sentais très, très coupable. Si je n'avais pas faussé compagnie à Grover à la gare routière, peut-être n'aurait-il pas eu d'ennuis.

– Ils vont lui donner une seconde chance, n'est-ce pas ?

Chiron a grimacé :

– C'était déjà sa seconde chance, Percy, j'en ai bien peur. Le conseil n'était pas très chaud pour la lui donner, d'ailleurs, vu ce qui s'était passé la première fois, il y a cinq ans. L'Olympe sait que je lui ai conseillé d'attendre davantage avant d'essayer à nouveau. Il est encore tellement petit pour son âge...

– Quel âge a-t-il ?

– Oh, vingt-huit ans.

– Quoi ! Et il est en sixième ?

– Les satyres ne mûrissent pas aussi vite que les humains, Percy. Ça fait six ans que Grover plafonne à un niveau scolaire de collégien.

– C'est horrible.

– Je suis bien d'accord. Qui plus est, même d'après les critères des satyres, Grover est tout le contraire d'un élève précoce et il n'a pas encore une bonne maîtrise de la magie sylvestre. Malheureusement, il était impatient de réaliser son rêve. Peut-être va-t-il trouver une autre voie, maintenant...

– Ce n'est pas juste, ai-je dit. Que s'est-il passé la première fois ? Quelque chose de vraiment grave ?

Chiron a vivement détourné le regard.

– Continuons notre promenade, tu veux ?

Mais je n'étais pas encore disposé à abandonner ce sujet de conversation. Quelque chose avait fait tilt dans ma tête quand Chiron avait évoqué le sort de ma mère, comme s'il évitait délibérément d'employer le mot « mort ». Les prémices d'une idée – une minuscule flamme d'espoir – germaient dans mon esprit.

– Chiron, ai-je dit, si les dieux et l'Olympe et tout ça sont réels...

– Oui, mon petit ?

– Cela signifie-t-il que les Enfers sont réels, eux aussi ?

Le visage de Chiron s'est assombri.

– Oui, mon petit, a-t-il répondu. (Il s'est tu un instant, comme pour choisir soigneusement ses mots.) Il y a un lieu où vont les esprits après la mort. Mais pour le moment... tant que nous n'en saurons pas davantage... je t'engage vivement à chasser ces pensées de ton esprit.

– Que voulez-vous dire par « tant que nous n'en saurons pas davantage » ?

– Viens, Percy. Allons voir les bois.

En approchant, j'ai pris conscience que la forêt était immense. Elle occupait au moins un quart de la vallée et les arbres étaient si denses et si hauts qu'on aurait facilement pu penser que personne n'y avait mis les pieds depuis que les derniers Indiens d'Amérique en avaient été chassés.

– Les bois sont garnis, a dit Chiron. Tente ta chance si ça te dit, mais emporte une arme avec toi.

– Garnis de quoi ? ai-je demandé. Quoi comme arme ?

– Tu verras. Nous avons Capture-l'étendard vendredi soir. As-tu une épée et un bouclier à toi ?

– Une...

– Non, évidemment, a coupé Chiron. Je crois qu'une taille 5 devrait te convenir. Je passerai à l'arsenal plus tard.

J'ai eu envie de lui demander quel genre de colonies de

vacances disposaient d'un arsenal, mais il y avait trop d'autres informations à intégrer et la visite a continué. Nous avons vu le terrain de tir à l'arc, le plan d'eau réservé au canoë-kayak, les écuries (que Chiron n'avait pas l'air d'apprécier beaucoup), le terrain de lancer de javelot, l'amphithéâtre réservé aux soirées de chants et l'arène où, m'a dit Chiron, se tenaient les combats à l'épée et à la lance.

– Les combats à l'épée et à la lance ? ai-je demandé.

– Les affrontements entre bungalows, tout ça, a-t-il expliqué. Rien de mortel. Enfin, d'habitude. Ah, oui, et voilà le réfectoire.

Chiron a pointé du doigt vers un édifice de plein air entouré de colonnes grecques, en haut d'une colline qui dominait la mer. Il y avait une douzaine de tables de piquenique en pierre. Pas de toit. Pas de murs.

– Que faites-vous quand il pleut ? ai-je demandé.

Chiron m'a regardé comme si j'avais un peu perdu la boule :

– Eh bien, on a quand même besoin de manger, non ?

J'ai préféré laisser tomber.

Pour finir, il m'a montré les bungalows. Ils étaient au nombre de douze, disposés en U : deux à la base et cinq de chaque côté. Et, sans l'ombre d'un doute, c'était l'assortiment de bâtiments le plus bizarre que j'aie jamais vu.

En dehors des grands numéros de cuivre qui surmontaient les portes (impairs à gauche, pairs à droite), les bungalows n'avaient absolument rien en commun. Le numéro 9 était hérissé de cheminées comme une usine. Le numéro 4 avait les murs recouverts de plants de tomates et un toit en verre. Le numéro 7 paraissait construit en or massif et il scintillait si fort au soleil qu'il était presque impossible à regarder. Tous donnaient sur un espace à peu près grand comme un terrain de football, où étaient disposés çà et là des statues grecques, des fontaines, des massifs de fleurs et deux paniers de basket-ball (ce qui était plus mon truc).

Au milieu se trouvait un âtre de plein air bordé de pierres. Malgré la douceur de l'après-midi, un feu y était allumé. Une petite fille qui devait avoir neuf ans le surveillait, attisant les braises avec un bâton.

Les deux bungalows qui étaient à la tête du terrain, les numéros 1 et 2, deux grandes boîtes de marbre avec des frontispices en colonnades, me faisaient penser à des mausolées jumeaux « Elle » et « Lui ». Le bungalow 1 était le plus grand et le plus imposant des douze. Ses portes de bronze poli brillaient comme un hologramme, de sorte que sous différents angles, on voyait des éclairs zébrer le métal. Le numéro 2 était plus gracieux, avec ses colonnes minces, garnies de guirlandes de grenades et de fleurs. Des reliefs de paons décoraient les murs.

– Zeus et Héra ? ai-je deviné.

– Exact, a dit Chiron.

– Leurs bungalows ont l'air vides.

– Certains bungalows le sont, c'est vrai. Personne n'occupe jamais le numéro 1 ni le numéro 2.

D'accord. Chaque bungalow avait un dieu différent, comme une mascotte. Douze bungalows pour les douze Olympiens. Mais pourquoi certains d'entre eux restaient-ils vides ?

Je me suis arrêté devant le premier bungalow sur la gauche, le numéro 3.

Ce n'était pas un édifice haut et imposant comme le

numéro 1, mais une bâtisse longue, basse et solide. Les murs extérieurs étaient en pierre brute grise, incrustée de coquillages et de morceaux de corail, comme si les blocs avaient été taillés à même le fond de l'océan. J'ai passé la tête dans l'encadrement béant de la porte et Chiron m'a aussitôt dit :

– Oh, non, n'entre pas !

Avant qu'il ait pu me tirer en arrière, j'ai senti une odeur salée qui m'a rappelé celle du vent sur la plage de Montauk. Les parois intérieures du bungalow luisaient comme de la nacre. Il y avait six lits superposés garnis de draps de soie rabattus, sans aucun signe, pourtant, que quelqu'un y ait jamais dormi. Le lieu dégageait un tel sentiment de tristesse et de solitude que j'ai été soulagé quand Chiron m'a mis la main sur l'épaule en disant :

– Allez, viens, Percy.

La plupart des autres bungalows étaient habités.

Le numéro 5 avait une façade rouge mal badigeonnée, comme si on y avait balancé la peinture avec des seaux et qu'on l'avait étalée à la main. Le faîte du toit était hérissé de barbelés. Une tête de sanglier empaillée surmontait la porte, et j'ai eu l'impression que ses yeux me suivaient. À l'intérieur, j'ai aperçu un groupe de gosses à l'air méchant, des garçons et des filles, qui faisaient des parties de bras de fer et se disputaient dans un vacarme de musique rock tonitruante. La plus bruyante était une fille de treize ou quatorze ans. Elle portait un tee-shirt « Colonie des Sang-Mêlé » XXL sous une veste de camouflage. Elle a foncé droit sur moi et m'a gratifié d'un ricanement mauvais. Elle m'a fait un peu penser à Nancy Bobofit, sauf qu'elle était bien plus grande et plus féroce d'aspect et qu'elle avait les cheveux longs et raides, bruns au lieu de roux.

J'ai poursuivi mon chemin en essayant d'éviter les sabots de Chiron.

– Nous n'avons pas vu d'autres centaures, ai-je observé.

– Non, a répondu tristement Chiron. Mes semblables forment un peuple sauvage et barbare, j'en ai bien peur. Tu peux en rencontrer en pleine nature ou lors des grandes rencontres sportives. Mais tu n'en verras aucun ici.

– Vous me dites que vous vous appelez Chiron. Êtes-vous vraiment...

Il m'a regardé en souriant.

– Le Chiron des histoires ? L'éducateur d'Héraclès et tout ça ? Oui, Percy, c'est moi.

– Mais... vous ne devriez pas être mort ?

Chiron s'est tu, comme si la question l'intriguait.

– Honnêtement, je ne sais pas si je devrais. La vérité, c'est que je ne *peux pas* être mort. Vois-tu, il y a une éternité, les dieux ont exaucé mon souhait. Je pouvais continuer le travail que j'adorais. Je pouvais être un professeur pour héros tant que l'humanité aurait besoin de moi. J'ai beaucoup gagné avec la réalisation de ce souhait... et renoncé à beaucoup de choses également. Mais je suis toujours là, je ne peux donc qu'en conclure qu'on a encore besoin de moi.

J'ai réfléchi à ce que cela représentait d'être prof pendant trois mille ans. Je ne l'aurais pas mis sur ma liste des « Dix choses que je désire le plus au monde ».

– Vous ne trouvez jamais cela ennuyeux ?

– Non, non, a dit Chiron. Horriblement déprimant parfois, mais ennuyeux, jamais.

– Pourquoi déprimant ?

Une fois de plus, Chiron a fait la sourde oreille.

– Ah, tiens, a-t-il dit. Annabeth nous attend.

La blonde dont j'avais fait la connaissance à la Grande Maison lisait un livre devant le dernier bungalow de gauche, le numéro 11.

Lorsque nous l'avons rejointe, elle m'a toisé d'un œil critique comme si elle était encore en train de se dire que je bavais beaucoup dans mon sommeil.

J'ai essayé de voir ce qu'elle lisait, mais je n'ai pas pu déchiffrer le titre. J'ai pensé que ma dyslexie me jouait des tours. Puis j'ai vu que le titre n'était pas en anglais. Les lettres n'avaient pas non plus l'air d'être du même alphabet. C'était du grec, en fait. Il y avait des images de temples, de statues et de différents types de colonnes, comme dans un livre d'architecture.

– Annabeth, a dit Chiron, j'ai une master-class de tir à l'arc à midi. Puis-je te confier Percy ?

– Oui, monsieur.

– Bungalow 11, a poursuivi Chiron à mon intention, avec un geste vers l'entrée. Percy, te voici chez toi.

De tous les bungalows, le numéro 11 était celui qui ressemblait le plus à un vieux bungalow de colonie de vacances, et j'insiste sur « vieux ». La dalle du seuil était usée, la peinture marron s'écaillait. Au-dessus de la porte, on voyait ce symbole qu'ont les médecins, une baguette ailée entourée de deux serpents. Comment ça s'appelle, déjà… ? Un caducée.

À l'intérieur, le bungalow était plein à craquer, de garçons comme de filles, en bien plus grand nombre que les lits superposés. Le sol était couvert de sacs de couchage. On aurait dit un gymnase converti en centre d'évacuation par la Croix-Rouge.

Chiron n'est pas entré. L'embrasure de la porte était trop basse pour lui. Mais en le voyant, les pensionnaires se sont tous levés et inclinés respectueusement.

– Bien, a dit Chiron. Alors bonne chance, Percy. Nous nous reverrons au dîner.

Sur ces mots, il est parti au galop vers le terrain de tir à l'arc.

Debout sur le pas de la porte, j'ai regardé les pensionnaires. Ils ne s'inclinaient plus. Ils me dévisageaient, me jaugeaient. Je connaissais bien ce petit jeu. J'y avais participé dans suffisamment d'écoles.

– Eh bien ? m'a lancé Annabeth. Vas-y.

Alors, bien sûr, j'ai trébuché en entrant et je me suis couvert de ridicule. Quelques ricanements ont fusé, mais personne n'a rien dit.

Annabeth a annoncé :

– Percy Jackson, je te présente le bungalow 11.

– Régulier ou indéterminé ? a demandé quelqu'un.

Je ne savais pas quoi répondre mais Annabeth a dit :

– Indéterminé.

Tout le monde a grogné.

Un garçon qui était un peu plus âgé que les autres s'est avancé.

– Voyons, voyons, pensionnaires. Nous sommes là pour ça.

Sois le bienvenu, Percy. Tu peux prendre ce coin par terre, juste là.

Il avait dans les dix-neuf ans et paraissait plutôt sympa. Il était grand et musclé, avec des cheveux blonds coupés court et un sourire chaleureux. Il portait un débardeur orange, un short taillé dans un jean, des sandales et, autour du cou, un lien de cuir avec cinq perles d'argile de couleurs différentes. La seule chose qui était troublante, dans son apparence, c'était une épaisse balafre blanche qui lui barrait le visage, de l'œil droit à la mâchoire, comme un ancien coup de couteau.

– C'est Luke, m'a dit Annabeth, d'une voix qui m'a paru légèrement différente. (Je lui ai jeté un coup d'œil et j'aurais juré qu'elle rougissait. Elle a remarqué que je la regardais et son expression s'est durcie à nouveau.) C'est ton conseiller pour le moment.

– Pour le moment ? ai-je demandé.

– Tu es indéterminé, m'a expliqué Luke avec patience. Ils ne savent pas dans quel bungalow te placer, alors tu te retrouves ici. Le bungalow 11 accueille tous les nouveaux venus, tous les visiteurs. Et c'est bien naturel. Hermès, notre protecteur, est le dieu des voyageurs.

J'ai regardé la minuscule portion de sol qu'il m'avait attribuée. Je ne disposais de rien dont je puisse me servir pour marquer mon territoire, pas de bagages, pas de vêtements, pas de sac de couchage. Juste la corne du Minotaure. J'ai pensé à la déposer dans mon carré de sol, mais je me suis alors rappelé qu'Hermès était aussi le dieu des voleurs.

J'ai regardé les visages des pensionnaires autour de moi : certains étaient moroses et méfiants, d'autres souriaient bêtement, d'autres encore me reluquaient comme s'ils guettaient l'occasion de me faire les poches.

– Combien de temps vais-je rester ici ? ai-je demandé.

– Bonne question, a répondu Luke. Jusqu'à ce que tu sois déterminé.

– Combien de temps ça va prendre ?

Les pensionnaires ont tous éclaté de rire.

– Viens, m'a dit Annabeth. Je vais te montrer le terrain de volley-ball.

– Je l'ai déjà vu.

– Viens.

Elle m'a attrapé par le poignet et m'a tiré dehors. J'ai entendu les pensionnaires du bungalow 11 rire dans mon dos.

Au bout d'un mètre ou deux, Annabeth m'a dit :

– Jackson, il faut que tu assures un peu mieux que ça.

– Quoi ?

Elle a roulé des yeux et grommelé à mi-voix :

– Quand je pense que j'ai cru que c'était toi.

– C'est quoi ton problème ? (Son attitude commençait à m'agacer.) Tout ce que je sais, c'est que j'ai tué une espèce d'homme-taureau...

– Ne parle pas comme ça ! Sais-tu combien de mômes dans cette colonie auraient aimé avoir cette occasion ?

– De se faire tuer ?

– De combattre le Minotaure ! Pourquoi crois-tu que nous nous entraînons ?

J'ai secoué la tête.

– Écoute, si la créature que j'ai combattue était vraiment le fameux Minotaure, celui des histoires...

– Oui.

– Alors il n'y en a qu'un seul.

– Oui.

– Et il est mort depuis un sacré paquet d'années, exact ? Thésée l'a tué dans le labyrinthe. Alors...

– Les monstres ne meurent pas, Percy. On peut les tuer, mais ils ne meurent pas.

– Ah, merci. Ça explique tout.

– Ils n'ont pas d'âme comme toi et moi. Tu peux les dissiper pour un certain temps, toute une vie si tu as de la chance. Mais ce sont des forces primitives. Chiron les appelle des archétypes. Ils finissent toujours par se reformer.

J'ai pensé à Mme Dodds.

– Tu veux dire que si j'en tuais un par accident, avec une épée...

– La Fur... je veux dire, ta prof de maths. C'est exact. Elle est toujours dans le circuit. Tu l'as juste mise très, très en colère.

– Comment es-tu au courant pour Mme Dodds ?

– Tu parles en dormant.

– Tu as failli l'appeler d'un autre nom. Une Furie ? Ce sont les tortionnaires d'Hadès, c'est bien ça ?

Annabeth a jeté un regard inquiet vers le sol, comme si elle s'attendait à ce qu'il s'ouvre et l'engloutisse.

– Tu ne devrais pas les appeler par leur nom, même ici. Nous les appelons les Bienveillantes, si nous avons vraiment besoin de parler d'elles.

– On ne peut rien dire sans déclencher le tonnerre, ici, ou quoi ? (Même moi, j'ai trouvé que j'avais un ton geignard, mais pour le moment ça m'était égal.) Et pourquoi dois-je rester au bungalow 11, de toute façon ? Pourquoi tant de monde s'entasse dans ce bungalow alors qu'il y a plein de lits vides dans ceux-là ?

J'ai montré du doigt les premiers bungalows et Annabeth a pâli.

– On ne choisit pas un bungalow comme ça, Percy. Ça dépend de qui sont tes parents. Ou... ton parent.

Elle m'a regardé, attendant que je comprenne.

– Ma mère est Sally Jackson, ai-je dit. Elle travaille à la confiserie de la gare de Grand Central. Enfin, travaillait.

– Je suis désolée pour ta maman, Percy. Mais ce n'est pas ce que je veux dire. Je parle de ton autre parent. Ton père.

– Il est mort. Je ne l'ai jamais connu.

Annabeth a soupiré. Il était évident qu'elle avait déjà eu cette conversation avec d'autres gamins.

– Ton père n'est pas mort, Percy.

– Comment peux-tu dire ça ? Tu le connais ?

– Non, bien sûr que non.

– Alors comment peux-tu dire que...

– Parce que je te connais toi. Tu ne serais pas ici si tu n'étais pas un des nôtres.

– Tu ne sais rien de moi.

– Non ? (Elle a dressé le sourcil.) Je parie que tu es passé d'école en école. Je parie que tu t'es fait souvent renvoyer.

– Comment...

– Qu'on t'a dit que tu étais dyslexique. Et aussi que tu souffrais d'hyperactivité, sans doute.

J'ai essayé de ravaler mon embarras :

– Quel rapport avec le reste ?

– C'est un ensemble de signes qui ne trompe pas. Les

lettres dansent devant tes yeux quand tu lis, n'est-ce pas ? C'est parce que ton cerveau est programmé pour le grec ancien. Et le syndrome d'hyperactivité avec déficit de l'attention : tu es impulsif, tu as du mal à rester assis sans bouger pendant les cours. Ce sont tes réflexes du champ de bataille. Dans une situation de combat, ils te maintiendraient en vie. Quant à ton déficit d'attention, Percy, c'est parce que tu vois trop de choses, et non trop peu. Tes sens sont supérieurs à ceux d'un mortel normal. Bien sûr, les professeurs veulent qu'on te mette sous médicaments. La plupart d'entre eux sont des monstres. Ils ne veulent pas que tu les voies pour ce qu'ils sont.

– Tu parles comme si... tu avais vécu la même chose ?

– C'est le cas de presque tous les pensionnaires. Si tu n'étais pas comme nous, tu n'aurais pas survécu au Minotaure, et encore moins à l'ambroisie et au nectar.

– L'ambroisie et le nectar ?

– La nourriture et la boisson que nous t'avons données pour te fortifier. Si tu étais un gosse normal, ça t'aurait tué. Ton sang se serait enflammé, tes os se seraient changés en sable et tu serais mort. Regarde les choses en face : tu es un sang-mêlé.

Un sang-mêlé.

Tant de questions se bousculaient dans ma tête que je ne savais pas par où commencer.

C'est alors qu'une voix rauque a hurlé :

– Eh ! ! Un nouveau !

J'ai tourné la tête. La grande fille baraquée du hideux bungalow rouge s'approchait de nous d'un pas nonchalant.

Trois filles la suivaient, massives, laides et féroces comme elle, toutes en vestes de camouflage.

– Clarisse, a dit Annabeth en soupirant. Tu ne veux pas aller astiquer ta lance ?

– Bien sûr, Princesse, a dit la fille baraquée. Pour te transpercer avec vendredi soir.

– *Errete es korakas*, a répondu Annabeth. (Je ne sais pas comment mais j'ai compris que ça voulait dire « Va aux corbeaux » en grec, même si j'avais aussi le sentiment que c'était une injure bien pire qu'il n'y paraissait.) Tu n'as aucune chance.

– Nous allons te pulvériser, a dit Clarisse.

Mais elle a cillé. Peut-être n'était-elle pas si sûre que ça de pouvoir mettre sa menace à exécution. Elle s'est tournée vers moi.

– C'est qui, ce petit avorton ?

– Percy Jackson, a dit Annabeth, je te présente Clarisse, fille d'Arès.

J'ai tressailli.

– Comme... le dieu de la guerre ?

Clarisse a ricané.

– Ça te pose problème ?

– Non, ai-je répondu en me ressaisissant. Ça explique la mauvaise odeur.

Clarisse a poussé un grognement et dit :

– Nous avons une cérémonie d'initiation pour les nouveaux, Cerfeuil.

– Percy.

– C'est pareil. Viens, je vais te montrer.

– Clarisse..., a commencé Annabeth.

– Te mêle pas de ça, Puits de Sagesse.

Annabeth a eu l'air chagrinée mais elle n'a pas insisté. D'ailleurs, je ne souhaitais pas vraiment qu'elle m'aide. J'étais le nouveau. Il fallait que je me fasse une réputation.

J'ai tendu ma corne de minotaure à Annabeth et je me suis tenu prêt à me battre, mais sans que j'aie eu le temps de voir venir, Clarisse m'a empoigné par le cou et traîné vers un bâtiment de parpaings. J'ai tout de suite compris que c'étaient les toilettes.

Je donnais des coups de pied et des coups de poing. Je m'étais déjà battu plein de fois dans ma vie, mais cette immense Clarisse avait une poigne de fer. Elle m'a traîné à l'intérieur des toilettes pour filles. Il y avait une rangée de WC d'un côté, une rangée de douches de l'autre. L'odeur était exactement la même que dans n'importe quelles toilettes publiques et je me suis dit – si tant est que j'arrivais à penser, avec Clarisse qui m'arrachait les cheveux – que si cet endroit appartenait aux dieux, ils auraient pu se payer des toilettes un peu plus classe.

Les copines de Clarisse riaient et j'essayais de retrouver la force dont je m'étais servi pour combattre le Minotaure, mais je n'y arrivais pas.

– Ce tocard, de l'étoffe des « Trois Grands » ? a dit Clarisse en me poussant vers un des WC. J'y crois pas une seconde. Le Minotaure a dû s'écrouler de rire en le voyant tellement il a l'air bête.

Ses amies ont ricané.

Debout dans un coin, Annabeth regardait entre ses doigts.

Clarisse m'a forcé à m'agenouiller et s'est mise à me pousser la tête vers la cuvette. Celle-ci dégageait une puanteur de tuyaux rouillés et de, comment dire... de ce qui va dans des WC. Je luttais pour garder la tête levée. Tout en regardant l'eau crasseuse, je me disais : *Je ne plongerai pas la tête là-dedans Pas question.*

Alors il s'est passé quelque chose. J'ai senti une tension au creux de mon ventre, j'ai entendu la plomberie gronder, les tuyaux trembler. Clarisse a desserré sa poigne. Un jet d'eau a fusé de la cuvette en traçant un arc juste au-dessus de ma tête et, brusquement, j'ignore comment, je me suis retrouvé affalé par terre sur le carrelage, tandis que Clarisse, debout derrière moi, hurlait.

À l'instant où j'ai tourné la tête, une nouvelle gerbe d'eau a jailli de la cuvette des WC et touché Clarisse en pleine figure, avec une telle force qu'elle est tombée sur le derrière. Le jet d'eau a continué de l'arroser comme une lance d'incendie, la poussant violemment vers une des douches.

Elle se débattait, hoquetait, et ses amies se sont précipitées à sa rescousse. Mais alors les autres WC ont explosé, eux aussi, et six nouveaux jets d'eau ont refoulé les arrivantes. Puis les douches se sont mêlées à la partie, et à eux tous, les jets d'eau ont balayé toutes les filles en veste de camouflage hors des toilettes, les ballottant comme des détritus emportés par un courant.

Dès qu'elles ont eu franchi le seuil, j'ai senti la tension au creux de mon ventre se calmer, et l'eau s'est arrêtée aussi vite qu'elle avait déferlé.

La salle de bains était inondée. Annabeth n'avait pas été épargnée. Elle dégoulinait, mais elle n'avait pas été expulsée du bâtiment. Elle était debout pile au même endroit et me regardait avec stupéfaction.

Baissant les yeux, je me suis rendu compte que j'étais assis dans le seul endroit sec de la pièce. Je me trouvais au milieu d'un cercle de sol sec. Je n'avais pas une seule goutte d'eau sur mes vêtements. Rien.

Je me suis relevé, jambes flageolantes.

– Comment as-tu..., a commencé Annabeth.

– Je ne sais pas, l'ai-je interrompue.

Nous nous sommes dirigés vers la porte. Clarisse et ses amies étaient vautrées dans la boue, et quelques autres pensionnaires s'étaient attroupés autour d'elles. Clarisse avait les cheveux plaqués sur la figure. Sa veste de camouflage était trempée et elle empestait les égouts. Elle m'a jeté un regard de haine à l'état pur.

– T'es mort, le nouveau. T'es carrément mort.

J'aurais sans doute dû laisser courir, mais j'ai répondu :

– Tu veux te gargariser au jus de WC de nouveau, Clarisse ? Ferme ta bouche.

Ses amies ont dû la retenir. Elles l'ont traînée vers le bungalow 5, et les pensionnaires attroupés se sont vite écartés pour éviter ses coups de pied furieux.

Annabeth me dévisageait. J'ignorais si elle était juste dégoûtée ou si elle m'en voulait de l'avoir aspergée.

– Qu'est-ce qu'il y a ? lui ai-je demandé. À quoi tu penses ?

– Je pense, a-t-elle répondu, que je te veux dans mon équipe pour Capture-l'étendard.

7 MON DÎNER PART EN FUMÉE

La rumeur de l'incident des toilettes s'est répandue comme une traînée de poudre. Partout où j'allais, les pensionnaires me montraient du doigt en murmurant, et il me semblait entendre « eau de WC ». Peut-être regardaient-ils juste Annabeth, qui était encore trempée.

Elle m'a montré quelques autres endroits : l'atelier aux métaux (où les jeunes forgeaient leurs propres épées), la salle d'art et d'artisanat (des satyres y polissaient à la sableuse une immense statue de marbre représentant un homme-chèvre) et le mur d'escalade, lequel se composait en fait de deux murs en vis-à-vis qui tremblaient violemment, projetaient des rochers et des jets de lave, et s'écrasaient l'un contre l'autre si on n'arrivait pas en haut assez vite.

En fin de parcours, nous sommes retournés au lac de canoë-kayak, d'où la piste ramenait aux bungalows.

– Il faut que j'aille m'entraîner, a dit Annabeth d'un ton neutre. Le dîner est à sept heures et demie. Tu n'auras qu'à suivre ton bungalow au réfectoire.

– Annabeth, je suis désolé pour les toilettes.

– Pas grave.

– Ce n'était pas ma faute.

Elle m'a regardé d'un air dubitatif et j'ai alors pris conscience qu'en fait c'était ma faute. J'avais fait jaillir l'eau des WC et des douches. Je n'arrivais pas à comprendre comment, mais les toilettes m'avaient répondu. Je n'avais plus fait qu'un avec la tuyauterie.

– Il faut que tu consultes l'Oracle, a dit Annabeth.

– Qui ça ?

– Pas « qui ». « Quoi ». L'Oracle. Je demanderai à Chiron.

J'ai plongé le regard dans les eaux du lac, songeant que j'aimerais bien que quelqu'un, pour une fois, me donne une réponse claire.

Je ne m'attendais pas à trouver un interlocuteur dans les profondeurs, aussi ai-je sursauté en découvrant deux adolescentes assises en tailleur au pied de la jetée, environ six mètres sous l'eau. Elles portaient des blue-jeans et des tee-shirts scintillants et leurs cheveux bruns flottaient librement sur leurs épaules, parmi une myriade de petits poissons. Elles m'ont fait signe de la main en souriant comme si j'étais un ami qu'elles n'avaient pas vu depuis longtemps.

Je ne savais pas quoi faire. Alors je les ai saluées à mon tour.

– Ne les encourage pas, m'a dit Annabeth. Les naïades sont de redoutables allumeuses.

– Les naïades ? ai-je répété, complètement accablé. C'est bon, là. Je veux rentrer chez moi, maintenant.

Annabeth a froncé les sourcils :

– Mais tu ne comprends pas, Percy ? Tu es chez toi ici. C'est le seul endroit sur terre qui soit sûr pour des enfants comme nous.

– Tu veux dire les enfants souffrant de troubles psychologiques ?

– Je veux dire pas humains. Pas entièrement humains, en tout cas. À moitié humains.

– Moitié humains et moitié quoi ?

– Je crois que tu le sais.

Je ne voulais pas l'admettre, mais j'avais peur de le savoir, effectivement. J'ai senti un picotement dans mes membres, sensation que j'avais déjà éprouvée parfois, quand ma mère me parlait de mon père.

– Dieu, ai-je dit. À moitié dieu.

Annabeth a hoché la tête.

– Ton père n'est pas mort, Percy. C'est un des Olympiens.

– C'est... fou.

– Vraiment ? Quelle est la chose la plus fréquente que font les dieux dans les vieilles histoires ? Ils passaient leur temps à tomber amoureux d'humains et à avoir des enfants avec eux. Tu t'imagines qu'ils auraient changé leurs habitudes ces quelques derniers millénaires ?

– Mais ce ne sont que des... (J'allais dire « des mythes », puis je me suis souvenu de Chiron me disant que dans deux mille ans, on pourrait me traiter moi-même de mythe.) Mais si les gamins ici sont tous à moitié dieux...

– Demi-dieux, a dit Annabeth. C'est le terme officiel. Demi-dieu ou sang-mêlé.

– Alors qui est ton père ?

Les mains d'Annabeth se sont crispées sur la balustrade de la jetée. J'ai eu l'impression que j'avais touché un point sensible.

– Mon père est professeur à l'académie militaire de

West Point, a-t-elle répondu. Je ne l'ai pas vu depuis que j'étais toute petite. Il enseigne l'histoire américaine.

– Il est humain.

– Quoi ? Tu présumes que ce sont forcément des dieux mâles qui sont attirés par des humaines ? Plus sexiste que ça, tu meurs !

– Qui est ta mère, alors ?

– Bungalow 6.

– C'est-à-dire ?

Annabeth s'est redressée.

– Athéna. Déesse de la sagesse et du combat.

D'accord, me suis-je dit en mon for intérieur. *Pourquoi pas ?*

– Et mon père ?

– Indéterminé, comme je te le disais tout à l'heure. Personne ne le sait.

– Sauf ma mère. Elle le savait.

– Peut-être pas, Percy, a dit Annabeth. Les dieux ne révèlent pas toujours leur identité.

– Mon père le lui aurait dit. Il l'aimait.

Annabeth m'a lancé un regard prudent. Elle ne voulait pas me faire de la peine.

– Tu as peut-être raison, a-t-elle ajouté. Il enverra peut-être un signe. C'est le seul moyen de savoir avec certitude : ton père doit envoyer un signe te revendiquant comme son fils. Cela se produit parfois.

– Tu veux dire que parfois, ça ne se produit pas ?

Annabeth a passé la main sur la balustrade.

– Les dieux sont occupés. Ils ont plein d'enfants et ils ne sont pas toujours... Écoute, parfois ils ne s'intéressent pas à nous, Percy. Ils nous ignorent.

J'ai repensé à certains des enfants que j'avais vus au bungalow d'Hermès, des adolescents qui avaient l'air moroses et déprimés, comme s'ils attendaient un coup de fil qui ne venait jamais. J'avais connu des jeunes comme ça à Yancy, envoyés en pension par des parents riches qui n'avaient pas le temps de s'occuper d'eux. Mais des dieux devaient se comporter mieux, pensais-je.

– Alors je suis coincé ici, ai-je dit. C'est ça ? Pour le restant de ma vie ?

– Ça dépend, a répondu Annabeth. Certains pensionnaires passent seulement l'été à la colonie. Si tu es un enfant d'Aphrodite ou de Déméter, tu n'es sans doute pas une force puissante. Les monstres risquent de t'ignorer, tu peux donc te contenter de suivre quelques mois d'entraînement l'été et vivre dans le monde des mortels le reste de l'année. Mais pour certains d'entre nous, il est trop dangereux de partir. Nous sommes des permanents. Dans le monde des mortels, nous attirons les monstres. Ils détectent notre présence. Ils viennent nous provoquer au combat. Le plus souvent, ils nous laissent tranquilles jusqu'à ce que nous soyons assez grands pour causer des ennuis, c'est-à-dire jusqu'à l'âge de dix ou onze ans, mais après cela, la plupart des demi-dieux débarquent ici ou se font éliminer. Quelques-uns parviennent à survivre dans le monde extérieur et deviennent célèbres. Crois-moi, si je te donnais des noms, tu les connaîtrais. Certains ne se rendent même pas compte qu'ils sont des demi-dieux. Mais ce sont des cas très, très rares.

– Alors les monstres ne peuvent pas entrer ici ?

Annabeth a secoué négativement la tête.

– Sauf s'ils ont été placés délibérément dans les bois ou convoqués spécialement par quelqu'un de l'intérieur.

– Quelle raison peut-on bien avoir de convoquer un monstre ?

– S'entraîner au combat. Faire une farce.

– Une farce ?

– Le truc, c'est que les limites de la colonie sont verrouillées pour empêcher les mortels et les monstres d'entrer. De l'extérieur, les mortels regardent la vallée et ne voient rien d'anormal, juste des champs de fraises.

– Alors... tu es une permanente ?

Annabeth a hoché la tête. De l'intérieur de son tee-shirt, elle a sorti un lien de cuir orné de cinq pierres d'argile de différentes couleurs qu'elle portait au cou. Il était exactement comme celui de Luke, sauf qu'une grosse bague en or y était également enfilée.

– Je suis ici depuis mes sept ans, a-t-elle dit. Chaque année au mois d'août, le dernier jour de la session d'été, tu reçois une perle pour avoir survécu une année de plus. Je suis ici depuis plus longtemps que la plupart des conseillers, et ils vont tous à la fac.

– Pourquoi es-tu venue si petite ?

Annabeth s'est mise à tripoter la bague à son cou.

– Ça ne te regarde pas.

– Oh. (Je me suis tu, mal à l'aise. Au bout d'une minute, j'ai repris la parole.) Alors... je pourrais m'en aller d'ici tout de suite, si je voulais ?

– Ce serait du suicide mais tu pourrais, avec la permission de Monsieur D. ou de Chiron. Cela dit, ils ne te donneraient pas leur permission avant la fin de la session d'été sauf...

– Sauf ?

– Si on te confiait une quête. Mais cela n'arrive pratiquement jamais. La dernière fois...

Annabeth n'a pas fini sa phrase. Au ton de sa voix, j'ai compris que la dernière fois, ça ne s'était pas bien passé.

– Dans l'infirmerie, ai-je repris, quand tu me donnais ce truc à manger...

– L'ambroisie.

– Ouais.

– Tu m'as posé une question sur le solstice d'été.

Les épaules d'Annabeth se sont crispées :

– Alors tu sais quelque chose ?

– En fait... non. À mon ancienne école, j'ai surpris une conversation entre Grover et Chiron. Grover a parlé du solstice d'été. Il a dit que nous n'avions pas beaucoup de temps, à cause de l'échéance, un truc de ce genre. Qu'est-ce que ça signifiait ?

Annabeth a serré les poings :

– Si seulement je savais ! Chiron et les satyres le savent, mais ils refusent de me le dire. Il y a quelque chose qui cloche à l'Olympe, quelque chose de grave. Pourtant, la dernière fois que j'y suis allée, tout avait l'air normal.

– Tu es allée à l'Olympe ?

– Nous sommes quelques permanents – Luke, Clarisse, moi et une poignée d'autres – à y être allés en sortie éducative pendant le solstice d'hiver. C'est le moment où les dieux tiennent leur grand conseil annuel.

– Mais... comment y es-tu allée ?

– Ben, par le chemin de fer de Long Island, bien sûr. Tu descends à la gare de Penn Station. À l'Empire State Building, tu prends l'ascenseur spécial pour le six centième étage. (Elle m'a regardée comme si elle était persuadée que je savais déjà tout cela.) Tu es new-yorkais, n'est-ce pas ?

– Ouais, bien sûr.

À ma connaissance, l'Empire State Building n'avait que cent deux étages, mais j'ai décidé de ne pas faire de commentaire.

– Juste après notre visite, a repris Annabeth, le temps s'est détraqué, comme si une dispute avait éclaté entre les dieux. Depuis, j'ai surpris deux ou trois conversations entre des satyres. À ce que j'ai pu comprendre, quelque chose d'important a été volé. Et si cette chose n'est pas restituée d'ici le solstice d'été, ça va barder. Lorsque tu es arrivé, j'ai espéré... Je veux dire, Athéna peut s'entendre avec pratiquement tout le monde, à part Arès. Et puis, bien sûr, il y a sa rivalité avec Poséidon. Mais enfin, à part ça, je pensais que nous pourrions travailler ensemble. Je croyais que tu savais quelque chose.

J'ai secoué la tête. J'aurais bien aimé pouvoir l'aider, mais j'avais le ventre trop vide et la tête trop pleine pour poser d'autres questions.

– Il faut que je décroche une quête, a murmuré Annabeth à part soi. Je ne suis pas trop jeune. Si seulement ils me disaient quel était le problème...

J'ai senti une odeur de barbecue dans les parages. Annabeth a dû m'entendre gargouiller car elle m'a dit d'y aller, qu'elle me rejoindrait plus tard. Quand je suis parti, elle passait lentement le doigt sur la balustrade, comme pour dessiner un plan de bataille.

Au bungalow 11, tout le monde bavardait et s'amusait en attendant l'heure du dîner. Pour la première fois, j'ai remarqué que beaucoup de pensionnaires avaient des traits ressemblants : le nez pointu, des sourcils en accent circonflexe, un sourire malicieux. C'était le genre de mômes que les profs cataloguaient tout de suite comme des chahuteurs. Heureusement, personne n'a fait attention à moi quand je suis allé à mon coin de sol pour m'y affaler avec ma corne de minotaure.

Luke, le conseiller, m'a rejoint. Lui aussi avait l'air de famille Hermès, bien que gâché par la balafre à sa joue gauche. Son sourire, en revanche, était intact.

– Je t'ai trouvé un sac de couchage, a-t-il dit. Tiens, je t'ai volé quelques affaires de toilette dans la réserve de la colonie, aussi.

Je ne savais pas s'il plaisantait ou non, pour le vol.

– Merci, ai-je dit.

– Pas de problème. (Luke s'est assis à côté de moi en s'adossant au mur.) Rude première journée ?

– Je ne suis pas à ma place ici, ai-je dit. Je ne crois même pas aux dieux.

– Ouais. On a tous commencé comme ça. Et tu sais quoi ? Une fois que tu commences à y croire, ça ne te simplifie pas les choses.

L'amertume que j'ai décelée dans sa voix m'a surpris parce que Luke avait l'air d'un type assez cool. Le genre de type qui peut s'adapter à pratiquement n'importe quoi.

– Alors ton père, c'est Hermès ? lui ai-je demandé.

Il a sorti un couteau à cran d'arrêt de sa poche et j'ai cru une seconde qu'il allait m'étriper, mais il s'est contenté de racler la boue de sa semelle de sandale.

– Ouais. Hermès.

– Le messager aux pieds ailés.

– C'est lui. Messagers. Médecins. Voyageurs, marchands, voleurs. Tous ceux qui prennent la route. C'est pour cette raison que tu es là, que tu bénéficies de l'hospitalité du bungalow 11. Hermès n'est pas regardant, il parraine n'importe qui

Je me suis dit que Luke n'avait pas voulu me traiter de n'importe qui. Il était sans doute préoccupé.

– As-tu jamais rencontré ton père ? lui ai-je demandé.

– Une fois.

J'ai attendu, pensant que s'il voulait me le raconter, il le ferait. Apparemment, il ne le souhaitait pas. Je me suis demandé si l'histoire avait un rapport avec sa balafre.

Luke a levé la tête et a souri.

– Ne t'inquiète pas, Percy. Les pensionnaires d'ici, pour la plupart, ce sont des gentils. Après tout, c'est la famille élargie, pas vrai ? Nous veillons les uns sur les autres.

Il semblait comprendre à quel point je me sentais perdu et je lui en étais reconnaissant car, normalement, un gars plus âgé comme lui – même s'il était conseiller – aurait évité un collégien bourré de problèmes comme moi. Mais Luke m'avait accueilli au bungalow. Il avait même volé des affaires de toilette pour moi, et c'était la plus grande marque de gentillesse que j'avais reçue de toute la journée.

J'ai décidé de lui poser ma dernière grande question, celle qui m'avait tracassé tout l'après-midi.

– Clarisse, de chez Arès, s'est moquée de moi en disant que je ne pouvais pas être de « l'étoffe des Trois Grands ». Et puis

Annabeth... deux fois, elle a dit que « c'était peut-être moi ». Peut-être moi quoi ? Elle a dit que je devais consulter l'Oracle. Qu'est-ce que ça signifie, tout ça ?

Luke a replié son cran d'arrêt.

– Je déteste les prophéties, a-t-il dit.

– Qu'est-ce que tu veux dire ?

Son visage a tressailli, tirant sur sa cicatrice.

– Disons juste que j'ai gâché les choses pour tout le monde. Ça fait deux ans, depuis que mon expédition au jardin des Hespérides a mal tourné, que Chiron n'autorise plus aucune quête. Annabeth meurt d'envie d'aller dans le monde. Elle a tellement asticoté Chiron qu'il a fini par lui dire qu'il connaissait déjà son sort. Qu'il avait reçu une prophétie de l'Oracle. Il a refusé de tout lui raconter, mais il a dit qu'Annabeth n'était pas encore destinée à partir en quête. Elle devait attendre que... quelqu'un de spécial arrive à la colonie.

– Quelqu'un de spécial.

– T'inquiète pas, mon grand, a dit Luke. Chaque fois qu'un nouveau pensionnaire arrive, Annabeth s'imagine que c'est le présage qu'elle attend. Maintenant viens, c'est l'heure du dîner.

À peine a-t-il fini sa phrase qu'une corne a retenti au loin. J'ai su qu'il s'agissait d'une conque, même si je n'en avais encore jamais entendu.

– Le 11 ! a crié Luke. À vos rangs !

Le bungalow tout entier – nous étions environ une vingtaine – est sorti à la queue leu leu dans la cour. Nous nous sommes rangés par ordre d'ancienneté, ce qui a fait de moi le grand dernier, bien sûr. Des pensionnaires affluaient des autres bungalows également, sauf des trois bungalows vides du bout et du bungalow 8, qui m'avait paru normal à la lumière du jour mais qui commençait à luire d'un éclat argenté maintenant que le soleil se couchait.

Nous avons gravi la colline en direction du pavillon à colonnes du réfectoire. Des satyres ont quitté la prairie pour nous rejoindre. Des naïades ont émergé du lac. Quelques autres filles sont sorties des bois – et quand je dis sorties des bois, je veux dire *directement* sorties des bois. J'ai vu une petite fille de neuf ou dix ans surgir du tronc d'un érable et s'élancer en sautillant sur le flanc de la colline.

En tout, il devait y avoir une centaine de pensionnaires, quelques douzaines de satyres et une douzaine de nymphes des bois et naïades.

Au réfectoire, des torches flambaient tout autour des colonnes de marbre. Au centre, un feu brûlait dans un brasero de bronze de la taille d'une baignoire. Chaque bungalow disposait de sa table attitrée, recouverte d'une nappe blanche à liseré violet. Quatre tables étaient vides. En revanche, il y avait beaucoup trop de monde à celle du bungalow 11. J'ai dû me coincer en bout de banc, une moitié de fesse dans le vide.

J'ai aperçu Grover à la table 12 en compagnie de Monsieur D., de quelques satyres et de deux garçons dodus qui ressemblaient beaucoup à Monsieur D. Chiron se tenait juste à côté de la table, bien trop petite pour un centaure.

Annabeth était assise en table 6 avec un groupe de jeunes à l'allure sportive, qui avaient tous ses yeux gris et sérieux et ses cheveux couleur de miel.

Clarisse était assise derrière moi, à la table d'Arès. Elle avait dû se remettre de sa douche forcée car elle riait et rotait gaillardement avec sa tablée.

Au bout d'un moment, Chiron a martelé de son sabot le sol de marbre du pavillon et tout le monde s'est tu. Il a levé un verre.

– Aux dieux !

Tout le monde a levé son verre en reprenant :

– Aux dieux !

Des nymphes se sont avancées avec des plats chargés de nourriture : raisins, pommes, fraises, fromage, pain frais, et, oui, grillades ! Mon verre était vide mais Luke m'a dit :

– Parle-lui. Demande-lui ce que tu veux, sans alcool bien sûr.

J'ai dit :

– Coca cerise.

Le verre s'est rempli d'un liquide brun caramel pétillant.

Puis j'ai eu une idée :

– Coca cerise *bleu.*

Mon soda a viré au bleu cobalt.

J'ai goûté prudemment. Parfait.

J'ai porté un toast à ma mère.

Elle n'a pas disparu, me suis-je dit. *Pas de façon définitive, en tout cas. Elle est aux Enfers. Et si c'est un lieu réel, alors, un jour...*

– Tiens, Percy, m'a dit Luke en me tendant un plat d'entrecôtes grillées.

Je me suis servi généreusement et j'allais me découper une belle bouchée quand j'ai remarqué que tout le monde se levait et se dirigeait, assiette à la main, vers le feu central. Je me suis demandé s'ils allaient chercher le dessert ou quoi.

– Viens, m'a dit Luke.

En me rapprochant, j'ai vu que chacun, son tour venu, prélevait une part de son repas et la jetait dans les flammes : la fraise la plus mûre, la tranche de viande la plus juteuse, le petit pain le plus chaud et beurré.

Luke m'a murmuré à l'oreille :

– Offrandes brûlées pour les dieux. Ils aiment l'odeur.

– Tu plaisantes ?

Son regard m'a averti de ne pas prendre cela à la légère, pourtant je ne pouvais pas m'empêcher de me demander pourquoi un être immortel et tout-puissant aimerait l'odeur d'aliments brûlés.

Luke s'est approché du feu, a penché la tête et jeté une grappe de gros raisins noirs :

– Hermès.

C'était maintenant mon tour.

J'aurais tellement aimé savoir quel dieu nommer.

Alors j'ai prononcé une prière silencieuse : qui que tu sois, dis-le-moi. S'il te plaît.

J'ai jeté un beau morceau d'entrecôte dans les flammes.

Lorsqu'une bouffée de fumée m'est parvenue aux narines, je n'ai pas suffoqué.

Elle n'avait pas du tout une odeur d'aliments brûlés. Elle sentait le chocolat chaud et les gâteaux sortant du four, les hamburgers au barbecue et les fleurs des champs, ainsi qu'une centaine d'autres bonnes choses dont les parfums n'auraient pas dû aller bien ensemble, mais qui pourtant se mélangeaient délicieusement. J'aurais presque pu croire que les dieux se nourrissaient de cette fumée.

Une fois que tout le monde eut regagné sa place et fini de dîner, Chiron a de nouveau tapé du sabot.

Monsieur D. s'est levé en poussant un gros soupir.

– Bon, je crois qu'il faut que je vous dise bonjour à tous, les marmots. Alors bonjour. Notre directeur d'activités, Chiron, annonce que le prochain Capture-l'étendard aura lieu vendredi. Actuellement, c'est le bungalow 5 qui détient les lauriers.

Des acclamations stridentes ont jailli de la table d'Arès.

– Personnellement, a continué Monsieur D., je m'en moque, mais félicitations. Et puis je dois aussi vous dire que nous avons un nouveau pensionnaire à partir d'aujourd'hui. Peter Jackson.

Chiron a murmuré quelque chose.

– Euh, Percy Jackson, a rectifié Monsieur D. C'est ça. Bienvenue, hourra et cetera. Maintenant filez à votre stupide feu de camp. Allez.

Tout le monde a applaudi. Nous nous sommes tous dirigés vers l'amphithéâtre, où le bungalow d'Apollon a animé la soirée de chants. Nous avons chanté des chansons sur les dieux, mangé des marshmallows grillés au chocolat, ri et plaisanté, et ce qui était marrant, c'est que je n'avais plus l'impression qu'on me regardait. Je me sentais chez moi.

Plus tard dans la soirée, alors que les étincelles du feu de camp fusaient dans le ciel étoilé, la conque a retenti de nouveau et nous avons tous regagné nos bungalows en rang. Je ne me suis rendu compte de mon degré d'épuisement qu'à l'instant où je me suis effondré sur mon sac de couchage d'emprunt.

J'ai refermé les doigts sur la corne du minotaure. J'ai pensé à maman, mais c'étaient de bonnes pensées : son sourire, les histoires qu'elle me lisait le soir dans mon lit quand j'étais petit, sa façon de me dire « Ne te fais pas mordre par les punaises de lit ».

À la seconde où j'ai fermé les yeux, je me suis endormi.

Telle fut ma première journée à la Colonie des Sang-Mêlé.

J'étais loin de soupçonner, alors, que mon séjour dans mon nouveau foyer serait si court.

8 Nous capturons un étendard

Au cours des journées suivantes, j'ai adopté un rythme d'études qui me semblait presque normal, mis à part le fait que mes professeurs étaient des satyres, des nymphes et un centaure.

Tous les matins, Annabeth me donnait des cours de grec ancien et nous parlions des dieux au présent, ce qui me faisait un drôle d'effet. Annabeth avait vu juste pour ma dyslexie : je n'avais pas beaucoup de mal à lire le grec ancien. En tout cas, pas plus que l'anglais. Au troisième cours, je pouvais déjà parcourir quelques vers d'Homère sans avoir trop mal à la tête.

Le restant de la journée, je faisais le tour des activités de plein air en cherchant une discipline pour laquelle j'aurais des aptitudes. Chiron a essayé de m'enseigner le tir à l'arc, mais nous avons assez vite découvert que je me débrouillais fort mal avec un arc et une flèche. Il ne s'est pas plaint, même quand il a dû extirper une flèche égarée dans les crins de sa queue.

La course à pied ? Je n'y valais rien non plus. Les nymphes des bois qui enseignaient la course me semaient dans la poussière. Elles m'ont dit de ne pas m'en faire. Elles avaient des siècles d'entraînement, à force de courir pour échapper aux dieux en mal d'amour. Il n'empêche, c'était un peu humiliant d'être plus lent qu'un arbre.

Et la lutte ? Laissez tomber. Chaque fois que je mettais les pieds sur le tapis de sol, Clarisse me collait la raclée du siècle.

– J'ai d'autres torgnoles en stock pour toi, tocard, me grognait-elle à l'oreille.

La seule chose où j'excellais, c'était au canoë-kayak, ce qui n'était pas vraiment le genre de talent héroïque que les gens s'attendaient à trouver chez le gosse qui avait battu le Minotaure.

Je savais que les aînés des pensionnaires et les conseillers m'observaient en essayant de déterminer qui était mon père, mais ils n'avaient pas la tâche facile. Je n'étais pas fort comme un des enfants d'Arès, ni habile au tir à l'arc comme ceux d'Apollon. Je n'avais pas le talent de forgeron d'Héphaïstos, ni l'influence de Dionysos sur les plantes. Luke me disait que j'étais peut-être un enfant d'Hermès, un genre de touche-à-tout sans talent spécifique. Mais j'avais l'impression qu'il cherchait juste à me remonter le moral. Lui non plus ne savait pas quoi penser.

Malgré tout, j'aimais la colonie. Je me suis vite habitué à la brume matinale sur la plage, à l'odeur des champs de fraises chauffés par le soleil l'après-midi, et même aux bruits bizarres des monstres la nuit dans les bois. Je dînais avec le bungalow 11, jetais une partie de mon repas dans le feu et m'efforçais chaque fois de ressentir un lien quelconque avec mon père. Rien ne venait. Juste ce sentiment chaleureux que j'avais toujours eu, comme le souvenir de son sourire. J'essayais de ne pas trop penser à maman, mais je n'arrêtais pas de me demander : si les dieux et les monstres étaient réels, si toutes ces choses magiques étaient possibles, alors il devait sûrement exister un moyen de la sauver, de la ramener parmi les vivants...

Je commençais à comprendre l'amertume de Luke et la rancœur qu'il semblait éprouver à l'égard de son père, Hermès. D'accord, les dieux avaient des choses importantes à faire. Mais ne pouvaient-ils pas passer un coup de fil une fois de temps en temps, un coup de tonnerre, quelque chose ? Dionysos pouvait bien faire apparaître un Coca light par magie. Pourquoi mon père, quel qu'il soit, ne pourrait-il pas faire apparaître un téléphone ?

Le jeudi après-midi, trois jours après mon arrivée à la Colonie des Sang-Mêlé, j'ai pris ma première leçon d'épée. Tous les membres du bungalow 11 se sont regroupés dans la grande arène circulaire où Luke allait être notre maître d'armes.

Nous avons commencé par des engagements et coups de pointe élémentaires, en nous servant de mannequins de paille en armures grecques. Je crois que je me débrouillais correctement. Au moins, je comprenais ce que j'étais censé faire et mes réflexes étaient bons.

Le problème, c'était que je n'arrivais pas à trouver une épée que je puisse manier avec aisance. Elles étaient toutes soit trop lourdes, soit trop légères, soit trop longues. Luke s'est efforcé de m'aider à choisir au mieux, mais il a convenu qu'aucune des épées d'entraînement ne semblait faire l'affaire.

Ensuite, nous sommes passés aux duels. Luke a annoncé qu'il serait mon partenaire car c'était ma première fois.

– Bonne chance, m'a glissé un des pensionnaires. Luke est le meilleur épéiste des trois derniers siècles.

– Peut-être qu'il va y aller mollo avec moi, ai-je répondu.

Le garçon a fait la moue.

Effectivement, Luke m'a montré les bottes, les parades et les coups d'arrêt à la dure. Chaque nouvel assaut me laissait un peu plus fatigué et meurtri.

– Tiens ta garde, Percy ! me disait-il. (Et *plaf !* il m'assénait le plat de son épée sur les côtes.) Non, pas si haut ! (Et *plaf !*) Fends-toi ! (*Plaf !*) Maintenant, recule ! (*Plaf !*)

Quand il a enfin annoncé une pause, j'étais trempé de sueur. Tout le monde s'est rué sur la glacière contenant les boissons fraîches. Luke s'est versé de l'eau glacée sur la tête, ce qui m'a paru une si bonne idée que j'en ai fait autant.

Aussitôt, je me suis senti mieux. La vigueur est revenue à flots dans mes bras. L'épée ne me semblait plus si dure à manier.

– Bon, tout le monde en cercle ! a ordonné Luke. Si ça n'embête pas Percy, je veux vous faire une petite démonstration.

Super, me suis-je dit. *Regardons tous Percy prendre sa pâtée.*

Les « Hermès » se sont attroupés. Ils se retenaient de sourire. J'ai supposé qu'ils avaient tous déjà été à ma place et qu'ils étaient impatients, à présent, de voir Luke se servir de moi comme d'un punching-ball. Il a expliqué à tout le monde qu'il allait montrer une technique de désarmement : comment retourner la lame de l'adversaire avec le plat de sa propre épée de façon à l'obliger à lâcher son arme.

– C’est un coup difficile, a-t-il insisté. J’en ai déjà fait les frais. Alors on ne se moque pas de Percy. La plupart des épéistes mettent des années à maîtriser cette technique.

Il a fait la démonstration du coup au ralenti sur moi. Et, bien sûr, l’épée m’est tombée de la main avec fracas.

– Maintenant, en temps réel, a-t-il dit après que j’eus ramassé mon arme. Nous allons tirer jusqu’à ce que l’un de nous deux décide de tenter la botte. Prêt, Percy ?

J’ai hoché la tête et Luke a engagé le fer. Je ne sais pas comment, mais je suis parvenu à l’empêcher d’atteindre la poignée de mon épée. Mes sens se sont aiguisés. Je voyais ses assauts venir. Je les contrais. J’ai bondi en avant et tenté un coup de pointe. Luke n’a pas eu de mal à le parer, mais j’ai vu son visage changer d’expression. Il a plissé les yeux et s’est mis à me talonner avec plus d’ardeur.

L’épée commençait à peser lourd dans ma main. Elle n’était pas bien équilibrée. Je savais que ce n’était plus qu’une question de secondes avant que Luke l’emporte, alors je me suis dit : qu’est-ce que j’ai à perdre ?

J’ai tenté la manœuvre de désarmement.

Ma lame a heurté la base de celle de Luke et j’ai donné un tour, en poussant de tout mon poids vers le bas.

Cling, clang !

L’épée de Luke a cliqueté contre les pierres. La pointe de ma lame était à trois centimètres de sa poitrine non défendue.

Les autres pensionnaires se taisaient tous.

J’ai baissé mon épée.

– Euh... désolé.

Luke est resté muet quelques secondes, trop sidéré pour parler.

– Désolé ? a-t-il dit enfin, et son visage balafré s'est fendu d'un grand sourire. Par les dieux, Percy, pourquoi donc es-tu désolé ? Montre-moi ça de nouveau !

Je n'en avais pas envie. Ma brève poussée d'énergie frénétique m'avait complètement abandonné. Mais Luke a insisté.

Cette fois-ci, il n'y a pas eu compétition. À peine nos lames se sont-elles croisées que Luke a frappé ma poignée et envoyé mon épée au sol.

Au bout d'un long silence, quelqu'un dans l'assistance a dit :

– Était-ce la chance du débutant ?

Luke s'est épongé le front. Il m'évaluait avec un intérêt entièrement nouveau.

– Peut-être, a-t-il répondu. Mais je serais curieux de voir ce que Percy peut faire avec une épée équilibrée...

Le vendredi après-midi, j'étais au bord du lac avec Grover, après avoir échappé de justesse à la mort sur le mur d'escalade. Grover l'avait grimpé jusqu'en haut à la vitesse d'un chamois, mais moi, j'avais bien failli me faire rétamer par un jet de lave. Mon tee-shirt était percé de trous fumants. Les poils de mes avant-bras avaient roussi.

Assis sur la jetée, nous avons regardé les naïades tresser des paniers sous l'eau jusqu'au moment où j'ai rassemblé le courage de demander à Grover comment s'était passé son entretien avec Monsieur D.

Son visage a pris une teinte jaune bilieuse.

– Très bien, a-t-il dit. Aux petits oignons.

– Alors ta carrière est toujours sur les rails ?

Il m'a lancé un regard nerveux.

– Chiron t'a-t'a... t'a dit que je voulais un permis de chercheur ?

– Euh... non. (Je n'avais aucune idée de ce qu'était un permis de chercheur, mais ça ne m'a pas paru le moment de poser la question.) Il a juste dit que tu avais de grands projets. Et que tu avais besoin à ton actif d'une mission de gardien qui soit reconnue comme accomplie. Alors ?

Grover a reporté le regard sur les naïades.

– Monsieur D. réserve son jugement. Il a dit que je n'avais encore ni réussi ni échoué avec toi, donc que nos sorts étaient encore liés. Si tu partais mener une quête et si je t'accompagnais pour te protéger, et si nous revenions tous les deux vivants, alors peut-être considérerait-il que je me suis acquitté de ma tâche avec succès.

– Ben alors, me suis-je exclamé, réconforté par ces nouvelles, ce n'est pas si mal, non ?

– *Bé-eée-ée !* Il aurait pu tout aussi bien me mettre à nettoyer les écuries ! Tes chances de te voir confier une quête... Et quand bien même, quand bien même, pourquoi voudrais-tu que je t'accompagne ?

– Évidemment que je voudrais que tu m'accompagnes !

Grover fixait l'eau d'un œil morose.

– Tresser des paniers... Ça doit être agréable d'avoir un talent utile.

J'ai essayé de le convaincre qu'il avait un tas de talents, mais je ne suis arrivé qu'à le déprimer encore davantage. Alors nous avons parlé de canoë-kayak et de maniement de l'épée, puis discuté des avantages et des inconvénients des différents dieux. Pour finir, je l'ai interrogé sur les quatre bungalows vides.

– Le numéro 8, l'argenté, appartient à Artémis, a-t-il dit. Elle a fait vœu de virginité éternelle. Donc pas d'enfants, bien sûr. Le bungalow est pour la forme, tu comprends. Si elle n'en avait pas, elle serait furieuse.

– Bon, d'accord. Mais les trois autres, ceux du bout. Ce sont les Trois Grands ?

Grover s'est raidi. Nous abordions un sujet délicat.

– Non. L'un d'eux, le numéro 2, appartient à Héra, m'a-t-il expliqué. Là aussi, c'est pour la forme. Étant la déesse du mariage, elle ne va pas batifoler avec les mortels ; ça, c'est le boulot de son mari. Lorsqu'on parle des Trois Grands, ce sont les trois frères puissants qu'on désigne, les fils de Cronos.

– Zeus, Poséidon et Hadès.

– Exact. Tu le sais. Après leur grande bataille contre les Titans, ils se sont emparés du monde de leur père et ils l'ont tiré au sort entre eux.

– Zeus a obtenu le ciel, me suis-je rappelé. Poséidon la mer, Hadès les Enfers.

– Hmm-hmm.

– Mais Hadès n'a pas de bungalow.

– Non. Il n'a pas de trône à l'Olympe non plus. Il a son propre royaume aux Enfers, en quelque sorte. S'il avait un bungalow ici... (Grover a frissonné.) Eh bien, ce ne serait pas agréable. Restons-en là.

– Mais Zeus et Poséidon... d'après les mythes, ils ont tous les deux eu des kyrielles d'enfants. Pourquoi leurs bungalows sont-ils vides ?

Grover a remué les sabots, mal à l'aise.

– Il y a une soixantaine d'années, après la Seconde Guerre mondiale, les Trois Grands sont convenus de ne plus engendrer de héros. Leurs enfants étaient trop puissants. Ils affectaient trop le cours des événements humains, causaient trop de carnages. Tu sais que la Seconde Guerre mondiale fut essentiellement un combat entre les fils de Zeus et de Poséidon d'un côté, les fils d'Hadès de l'autre. La partie gagnante, Zeus et Poséidon, a convaincu Hadès de passer serment avec eux : plus d'aventures avec des mortels. Ils ont tous juré sur le fleuve Styx.

Un coup de tonnerre a retenti.

– C'est le serment le plus solennel qu'on puisse faire, ai-je dit.

Grover a acquiescé d'un hochement de tête.

– Et les frères ont tenu leur parole, pas d'enfants ?

Le visage de Grover s'est assombri.

– Il y a dix-sept ans, Zeus a commis une entorse. Il a craqué sur une starlette de la télé, une fille à la coiffure bouffante très années 1980... il n'a tout bonnement pas pu résister. Lorsque leur enfant est né, une petite fille prénommée Thalia... Enfin, le Styx ne plaisante pas avec les promesses. Zeus, quant à lui, s'en est bien sorti puisqu'il est immortel, mais il a attiré un sort funeste sur sa fille.

– Mais ce n'est pas juste ! Ce n'était pas la faute de la petite fille.

Grover a hésité.

– Percy, les fils des Trois Grands ont des pouvoirs plus grands que les autres sang-mêlé. Ils ont une aura forte, une odeur qui attire les monstres. Lorsque Hadès a découvert l'existence de la petite fille, ça ne lui a pas fait plaisir que

Zeus ait manqué à sa parole. Il a envoyé les pires monstres du Tartare tourmenter Thalia. Un satyre a été nommé son gardien quand elle a eu douze ans, mais il n'a rien pu faire. Il a essayé de l'amener ici, escortée de deux autres sang-mêlé avec qui elle s'était liée d'amitié. Ils ont presque réussi. Ils sont arrivés jusqu'au sommet de cette colline.

Il a pointé du doigt vers l'autre côté de la vallée, vers le grand pin où j'avais combattu le Minotaure.

– Ils avaient les Trois Bienveillantes à leurs trousses, plus une meute de chiens des Enfers. Ils allaient être rattrapés quand Thalia a dit au satyre d'emmener les deux sang-mêlé en lieu sûr pendant qu'elle retiendrait les monstres. Elle était blessée et fatiguée, et elle refusait de vivre comme un animal traqué. Le satyre ne voulait pas l'abandonner, mais il n'arrivait pas à la faire changer d'avis et il devait protéger les deux autres. Alors Thalia a livré son dernier combat seule, au sommet de cette colline. Quand elle est morte, Zeus a eu pitié d'elle. Il l'a changée en ce grand pin. Son esprit aide toujours à protéger les limites de la vallée. C'est pour cela que la colline s'appelle colline des Sang-Mêlé.

J'ai regardé le pin, au loin.

L'histoire me donnait un sentiment de vide, et de culpabilité, aussi. Une fille de mon âge s'était sacrifiée pour sauver ses amis. Elle avait affronté une armée entière de monstres. À côté de cet exploit, ma victoire sur le Minotaure semblait dérisoire. Je me suis demandé si, en agissant différemment, j'aurais pu sauver ma mère.

– Grover, ai-je dit, y a-t-il vraiment des héros qui soient partis aux Enfers pour une quête ?

– Quelques-uns. Orphée. Héraclès. Houdini.

– Et ont-ils jamais ramené quelqu'un de chez les morts ?

– Non. Jamais. Orphée a bien failli y arriver... Percy, tu ne penses pas sérieusement...

– Non, ai-je menti. Je me demandais, c'est tout. Alors... un satyre est assigné à la protection de chaque demi-dieu ?

Grover me scrutait avec méfiance. Il n'était pas convaincu que j'aie vraiment abandonné l'idée des Enfers.

– Pas forcément. Nous allons dans beaucoup d'écoles incognito. Nous essayons de repérer les sang-mêlé qui ont l'étoffe de grands héros. Si nous en trouvons un qui a une forte aura, nous le signalons à Chiron. Il essaye de les surveiller car ils peuvent causer de très gros problèmes.

– Et tu m'as trouvé. Chiron a dit que tu pensais que j'étais peut-être spécial.

Grover m'a regardé comme si je venais de le piéger.

– Je n'ai pas... Oh, écoute, ne va pas t'imaginer ce genre de choses. Si tu étais... tu sais quoi, on ne te confierait jamais de quête et je n'obtiendrais jamais mon permis. Tu es sans doute un enfant d'Hermès. Peut-être même d'un des dieux mineurs, comme Némésis, déesse de la vengeance. Ne t'inquiète pas, d'accord ?

J'ai eu l'impression qu'il cherchait surtout à se rassurer lui-même.

Ce soir-là, après le dîner, il y a eu bien plus d'animation que d'habitude.

Le moment de capturer l'étendard était enfin arrivé.

Une fois les tables débarrassées, la conque a retenti et nous nous sommes tous levés et postés derrière nos bancs.

Sous les cris et les acclamations des pensionnaires,

Annabeth et deux de ses sœurs sont entrées dans le pavillon en courant, portant une bannière en soie. Celle-ci mesurait environ trois mètres et elle était d'un gris étincelant, ornée d'un motif représentant une chouette effraie au-dessus d'un olivier. De l'autre côté du pavillon, Clarisse et sa bande sont arrivées avec une bannière de taille identique mais d'un rouge criard, où se dessinaient une lance ensanglantée et une tête de sanglier.

Je me suis tourné vers Luke et je lui ai demandé, en criant pour me faire entendre dans le vacarme :

– Ce sont les étendards ?

– Oui.

– Arès et Athéna dirigent toujours les équipes ?

– Pas toujours, a dit Luke. Mais souvent.

– Alors si un autre bungalow en capture un, qu'est-ce que vous faites... Vous repeignez l'étendard ?

Il a souri.

– Tu verras. Il faut d'abord en attraper un.

– De quel côté sommes-nous ?

Il m'a lancé un regard sournois, comme s'il savait quelque chose que j'ignorais. À la lumière des torches, la balafre de son visage lui donnait un air presque malveillant.

– Nous avons conclu une alliance temporaire avec Athéna. Ce soir, nous allons reprendre l'étendard à Arès. Et toi, tu vas nous aider.

Les équipes ont été annoncées. Athéna avait passé des alliances avec Apollon et Hermès, les deux plus grands bungalows. Apparemment, leur soutien avait été obtenu grâce à des échanges de privilèges : heures de douche, horaires de corvée, les meilleurs créneaux pour les activités.

Les « Arès » s'étaient alliés avec tous les autres : Dionysos, Déméter, Aphrodite et Héphaïstos. D'après ce que j'avais vu, les enfants de Dionysos étaient de bons athlètes, mais ils n'étaient que deux. Les enfants de Déméter détenaient l'avantage pour tout ce qui était nature et plein air, mais ils n'étaient pas très agressifs. Les fils et filles d'Aphrodite ne m'inquiétaient pas outre mesure. Ils passaient la plupart des activités assis à l'écart, regardaient leur reflet dans le lac, se coiffaient et papotaient. Les enfants d'Héphaïstos n'étaient pas jolis et il n'y en avait que quatre, mais ils étaient bien charpentés et costauds, à force de travailler à l'atelier des métaux toute la journée. Eux risquaient de poser problème. Ce qui, bien sûr, laissait encore le bungalow d'Arès : une douzaine des gamins les plus baraqués, les plus laids et les plus méchants de tout Long Island, voire de la planète entière.

Chiron a tapé du sabot sur le marbre.

– Héros ! a-t-il annoncé. Vous connaissez les règles. Le ruisseau est la frontière. La forêt entière est permise. Tous les objets magiques sont autorisés. La bannière doit être déployée de façon bien visible et ne peut avoir plus de deux gardiens. Vous avez le droit de désarmer les prisonniers, mais ni de les ligoter ni de les bâillonner. Il est interdit de tuer ou de mutiler. Je servirai d'arbitre et de médecin sur le champ de bataille. Armez-vous !

Chiron a écarté les mains et les tables se sont soudain couvertes d'équipement : des casques, des épées de bronze, des lances, des boucliers en cuir de bœuf recouvert de métal.

– La vache ! me suis-je exclamé. On est vraiment censés se servir de ces trucs ?

Luke m'a regardé comme si j'étais fou :

– Sauf si tu veux te faire embrocher par tes potes du bungalow 5. Tiens, voici l'attirail de combat que t'a choisi Chiron. Tu seras de patrouille frontalière.

Mon bouclier faisait la taille d'un panneau de basket-ball. Il était orné d'un caducée au milieu et devait peser cinq cents kilos. J'aurais pu faire du surf des neiges dessus, pas de problème, en revanche pour courir vite avec... j'espérais qu'on n'attendait pas ça de moi. Mon casque, comme tous ceux de l'équipe d'Athéna, était surmonté d'un panache de crins bleus. Arès et leurs alliés avaient des panaches rouges.

– En avant, les bleus ! a crié Annabeth.

Nous avons secoué nos épées en poussant des acclamations et nous l'avons suivie par le sentier qui menait au bois du sud. L'équipe rouge a vociféré des railleries contre nous tout en s'éloignant vers le nord.

Je suis arrivé à rattraper Annabeth sans me prendre les pieds dans mon équipement.

– Salut.

Elle a continué d'avancer au pas de charge.

– Alors, ai-je demandé, c'est quoi, le plan ? Tu as des objets magiques à me prêter ?

Sa main s'est rapprochée de sa poche, comme si elle craignait que je lui vole quelque chose.

– Fais attention à la lance de Clarisse, c'est tout, a-t-elle dit. Ne la laisse surtout pas te toucher avec. À part ça, ne t'inquiète pas. Nous allons arracher la bannière aux « Arès ». Luke t'a-t-il assigné un poste ?

– Patrouille frontalière, et va savoir ce que ça veut dire.

– Fastoche. Tu te postes près du ruisseau et tu empêches

les rouges de passer. Pour le reste, fais-moi confiance. Athéna a toujours un plan.

Elle a pressé le pas, me laissant dans la poussière.

– D'accord, ai-je bafouillé. Je suis content que tu aies voulu m'avoir dans ton équipe.

C'était une nuit chaude et moite ; de temps à autre, une luciole traversait l'obscurité. Annabeth m'a posté à côté d'un ruisseau qui gazouillait en rebondissant sur un lit de galets, puis elle et les autres membres de l'équipe se sont dispersés entre les arbres.

Debout, là, tout seul, avec mon grand casque à panache bleu et mon énorme bouclier, je me sentais plutôt idiot. L'épée de bronze, comme toutes les épées que j'avais essayées jusqu'à présent, me faisait l'effet d'être mal équilibrée. La poignée de cuir me tirait sur la main comme une boule de bowling.

De toute façon, il était impossible qu'on m'attaque, si ? Enfin, je veux dire, l'Olympe ne voulait pas se retrouver avec des procès sur le dos, tout de même ?

Au loin, la conque a retenti. J'ai entendu des cris et des hurlements dans les bois, des cliquetis de métal, des gosses qui se battaient. Un allié de chez Apollon, panache bleu au vent, est passé devant moi à la vitesse d'un cerf, a franchi le ruisseau d'un bond et a disparu en territoire ennemi.

Super, me suis-je dit. Comme d'habitude, je n'étais pas là où on s'amusait.

Alors j'ai entendu un bruit qui m'a donné froid dans le dos. Un grondement bas et canin, qui paraissait tout proche.

Instinctivement, j'ai levé mon bouclier ; je me sentais traqué.

Puis le grondement s'est arrêté. J'ai senti la présence battre en retraite.

Sur l'autre rive du ruisseau, le sous-bois a explosé. Cinq guerriers d'Arès ont surgi de l'obscurité en poussant des hurlements.

– Écrabouillez le tocard ! a crié Clarisse.

Ses horribles yeux de cochon luisaient entre les fentes de son casque. Elle brandissait une lance longue d'un mètre cinquante, dont la pointe de métal dentée clignotait en rougeoyant. Ses frères et sœurs avaient seulement des épées de bronze standard – ce qui ne me réconfortait pas du tout, d'ailleurs.

Ils ont chargé en traversant le ruisseau. Aucun secours en vue. J'avais le choix entre prendre la fuite ou me défendre tout seul contre la moitié du bungalow d'Arès.

Je suis parvenu à esquiver le coup d'épée du premier attaquant, mais ces gars n'étaient pas aussi stupides que des minotaures. Ils m'ont encerclé et Clarisse m'a donné un coup de lance. J'ai paré la pointe avec mon bouclier, mais j'ai senti un picotement douloureux parcourir mon corps entier. Mes cheveux se sont dressés sur ma tête. Mon bras qui tenait le bouclier s'est engourdi, et l'air était brûlant.

De l'électricité. Cette saleté de lance était électrifiée. Je suis tombé à la renverse.

Un autre gars d'Arès m'a asséné la poignée de son épée dans la poitrine et j'ai mordu la poussière.

Ils auraient pu me réduire en bouillie à coups de pied, mais ils étaient trop occupés à rire.

– Il a besoin d'une coupe de cheveux, a ricané Clarisse. Attrapez-le par sa tignasse.

Je suis arrivé à me relever. J'ai brandi mon épée, mais Clarisse l'a écartée du revers de sa lance, dans une gerbe d'étincelles. À présent, j'avais les deux bras engourdis.

– Oh la vache ! a dit Clarisse. Ce mec me terrifie. Ah, j'ai trop peur !

– L'étendard est par là, lui ai-je dit, sur un ton que je voulais hargneux mais je ne suis pas sûr que ce soit passé dans ma voix.

– Ouais, mais tu vois, a dit une de ses sœurs, on s'en fiche de l'étendard. Ce qui nous intéresse, nous, c'est un mec qui a ridiculisé notre bungalow.

– Vous n'avez pas besoin de mon aide pour vous ridiculiser, ai-je répliqué, et j'aurais peut-être mieux fait de m'abstenir.

Deux « Arès » m'ont attaqué. J'ai battu en retraite vers le ruisseau en essayant de lever mon bouclier, mais Clarisse a été plus rapide. Son épée m'a piqué en plein dans les côtes. Sans le plastron de mon armure, elle m'aurait embroché. J'ai senti toutes mes dents trembler et menacer de tomber sous la force de la décharge électrique. Un des compagnons de Clarisse m'a donné un coup d'épée au bras, m'entaillant assez profondément.

La vue de mon propre sang m'a donné le vertige, et des frissons chauds et froids en même temps.

– Interdit de mutiler, ai-je bafouillé.

– Oh, zut ! a ricané le garçon. Je vais être privé de dessert.

Il m'a poussé d'une bourrade et je suis tombé dans le ruisseau en soulevant une grande gerbe d'eau. Ils ont tous éclaté de rire. Je me suis dit que dès qu'ils auraient fini de se marrer, ils me tueraient. Mais alors il s'est passé quelque chose. L'eau semblait réveiller mes sens, comme si je venais d'avaler un sac entier des Dragibus spécial café serré de maman.

Clarisse et ses compagnons de bungalow sont entrés dans le ruisseau pour m'attaquer. Je me suis redressé, prêt à les affronter. Je savais quoi faire. J'ai porté un revers du plat de ma lame sur la tête du premier garçon et envoyé voltiger son casque. Le choc avait été si violent que j'ai vu ses yeux trembler dans ses orbites quand il s'est effondré dans l'eau.

Hideux Numéro Deux et Hideux Numéro Trois se sont jetés sur moi. J'ai écrasé mon bouclier en pleine figure du premier et je me suis servi de mon épée pour raser le panache de crins du deuxième. Ils ont tous les deux battu en retraite fissa. Hideux Numéro Quatre n'avait pas l'air pressé d'attaquer mais Clarisse chargeait toujours, brandissant sa lance dont la pointe crépitait. À peine a-t-elle voulu porter le coup que j'ai coincé la hampe de sa lance entre le bord de mon bouclier et mon épée, et je l'ai fauchée comme une brindille.

– Argh ! a-t-elle hurlé. Pauv' taré ! Ver putride !

Elle allait sans doute me gratifier de quelques autres horreurs bien senties, mais je lui ai asséné le manche de mon épée entre les deux yeux et je l'ai forcée à sortir à reculons du ruisseau.

À ce moment-là, j'ai entendu des cris excités et j'ai aperçu Luke qui fonçait vers la frontière en portant très haut la bannière de l'équipe rouge. Il était flanqué de deux « Hermès » qui le couvraient et suivi de quelques « Apollon » qui repoussaient les enfants d'Héphaïstos, à leurs trousses. Les gars d'Arès se sont relevés et Clarisse, hébétée, a juré entre ses dents.

– Un stratagème ! a-t-elle crié. Un stratagème !

Les « Arès » se sont élancés à la poursuite de Luke, mais il était trop tard. Tout le monde a convergé vers le ruisseau au moment où il pénétrait en territoire ami. Notre camp a explosé en bravos et en applaudissements. Dans un scintillement, la bannière rouge a viré à l'argenté. Le sanglier et la lance ont été remplacés par un immense caducée, symbole du bungalow 11. Les membres de l'équipe bleue ont hissé Luke sur leurs épaules et l'ont porté en triomphe. Chiron est sorti des bois au petit galop et il a soufflé dans la conque.

Le jeu était fini. Nous avions gagné.

J'allais me joindre à la fête quand la voix d'Annabeth, juste à côté de moi dans le ruisseau, a dit :

– Pas mal, le héros.

J'ai tourné la tête, mais Annabeth n'était pas là.

– Où as-tu appris à te battre comme ça ? a-t-elle demandé.

L'air a scintillé et elle s'est matérialisée, une casquette de base-ball à la main comme si elle venait de la retirer.

J'ai senti la colère monter en moi. Je n'étais même pas impressionné par le fait qu'elle avait été invisible.

– Tu m'as fait un coup fourré, ai-je dit. Tu m'as placé ici parce que tu savais que Clarisse viendrait m'attaquer, pendant que tu envoyais Luke par le flanc de la colline. Tu avais tout calculé.

– Je te l'avais dit, a répondu Annabeth en haussant les épaules. Athéna a toujours, toujours un plan.

– Un plan pour me faire pulvériser.

– Je suis venue aussi vite que j'ai pu. J'allais sauter dans la mêlée, mais... tu n'avais pas besoin d'aide.

Alors elle a remarqué mon bras blessé.

– Comment tu t'es fait ça ?

– C'est une blessure d'épée, qu'est-ce que tu t'imagines ?

– Non. *C'était* une blessure d'épée. Regarde.

Il n'y avait plus de sang. À la place de la grande estafilade béante, il y avait maintenant une longue cicatrice blanche, et même celle-ci s'estompait rapidement. Sous mes yeux, elle s'est réduite à une petite griffure et elle a disparu.

– Je... je ne comprends pas, ai-je dit.

Annabeth réfléchissait intensément. Tout juste si je ne voyais pas les rouages de son cerveau tourner. Elle a regardé mes pieds, puis la lance brisée de Clarisse, et elle m'a dit :

– Sors de l'eau, Percy.

– Qu'est-ce que...

– Sors, c'est tout.

Je suis sorti du ruisseau et immédiatement, je me suis senti terrassé de fatigue. Mes bras se sont engourdis de nouveau. L'adrénaline a reflué de mon système. J'ai failli tomber, mais Annabeth m'a retenu.

– Oh, Styx, a-t-elle juré. C'est pas bon, ça. Je ne voulais pas... Je croyais que ce serait Zeus...

Avant que j'aie pu lui demander ce qu'elle voulait dire, j'ai entendu de nouveau le grondement canin, le même mais beaucoup plus proche. Un hurlement a déchiré la forêt.

Les acclamations des pensionnaires se sont tues instantanément. Chiron a crié quelque chose en grec ancien que, comme je m'en rendrais seulement compte plus tard, j'ai compris parfaitement :

– *Tenez-vous prêts ! Mon arc !*

Annabeth a tiré son épée de son fourreau.

Sur les rochers juste au-dessus de nous, se tenait un chien noir gros comme un rhinocéros, yeux rouges comme de la lave, crocs en poignards.

Il avait le regard rivé sur moi.

Personne n'a bougé à part Annabeth, qui a hurlé :

– Cours, Percy !

Elle a essayé de se placer devant moi, mais le chien était trop rapide. Il a bondi au-dessus d'elle – immense ombre noire pleine de dents – et à l'instant même où il s'abattait sur moi, où je titubais en arrière et sentais ses griffes tranchantes déchirer mon armure, j'ai entendu une cascade de bruits secs, comme quarante bouts de papier déchirés l'un après l'autre. Un collier de flèches a poussé autour du cou du chien. Le monstre était tombé raide mort à mes pieds.

Par je ne sais quel miracle, j'étais encore en vie. Je ne voulais pas regarder sous les lambeaux de mon armure déchiquetée. Je sentais ma poitrine chaude et mouillée, et je savais que j'étais gravement blessé. Une seconde de plus et le monstre me transformait en cinquante kilos de chair à saucisses.

Chiron nous a rejoints au trot, un arc à la main, le visage sombre.

– *Di immortales*, a dit Annabeth. C'est un Chien des Enfers venu des Champs du Châtiment. Ils ne... ils ne sont pas censés...

– Quelqu'un l'a appelé, a dit Chiron. Quelqu'un de l'intérieur de la colonie.

Luke est accouru – oubliée, la bannière dans sa main, terminée sa minute de gloire.

Clarisse a hurlé :

– C'est la faute à Percy ! C'est Percy qui l'a appelé !

– Calme-toi, mon petit, lui a dit Chiron.

Nous avons regardé le corps du Chien des Enfers se réduire à une ombre, puis s'enfoncer dans le sol et disparaître.

– Tu es blessé, Percy, m'a dit Annabeth. Entre dans l'eau, vite.

– Ça va.

– Non, ça ne va pas, a-t-elle insisté. Chiron, regardez.

J'étais trop fatigué pour discuter. Je suis redescendu dans le ruisseau, devant tous les pensionnaires qui s'attroupaient autour de moi.

Immédiatement, je me suis senti mieux. J'ai senti les entailles de ma poitrine se refermer. Certains pensionnaires ont hoqueté de surprise.

– Écoutez, je... je ne sais pas pourquoi, ai-je dit en essayant de m'excuser. Je suis désolé...

Mais ils ne regardaient pas mes plaies se cicatriser. Ils fixaient quelque chose au-dessus de ma tête.

– Percy, a dit Annabeth en pointant du doigt. Euh...

Le temps que je lève la tête, le signe s'estompait déjà, mais j'ai pu distinguer l'hologramme de lumière verte qui tournoyait en scintillant. Une lance à trois points : un trident.

– Ton père, a murmuré Annabeth. Ce n'est *vraiment* pas bon.

– Déterminé, a dit Chiron.

Autour de moi, tous les pensionnaires se sont agenouillés, y compris les « Arès », même s'ils avaient l'air de s'exécuter à contrecœur.

– Mon père ? ai-je demandé, complètement dérouté.
– Poséidon, a dit Chiron. Maître des tremblements de terre et des tempêtes, père des chevaux. Salut à toi, Persée Jackson, fils du dieu de la mer.

9 Où l'on me propose une quête

Le lendemain matin, Chiron m'a transféré au bungalow numéro 3.

Je n'avais pas à partager avec qui que ce soit. J'avais plein de place pour mes affaires : la corne de minotaure, un jeu de vêtements de rechange et une trousse de toilette. J'avais une table à moi tout seul pour le dîner, je choisissais toutes mes activités, je déclarais « Extinction des feux » quand bon me semblait, sans avoir à obéir à quelqu'un d'autre.

Et j'étais malheureux comme les pierres.

Juste quand je commençais à me sentir accepté, à me sentir chez moi au bungalow 11, un gamin comme les autres – dans la mesure où un sang-mêlé peut être un gamin comme les autres ! – on m'avait mis à l'écart comme si j'avais une maladie rare.

Personne ne faisait allusion au Chien des Enfers, mais j'avais l'impression que tous en parlaient dans mon dos. L'attaque avait fait peur à tout le monde. Elle avait apporté deux messages : un, que j'étais le fils du dieu de la mer ; deux, que les monstres ne reculeraient devant rien pour me tuer. Ils pouvaient même pénétrer dans un parc qui avait toujours été considéré comme un lieu sûr.

Les autres pensionnaires m'évitaient autant qu'ils le pouvaient. Les « 11 » avaient peur de croiser le fer avec moi après ce que j'avais fait subir à l'équipe d'Arès dans les bois, aussi mes cours d'escrime se sont-ils transformés en duels avec Luke. Il me poussait plus que jamais, et il ne craignait pas de me blesser.

– Tu vas avoir besoin du maximum d'entraînement possible, m'a-t-il déclaré un jour où nous travaillions avec des épées et des torches enflammées. Maintenant, reprenons cette botte décapite-vipères. Cinquante répétitions.

Annabeth me donnait toujours des cours de grec le matin, mais elle semblait absente. Chaque fois que je disais quelque chose, elle me regardait d'un air fâché comme si je venais de lui donner un petit coup entre les deux yeux.

Après les cours, elle s'éloignait en marmonnant toute seule des choses du genre : « Quête... Poséidon ?... Saleté de... Faut que je trouve un plan... »

Même Clarisse gardait ses distances, malgré ses regards venimeux qui disaient clairement qu'elle m'aurait volontiers tué pour avoir cassé sa lance magique. J'aurais aimé qu'elle m'engueule, qu'elle me frappe, n'importe quoi. J'aurais préféré devoir me bagarrer tous les jours, plutôt que d'être ignoré.

Je savais que quelqu'un, à la colonie, m'en voulait, parce qu'un soir en rentrant dans mon bungalow, j'avais trouvé un journal mortel sur le seuil, le *New York Daily News*, ouvert à la page des nouvelles locales. J'ai mis plus d'une heure à lire l'article, parce que plus je m'énervais, plus les mots dansaient sur la page.

**TOUJOURS AUCUNE NOUVELLE
D'UNE FEMME ET DE SON FILS DISPARUS
APRÈS UN MYSTÉRIEUX ACCIDENT DE VOITURE**
EILEEN SMYTHE

Une semaine après leur mystérieuse disparition, on est toujours sans nouvelles de Sally Jackson et de son fils Percy. La Camaro 1978 familiale a été découverte samedi dernier sur une route du nord de Long Island, gravement brûlée, le toit défoncé et l'essieu avant brisé. Le véhicule avait fait un tonneau et dérapé sur plus de cent mètres avant d'exploser.

La mère et le fils étaient allés passer un week-end de vacances à Montauk, mais ils en étaient repartis précipitamment, dans des circonstances mystérieuses. De légères traces de sang ont été trouvées dans la voiture et près du lieu de l'accident, toutefois aucun autre signe des Jackson n'a été signalé. Les habitants de cette région rurale ont déclaré n'avoir rien remarqué d'inhabituel vers l'heure de l'accident.

Le mari de Mme Jackson, Gaby Ugliano, affirme que son beau-fils Percy Jackson est un enfant perturbé qui a été renvoyé de nombreuses pensions et a manifesté des tendances à la violence par le passé.

La police refuse de dire si Percy est considéré comme suspect dans la disparition de sa mère, mais elle n'écarte pas l'hypothèse d'un acte criminel. Nous publions ci-dessous des photos récentes de Sally Jackson et de Percy. La police demande à quiconque pense détenir une information d'appeler gratuitement la permanence téléphonique de lutte contre le crime, au numéro vert suivant.

Le numéro était entouré au feutre noir.

J'ai roulé la feuille en boule et je l'ai jetée, puis je me suis effondré sur mon lit, dans mon bungalow vide.

– Extinction des feux, ai-je déclaré tristement.

Cette nuit-là, j'ai fait mon pire cauchemar de tous.

Je courais le long d'une plage, pendant un orage. Cette fois-ci, il y avait une ville derrière moi. Pas New York. Le paysage urbain étaient différent : les bâtiments étaient plus espacés, on apercevait des palmiers et des collines en arrière-plan.

À une centaine de mètres des flots, deux hommes se battaient. Ils avaient une dégaine de catcheurs, avec leurs gros muscles, leurs barbes et leurs cheveux longs. Ils portaient tous les deux des tuniques grecques flottantes, bordées d'un liseré bleu pour l'une, vert pour l'autre. Ils luttaient, s'empoignaient, se donnaient des coups de pied et des coups de boule, et chaque fois que leurs corps entraient en contact, des éclairs jaillissaient, le ciel s'obscurcissait et le vent redoublait.

Il fallait que je les sépare. J'ignorais pourquoi. Mais plus je courais, plus le vent me repoussait, jusqu'au moment où j'ai fini par courir sur place en plantant vainement les talons dans le sable.

Par-dessus le vacarme de l'orage, j'entendais Tunique bleue crier à Tunique verte : *Rends-les-moi ! Rends-les-moi !* Comme un môme du jardin d'enfants qui fait une colère pour un jouet.

Les vagues grossissaient, s'écrasaient sur la plage et m'aspergeaient d'eau salée.

J'ai hurlé : *Arrêtez ! Arrêtez de vous battre !*

Le sol a tremblé. Un rire est monté de sous la terre, une voix si grave et si maléfique que mon sang s'est glacé dans mes veines. *Descends, petit héros*, a chantonné la voix. *Descends donc !*

Le sable s'est ouvert sous mes pieds, découvrant une faille qui allait jusqu'au centre de la terre. J'ai glissé et les ténèbres m'ont englouti.

Je me suis réveillé, convaincu d'être en train de tomber.

J'étais toujours dans mon lit, dans le bungalow 3. Mon corps me disait que c'était le matin, mais il faisait sombre dehors et des grondements de tonnerre déferlaient des collines. Un orage couvait. Cela, je ne l'avais pas rêvé.

J'ai entendu un *clip-clop*, le bruit d'un sabot frappant le pas de la porte.

– Entrez !

Grover s'est avancé en trottinant, l'air soucieux.

– Monsieur D. veut te voir.

– Pourquoi ?

– Il veut tuer... écoute, je ferais mieux de le laisser t'expliquer.

Très inquiet, je me suis habillé et j'ai suivi Grover, persuadé que de gros ennuis se profilaient à l'horizon.

Cela faisait plusieurs jours que je m'attendais à moitié à être convoqué à la Grande Maison. Maintenant que j'avais été déclaré fils de Poséidon, un des Trois Grands dieux qui n'étaient pas censés avoir d'enfants, je supposais que le seul fait que je sois en vie était un crime. Les autres dieux avaient sans doute débattu de la meilleure façon de me punir de mon existence, et maintenant Monsieur D. était prêt à annoncer leur verdict.

Le ciel, au-dessus du détroit de Long Island, était comme une soupe d'encre sur le point de bouillir. Un rideau de pluie brumeux avançait dans notre direction. J'ai demandé à Grover si nous avions besoin d'un parapluie.

– Non, a-t-il dit. Il ne pleut jamais, ici, sauf si nous le souhaitons.

– Et alors ça, c'est quoi ? ai-je riposté en pointant du doigt vers le ciel d'orage.

– Il va nous contourner. C'est ce que font toujours les intempéries.

Et, de fait, il avait raison. Pendant la semaine que j'avais passée ici, le temps n'avait jamais été ne serait-ce même que couvert. Les quelques nuages pluvieux que j'avais aperçus avaient tous filé sur les côtés de la vallée.

Mais cet orage... il s'annonçait énorme.

Sur le terrain de volley-ball, les « Apollon » disputaient une partie matinale contre les satyres. Les jumeaux de Dionysos parcouraient les champs de fraises en faisant pousser les plants. Chacun vaquait à ses occupations habituelles, mais tout le monde avait l'air tendu. Tous surveillaient l'orage du coin de l'œil.

Grover et moi avons gagné la véranda de la Grande Maison. Dionysos était assis à la table de jeu avec son Coca light et sa chemise hawaïenne tigrée, exactement comme à mon premier jour. Chiron était en face de lui, dans son faux fauteuil roulant. Ils jouaient contre des adversaires invisibles : deux jeux de cartes flottaient dans l'air.

– Bien, bien, a fait Monsieur D. sans lever la tête. Notre petite célébrité.

J'ai attendu.

– Approche, a ajouté Monsieur D. Et ne t'attends pas à ce

que je te fasse des courbettes parce que le vieux Barbe-à-Moules est ton père.

Un réseau d'éclairs a zébré les nuages. Le tonnerre a fait vibrer les carreaux de la maison.

– C'est ça, c'est ça, a grommelé Monsieur D.

Chiron a fait mine de s'intéresser à ses cartes. Grover se recroquevillait contre la balustrade, dansant d'un sabot sur l'autre.

– S'il ne tenait qu'à moi, a dit Dionysos, je ferais s'enflammer tes molécules. On balayerait les cendres et on s'épargnerait un tas d'ennuis. Mais Chiron a l'air d'estimer que ça irait à l'encontre de ma mission dans cette maudite colonie : vous protéger vous autres petits morveux de tout préjudice.

– La combustion spontanée est une forme certaine de préjudice, Monsieur D., est intervenu Chiron.

N'importe quoi. Le garçon ne sentirait rien. Néanmoins, j'ai accepté de me retenir. J'envisage de te changer en dauphin, à la place, et de te renvoyer à ton père.

– Monsieur D., a lancé Chiron sur le ton de l'avertissement.

– Oh, bon d'accord, a concédé Dionysos. Il y a une autre possibilité. Mais c'est de la folie pure et simple. (Il s'est levé et les cartes des joueurs invisibles se sont abattues sur la table.) Je pars à l'Olympe pour la réunion d'urgence. Si le garçon est toujours là à mon retour, je le change en dauphin souffleur de l'Atlantique. Est-ce bien clair ? Et Persée Jackson, si tu as deux sous d'intelligence, tu verras que c'est un choix bien plus raisonnable que ce que Chiron veut te convaincre de faire.

Dionysos a attrapé une carte à jouer, l'a tordue, et elle s'est transformée en rectangle de plastique. Une carte de crédit ? Non. Un passe de sécurité.

Il a claqué des doigts.

L'air s'est replié autour de lui. Il est devenu un hologramme, puis une brise, et il a disparu, ne laissant derrière lui que des effluves de raisins fraîchement pressés.

Chiron m'a souri, mais il avait l'air fatigué et tendu.

– Assieds-toi, Percy, je t'en prie. Toi aussi, Grover.

Nous nous sommes assis.

Chiron a déposé ses cartes sur la table, un jeu gagnant dont il n'avait pas eu l'occasion de profiter.

– Dis-moi, Percy, a-t-il demandé. Quelle impression t'a faite le Chien des Enfers ?

Rien que le nom me donnait la chair de poule.

Chiron souhaitait sans doute m'entendre dire : *Poh ! Ce n'était rien. Ce genre de bestioles, je pourrais en faire mon quatre heures*. Mais je n'avais pas envie de mentir.

– Il m'a fait peur. Si vous ne l'aviez pas criblé de flèches, je serais mort.

– Tu rencontreras des créatures pires, Percy, bien pires. Avant de l'avoir achevée.

– D'avoir achevé... quoi ?

– Ta quête, bien sûr. L'accepteras-tu ?

J'ai regardé Grover, qui se tordait les doigts.

– Euh..., ai-je répondu, vous ne m'avez pas encore dit en quoi elle consistait, monsieur.

Chiron a fait la grimace.

– Voilà, c'est la partie difficile, les détails.

Le tonnerre a grondé dans la vallée. Les nuages orageux avaient maintenant atteint le bord de la plage. Aussi loin que portait le regard, le ciel et la mer se mêlaient en bouillonnant.

– Poséidon et Zeus, ai-je dit. Ils se disputent à cause d'un objet de valeur... quelque chose qui a été volé, c'est bien ça ?

Chiron et Grover ont échangé un regard.

Chiron s'est penché en avant dans son fauteuil roulant.

– Comment l'as-tu appris ?

Je me suis senti rougir. Et je me suis dit que j'avais perdu l'occasion de me taire.

– Le temps est bizarre depuis Noël, ai-je expliqué, comme si la mer et le ciel se battaient. Et puis j'ai parlé avec Annabeth, et elle avait surpris un bout de conversation à propos d'un vol. Et aussi... j'ai fait des rêves.

– Je le savais, a dit Grover.

– Silence, satyre, a ordonné Chiron.

– Mais c'est sa quête ! (Les yeux de Grover pétillaient d'excitation.) C'est obligé !

– Seul l'Oracle peut le déterminer. (Chiron a caressé sa barbe drue.) Néanmoins, Percy, tu dis vrai. Zeus et ton père se sont engagés dans leur pire querelle depuis des siècles. Ils se disputent à cause d'un objet précieux qui a été volé. Un éclair, pour être précis.

– Un quoi ? ai-je demandé avec un petit rire nerveux.

– Ne le prends pas à la légère, m'a mis en garde Chiron. Je ne te parle pas d'un zig-zag recouvert d'alu comme tu peux en voir dans les spectacles de fin d'année de CE1. Je te parle d'un cylindre de bronze céleste à haute teneur, long de soixante centimètres et couronné à ses deux extrémités d'un capuchon d'explosifs divins.

– Ah.

– L'éclair primitif de Zeus, a poursuivi Chiron qui commençait à s'échauffer. Le symbole de sa puissance, qui sert de modèle à tous les autres éclairs. La première arme fabriquée par les Cyclopes pour la guerre contre les Titans, l'éclair qui a décapité l'Etna et précipité Cronos à bas de son trône ; l'éclair primitif dont la charge d'énergie est si forte que par comparaison, les bombes à hydrogène des mortels ne sont que de simples pétards.

– Et il a disparu ?

– Volé, a dit Chiron.

– Qui c'est qui l'a volé ?

– *Qui l'a* volé ? a corrigé Chiron. (Quand on est prof, c'est une seconde nature.) Toi.

Ma mâchoire s'est décrochée.

– Du moins (Chiron a levé la main), c'est ce que croit Zeus. Pendant le solstice d'hiver, au dernier conseil des dieux, Zeus et Poséidon se sont disputés. Les absurdités habituelles : « Tu as toujours été le chouchou de maman Rhéa », « Les catastrophes aériennes sont plus spectaculaires que les catastrophes maritimes », et ainsi de suite. Après, Zeus a constaté que son éclair primitif avait disparu, qu'on l'avait pris de la salle du trône à sa barbe. Il a tout de suite accusé Poséidon. Or il se trouve qu'aucun dieu ne peut usurper de façon directe le symbole de pouvoir d'un autre – c'est interdit par les lois divines les plus anciennes. Mais Zeus pense que ton père a persuadé un héros humain de le prendre.

– Mais je n'ai pas...

– Patience, mon petit, et écoute-moi, a dit Chiron. Zeus a de bonnes raisons d'avoir des soupçons. Les forges des Cyclopes se trouvent sous l'océan, ce qui donne à Poséidon une certaine influence sur les fabricants de l'éclair de son frère. Zeus croit que Poséidon s'est emparé de son éclair primitif, et qu'à présent il fait construire en secret par les Cyclopes un arsenal de copies illégales qui pourraient servir à le renverser, lui Zeus, de son trône. La seule chose qui demeurait floue pour Zeus, c'était l'identité du héros humain auquel Poséidon avait confié le vol de l'éclair. Maintenant, Poséidon t'a officiellement revendiqué comme étant son fils. Tu étais à New York pendant les vacances de Noël. Tu aurais facilement pu t'introduire à l'Olympe. Zeus pense avoir trouve son voleur.

– Mais je n'ai jamais mis les pieds à l'Olympe ! Zeus est fou !

Chiron et Grover ont tous deux lancé un regard inquiet vers le ciel. Les nuages n'avaient pas l'air de s'écarter pour nous épargner, comme l'avait promis Grover. Ils déferlaient droit sur notre vallée, se refermant sur nous comme un couvercle de cercueil.

– Euh, Percy... ? a dit Grover. Nous n'employons pas le mot F. O. U. pour décrire le Maître du Ciel.

– *Paranoïaque*, peut-être, a suggéré Chiron. Cela dit, ce n'est pas la première fois que Poséidon essaie de renverser Zeus. Si je ne m'abuse, c'était la question 38 de ton examen de fin d'année... (Il m'a regardé comme s'il pensait vraiment que j'allais me souvenir de la question 38.)

Comment pouvait-on m'accuser d'avoir volé l'arme d'un dieu ? Je n'avais jamais été fichu de voler une part de pizza pendant les parties de poker de Gaby sans me faire piquer. Chiron attendait une réponse.

– Une histoire de filet d'or ? ai-je risqué. Poséidon, Héra et quelques autres dieux... ils ont, euh, capturé Zeus, en quelque sorte, et refusé de le libérer tant qu'il n'aurait pas promis de devenir meilleur souverain, c'est ça ?

– Exact, a dit Chiron. Et depuis, Zeus s'est toujours méfié de Poséidon. Bien sûr, Poséidon nie avoir volé l'éclair primitif. Il a été très offensé par cette accusation. Tous les deux se disputent depuis des mois et menacent de faire la guerre. Et voilà que tu arrives dans le tableau : c'est la légendaire goutte qui fait déborder le vase.

– Mais je ne suis qu'un gamin !

– Percy..., est intervenu Grover. Si tu étais Zeus, si tu étais déjà convaincu que ton frère complotait pour te renverser de ton trône et que soudain il reconnaissait avoir brisé le serment sacré prêté au lendemain de la Seconde Guerre mondiale et enfanté un nouveau héros mortel qui pourrait servir d'arme contre toi... ça ne te chiffonnerait pas un peu ?

– Mais je n'ai rien fait. Poséidon – mon père – n'a pas vraiment ordonné le vol de cet éclair primitif, si ?

Chiron a soupiré.

– La plupart des observateurs qui réfléchissent un peu conviendraient que le vol n'est pas dans le style de Poséidon. Mais le dieu de la mer est trop fier pour essayer d'en convaincre Zeus. Lequel a exigé que Poséidon restitue l'éclair d'ici le solstice d'été. C'est le 21 juin, dans dix jours. À la même date, Poséidon veut des excuses pour avoir été traité de voleur. J'espérais que la diplomatie triompherait, qu'Héra, Déméter ou Hestia ramènerait les deux frères à la raison. Mais ton arrivée a attisé la colère de Zeus. Maintenant aucun des deux dieux ne veut céder. À moins que quelqu'un n'intervienne, à moins que l'éclair primitif soit retrouvé et rendu à

Zeus avant le solstice d'été, il y aura la guerre. Et sais-tu à quoi ressemblerait une guerre totale, Percy ?

– Un désastre ? ai-je suggéré.

– Imagine le monde plongé dans le chaos. La Nature en guerre contre elle-même. Les Olympiens forcés de choisir leur camp entre Zeus et Poséidon. Les destructions. Les carnages. Des millions de morts. Des pays entiers transformés en champs de bataille si vastes que la guerre de Troie aurait l'air, rétrospectivement, d'une bagarre au pistolet à eau.

– Un désastre, ai-je répété.

– Et toi, Percy Jackson, tu serais le premier à sentir la rage de Zeus.

Il s'est mis à pleuvoir. Les joueurs de volley-ball ont interrompu leur partie et regardé le ciel en silence, stupéfaits.

C'était moi qui avais amené cet orage sur la colline des Sang-Mêlé. Zeus punissait la colonie tout entière à cause de moi. J'étais furieux.

– Alors il faut que je retrouve ce stupide éclair, ai-je dit. Et que je le rapporte à Zeus.

– Quelle meilleure offrande de paix, a dit Chiron, que le fils de Poséidon rapportant son bien à Zeus ?

– Si ce n'est pas Poséidon qui l'a, où est ce machin ?

– Je crois le savoir. (Le visage de Chiron était grave.) Un passage d'une prophétie que j'ai reçue il y a des années... disons que le sens de certaines phrases m'apparaît à présent. Mais pour que je puisse t'en dire davantage, il faut que tu acceptes officiellement la quête. Tu dois consulter l'Oracle.

– Pourquoi ne pouvez-vous pas me dire avant où se trouve l'éclair ?

– Parce que si je te le disais, tu aurais trop peur pour relever le défi.

J'ai ravalé ma salive.

– C'est une bonne raison.

– Alors tu acceptes ?

J'ai regardé Grover, qui hochait la tête pour m'encourager. Facile, pour lui. C'était moi que Zeus voulait tuer.

– D'accord, ai-je dit. C'est mieux que d'être changé en dauphin.

– Alors le moment est venu pour toi de consulter l'Oracle, a dit Chiron. Monte au grenier, Percy Jackson. Lorsque tu en redescendras, à supposer que tu sois toujours sain d'esprit, nous reparlerons.

Au quatrième étage, l'escalier se terminait sous une trappe verte.

J'ai tiré le cordon, la trappe s'est ouverte et une échelle en bois s'est mise en place bruyamment.

L'air tiède qui venait d'en haut sentait le moisi, le bois pourri et puis autre chose, aussi... une odeur qui m'a ramené en cours de biologie. Les reptiles. L'odeur des serpents.

J'ai retenu ma respiration et grimpé à l'échelle.

Le grenier était plein d'un bric-à-brac de héros grecs : des porte-armures couverts de toiles d'araignées, des boucliers jadis rutilants piqués par la rouille, de vieilles malles-cabines en cuir dont les autocollants disaient « ITHAQUE », « ÎLE DE CIRCÉE », « PAYS DES AMAZONES ». Sur une longue table s'alignaient des flacons de verre remplis de *choses* en conserve : des griffes poilues sectionnées, d'énormes yeux jaunes, diverses autres parties de monstres. Il y avait un trophée poussiéreux accroché au mur qui ressemblait à une tête de serpent géant, mais avec des cornes et une dentition de requin complète. La plaque disait : « TÊTE D'HYDRE N° 1, WOODSTOCK, NEW YORK, 1969 ».

Près de la fenêtre, sur un tabouret en bois à trois pieds, se trouvait le souvenir le plus horrible de tous : une momie. Pas le genre enveloppée dans des bandelettes, non, mais un corps de femme humaine ratatiné comme un cocon desséché. Elle portait une robe bain de soleil *tie-dye*, plein de colliers de perles et un bandeau sur ses longs cheveux noirs. Elle avait le visage mince et parcheminé, plaqué sur le crâne, et ses yeux étaient des fentes blanches vitreuses, comme si les vrais globes oculaires avaient été remplacés par des billes. Elle était morte depuis très, très longtemps.

La regarder me donnait des frissons dans le dos. Et cela, avant même qu'elle ne se redresse sur son tabouret et ouvre la bouche. Une brume verte s'est échappée de ses lèvres et s'est enroulée en vrilles épaisses au ras du sol, sifflant comme vingt mille serpents. Je me suis emmêlé les pieds en essayant de retourner à la trappe, mais celle-ci s'est refermée d'un claquement brutal. Dans ma tête j'ai entendu une voix qui s'infiltrait par une de mes oreilles et se lovait autour de mon cerveau : *Je suis l'esprit de Delphes, l'oratrice des prophéties de Phébus Apollon, qui a massacré le puissant Python. Approche, toi qui cherches, et demande.*

J'avais envie de dire : *Non merci, je me suis trompé de porte, je cherche juste les toilettes.* Mais je me suis forcé à prendre une grande inspiration.

La momie n'était pas vivante. C'était une sorte de réceptacle macabre pour autre chose, pour la puissance qui tournoyait maintenant autour de moi dans la brume verte. Mais sa présence ne dégageait pas d'ondes maléfiques, comme Mme Dodds, ma démoniaque prof de maths, ou le Minotaure. C'était plutôt comme les Trois Parques que j'avais vues tricoter devant l'étal de fruits en bordure d'autoroute : quelque chose de très ancien, de puissant et d'absolument *pas* humain. Mais pas spécialement désireux de me tuer non plus.

J'ai trouvé le courage de demander :

– Quelle est ma destinée ?

Les tourbillons de brume se sont épaissis puis rassemblés juste devant moi et autour de la table avec les bocaux de bouts de monstres en saumure. Soudain, quatre hommes sont apparus autour de la table, des cartes à jouer à la main. Les visages sont devenus plus nets. C'était Gaby Pue-Grave et ses potes.

J'ai serré les poings, pourtant je savais bien que cette partie de poker ne pouvait pas être réelle. C'était une illusion, faite de brume.

Gaby s'est tourné vers moi et m'a parlé de la voix râpeuse de l'Oracle : *Tu iras à l'ouest et tu rencontreras le dieu qui s'est retourné.*

L'ami qui était sur sa droite a levé la tête et, de la même voix, il a dit : *Tu retrouveras ce qui fut volé et tu le verras restitué sans dommage.*

Le type de gauche a lancé deux jetons de poker : *Tu seras trahi par quelqu'un qui se dit ton ami.*

Pour finir, Eddie, le gardien de notre immeuble, a prononcé la prophétie la plus terrible de toutes : *Et à la fin, tu ne parviendras pas à sauver ce qui compte le plus.*

Les silhouettes ont commencé à se dissiper. Au début,

j'étais trop sonné pour dire quoi que ce soit, mais lorsque la brume s'est retirée, qu'elle s'est repliée en un énorme serpent qui s'est glissé dans la bouche de la momie, j'ai crié :

– Attendez ! Qu'est-ce que vous voulez dire ? Quel ami ? Qu'est-ce que je ne parviendrai pas à sauver ?

La queue du serpent de brume a disparu dans la bouche de la momie. Elle s'est radossée au mur. Sa bouche s'est fermée, lèvres serrées comme si elles ne s'étaient pas ouvertes depuis un siècle. Le silence est retombé ; le grenier n'était plus à nouveau qu'une pièce oubliée où s'entassaient des souvenirs.

J'ai eu l'impression que je pouvais rester là jusqu'à me recouvrir de toiles d'araignées, moi aussi, mais que je n'en apprendrais rien de plus.

Mon audience avec l'Oracle était terminée.

– Alors ? m'a demandé Chiron.

Je me suis effondré sur une chaise devant la table de jeu.

– Elle a dit que j'allais récupérer ce qui avait été volé.

Grover s'est penché en avant sur sa chaise, mastiquant fébrilement les vestiges d'une cannette de Coca light.

– C'est super !

– Qu'a dit l'Oracle exactement ? a insisté Chiron. C'est important.

La voix reptilienne me picotait encore les oreilles.

– Elle... a dit que j'irai à l'ouest et que je rencontrerai un dieu qui s'est retourné. Je récupérerai ce qui a été volé et je le verrai restitué sans dommage.

– Je le savais, a dit Grover.

Chiron n'avait pas l'air satisfait.

– Rien d'autre ? a-t-il demandé.

Je n'avais pas envie de le lui dire.

Quel ami me trahirait-il ? Je n'en avais pas tant que ça.

Et cette dernière prophétie – que je ne parviendrais pas à sauver ce qui comptait le plus. Quel était cet Oracle qui m'envoyait tenter une quête et me disait : *Oh, à propos, tu échoueras.*

Comment pouvais-je avouer cela ?

Chiron a scruté mon visage.

– Très bien, Percy. Mais sache une chose : les paroles de l'Oracle sont souvent à double sens. Ne les retourne pas trop dans ta tête. La vérité n'est pas toujours claire tant que les événements ne se sont pas produits.

J'ai eu l'impression qu'il savait que je lui cachais quelque chose de mauvais augure et qu'il essayait de me réconforter.

– D'accord, ai-je dit, désireux de changer de sujet. Alors où dois-je aller ? Qui est le dieu qui est à l'ouest ?

– Réfléchis, Percy, a dit Chiron. Si Zeus et Poséidon s'affaiblissent l'un l'autre dans une guerre, qui peut y gagner ?

– Une troisième personne souhaitant prendre le pouvoir ? ai-je deviné.

– Très juste. Quelqu'un qui a gardé une vieille rancune, qui est insatisfait de son sort depuis que le monde a été divisé, il y a des éternités, et dont le royaume deviendrait puissant si des millions de gens mouraient. Quelqu'un qui déteste ses frères pour l'avoir forcé à jurer qu'il n'aurait plus d'enfants, alors qu'eux-mêmes ont tous les deux rompu le serment.

J'ai repensé à mes rêves, à la voix maléfique qui avait parlé depuis les profondeurs souterraines.

– Hadès, ai-je dit.

Chiron a hoché la tête :

– Le Seigneur de la Mort est l'unique possibilité.

Une miette d'aluminium s'est échappée de la bouche de Grover.

– Attendez, attendez. Qu'est-ce que vous dites ?!

– Une Furie a traqué Percy, lui a rappelé Chiron. Elle l'a surveillé le temps qu'il a fallu pour s'assurer de son identité, alors elle a essayé de le tuer. Les Furies n'obéissent qu'à un seul maître : Hadès.

– Oui, mais... mais Hadès déteste tous les héros, a protesté Grover. Et en plus, s'il a découvert que Percy est le fils de Poséidon...

– Un Chien des Enfers est entré dans la forêt, a continué Chiron. Ce sont des créatures qu'on ne peut faire venir que des Champs du Châtiment, il a donc dû être appelé par quelqu'un qui se trouve dans la colonie. Hadès doit avoir un espion parmi nous. Il doit se douter que Poséidon va essayer de recourir à Percy pour blanchir son nom. Hadès aimerait beaucoup tuer ce jeune sang-mêlé avant qu'il n'entreprenne sa quête.

– Super, ai-je grommelé. Deux des dieux les plus importants veulent me tuer.

– Mais une quête aux... (Grover a ravalé sa salive.) Je veux dire, l'éclair primitif ne pourrait pas être caché dans un endroit comme le Maine ? Le Maine est très joli à cette époque de l'année.

– Hadès a envoyé un de ses suppôts voler l'éclair primitif, a insisté Chiron. Il l'a caché aux Enfers, sachant très bien que Zeus accuserait Poséidon. Je ne prétends pas comprendre parfaitement les motifs du Seigneur de la Mort, ni pourquoi il a choisi ce moment pour déclencher une guerre. Mais une chose est sûre. Percy doit aller aux Enfers, retrouver l'éclair primitif et révéler la vérité.

Un feu étrange brûlait au creux de mon ventre. Vraiment bizarre : ce n'était pas de la peur. C'était presque de l'impatience. Un désir de vengeance. Jusqu'à présent Hadès avait essayé de me tuer trois fois : avec la Furie, le Minotaure et le Chien des Enfers. C'était par sa faute que ma mère avait disparu dans un éclair de lumière. Maintenant il essayait de nous faire porter le chapeau à mon père et à moi pour un vol que nous n'avions pas commis.

J'étais prêt à en découdre.

En plus, si ma mère était aux Enfers...

Holà, mon gars, on se calme ! s'est écriée la petite partie de mon cerveau qui était encore saine. *Tu es un gosse. Hadès est un dieu.*

Grover tremblait. Il s'était mis à manger les cartes de belote comme des chips.

Le pauvre, il avait besoin de mener à bien une quête avec moi pour obtenir son fameux permis de chercheur, mais comment pouvais-je lui demander de m'accompagner dans cette quête, surtout avec l'Oracle qui m'avait prédit un échec ? C'était suicidaire.

– Écoutez, si nous savons que c'est Hadès qui a fait le coup, ai-je dit à Chiron, pourquoi ne pas prévenir les autres dieux, tout simplement ? Zeus ou Poséidon pourrait descendre aux Enfers et faire tomber quelques têtes.

– Il y a une différence entre soupçons et certitude. Par ailleurs, même si les autres dieux soupçonnent Hadès – et j'imagine que Poséidon a ses doutes –, ils ne pourraient pas récupérer l'éclair eux-mêmes. Les dieux ne peuvent pas pénétrer dans les territoires de leurs pairs sans y être invités. C'est une autre règle ancienne. Les héros, en revanche, disposent de certains privilèges. Ils peuvent aller n'importe où, provoquer n'importe qui, du moment qu'ils ont le courage et la force de le faire. Aucun dieu ne peut être considéré comme responsable des actes d'un héros. Pourquoi crois-tu que les dieux agissent toujours par l'intermédiaire d'humains ?

– Ce que vous voulez dire, c'est que je suis utilisé.

– Ce que je veux dire, c'est que ce n'est pas un hasard si Poséidon t'a revendiqué comme son fils maintenant. C'est un très gros risque, mais il est dans une situation désespérée. Il a besoin de toi.

Mon père a besoin de moi

À l'intérieur de moi, des émotions ont tourbillonné comme des morceaux de verre dans un kaléidoscope. Je ne savais pas si je devais éprouver de la rancœur ou de la reconnaissance, de la colère ou de la joie. Poséidon m'avait ignoré pendant douze ans. Et tout d'un coup, il avait besoin de moi.

J'ai regardé Chiron :

– Vous le saviez depuis le début, n'est-ce pas, que j'étais le fils de Poséidon ?

– Je m'en doutais. Comme je te le disais... J'ai vu l'Oracle, moi aussi.

J'ai eu le sentiment qu'il me cachait beaucoup de choses concernant sa prophétie, mais je me suis dit que je ne pouvais pas me permettre de m'inquiéter pour ça. Après tout, moi aussi, je faisais de la rétention d'informations.

– Soyons clairs, ai-je dit. Je suis censé descendre aux Enfers et rencontrer Hadès.

– Exact, a dit Chiron.

– Trouver l'arme la plus puissante de l'univers.

– Exact.

– Et la rapporter à l'Olympe avant le solstice d'été, dans dix jours.

– C'est à peu près ça.

J'ai regardé Grover, qui a avalé l'as de cœur.

– Vous ai-je déjà dit que le Maine était très agréable en cette saison ? a-t-il demandé d'une petite voix.

– Tu n'es pas obligé de venir, lui ai-je dit. Je ne peux pas te demander une chose pareille.

– Oh... (Il sautillait d'un sabot sur l'autre.) Non... c'est juste que les satyres et les lieux souterrains... enfin...

Il a respiré un grand coup, puis il s'est levé en balayant les lambeaux de cartes à jouer et les miettes d'alu de son tee-shirt.

– Tu m'as sauvé la vie, Percy. Si... Si tu es sérieux, si tu souhaites vraiment que je t'accompagne, je ne te laisserai pas tomber.

J'ai éprouvé un tel soulagement que j'en aurais pleuré, même si ça ne me semblait pas très héroïque. Grover était le seul ami que j'aie jamais gardé plus longtemps que quelques mois. J'ignorais ce qu'un satyre pouvait bien faire contre les forces des morts, mais ça me faisait du bien de savoir qu'il serait à mes côtés.

– Je suis un max sérieux, Grov'. (Je me suis tourné vers Chiron.) Alors où allons-nous ? L'Oracle a juste dit d'aller à l'ouest.

– L'entrée des Enfers est toujours à l'ouest. Ils se déplacent d'une époque à l'autre, exactement comme l'Olympe. Pour le moment, bien sûr, ils sont aux États-Unis.

– Où ça ?

Chiron a paru surpris.

– J'aurais cru que c'était évident L'entrée des Enfers est à Los Angeles.

– Oh ! Naturellement. Alors on saute dans un avion, et...

– Non ! a hurlé Grover. Percy, tu rêves ou quoi ? Tu as déjà pris l'avion dans ta vie ?

J'ai secoué la tête, un peu gêné. Maman ne m'avait jamais emmené nulle part en avion. Elle disait toujours que nous n'avions pas les moyens. En plus, ses parents étaient morts dans un accident d'avion.

– Percy, réfléchis, a dit Chiron. Tu es le fils du dieu de la mer. Le rival le plus acharné de ton père est Zeus, le Maître du Ciel. Ta mère n'aurait jamais pris le risque de te mettre dans un avion. Tu serais dans le domaine de Zeus. Tu n'atterrirais jamais vivant.

Au-dessus de nous, la foudre a crépité. Le tonnerre a grondé.

– D'accord, ai-je dit, bien décidé à ne pas lever les yeux vers l'orage. Alors je voyagerai par voie de terre.

– C'est cela, a dit Chiron. Tu peux emmener deux compagnons avec toi dans ta quête. Le premier est Grover. Le second s'est déjà porté volontaire, si tu acceptes son aide.

– Ça alors ! ai-je dit en feignant la surprise. Qui d'autre pourrait bien avoir la stupidité de se porter volontaire pour une quête pareille ?

L'air a scintillé derrière Chiron.

Annabeth, devenue visible, a fourré sa casquette de baseball dans sa poche.

– Ça fait longtemps que j'attends une quête, Cervelle

d'Algues, a-t-elle dit. Athéna n'est pas une fan de Poséidon, mais si tu es appelé à sauver le monde, je suis la personne la mieux placée pour t'empêcher de foirer.

– Si c'est toi qui le dis. Je suppose que tu as un plan, Puits de Sagesse ?

Elle s'est empourprée.

– Tu veux de mon aide, oui ou non ?

La vérité, c'était que oui, j'avais besoin de toute l'aide que je pourrais recevoir.

– Un trio, ai-je répondu. Ça marchera.

– Excellent, a dit Chiron. Cet après-midi, nous pourrons vous emmener à la gare routière de Manhattan. Après, ce sera à vous de jouer.

Des éclairs ont zébré le ciel. Une averse s'est abattue sur les prairies censées ne jamais connaître d'intempéries violentes.

– Pas de temps à perdre, a dit Chiron. Je crois que vous devriez tous aller faire vos bagages.

10 Je bouille un autocar en parfait état

Il ne m'a pas fallu longtemps pour faire mes bagages. J'ai décidé de laisser la corne du Minotaure dans mon bungalow, de sorte qu'il ne me restait qu'une tenue de rechange et une brosse à dents à fourrer dans un sac à dos que Grover m'avait dégoté.

Le magasin de la colonie m'a prêté cent dollars en argent mortel et vingt drachmes d'or. C'étaient des pièces grandes comme des cookies, avec des images de différents dieux grecs gravées sur une face et l'Empire State Building sur l'autre. Autrefois, les drachmes des mortels étaient en argent, nous a dit Chiron, mais les Olympiens n'ont jamais utilisé rien d'autre que de l'or pur. Chiron a ajouté que ces pièces pouvaient s'avérer utiles pour des transactions non mortelles, ce que j'ai trouvé assez énigmatique. Il nous a donné à Annabeth et moi une gourde de nectar et une pochette plastique pleine de carrés d'ambroisie, à n'utiliser qu'en cas d'urgence, si nous étions grièvement blessés. C'était une bonne nourriture, nous a rappelé Chiron. Elle nous guérirait de presque n'importe quelle blessure, mais serait fatale pour des mortels. À trop forte dose, elle pouvait donner une violente fièvre à un sang-mêlé et, en overdose, elle nous consumerait – nous brûlerait, littéralement – de l'intérieur.

Annabeth emportait avec elle sa casquette de base-ball magique, qu'elle avait reçue de sa mère, m'a-t-elle dit, pour ses douze ans. Elle prenait aussi un livre sur les chefs-d'œuvre de l'architecture classique, écrit en grec ancien, pour lire quand elle s'ennuierait, et un long couteau en bronze, caché dans sa manche de chemise. J'étais sûr que le couteau nous vaudrait de nous faire arrêter dès le premier détecteur de métal.

Grover avait mis ses faux pieds et son pantalon afin de passer pour un humain. Il portait un béret de rasta vert parce que lorsqu'il pleuvait, ses cheveux bouclés s'aplatissaient et on pouvait apercevoir la pointe de ses cornes. Son sac à dos orange était plein de bouts de ferraille et de pommes, pour les petites faims. Il avait glissé dans sa poche la flûte de Pan que son papa-chèvre lui avait fabriquée, bien qu'il n'ait que deux airs à son répertoire : le *Concerto pour piano n° 12* de Mozart et *So Yesterday* d'Hilary Duff – tous les deux assez redoutables à la flûte de Pan.

Nous avons salué d'un geste les autres pensionnaires, jeté un dernier coup d'œil aux champs de fraises, à l'océan et à la Grande Maison, puis grimpé le flanc de la colline des Sang-Mêlé jusqu'au grand pin qui avait jadis été Thalia, fille de Zeus.

Chiron nous attendait dans son fauteuil roulant. À côté de lui se tenait le type à la dégaine de surfeur que j'avais vu pendant ma convalescence à l'infirmerie. D'après Grover, c'était le chef de la sécurité de la colonie. Soi-disant qu'il avait des yeux sur tout le corps et qu'on ne pouvait donc jamais le prendre par surprise. Mais là, comme il portait un uniforme de chauffeur, je n'ai vu d'yeux supplémentaires que sur ses mains, son visage et son cou.

– Voici Argos, m'a dit Chiron. Il vous conduira à New York et il, euh, ouvrira l'œil.

J'ai entendu des bruits de pas derrière moi.

Luke grimpait la colline à toutes jambes, une paire de baskets à la main.

– Hé ! s'est-il écrié en haletant. Heureusement que je t'ai rattrapé !

Annabeth a rougi, comme chaque fois que Luke était dans les parages.

– Je voulais juste te souhaiter bonne chance, m'a dit Luke. Et puis j'ai pensé... euh... ça pourra peut-être te servir.

Il m'a tendu les baskets, qui avaient un aspect assez normal. Ainsi qu'une odeur assez normale, d'ailleurs.

Luke a dit :

– *Maia !*

Des ailes d'oiseau blanches ont jailli des talons, et j'ai sursauté si fort que j'en ai lâché les baskets. Elles ont voleté au ras du sol quelques instants, puis les ailes se sont repliées et dissipées.

– Géant ! a dit Grover.

Luke a souri.

– Elles m'ont bien servi dans ma quête. Un cadeau de papa. Évidemment, ces temps-ci, je ne m'en sers pas beaucoup...

Le visage de Luke s'est attristé. Je ne savais pas quoi dire. C'était déjà super-cool de venir me dire au revoir. J'avais craint qu'il n'ait pris ombrage de toute l'attention dont j'avais fait l'objet ces derniers jours. Mais là, il m'offrait un cadeau magique... je me suis senti rougir presque aussi fort qu'Annabeth.

– Hé, mec, ai-je dit. Merci.

– Écoute, Percy... (Luke avait l'air mal à l'aise.) Beaucoup d'espoirs reposent sur toi. Alors... tue quelques monstres pour moi, d'accord ?

Nous nous sommes serré la main. Luke a tapoté Grover sur la tête, entre les cornes, puis embrassé Annabeth, qui a paru à deux doigts de s'évanouir.

Après le départ de Luke, je lui ai dit :

– Respire, t'es en apnée.

– N'importe quoi.

– Tu l'as laissé gagner Capture-l'étendard, hein ?

– Oh... Percy ! Comment ai-je pu avoir envie de partir avec toi ?

Elle a dévalé l'autre versant de la colline à grandes enjambées. Une camionnette blanche nous attendait sur le bas-côté de la route. Argos lui a emboîté le pas en faisant sauter les clés de voiture entre ses doigts. J'ai ramassé les baskets volantes et ressenti une bouffée soudaine d'appréhension. J'ai regardé Chiron.

– Je ne pourrai pas m'en servir, en fait ? lui ai-je demandé.

Il a secoué la tête.

– Luke a de bonnes intentions, Percy. Mais prendre la voie des airs... ce ne serait pas raisonnable pour toi.

J'ai hoché la tête, déçu. Puis j'ai eu une idée :

– Hé, Grover ! Tu veux un objet magique ?

– Moi ?

Une étincelle s'est allumée dans son regard.

Nous avons rapidement lacé les baskets par-dessus ses faux

pieds, et la première chèvre volante du monde s'est trouvée parée pour l'envol.

– *Maïa !* a crié Grover.

Il a décollé du sol sans problème, mais ensuite il a basculé sur le côté et son sac à dos s'est mis à traîner dans l'herbe. Les baskets ailées ruaient et se cabraient comme de minuscules chevaux sauvages.

– Entraîne-toi, a crié Chiron dans son dos. Tu as juste besoin d'entraînement !

– Aaahhh !

Grover déboulait le flanc de colline en volant de côté, tel une tondeuse à gazon possédée, en se dirigeant vers la camionnette. Au moment où j'allais le suivre, Chiron m'a retenu par le bras.

– J'aurais dû te former mieux, Percy, a-t-il dit. Si seulement j'avais eu plus de temps... Héraclès, Jason... ils ont tous eu plus d'entraînement.

– Ce n'est pas grave. C'est juste que...

Je me suis tu car j'ai eu peur de passer pour un enfant gâté. Seulement voilà : j'aurais aimé que mon père me donne un objet magique sympa pour m'aider dans ma quête, un truc aussi cool que les chaussures volantes de Luke ou la casquette d'invisibilité d'Annabeth.

– Mais où avais-je la tête ? s'est écrié Chiron. Je ne peux pas te laisser partir sans ça.

Il a sorti un stylo-bille de sa poche de veste et me l'a tendu. C'était un Bic jetable, noir, à capuchon, qui devait coûter dans les trente *cents*.

– Super, ai-je dit. Merci.

– Percy, c'est un cadeau de ton père. Ça fait des années que je le garde, car je ne savais pas que tu étais celui que j'attendais. Mais la prophétie est claire à présent. C'est toi.

Je me suis souvenu de l'excursion scolaire au musée des Beaux-Arts, où j'avais pulvérisé Mme Dodds. Chiron m'avait lancé un stylo qui s'était transformé en épée. Est-ce que... ?

J'ai retiré le capuchon, et le stylo s'est allongé et alourdi dans ma main. Une demi-seconde plus tard, je tenais une épée de bronze rutilante avec une lame à double tranchant, une poignée revêtue de cuir et une garde plate cloutée d'or. C'était la première arme que je trouvais équilibrée quand je la tenais en main.

– Cette épée a une histoire longue et tragique qu'il n'est pas nécessaire d'évoquer, m'a dit Chiron. Elle s'appelle Anaklusmos.

– Turbulence marine, ai-je traduit, étonné que le grec ancien me vienne si facilement.

– À n'utiliser qu'en cas d'urgence, a continué Chiron. Et seulement contre des monstres. Un héros ne doit jamais faire du mal à des mortels sauf si c'est absolument nécessaire, bien sûr. Mais de toute façon, cette arme ne pourrait pas les blesser.

J'ai regardé la lame, redoutablement aiguisée.

– Que voulez-vous dire ? Comment pourrait-elle ne pas les blesser ?

– Cette épée est en bronze céleste. Forgée par les Cyclopes, trempée au cœur de l'Etna, refroidie dans les eaux du Léthé. Elle est mortelle pour les monstres, pour n'importe quelle créature des Enfers, s'ils ne t'ont pas tué avant que tu les frappes. Mais la lame traversera les mortels comme une illusion. Ils ne sont tout simplement pas assez importants pour que la lame les tue. Et il faut que je t'avertisse : en tant que demi-dieu, tu peux être tué par les armes célestes et les armes normales. Tu es deux fois plus vulnérable.

– C'est bon à savoir.

– Maintenant, remets le capuchon.

À peine eus-je touché la pointe de Turbulence avec le capuchon qu'instantanément, elle est redevenue un stylo-bille. Je l'ai glissé dans ma poche, un peu inquiet, parce que j'étais connu à l'école pour toujours perdre mes crayons.

– C'est impossible, a dit Chiron.

– Quoi ?

– Que tu perdes le stylo-bille. Il est magique. Il réapparaîtra toujours dans ta poche. Essaie.

J'étais réticent, mais j'ai quand même lancé le stylo-bille le plus loin que j'ai pu et je l'ai regardé se perdre dans l'herbe.

– Ça peut prendre quelques instants, m'a dit Chiron. À présent, regarde dans ta poche.

Effectivement, le stylo-bille y était.

- D'accord, ai-je reconnu, c'est très, très cool. Mais si un mortel me voit dégainer une épée ?

– La Brume est une chose puissante, Percy, a répondu Chiron en souriant.

– La Brume ?

– Oui. Relis ton *Iliade*, on y fait référence tout le temps. Chaque fois que des éléments divins ou monstrueux se mêlent au monde mortel, ils génèrent une Brume qui brouille la vision des humains. Toi, étant un sang-mêlé, tu verras les choses telles qu'elles sont, mais les humains les interpréteront bien différemment. C'est vraiment remarquable, tout ce que les humains sont capables d'inventer pour forcer les choses à rentrer dans leur vision de la réalité.

J'ai remis Turbulence dans ma poche.

Pour la première fois, la quête me semblait réelle. Je quittais bel et bien la colline des Sang-Mêlé. Je partais pour l'Ouest sans la supervision d'aucun adulte, sans plan de secours, sans téléphone portable. (Chiron disait que les monstres repéraient les portables ; en utiliser un, ce serait pire que d'envoyer une fusée de détresse.) Je n'avais pas d'arme plus puissante qu'une épée pour repousser les monstres et arriver au Pays des Morts.

– Chiron..., ai-je demandé. Lorsque vous dites que les dieux de l'Olympe sont immortels... Je veux dire, il a existé une époque avant eux, n'est-ce pas ?

– Quatre âges avant eux, en fait. L'Âge des Titans fut le Quatrième Âge, parfois nommé Âge d'Or, ce qui est on ne peut plus inapproprié. Cet âge-ci, l'époque de la civilisation occidentale et du règne de Zeus, est le Cinquième Âge.

– Alors comment c'était... avant les dieux ?

Chiron a pincé les lèvres.

– Même moi, je ne suis pas assez vieux pour me souvenir de cela, petit, mais je sais que c'était une période d'obscurité et de barbarie pour les mortels. Cronos, le roi des Titans, a nommé son règne l'Âge d'Or parce que les hommes vivaient dans l'innocence et l'ignorance totale. Mais c'était de la pure propagande. Le roi des Titans ne s'intéressait nullement à votre espèce, à part comme amuse-gueule ou source de divertissement facile. Ce ne fut qu'au début du règne de Zeus, quand Prométhée, le bon Titan, apporta le feu à l'humanité que ta civilisation a commencé à se développer. Même alors,

Prométhée s'est vu traiter de penseur révolutionnaire, et Zeus l'a sévèrement puni, comme tu t'en souviens sans doute. Bien sûr, les dieux ont fini par se prendre d'affection pour les humains.

– Mais les dieux de l'Olympe ne peuvent pas mourir maintenant, si ? Je veux dire, tant que la civilisation occidentale vivra, ils vivront. Alors... même si j'échoue, il ne pourrait rien arriver de grave au point que tout s'effondre, ou je me trompe ?

Chiron m'a adressé un sourire mélancolique.

– Personne ne sait combien de temps durera l'Âge de l'Occident, Percy. Les dieux sont immortels, c'est vrai. Mais les Titans l'étaient, eux aussi. D'ailleurs ils existent encore, enfermés dans leurs différentes prisons, obligés de subir des souffrances et des punitions sans fin, affaiblis, mais toujours bien vivants. Puissent les dieux de l'Olympe ne jamais connaître un si sombre destin, et nous ne jamais replonger dans le chaos et l'obscurité du passé. Tout ce que nous pouvons faire, petit, c'est obéir à notre destin.

– Notre destin... à supposer que nous sachions ce que c'est.

– Détends-toi, m'a dit Chiron. Garde la tête froide. Et rappelle-toi que tu vas peut-être empêcher la plus grande guerre de l'histoire de l'humanité.

– Détends-toi..., ai-je répété. Je suis très détendu.

En arrivant au pied de la colline, je me suis retourné. Au sommet, sous le pin qui avait jadis été Thalia, fille de Zeus, Chiron avait repris pleinement sa forme de centaure et brandissait bien haut son arc pour nous saluer. Comme n'importe quel directeur de colonie de vacances prenant congé de ses pensionnaires, somme toute.

Conduits par Argos, nous avons quitté la campagne et pénétré dans la partie ouest de Long Island. Ça m'a fait un drôle d'effet de me retrouver sur une autoroute, Grover et Annabeth à côté de moi comme si nous rentrions tranquillement de week-end. Après quinze jours à la colline des Sang-Mêlé, le monde réel me faisait l'effet d'un univers imaginaire. Je me suis surpris à scruter tous les fast-foods, tous les gamins à l'arrière de la voiture de leurs parents, tous les panneaux publicitaires et les centres commerciaux.

– Jusque-là, tout va bien, ai-je dit à Annabeth. Quinze kilomètres et pas un seul monstre.

Elle m'a gratifié d'un regard agacé.

– Ça porte malchance de parler comme ça, Cervelle d'Algues.

– Rafraîchis ma mémoire... pourquoi tu me détestes autant, déjà ?

– Je ne te déteste pas.

– C'était à s'y méprendre.

Elle a plié sa casquette d'invisibilité.

– Écoute... c'est juste que nous ne sommes pas censés nous entendre, d'accord ? Nos parents sont rivaux.

– Pourquoi ?

Elle a soupiré

– Combien de raisons te faut-il ? Une fois, maman a surpris Poséidon avec sa petite amie dans le temple d'Athéna, ce qui est un manque de respect colossal. Une autre fois, Athéna et Poséidon se sont fait concurrence pour être le dieu protecteur de la ville d'Athènes. Ton père a créé une espèce de ridicule fontaine d'eau de mer comme cadeau. Maman a créé l'olivier.

Les gens ont vu que son cadeau était le meilleur, alors ils ont nommé la ville d'après son nom.

– Ils devaient vraiment aimer les olives.

– Oh, laisse tomber.

– Évidemment, si elle avait inventé la pizza, là je comprendrais.

– Laisse tomber, je te dis.

Argos, à l'avant de la voiture, a souri. Il n'a rien dit, mais un œil bleu sur sa nuque a cligné.

Les embouteillages nous ont ralentis dans la banlieue de New York. Le temps que nous arrivions à Manhattan, le soleil se couchait et il commençait à pleuvoir.

Argos nous a déposés à la gare routière, pas loin de l'appartement de maman et Gaby. J'ai remarqué, scotchée à une boîte aux lettres, une affichette détrempée portant ma photo et la légende : AVEZ-VOUS VU CE GARÇON ?

Je l'ai arrachée avant qu'Annabeth et Grover ne la voient.

Argos a sorti nos sacs du coffre et s'est assuré que nous avions bien acheté nos tickets de car avant de repartir, nous jetant un dernier regard du revers de la main tout en sortant du parking.

J'ai songé que nous étions tout près de mon ancien appartement. En temps ordinaire, à cette heure-ci, ma mère serait déjà rentrée de la confiserie. Gaby Pue-Grave devait y être en ce moment même, en train de jouer au poker, et même pas triste que maman ne soit plus là.

Grover a passé son sac à dos sur son épaule. Il a examiné la rue dans la direction de mon regard.

– Tu veux savoir pourquoi elle l'a épousé, Percy ?

Je l'ai dévisagé avec étonnement.

– Tu as lu dans mes pensées ou quoi ?

– Juste dans tes émotions. (Il a haussé les épaules.) J'ai dû oublier de te dire que les satyres peuvent faire ça. Tu pensais à ta mère et à ton beau-père, n'est-ce pas ?

J'ai hoché la tête, tout en me demandant ce que Grover pouvait avoir oublié de me dire d'autre.

– Ta mère a épousé Gaby pour toi, m'a dit Grover. Tu l'appelles Pue-Grave, mais tu ne te rends pas compte. Ce mec a une de ces auras… beurk. Je le sens d'ici. Je sens encore des traces de lui sur toi, et tu ne l'as pas approché depuis une semaine.

– Merci. Où est la douche la plus proche ?

– Tu devrais être reconnaissant, Percy. Ton beau-père empeste si fort l'humain qu'il pourrait masquer la présence de n'importe quel demi-dieu. Dès que j'ai humé l'intérieur de sa Camaro, j'ai compris : Gaby couvre ta piste depuis des années. Si tu n'avais pas passé tous les étés avec lui, des monstres t'auraient sans doute repéré depuis longtemps. Ta maman restait avec lui pour te protéger. C'était une dame intelligente. Elle devait t'aimer énormément pour supporter ce type – si ça peut te réconforter.

Ça ne me réconfortait pas, mais je me suis forcé à ne pas le montrer. *Je la reverrai*, me suis-je dit. Elle n'avait pas disparu.

Je me suis demandé si Grover arrivait toujours à lire dans mes émotions, si confuses soient-elles. J'étais heureux qu'Annabeth et lui soient venus avec moi, mais je me sentais coupable car je n'avais pas été franc avec eux. Je ne leur avais pas dit la véritable raison qui m'avait fait accepter cette quête folle.

La vérité, c'était que je n'en avais rien à faire de retrouver l'éclair de Zeus, ni de sauver le monde, ni même d'aider mon père à se tirer du pétrin. Plus j'y pensais, plus j'en voulais à Poséidon de ne m'avoir jamais rendu visite, de n'avoir jamais aidé maman, de n'avoir jamais envoyé le moindre petit chèque pour contribuer à m'élever. Il ne m'avait reconnu que parce qu'il avait besoin qu'on lui arrange le coup.

La seule chose qui comptait, c'était maman. Hadès l'avait prise injustement, et il allait la rendre.

Tu seras trahi par quelqu'un qui se dit ton ami, ai-je entendu l'Oracle me chuchoter à l'oreille. *Et à la fin, tu ne parviendras pas à sauver ce qui compte le plus.*

Tais-toi, lui ai-je dit.

Il pleuvait toujours.

N'en pouvant plus d'attendre le car, nous avons décidé de jouer au ballon avec une des pommes de Grover. Annabeth était incroyable : elle pouvait faire rebondir la pomme sur son genou, son coude, son épaule, n'importe où. Moi-même, je ne me débrouillais pas trop mal.

Le jeu a pris fin quand j'ai lancé la pomme dans la direction de Grover et qu'elle est passée trop près de sa bouche. En une méga-bouchée de chèvre, notre balle a disparu, trognon et pépins compris.

Grover a rougi. Il a voulu s'excuser, mais Annabeth et moi étions pliés de rire.

Le car est enfin arrivé. Pendant que nous faisions la queue pour monter à bord, Grover s'est mis à regarder tout autour de lui en reniflant comme s'il sentait l'odeur de son plat préféré à la cafétéria de l'école, des enchiladas.

– Qu'est-ce qu'il y a ? lui ai-je demandé.

– Je ne sais pas, a-t-il répondu d'une voix tendue. Peut-être rien du tout.

Mais je sentais qu'il y avait quelque chose. J'ai jeté des coups d'œil par-dessus mon épaule, moi aussi.

J'ai été soulagé lorsque nous sommes enfin montés dans le car et que nous sommes allés nous asseoir dans le fond tous les trois. Nous avons rangé nos sacs à dos. Annabeth n'arrêtait pas de faire claquer nerveusement sa casquette contre sa cuisse.

Alors que les derniers passagers montaient à bord, elle a crispé sa main sur mon genou :

– Percy.

Une vieille dame venait de monter. Elle portait une robe en velours froissée, des gants de dentelle et un chapeau en tricot orange informe qui faisait de l'ombre à son visage, et tenait un grand sac à main à imprimé cachemire. Lorsqu'elle a relevé la tête, ses yeux noirs ont pétillé et j'ai cru que mon cœur allait s'arrêter de battre.

C'était Mme Dodds. Plus âgée, plus fripée, mais exactement le même visage malveillant.

Je me suis ratatiné dans mon siège.

Derrière elle montaient deux autres vieilles dames, l'une avec un chapeau vert, l'autre avec un chapeau violet. À part la couleur de leur couvre-chef, c'étaient des copies conformes de Mme Dodds : mêmes mains noueuses, sacs à main à imprimé cachemire, robes de velours chiffonnées. De démoniaques mamies triplettes.

Elles se sont assises au premier rang, juste derrière le chauffeur. Les deux qui étaient au bord de l'allée ont allongé les jambes dans le passage en faisant un X. C'était un geste assez naturel, en même temps le message était clair : personne ne sort.

L'autocar a quitté la gare routière et s'est engagé par les rues glissantes de New York.

– Elle n'est pas restée morte longtemps, ai-je dit en essayant d'empêcher ma voix de trembler. Je croyais que tu avais dit qu'on pouvait les faire disparaître une vie entière.

– J'ai dit « si tu as de la chance », a répondu Annabeth. Apparemment, ce n'est pas le cas.

– Toutes les trois ! a gémi Grover. *Di immortales !*

– T'inquiète pas, a dit Annabeth, qui réfléchissait de toutes ses forces. Les Furies. Les trois pires monstres des Enfers. Pas de problème. Pas de problème. Nous allons nous esquiver par les fenêtres.

– Elles ne s'ouvrent pas, a dit Grover.

– Une sortie arrière ? ai-je suggéré.

Il n'y en avait pas. Et même s'il y en avait eu une, ça ne nous aurait avancés à rien. Nous étions déjà sur la Neuvième Avenue et l'autocar se dirigeait vers le Lincoln Tunnel.

– Elles ne vont pas nous attaquer devant des témoins, tout de même ? ai-je demandé.

– Les mortels n'ont pas de très bons yeux, m'a rappelé Annabeth. Leurs cerveaux ne peuvent traiter que ce qu'ils voient à travers la Brume.

– Ils verront trois vieilles dames qui nous tuent, c'est ça ?

Annabeth a réfléchi.

– Difficile à dire. Mais nous ne pouvons pas compter sur l'aide des mortels. Peut-être qu'une sortie de secours sur le toit... ?

À ce moment-là, nous sommes entrés dans le tunnel et

l'intérieur du car s'est retrouvé plongé dans l'obscurité, à part l'éclairage le long du couloir. Sans le bruit de la pluie, il régnait un calme sinistre.

Mme Dodds s'est levée. D'une voix monocorde, comme si elle avait répété, elle a annoncé à la cantonade :

– J'ai besoin d'aller aux toilettes.

– Moi aussi, a dit la deuxième sœur.

– Moi aussi, a déclaré à son tour la troisième.

Elles se sont toutes avancées dans le couloir.

– J'ai trouvé, a dit Annabeth. Percy, prends ma casquette.

– Quoi ?!

– C'est toi qu'elles veulent. Rends-toi invisible et remonte l'allée. Laisse-les te dépasser. Tu pourras peut-être arriver à l'avant et te sauver.

– Mais... et vous ?

– Il y a une petite chance qu'elles ne nous remarquent pas. Tu es le fils d'un des Trois Grands. Tu dois avoir une odeur qui couvre tout.

– Je ne peux pas vous laisser comme ça.

– Ne t'inquiète pas pour nous, a dit Grover. Vas-y !

Mes mains tremblaient. Je me faisais l'effet d'un lâche, mais j'ai pris la casquette et je l'ai mise sur ma tête.

Lorsque j'ai baissé les yeux, mon corps n'était plus là.

Je me suis engagé à pas furtifs dans le couloir. J'ai pu remonter de dix rangs avant de me jeter dans un siège vide au moment où les Furies passaient.

Mme Dodds s'est arrêtée, a reniflé l'air et regardé droit dans ma direction. Mon cœur battait à se rompre.

Apparemment elle ne voyait rien. Elle et ses sœurs ont poursuivi leur chemin.

J'étais libre. Je suis arrivé à l'avant du car. Nous étions presque au bout du Lincoln Tunnel, à présent. Je m'apprêtais à tirer la sonnette d'alarme quand j'ai entendu d'horribles hurlements en provenance de la rangée du fond.

Les vieilles dames n'étaient plus des vieilles dames. Leurs visages étaient toujours les mêmes – j'imagine qu'ils auraient difficilement pu s'enlaidir davantage – mais leurs corps s'étaient ratatinés en corps de vieilles sorcières à la peau boucanée, avec des ailes de chauve-souris et des pieds et des mains en griffes de gargouilles. Leurs sacs à main s'étaient transformés en fouets enflammés.

Les Furies encerclaient Grover et Annabeth et faisaient claquer leurs fouets en persiflant :

– Où est-il ? Où l'avez-vous mis ?

Les autres passagers du car hurlaient et se recroquevillaient dans leurs sièges. Pas de doute, ils voyaient quelque chose.

– Il n'est pas là ! a hurlé Annabeth. Il est parti !

Les Furies ont levé leurs fouets.

Annabeth a dégainé son couteau de bronze. Grover a sorti une boîte en fer-blanc de son sac à dos et s'est préparé à la lancer.

Ce que j'ai fait alors était tellement impulsif et dangereux que j'aurais dû être nommé « enfant hyperactif » de l'année.

Le chauffeur était distrait car il essayait de voir dans son rétroviseur ce qui se passait.

Toujours invisible, je lui ai pris le volant et j'ai donné un coup sur la gauche Tous les passagers, projetés sur la droite, ont hurlé, et j'ai entendu un bruit mat qui était – j'espérais – celui de trois Furies s'écrasant contre les vitres.

– Hé ! a crié le chauffeur. Hé hé hé !

Nous nous disputions le volant. L'autocar a ripé contre le mur du tunnel dans un froissement de métal, en projetant des étincelles loin derrière nous.

Penché sur le côté, le car a débouché du tunnel et replongé dans l'averse en bousculant les voitures comme des quilles dans un bowling. À l'intérieur, les passagers et les monstres étaient balancés d'un côté à l'autre.

Le chauffeur a trouvé une bretelle de sortie. Nous avons quitté l'autoroute en flèche, franchi une demi-douzaine de feux rouges et atterri dans une de ces petites routes du New Jersey où on est toujours étonné de se découvrir en pleine campagne si près de New York. Sur notre gauche s'étendait une forêt, sur notre droite coulait le fleuve Hudson, et le chauffeur avait l'air de vouloir tourner dans cette direction.

Autre idée brillante : j'ai tiré sur le frein de secours.

Le car a crissé, décrit un cercle complet sur l'asphalte mouillé et s'est écrasé entre les arbres. Les lumières de secours se sont allumées. La porte s'est ouverte. Le chauffeur a été le premier à sortir, suivi des passagers qui se sont rués dehors en criant. J'ai reculé dans le siège du chauffeur pour les laisser passer.

Les Furies avaient repris leur équilibre. Elles lançaient des coups de fouet vers Annabeth, qui agitait son poignard en leur hurlant en grec ancien de fiche le camp. Grover leur jetait des boîtes en fer-blanc à la tête.

J'ai regardé la porte ouverte. J'étais libre de partir, mais je ne pouvais pas abandonner mes amis. J'ai retiré la casquette d'invisibilité.

– Coucou !

Les Furies ont fait volte-face et m'ont foudroyé du regard en découvrant leurs crocs jaunes, et soudain la sortie m'a paru pleine d'attraits. Mme Dodds a remonté l'allée centrale à grands pas, exactement comme elle le faisait en classe quand elle allait me rendre un devoir de maths noté F. Chaque fois qu'elle agitait son fouet, des flammes rouges couraient le long du cuir hérissé.

Ses deux laideronnes de sœurs ont bondi sur le dossier des sièges de part et d'autre d'elle et se sont mises à ramper vers moi comme de gros vilains lézards.

– Persée Jackson, a dit Mme Dodds avec un accent qui venait de bien plus loin que le sud des États-Unis. Tu as offensé les dieux. Tu vas mourir.

– Je vous préférais en prof de maths, ai-je répliqué.

Elle a grogné.

Annabeth et Grover s'avançaient prudemment derrière les Furies, guettant une ouverture.

J'ai sorti le stylo-bille de ma poche et je l'ai décapuchonné. Turbulence s'est allongée en longue épée à double tranchant.

Les Furies ont hésité.

Mme Dodds avait déjà tâté de la lame de Turbulence. Manifestement, ça ne lui faisait pas plaisir de la revoir.

– Soumets-toi maintenant, a-t-elle persiflé. Et le tourment éternel te sera épargné.

– Jolie tentative, ai-je dit pour toute réponse.

– Percy ! Attention ! a crié Annabeth.

D'un geste vif, Mme Dodds a enroulé son fouet autour de ma main qui tenait l'épée, tandis que les deux autres Furies se jetaient sur moi.

J'avais la sensation que du plomb liquide m'enveloppait la

main, mais je suis parvenu à ne pas lâcher l'épée. J'ai asséné un coup de poignée à la Furie qui était sur ma gauche, puis je me suis tourné vers celle de droite et je l'ai décapitée. À peine la lame est-elle entrée en contact avec son cou qu'elle a hurlé et volé en poussière. Annabeth a fait une clé de catcheur à Mme Dodds et l'a tirée en arrière pendant que Grover lui arrachait son fouet.

– Aïe aïe aïe ! a-t-il hurlé. Ça brûle !

La Furie que j'avais frappée avec la poignée de mon épée est revenue à la charge, mais j'ai asséné Turbulence et elle a éclaté comme une pastèque.

Mme Dodds essayait de se débarrasser d'Annabeth. Elle donnait des coups de pied et de griffes, mordait, sifflait, mais Annabeth, cramponnée à son dos, tenait bon, pendant que Grover ligotait les jambes de la Furie avec son propre fouet. Pour finir, à eux deux, ils l'ont poussée au fond du car. Mme Dodds a essayé de se relever mais comme elle n'avait pas la place de battre ses ailes de chauve-souris, elle retombait à chaque tentative.

– Zeus vous tuera ! a-t-elle promis. Hadès prendra vos âmes !

– *Braccas meas vescimini !* ai-je hurlé.

Je ne savais pas d'où me venaient ces paroles en latin. Je crois que ça signifiait : « Bouffe mon froc ! »

Le tonnerre a ébranlé l'autocar. Mes cheveux se sont hérissés sur ma nuque.

· Sors ! m'a crié Annabeth. Tout de suite !

Je n'avais pas besoin de me le faire dire deux fois.

Nous sommes sortis du car en trombe. Dehors, les autres passagers erraient, hébétés, se disputaient avec le chauffeur ou couraient en décrivant des cercles et en hurlant : « Nous allons mourir ! » Un touriste en chemise hawaïenne avec un appareil autour du cou a pris ma photo avant que j'aie pu recapuchonner mon épée.

– Nos sacs ! s'est écrié Grover. Nous avons laissé...

BOUM ! ! ! ! ! ! !

Les vitres de l'autocar ont explosé et les passagers ont couru s'abriter. La foudre a ouvert un énorme cratère déchiqueté sut le toit, mais un hurlement furieux m'a appris que Mme Dodds n'était pas encore morte.

– Fuyons ! a dit Annabeth. Elle appelle des renforts ! Nous devons filer d'ici !

Nous nous sommes enfoncés dans les bois sous la pluie battante, le car en flammes derrière nous et, devant nous, rien que l'obscurité.

11 NOUS NOUS RENDONS AU PALAIS DU NAIN DE JARDIN

Dans un sens, c'est bien de savoir que les dieux grecs existent, parce qu'on peut s'en prendre à quelqu'un quand tout va mal. Par exemple, lorsqu'on s'éloigne d'un car qui vient d'être attaqué par de vieilles monstresses et grillé par la foudre, et qu'il pleut par-dessus le marché, on pourrait croire, comme la plupart des gens, que c'est la faute à pas de chance ; quand on est un sang-mêlé, on comprend qu'une force divine quelconque s'emploie résolument à vous gâcher la journée.

Nous marchions donc tous les trois, Annabeth, Grover et moi, dans la forêt qui borde la côte du New Jersey ; les lumières de New York, derrière nous, sur l'autre rive de l'Hudson, teintaient le ciel nocturne d'un halo jaune et l'odeur du fleuve nous prenait à la gorge.

Grover tremblait et bêlait, la terreur réduisant ses grands yeux de chèvre en fentes étroites.

– Les Trois Bienveillantes. Les trois à la fois, a-t-il murmuré.

J'étais moi-même en état de choc. L'explosion des vitres du car tintait encore à mes oreilles. Mais Annabeth nous relançait sans répit, en disant :

– Allez, avancez ! Plus on s'éloigne, mieux ça vaut !

– Tout notre argent était là-bas, lui ai-je rappelé. Nos provisions et nos vêtements. Tout.

– Eh bien peut-être que si tu n'avais pas décidé de te joindre au combat...

– Qu'est-ce que tu voulais que je fasse ? Que je les laisse vous tuer ?

– Tu n'avais pas besoin de me protéger, Percy. Je m'en serais très bien sortie toute seule.

– En rondelles, a glissé Grover, mais très bien.

– Tais-toi, biquet.

Grover a poussé un bêlement mélancolique.

– Des boîtes en fer-blanc... un superbe stock de boîtes en fer-blanc.

Le sol était spongieux sous nos pieds et nous avancions entre des arbres tordus et disgracieux qui dégageaient une odeur de linge rance.

Au bout de quelques minutes, Annabeth s'est approchée de moi.

– Écoute, euh... (Sa voix a chancelé.) J'apprécie que tu sois revenu pour nous, d'accord ? C'était vraiment courageux.

– Nous formons une équipe, que je sache.

Elle a attendu un moment avant de reprendre.

– C'est juste que si tu mourais... en dehors du fait que ce serait vraiment moche pour toi, cela signifierait la fin de la quête. Ceci est peut-être ma seule chance de voir le monde réel.

L'orage avait enfin cessé. Le halo de la ville s'estompait derrière nous, ce qui nous laissait dans une obscurité quasi totale. Je ne distinguais presque rien d'Annabeth, si ce n'est l'éclat de ses cheveux blonds.

– Tu n'as pas quitté la Colonie des Sang-Mêlé depuis tes sept ans ? lui ai-je demandé.

– Non... seulement pour de courtes excursions. Mon père...

– Le professeur d'histoire.

– Ouais. Ça ne se passait pas bien pour moi, à la maison. Je veux dire, ma vraie maison, c'est la Colonie des Sang-Mêlé. (Ses paroles se bousculaient, à présent, comme si elle avait peur que quelqu'un la fasse taire.) À la colonie, tu t'entraînes tout le temps. Et c'est cool, bien sûr, mais les monstres sont dans le monde réel. C'est là seulement que tu peux découvrir ce que tu vaux.

Si je ne l'avais pas bien connue, j'aurais juré qu'il y avait une pointe de doute dans sa voix.

– Tu te débrouilles pas mal avec ce couteau, ai-je dit.

– Tu trouves ?

– Moi, quelqu'un qui peut jouer à dada sur le dos d'une Furie, je dis : respect.

Je ne la voyais pas vraiment, mais j'ai eu l'impression qu'elle souriait.

– Tu sais, a-t-elle ajouté, je devrais peut-être t'en parler... un truc bizarre dans le car...

Mais je n'ai pas su ce qu'elle voulait me dire car un *tou-tout-tout* strident nous a interrompus, comme un bruit de chouette qu'on torture.

– Hé ! ma flûte de Pan marche encore ! s'est écrié Grover. Si je pouvais me rappeler une chanson « trouve-chemin », nous pourrions sortir de ce bois !

Il a émis quelques notes, mais l'air faisait toujours horriblement penser à Hilary Duff.

En fait de chemin, je suis aussitôt rentré dans un arbre et je me suis fait une belle bosse sur le front.

À ajouter à la liste des talents que je n'avais pas : la vision infrarouge.

Après un ou deux kilomètres à trébucher, à pester et, de façon générale, à pleurnicher sur mon sort, j'ai commencé à apercevoir de la lumière devant nous : les couleurs d'une enseigne au néon. J'ai senti une odeur de nourriture. De nourriture frite, grasse, en un mot excellente. J'ai réalisé que je n'avais rien mangé qui ne soit pas sain depuis mon arrivée à la Colonie des Sang-Mêlé, où on m'avait nourri de raisins, de pain, de fromage et de grillades extra-maigres préparées au barbecue par des nymphes. J'avais besoin d'un double cheeseburger.

Nous avons continué à marcher jusqu'au moment où j'ai aperçu entre les arbres une route à deux voies déserte. De l'autre côté se trouvaient une station-service fermée, un panneau portant une affiche de film des années 1990 en lambeaux et un seul magasin ouvert, d'où provenaient la lumière du néon et la bonne odeur.

Ce n'était pas un fast-food, comme je l'avais espéré. C'était un de ces magasins de bord de route bizarres, qui vendent des flamants roses en plâtre pour les jardins, des Indiens en bois, des grizzlys en ciment, tout ce genre de trucs. Le bâtiment principal était un entrepôt long et bas, entouré d'au moins un hectare de statues. L'enseigne au néon au-dessus du portail d'entrée était impossible à lire pour moi car, s'il y a une chose qui est pire pour ma dyslexie que l'anglais ordinaire, c'est l'anglais en lettres attachées lumineuses et rouges.

Pour moi, ça ressemblait à ça :

EL PLAISA DU NNAI ED ARJDIN ED TIETA ME.

– Bon sang, qu'est-ce qu'il y a marqué ? ai-je demandé.

– Je ne sais pas, a répondu Annabeth.

Elle adorait tellement lire que j'avais oublié qu'elle était dyslexique elle aussi.

Grover a traduit :

– Le Palais du Nain de Jardin de Tatie Em.

De part et d'autre de l'entrée, comme annoncé, se tenaient deux nains de jardin en ciment, d'horribles petits bonshommes barbus qui souriaient, une main en l'air comme s'ils allaient se faire prendre en photo.

J'ai traversé la route, attiré par l'odeur de hamburger.

– Hé..., s'est écrié Grover pour me retenir.

– Il y a de la lumière à l'intérieur, a dit Annabeth. C'est peut-être ouvert.

– Snack-bar, ai-je dit avec nostalgie.

– Snack-bar, a-t-elle renchéri.

– Vous êtes fous, tous les deux, ou quoi ? a dit Grover. Cet endroit est louche.

Nous l'avons ignoré.

La cour de devant était une forêt de statues : des animaux en ciment, des enfants en ciment et même un satyre en ciment jouant de la flûte de Pan, qui a donné la chair de poule à Grover.

– *Bêê-êê-êê !* On dirait mon oncle Ferdinand !

Nous nous sommes arrêtés devant la porte de l'entrepôt.

– Ne frappez pas, a plaidé Grover. Je sens des monstres.

– Tu as le nez encore plein des Furies, lui a dit Annabeth. Tout ce que je sens, moi, c'est une odeur de hamburger. Tu n'as pas faim ?

– De la viande ! a-t-il dit d'un ton méprisant. Je suis végétarien.

– Tu manges des enchiladas au fromage et des cannettes d'aluminium, lui ai-je fait remarquer.

– Ce sont des légumes. Venez, allons-nous-en. Ces statues... elles me regardent.

À ce moment, la porte s'est entrebâillée et la silhouette d'une grande femme du Moyen-Orient s'est dressée devant nous – du moins ai-je supposé qu'elle était du Moyen-Orient car elle était vêtue d'une longue robe noire qui la recouvrait jusqu'aux pieds, à l'exception de ses mains, et elle avait la tête entièrement voilée. Ses yeux brillaient derrière un rideau de gaze noire, mais c'est à peu près tout ce que j'ai pu distinguer. Ses mains couleur café paraissaient vieilles, mais elles étaient élégantes et soignées, aussi me suis-je imaginé que c'était une grand-mère qui avait jadis été une très belle dame.

Son accent lui aussi évoquait vaguement le Moyen-Orient.

– Les enfants, nous a-t-elle dit, il est trop tard pour être seuls dehors. Où sont vos parents ?

– Ils... euh..., a commencé Annabeth.

– Nous sommes orphelins, ai-je dit.

– Orphelins ? a dit la dame. (Le mot semblait étranger dans sa bouche.) Mais certainement pas, mes chéris !

– Nous avons été séparés de notre caravane, ai-je repris. La caravane de notre cirque ambulant. Le directeur de la troupe nous avait dit de nous rendre à la station-service si jamais nous nous perdions, mais peut-être qu'il a oublié, ou peut-être qu'il parlait d'une autre station-service. En tout cas, nous sommes perdus. C'est une odeur de nourriture que je sens ?

– Oh, mes chéris, a dit la femme. Entrez donc, pauvres

enfants. Je suis Tatie Em. Allez tout au fond de l'entrepôt, s'il vous plaît. Il y a un coin-repas.

Nous l'avons remerciée et sommes entrés.

– Un cirque ambulant, hein ? a grommelé Annabeth à mon oreille.

– Faut toujours avoir un plan, pas vrai ?

– T'as du varech dans le crâne.

L'entrepôt était rempli d'autres statues encore : toutes sortes de gens dans toutes sortes de positions et de tenues vestimentaires, avec toutes sortes d'expressions sur le visage. Je me suis dit qu'il y avait intérêt à avoir un drôlement grand jardin pour y loger ne serait-ce qu'une seule de ces statues, car elles étaient toutes grandeur nature. Mais je me suis surtout dit : *miam miam.*

Allez-y, dites que je suis idiot d'être entré comme ça dans le magasin d'une dame bizarre rien que parce que j'avais faim, mais parfois je suis impulsif. Et puis, vous n'avez jamais senti l'odeur des hamburgers de Tatie Em. Cet arôme, c'était comme du gaz hilarant dans le fauteuil du dentiste : tout le reste disparaît. C'est à peine si je remarquais les gémissements inquiets de Grover, l'étrange façon dont les statues semblaient me suivre des yeux, ou le fait que Tatie Em fermait la porte à clé derrière nous.

Tout ce qui comptait à mes yeux, c'était de trouver le coin-repas. Et, comme promis, il trônait au fond de l'entrepôt : un comptoir de fast-food avec un grill, un distributeur de soda, un mini-four pour réchauffer les quiches et un distributeur de nachos au fromage. Tout ce dont on pouvait rêver, plus quelques tables et chaises en acier disposées devant le comptoir.

Je vous en prie, asseyez-vous, a dit Tatie Em.

– Géant, ai-je dit.

– Euh..., a avancé Grover à contrecœur, nous n'avons pas d'argent, madame.

Avant que j'aie pu lui donner un coup de coude dans les côtes, Tatie Em s'est écriée :

– Non, non, les enfants. Pas d'argent. C'est un cas particulier, n'est-ce pas ? C'est moi qui régale, pour de si gentils orphelins.

– Merci, madame, a dit Annabeth.

Tatie Em s'est raidie comme si Annabeth avait commis un impair, mais elle s'est redétendue si vite que je me suis dit que je me faisais des idées.

– Mais je t'en prie, Annabeth, a-t-elle dit. Tu as de si beaux yeux gris, mon enfant.

Ce n'est que plus tard que je me suis demandé comment elle connaissait le nom d'Annabeth alors que nous ne nous étions pas présentés.

Notre hôtesse a disparu derrière le comptoir et s'est mise à cuisiner. En un clin d'œil, elle nous a apporté des plateaux en plastique chargés de doubles cheeseburgers, de milk-shakes vanille et de portions de frites géantes.

À la moitié de mon « cheese », je me suis souvenu de respirer.

Annabeth buvait bruyamment son milk-shake.

Grover picorait des frites et reluquait la feuille de papier qui tapissait le plateau comme s'il était tenté, mais il avait encore l'air trop tendu pour manger.

– Qu'est-ce que c'est que ce sifflement ? a-t-il demandé

J'ai tendu l'oreille, mais je n'ai rien entendu. Annabeth a secoué la tête.

– Un sifflement ? a dit Tatie Em. Tu entends peut-être l'huile de la friteuse. Tu as l'ouïe fine, Grover.

– Je prends des vitamines pour mes oreilles.

– C'est tout à ton honneur. Mais je t'en prie, détends-toi.

Tatie Em, quant à elle, ne mangeait rien. Elle n'avait pas retiré son couvre-chef, pas même pour cuisiner, et à présent elle était assise, accoudée sur la table et les mains croisées, et nous regardait manger. C'était un peu troublant d'avoir quelqu'un qui vous toise alors que vous ne pouvez pas voir son visage, mais je me sentais bien après mon hamburger, j'avais même un peu sommeil, et je me suis dit que la moindre des choses, c'était d'essayer de faire un peu la conversation à notre hôtesse.

– Alors comme ça, vous vendez des nains de jardin ? ai-je dit en m'efforçant de prendre un air intéressé.

– Oh, oui, a fait Tatie Em. Des animaux également. Des gens. Tout ce qu'on peut mettre dans un jardin. Des commandes personnalisées. L'art statuaire est très en vogue, tu sais.

– Vous êtes bien placée pour les ventes, sur cette route ?

– Pas tellement, non. Depuis la construction de l'autoroute... la plupart des voitures ne passent plus par ici. Je dois chérir chaque client que j'ai.

Un picotement m'a parcouru la nuque, comme si quelqu'un me regardait. Je me suis retourné, mais n'ai vu que la statue d'une jeune fille tenant un panier de Pâques. Les détails étaient d'une précision incroyable, bien plus grande que ce qu'on voit généralement sur les statues de jardin.

Pourtant il y avait quelque chose qui clochait dans son visage. Elle avait l'air effrayé, voire terrifié.

– Ah, a dit Tatie Em d'un ton triste. Tu remarques que certaines de mes créations ne rendent pas bien. Elles sont ratées. Elles ne se vendent pas. C'est le visage qui est le plus difficile à rendre. Toujours le visage.

– Vous faites ces statues vous-même ? ai-je demandé.

– Oh, oui. À une époque, j'avais deux sœurs qui m'aidaient, mais elles se sont éteintes et Tatie Em est toute seule. Je n'ai que mes statues. C'est pour cela que je les fais, tu comprends. Elles me tiennent compagnie.

La tristesse de sa voix paraissait si réelle et profonde que j'ai eu de la peine pour elle.

Annabeth s'était arrêtée de manger. Elle s'est penchée en avant et elle a dit :

– Deux sœurs ?

– C'est une histoire horrible, a répondu Tatie Em. Ce n'est pas une histoire pour les enfants, en fait. Vois-tu, Annabeth, une femme méchante a été jalouse de moi il y a longtemps, quand j'étais jeune. J'avais un... un petit copain, tu sais, et cette méchante femme était déterminée à nous séparer. Elle a provoqué un accident abominable. Mes sœurs sont restées à mes côtés. Elles ont partagé mon triste sort aussi longtemps qu'elles ont pu, mais pour finir elles sont passées de vie à trépas. Elles se sont éteintes. Moi seule ai survécu, mais à quel prix. À quel prix...

Je ne comprenais pas vraiment ce qu'elle voulait dire, mais j'avais de la peine pour elle. Mes paupières devenaient de plus en plus lourdes, mon ventre plein me rendait somnolent.

Pauvre vieille dame. Comment pouvait-on vouloir du mal à quelqu'un d'aussi gentil ?

– Percy ? (Annabeth me secouait pour attirer mon attention.) Il faudrait peut-être qu'on y aille. Je veux dire, le directeur de la troupe doit nous attendre.

Sa voix était tendue. Je ne comprenais pas pourquoi. Grover mangeait le papier paraffiné du plateau, maintenant, mais si Tatie Em trouvait cela bizarre, elle n'en disait rien.

– De si beaux yeux gris, a dit Tatie Em à Annabeth pour la seconde fois. Mon dieu, ça fait longtemps que je n'ai pas vu des yeux gris comme les tiens.

Elle a tendu la main comme pour caresser la joue d'Annabeth, mais Annabeth s'est levée d'un bond.

– Il faut vraiment qu'on y aille.

– Oui ! (Grover a avalé le reste de son papier paraffiné et s'est levé.) Le directeur de la troupe nous attend ! C'est vrai !

Je n'avais pas envie de partir. Je me sentais à l'aise et repu. Tatie Em était si gentille. J'avais envie de rester un peu avec elle.

– S'il vous plaît, mes chéris, a plaidé Tatie Em. J'ai si rarement l'occasion de voir des enfants. Avant de partir, vous ne voulez pas au moins vous asseoir pour une pose ?

– Une pose ? a demandé Annabeth avec méfiance.

– Pour une photographie. Je m'en servirai comme modèle pour créer un nouvel ensemble de statues. Les enfants sont très appréciés, tu sais. Tout le monde adore les enfants.

Annabeth se balançait d'un pied sur l'autre.

– Je crois que nous ne pouvons pas, madame. Allez, Percy !

– Bien sûr que nous pouvons ! ai-je dit. (J'étais agacé qu'Annabeth se montre aussi autoritaire avec nous, et aussi malpolie envers une vieille dame qui venait de nous nourrir gratuitement) Ce n'est qu'une photo, Annabeth. Où est le mal ?

– Oui, Annabeth, a roucoulé la femme. Où est le mal ?

J'ai bien vu que ça ne plaisait pas à Annabeth, mais elle a laissé Tatie Em nous ramener au jardin de statues, devant l'entrée.

Tatie Em nous a dirigés vers un banc, à côté du satyre en pierre.

– Bien, a-t-elle dit. Je vais juste vous placer correctement. La jeune fille au milieu, je crois, et un jeune homme de chaque côté.

– Il n'y a pas beaucoup de lumière pour une photo, ai-je fait remarquer.

– Oh, il y en a bien assez, a répliqué Tatie Em. Assez pour qu'on se voie, non ?

– Où est votre appareil ? a demandé Grover.

Tatie Em a reculé d'un pas, comme pour admirer la composition de groupe.

– Alors... Ce sont les visages le plus difficile. Vous pouvez me faire un sourire, s'il vous plaît ? Un grand sourire ?

Grover a jeté un coup d'œil au satyre de ciment, juste à côté de lui, et grommelé :

– On dirait vraiment oncle Ferdinand.

– Grover, a grondé Tatie Em, regarde de ce côté, mon chéri.

Elle n'avait toujours pas d'appareil photo entre les mains.

– Percy..., a dit Annabeth.

Mon instinct me disait d'écouter Annabeth, mais je luttais contre la sensation de sommeil, l'engourdissement douillet que me donnaient la nourriture et la voix de la vieille dame.

– Je n'en ai que pour un instant, a dit Tatie Em. Vous savez, je ne vous vois pas très bien avec ce fichu voile...

– Percy, a insisté Annabeth, il y a quelque chose de louche.

– De louche ? a dit Tatie Em en levant la main pour détacher le voile qui enveloppait sa tête. Pas du tout, ma chérie. Je suis en si noble compagnie, ce soir. Que pourrait-il y avoir de louche ?

– C'est oncle Ferdinand ! s'est écrié Grover.

– Ne la regardez pas ! a crié Annabeth.

Elle a coiffé sa casquette de base-ball et elle a disparu. Ses mains invisibles nous ont poussés tous les deux du banc, Grover et moi.

Je me suis retrouvé par terre, à regarder les sandales de Tatie Em.

J'entendais Grover qui détalait dans une direction, Annabeth dans une autre. Mais j'étais trop sonné pour bouger.

Alors j'ai entendu un bruissement étrange au-dessus de moi. J'ai levé les yeux et mon regard s'est posé sur les mains de Tatie Em, qui étaient devenues noueuses et verruqueuses, avec des griffes en bronze pointues en guise d'ongles.

J'ai failli regarder plus haut, mais quelque part sur ma gauche, Annabeth a hurlé :

– Non ! Ne la regarde pas !

Le bruissement s'est fait entendre, de nouveau – un sifflement de minuscules serpents, juste au-dessus de moi, provenant de... d'à peu près là où devait se trouver la tête de Tatie Em.

– Sauve-toi ! a bêlé Grover. (Je l'ai entendu courir sur le gravier en criant « *Maia !* » pour faire démarrer ses baskets volantes.)

J'étais incapable de bouger. Je fixais les serres noueuses de Tatie Em en essayant de me dégager de la transe cotonneuse dans laquelle la vieille femme m'avait plongé.

– Quel dommage de détruire un jeune et beau visage, m'a-t-elle dit d'un ton apaisant. Reste avec moi, Percy. Il suffit que tu lèves la tête.

J'ai résisté à l'envie d'obéir. À la place, j'ai regardé sur le côté et j'ai aperçu une de ces boules de jardin décoratives qui font miroir. J'ai pu distinguer le reflet sombre de Tatie Em dans le verre orange ; elle avait retiré son couvre-chef, dégageant son visage qui luisait d'un éclat pâle. Ses cheveux bougeaient, se tordaient comme des serpents.

Tatie Em.

Tatie M.

Comment avais-je pu être aussi bête ?

Réfléchis, me suis-je dit. *Comment Méduse meurt-elle dans le mythe ?*

Seulement, j'étais incapable de réfléchir. Quelque chose me disait que Méduse avait été attaquée dans son sommeil par le héros dont je portais le nom, Persée. Là, elle était loin d'être endormie. Si elle voulait, elle pouvait me lacérer le visage avec ses griffes acérées.

– La Déesse aux Yeux Gris m'a fait ça, Percy, a dit Méduse. (Elle ne parlait pas du tout comme un monstre. Sa voix m'incitait à lever la tête, à compatir avec une pauvre mamie.) La mère d'Annabeth, la maudite Athéna, a transformé la belle femme que j'étais en cette créature.

– Ne l'écoute pas, a crié la voix d'Annabeth, quelque part au milieu des statues. Sauve-toi, Percy !

– Silence ! a aboyé Méduse. (Puis sa voix s'est radoucie en

un ronronnement rassurant.) Tu comprends pourquoi je dois éliminer cette fille, Percy. C'est la fille de mon ennemie. Je réduirai sa statue en poussière. Mais toi, mon cher Percy, tu n'as pas besoin de souffrir.

- Non, ai-je grommelé.

J'essayais de mouvoir mes jambes

– Souhaites-tu vraiment aider les dieux ? a demandé Méduse. Comprends-tu ce qui t'attend au bout de cette quête insensée, Percy ? Que se passera-t-il si tu parviens aux Enfers ? Ne sois pas le pion des Olympiens, mon chéri. Tu serais bien mieux en statue. Moins de souffrance. Moins de souffrance.

– Percy !

J'ai entendu un bourdonnement derrière moi, un peu comme un colibri de cent kilos faisant un piqué. La voix de Grover a hurlé : « Baisse-toi ! »

Je me suis retourné. Là, dans le ciel nocturne, fonçant à l'horizontale parfaite dans un battement de chaussures ailées, Grover déboulait en tenant une branche d'arbre grosse comme une batte de base-ball. Il fermait les paupières de toutes ses forces et remuait la tête d'un côté à l'autre. Il naviguait uniquement au flair et à l'ouïe.

– Baisse-toi ! a-t-il hurlé de nouveau. Je l'attaque !

C'est ce qui m'a fait enfin réagir. Connaissant Grover, j'étais sûr qu'il raterait Méduse et me clouerait sur place. J'ai plongé sur le côté.

Bang !

Au début, j'ai cru que Grover était rentré dans un arbre. Puis Méduse a poussé un hurlement rageur.

– Misérable satyre ! a-t-elle grondé. Je vais t'ajouter à ma collection !

– Ce coup-là, c'était pour oncle Ferdinand ! a riposté Grover.

Je me suis esquivé et caché entre les statues pendant que Grover piquait pour un nouvel assaut.

Ba-Boum !

– Aaahhhhh ! a hurlé Méduse, et tous les serpents de sa tête sifflaient et crachaient.

Juste à côté de moi, la voix d'Annabeth a dit :

– Percy !

J'ai sauté en l'air, si haut que je suis presque passé pardessus un nain de jardin.

– Bon sang ! Ne fais pas ça !

Annabeth a retiré sa casquette de base-ball et elle est redevenue visible.

– Il faut que tu lui coupes la tête.

– Quoi ? Tu es folle ? Allons-nous-en d'ici.

– Méduse est une menace. Elle est mauvaise. Je la tuerais moi-même, mais... (Annabeth a ravalé sa salive, comme si elle allait dire une chose qu'il lui coûtait d'admettre.) C'est toi qui as la meilleure arme. En plus, je n'arriverais pas à m'en approcher. Elle me taillerait en pièces à cause de ma mère. Toi... tu as une chance.

– Quoi ? Je ne peux pas...

– Écoute, tu veux qu'elle change d'autres innocents en statues ?

Elle m'a montré du doigt un couple d'amoureux, un homme et une femme enlacés, que la monstresse avait pétrifiés.

Annabeth a retiré une boule de jardin d'un piédestal.

– Un bouclier poli aurait été mieux. (Elle a examiné le globe d'un œil critique.) La convexité va causer une distorsion. La taille du reflet devrait être affectée selon un facteur de...

– Tu pourrais parler clairement ?

– C'est ce que je fais ! (Elle m'a lancé le globe de verre.) Ne la regarde que dans le verre. Ne la regarde jamais directement.

– Hé, les mecs ! a crié Grover, quelque part au-dessus de nos têtes. Je crois qu'elle est dans les pommes !

– *Grrrrrrr !!*

– Peut-être pas, a corrigé Grover, qui est reparti à l'attaque avec la branche d'arbre.

– Dépêche-toi, m'a dit Annabeth. Grover a un flair excellent, mais il va finir par craquer.

J'ai sorti mon stylo-bille et retiré le capuchon. La lame de bronze de Turbulence s'est allongée dans ma main.

Je me suis guidé au son des sifflements et des crachotements des cheveux de Méduse.

Je gardais les yeux rivés sur la boule de jardin de façon à ne voir que le reflet de Méduse, jamais la vraie créature. Soudain, dans le verre coloré, je l'ai aperçue.

Grover arrivait pour un nouveau tour de batte, mais cette fois-ci il volait un peu trop bas. Méduse a attrapé la branche et l'a propulsé hors de sa trajectoire. Il a culbuté dans l'air et s'est écrasé entre les bras d'un grizzly de pierre avec un grognement de douleur.

Méduse allait se jeter sur lui quand j'ai hurlé :

– Hé !

J'ai avancé sur elle, ce qui n'était pas facile en tenant une épée et un globe de verre. Si elle chargeait, j'aurais du mal à me défendre.

Mais elle m'a laissé approcher – à six mètres, à trois mètres...

À présent, je voyais le reflet de son visage. Quand même, il ne pouvait pas être aussi laid... Les tourbillons verts de la boule de jardin devaient certainement le déformer, le rendre encore plus hideux.

– Tu ne ferais pas de mal à une vieille femme, Percy, a-t-elle dit d'une voix mélodieuse. Je le sais bien.

J'ai hésité, fasciné par le visage que je voyais reflété sur le globe, par les yeux qui semblaient transpercer le verre teinté et affaiblissaient mes bras.

– Percy ! a gémi Grover, encore juché sur le grizzly de pierre, ne l'écoute pas !

– Trop tard ! a ricané Méduse.

Elle s'est jetée sur moi en dardant les griffes.

J'ai donné un coup vers le haut avec mon épée et entendu un *schlourf !* écœurant, puis un sifflement comme du vent qui s'échappe d'une caverne – le bruit d'un monstre qui se désintègre.

Quelque chose est tombé par terre à côté de mon pied. J'ai dû faire appel à toute ma volonté pour ne pas regarder. J'ai senti un liquide tiède imbiber ma chaussette, des petites têtes de serpents tirer sur mes lacets dans leur agonie.

– Oh, beurk ! s'est écrié Grover. (Il avait les yeux toujours hermétiquement fermés, mais je suppose qu'il entendait la créature gargouiller et écumer.) Méga-beurk !

Annabeth m'a rejoint, les yeux tournés vers le ciel. Elle tenait le voile noir de Méduse.

– Ne bouge pas, m'a-t-elle dit.

Redoublant de précautions, sans jamais baisser le regard,

elle s'est agenouillée et elle a enveloppé la tête de la monstresse dans le tissu noir, puis elle l'a soulevée. La tête était encore dégoulinante de jus vert.

– Ça va ? m'a-t-elle demandé d'une voix tremblante.

– Ouais, ai-je décidé (même si j'avais plutôt envie de vomir mon double cheeseburger). Pourquoi... pourquoi la tête ne s'est-elle pas évaporée ?

– Une fois que tu la tranches, ça devient un trophée de guerre, a-t-elle dit. Comme ta corne de minotaure. Mais ne déballe pas la tête ; elle peut encore te pétrifier.

Grover est descendu de la statue de grizzly en gémissant. Il avait une grosse marque sur le front. Son béret de rasta pendait à une de ses petites cornes de chèvre et ses faux pieds s'étaient détachés dans la mêlée. Les baskets magiques voletaient sans but autour de sa tête.

– Le Baron Rouge, ai-je dit. Bien joué, mon pote.

Il a souri timidement :

– C'était vraiment pas marrant, n'empêche. Enfin, la partie où je la cognais avec la branche, ça c'était marrant. Mais rentrer de plein fouet dans un ours en béton... Tu repasseras !

Il a cueilli ses chaussures au vol. J'ai remis le capuchon de mon épée. Tous les trois, nous sommes rentrés dans l'entrepôt d'un pas chancelant.

Nous avons trouvé de vieux sacs plastique derrière le comptoir et enveloppé la tête de Méduse dans deux épaisseurs. Nous l'avons posée sur la table à laquelle nous avions dîné et nous nous sommes assis autour, trop épuisés pour parler

Au bout d'un moment, j'ai dit :

– Alors, nous devons ce monstre à Athéna ?

Annabeth m'a jeté un regard irrité.

– À ton père, en fait. Tu as oublié ? Méduse était la petite amie de Poséidon. Ils ont décidé de se retrouver dans le temple de ma mère. C'est pour ça qu'Athéna l'a changée en monstre. Méduse et ses deux sœurs – qui l'avaient aidée à entrer dans le temple – sont devenues les trois Gorgones. Ce qui explique que Méduse ait voulu me tailler en pièces, mais te garder sous la forme d'une jolie statue. Elle en pince encore pour ton père. Tu lui as sans doute fait penser à lui.

J'ai senti le sang me monter au visage :

– Alors maintenant, ai-je dit, c'est ma faute si nous avons rencontré Méduse.

Annabeth s'est redressée. Imitant fort mal ma voix, elle a dit :

– C'est juste une photo, Annabeth. Où est le mal ?

– Laisse tomber, ai-je dit. Tu es insupportable.

– Tu es odieux.

– Tu es...

– Hé ! s'est écrié Grover. Vous me donnez la migraine, tous les deux, et les satyres n'ont pas de migraines. Qu'allons-nous faire de la tête ?

J'ai regardé le ballot. Un petit serpent pendait par un trou dans le plastique. Sur le côté du sac, il était marqué : *MERCI DE VOTRE VISITE !*

J'étais en colère, pas seulement contre Annabeth ou sa mère, mais contre tous les dieux et pour l'ensemble de cette quête, pour nous avoir expulsés de la route et entraînés dans deux grandes batailles dès notre tout premier jour hors de la colonie. À ce rythme, nous n'allions pas arriver à Los Angeles vivants, et encore moins avant le solstice d'été.

Qu'avait dit Méduse ? *Ne sois pas le pion des Olympiens, mon chéri. Tu serais bien mieux en statue.*

Je me suis levé :

– Je reviens.

– Percy ! a crié Annabeth dans mon dos. Qu'est-ce que tu...

J'ai exploré le fond de l'entrepôt et fini par trouver le bureau de Méduse. Sur son livre de comptes apparaissaient ses six dernières ventes, toutes expédiées aux Enfers pour décorer les jardins d'Hadès et de Perséphone. D'après une facture de transport, l'adresse de facturation des Enfers était « Studios d'enregistrement DOA, West Hollywood, Los Angeles, Californie ». J'ai plié la facture et l'ai fourrée dans ma poche.

Dans la caisse-enregistreuse, j'ai trouvé vingt dollars, quelques drachmes d'or et quelques bordereaux d'envoi de Hermès Express, chacun assorti d'une petite bourse en cuir pour les pièces. J'ai fouillé dans le bureau jusqu'à trouver une boîte qui ait la bonne taille.

Je suis retourné au coin-repas, j'ai emballé la tête de Méduse et j'ai rempli un bordereau d'envoi :

LES DIEUX
MONT OLYMPE
600ᵉ ÉTAGE
EMPIRE STATE BUILDING
NEW YORK, N.Y.

Avec les salutations respectueuses de
PERCY JACKSON

– Ça ne va pas leur plaire, m'a prévenu Grover. Ils vont trouver que tu es impertinent.

J'ai glissé quelques drachmes d'or dans la bourse. Dès que je l'ai refermée, un tintement de caisse-enregistreuse s'est fait entendre. Le paquet a décollé de la table et disparu avec un *pop !*

– Je suis impertinent, ai-je dit.

J'ai regardé Annabeth, la défiant de faire un commentaire. Elle s'est abstenue. Elle semblait résignée au fait que j'avais un talent particulier pour agacer les dieux.

– Venez, a-t-elle bougonné. Il nous faut un nouveau plan.

12 Nous recevons l'aide d'un caniche

Cette nuit-là fut assez abominable.

Nous avons campé dans les bois, à cent mètres de la route, dans une clairière marécageuse où, visiblement, les jeunes du coin venaient souvent faire la fête. Le sol était jonché de cannettes de soda écrasées et d'emballages de fast-food.

Nous avions emporté un peu de nourriture et des couvertures de chez Tatie Em, mais nous n'avons pas osé faire un feu pour sécher nos vêtements humides. Les Furies et Méduse avaient fourni assez d'animation pour la journée. Nous ne voulions pas attirer d'autres créatures.

Nous avons décidé de dormir à tour de rôle. Je me suis porté volontaire pour assurer la première garde.

Annabeth s'est roulée en boule sur les couvertures et s'est mise à ronfler dès que sa tête a touché le sol. Grover a grimpé sur la branche la plus basse d'un arbre en voletant avec ses chaussures magiques, il s'est adossé contre le tronc et a levé les yeux vers le ciel nocturne.

– Dors, lui ai-je dit. Je te réveillerai s'il y a un problème.

Il a hoché la tête, mais n'a pas fermé les yeux pour autant.

– Ça me rend triste, Percy.

– Quoi donc ? De t'être engagé dans cette quête stupide ?

– Non. C'est tout ça qui me rend triste. (Il a montré du doigt les détritus qui jonchaient le sol.) Et le ciel. On ne peut même pas voir les étoiles. Ils ont pollué le ciel. C'est une époque terrible pour un satyre.

– Ah ouais. Je suppose que tu es écologiste.

Il m'a fusillé du regard :

– Il n'y a que des humains pour ne pas l'être. Ton espèce encrasse le monde à une vitesse... oh, peu importe. Inutile de faire la leçon à un humain. Au train où vont les choses, je ne trouverai jamais Pan.

– Pan ? Comme Peter Pan ?

– Pan ! s'est-il écrié avec indignation. P.A.N. ! Le grand dieu Pan ! À ton avis, pourquoi je veux un permis de chercheur ?

Une brise mystérieuse a traversé la clairière, couvrant temporairement la puanteur des détritus et de la vase. Elle était chargée de parfums de baies et de fleurs sauvages, d'eau de pluie propre, de toutes ces choses qui avaient sans doute existé dans ces bois autrefois. J'ai soudain ressenti une vive nostalgie pour quelque chose que je n'avais jamais connu.

– Parle-moi de la recherche, ai-je dit.

Grover m'a regardé avec circonspection, comme pour s'assurer que je ne me moquais pas de lui.

– Le dieu des lieux sauvages a disparu il y a deux mille ans, m'a-t-il raconté. Un marin au large d'Éphèse a entendu une voix mystérieuse qui criait depuis le rivage : « Dis-leur que le grand dieu Pan est mort ! » Quand ils ont entendu la nouvelle, les humains l'ont crue. Depuis lors, ils pillent le royaume de Pan. Mais pour nous autres satyres, Pan était notre dieu et maître. Il nous protégeait, nous et les lieux sauvages de la terre. Nous refusons de croire à sa mort. Chaque génération, les satyres les plus courageux vouent leur vie à retrouver Pan. Ils arpentent la terre, explorent les lieux les plus sauvages et les plus reculés dans l'espoir de trouver sa cachette et de le tirer de son sommeil.

– Et tu veux être un chercheur.

– C'est le rêve de ma vie, a-t-il dit. Mon père était un chercheur. Et mon oncle Ferdinand... la statue que tu as vue là-bas.

– Ah oui, c'est vrai. Je suis désolé.

Grover a secoué la tête.

– Oncle Ferdinand connaissait les risques. Papa aussi. Mais je réussirai. Je serai le premier chercheur à revenir vivant.

– Attends une seconde... le premier ?

Grover a sorti sa flûte de Pan de sa poche.

– Aucun chercheur n'est jamais revenu. Une fois qu'ils se mettent en route, ils disparaissent. On ne les revoit jamais vivants.

– Pas un seul en deux mille ans ?

– Non.

– Et ton père ? Tu n'as aucune idée de ce qu'il lui est arrivé ?

– Aucune.

– Mais tu veux quand même y aller, ai-je demandé, stupéfait. Je veux dire... tu crois vraiment être celui qui saura retrouver Pan ?

– Il faut que j'y croie, Percy. Tous les chercheurs y croient. C'est la seule chose qui nous empêche de sombrer dans le désespoir quand nous voyons ce que les humains ont fait à la planète. Il faut que je croie qu'on peut encore réveiller Pan.

J'ai regardé la brume orangée dans le ciel en essayant de comprendre comment Grover pouvait courir après un rêve qui paraissait tellement irréalisable. Mais moi-même, étais-je plus réaliste ?

– Comment allons-nous pénétrer dans les Enfers ? lui ai-je demandé. À ton avis, quelles sont nos chances contre un dieu ?

– Je ne sais pas, a reconnu Grover. Mais chez Méduse, pendant que tu fouillais dans son bureau, tu te rappelles ? Annabeth me disait...

– Ah, j'avais oublié. Annabeth aura déjà ficelé un plan.

– Ne sois pas si sévère avec elle, Percy. Elle a eu une vie difficile, mais c'est quelqu'un de bien. Après tout, elle m'a pardonné... (Sa voix s'est brisée.)

– De quoi parles-tu ? ai-je demandé. Pardonné quoi ?

Tout d'un coup, Grover a paru absorbé par sa flûte et les notes qu'il essayait d'en tirer.

– Attends une minute, ai-je ajouté. Ta première mission de gardien remonte à cinq ans. Annabeth est à la colonie depuis cinq ans. Elle ne serait pas... je veux dire, ta première mission qui s'est mal passée...

– Je ne peux pas en parler, a dit Grover. (Et à voir trembler sa lèvre inférieure, j'ai eu l'impression que je le ferais pleurer si j'insistais.) Mais comme je te disais, chez Méduse, Annabeth et moi sommes tous les deux tombés d'accord sur un point : il y a quelque chose de bizarre dans cette quête. Quelque chose qui n'est pas ce qu'on croit.

– Sans blague. On m'accuse d'avoir volé l'éclair dérobé par Hadès.

– Ce n'est pas ce que je veux dire. Les Fur... Les Bienveillantes se réfrénaient, si on peut dire. Comme Mme Dodds à Yancy... pourquoi a-t-elle attendu aussi longtemps avant d'essayer de te tuer ? Et puis dans l'autocar, elles n'ont pas été aussi agressives qu'elles auraient pu.

– Elles m'ont paru largement assez agressives.

Grover a secoué la tête.

– Elles nous criaient : « Où est-il ? Où l'avez-vous mis ? »

– En parlant de moi.

– Peut-être... mais Annabeth et moi, on a tous les deux eu l'impression qu'elles ne parlaient pas d'une personne. Elles disaient « Où l'avez-vous *mis* ? » Ça fait plutôt penser à un objet.

– Ça ne tient pas debout.

– Je sais. Il n'empêche que si nous avons compris une des données de travers, vu que nous n'avons que neuf jours pour retrouver l'éclair primitif...

Il m'a regardé comme s'il espérait des réponses, mais je n'en avais pas.

J'ai réfléchi à ce qu'avait dit Méduse : que les dieux se servaient de moi. Que ce qui m'attendait était pire que la pétrification.

– Je n'ai pas été franc avec toi, ai-je dit à Grover. Je me moque de l'éclair primitif. J'ai accepté d'aller aux Enfers pour pouvoir ramener ma mère.

Grover a émis une note douce en soufflant dans sa flûte.

– Je le sais, Percy. Mais es-tu sûr que ce soit la seule raison ?

– Je ne le fais pas pour aider mon père. Il n'en a rien à faire de moi. Je n'en ai rien à faire de lui.

Grover, perché sur sa branche, a baissé le regard vers moi.

– Écoute, Percy. Je ne suis pas aussi intelligent qu'Annabeth, et je ne suis pas aussi courageux que toi. Mais pour ce qui est de lire les émotions, je suis assez fort. Tu es content que ton père soit en vie. Ça t'a fait chaud au cœur qu'il t'ait reconnu et une partie de toi veut le rendre fier. C'est pour ça que tu as expédié la tête de Méduse à l'Olympe. Tu voulais qu'il remarque ce que tu as fait.

– Ah ouais ? Ben peut-être que les émotions des satyres fonctionnent différemment des émotions des humains. Parce que tu te trompes. Je me moque de ce qu'il pense.

Grover a remonté les pieds sur la branche.

– OK, Percy. Comme tu veux.

– En plus, je n'ai pas de quoi me vanter. On est à peine sortis de New York et nous voilà coincés sans argent et sans moyen de rejoindre la côte ouest.

Grover a scruté le ciel nocturne comme s'il réfléchissait à la question.

– Et si je prenais le premier tour de garde, hein ? Toi, dors un peu.

J'ai voulu protester, mais il s'est mis à jouer Mozart, doucement et tendrement, et j'ai tourné la tête parce que mes yeux me piquaient. Au bout de quelques accords du *Concerto pour piano nº 12*, je me suis endormi.

Dans mes rêves, j'étais debout dans une grotte sombre, devant une fosse béante. Des créatures de brume grises tourbillonnaient tout autour de moi, des lambeaux de fumée murmurants, et je savais que c'étaient les esprits des morts.

Ils tiraient sur mes vêtements en essayant de me retenir,

mais je me suis senti comme forcé de m'avancer tout au bord du gouffre.

J'ai plongé le regard dans ses profondeurs et un vertige m'a pris.

La fosse était si béante et d'une noirceur si intense que j'ai compris qu'elle était sans fond. Pourtant, j'ai eu la sensation que quelque chose essayait de remonter de l'abîme, quelque chose d'immense et de maléfique.

Petit héros, a résonné une voix amusée dans les tréfonds de l'obscurité. *Trop faible, trop jeune, mais tu feras peut-être l'affaire.*

La voix paraissait ancienne : froide et lourde. Elle s'enroulait autour de moi comme des feuilles de plomb.

Ils t'ont trompé, garçon, a-t-elle dit. *Négocie avec moi. Je te donnerai ce que tu veux.*

Une image scintillante a flotté au-dessus du vide : ma mère, figée dans l'instant où elle s'était dissoute en pluie d'or. La douleur déformait son visage, comme si le Minotaure lui serrait encore le cou. Ses yeux étaient rivés sur moi, me suppliant : *Pars !*

J'ai voulu crier, mais ma voix ne m'obéissait pas.

Un rire glacial a résonné dans le gouffre.

Une force invisible me tirait vers l'avant. Elle m'entraînerait dans la fosse si je ne résistais pas.

Aide-moi à revenir, garçon. La voix devenait plus vorace. *Apporte-moi l'éclair. Porte un coup aux dieux traîtres !*

Tout autour de moi, les esprits des morts murmuraient :

Non ! Réveille-toi !

L'image de ma mère a commencé à s'estomper. La chose dans la fosse a resserré sa prise invisible sur moi.

Je me suis rendu compte qu'elle ne cherchait pas à me happer. Elle se servait de moi pour se *hisser.*

Bien, a-t-elle murmuré. *Bien.*

Réveille-toi ! insistaient les morts. *Réveille-toi !*

Quelqu'un me secouait.

J'ai ouvert les yeux, il faisait jour.

– Bon, a dit Annabeth. Le zombie est vivant.

Le rêve m'avait laissé tout tremblant. Je sentais encore la poigne du monstre de l'abîme enserrer ma poitrine.

– J'ai dormi longtemps ? ai-je demandé.

– Assez pour que j'aie le temps de préparer le petit déjeuner, a répondu Annabeth en me lançant un sac de chips venant du snack-bar de Tatie Em. Et Grover est parti explorer. Regarde, il s'est fait un ami.

Au début, je n'ai pas bien vu.

Grover était assis en tailleur sur une couverture, avec un truc duveteux sur les genoux, un animal en peluche sale, d'un rose artificiel.

Non. Ce n'était pas une peluche. C'était un caniche rose.

Le caniche m'a lancé un jappement méfiant.

– Non, pas du tout, a dit Grover.

J'ai sursauté.

– Tu... parles à cette chose ?

Le caniche a grondé.

– Cette chose, a rétorqué Grover d'un ton sévère, est notre billet pour l'ouest. Sois aimable avec lui.

– Tu parles aux animaux ?

Grover a ignoré ma question.

– Percy, je te présente Hortensia. Hortensia, Percy.

Je me suis tourné vers Annabeth, m'attendant à la voir rire de cette farce qu'ils me faisaient, mais elle avait l'air terriblement sérieuse.

– Je ne dis pas bonjour à un caniche rose, ai-je protesté. Laissez tomber.

– Percy, a dit Annabeth. J'ai dit bonjour au caniche. Tu dis bonjour au caniche.

Le caniche a grondé de plus belle.

J'ai dit bonjour au caniche.

Grover m'a expliqué qu'il avait rencontré Hortensia par hasard dans le bois et qu'ils avaient engagé la conversation. Le caniche venait de s'enfuir de chez ses maîtres, une riche famille du coin qui offrait une récompense de deux cents dollars à qui le ramènerait. Hortensia n'avait pas très envie de retourner dans sa famille, mais il était disposé à le faire si cela pouvait aider Grover.

– Comment Hortensia a-t-il su pour la récompense ? ai-je demandé.

– Il a lu les affichettes, a dit Grover. C'te blague.

– Bien sûr. Suis-je bête.

– Alors on ramène Hortensia, a expliqué Annabeth de sa meilleure voix de stratège, on touche l'argent et on achète des billets pour Los Angeles. Simple.

J'ai repensé à mon rêve : les voix murmurantes des morts, la créature du gouffre, et puis le visage de ma mère, scintillant au moment de se dissoudre en pluie d'or. Tout cela m'attendait peut-être sur la côte ouest.

– Mais pas en autocar.

– Non, a acquiescé Annabeth.

Elle a pointé du doigt vers le bas de la colline pour me

montrer des rails que je n'avais pas pu voir la nuit dernière dans le noir.

– Il y a une gare de chemin de fer à environ huit cents mètres. D'après Hortensia, le train de l'ouest part à midi.

13 Je fais le plongeon de la mort

Nous avons passé deux jours dans le train qui roulait vers l'ouest, traversant des collines et des fleuves, longeant des océans de grains dorés.

Nous n'avons pas été attaqués une seule fois, mais je suis resté sur mes gardes. J'avais l'impression de voyager dans une vitrine d'exposition, comme si nous étions surveillés d'en haut et peut-être d'en bas aussi, et que quelque chose guettait.

J'essayais de faire profil bas parce que mon nom et ma photo s'étalaient en première page de plusieurs quotidiens de la côte est. Le *Trenton Register-News* publiait une photo de moi prise par un touriste au moment où je sortais de l'autocar. J'avais des yeux de fou. Mon épée se réduisait à une forme métallique floue entre mes mains ; ç'aurait pu être une batte de base-ball ou un club de golf.

La légende sous la photo disait :

Percy Jackson, 12 ans, recherché pour être interrogé au sujet de la disparition de sa mère il y a deux semaines à Long Island, sortant de l'autocar où il avait accosté plusieurs passagères âgées. L'autocar a explosé au bord d'une route du New Jersey peu après que Jackson a fui les lieux. D'après les témoignages recueillis, la police suppose que le garçon voyage avec deux complices adolescents. Son beau-père, Gaby Ugliano, offre une récompense pour toute information pouvant aider à capturer le garçon.

– Ne t'inquiète pas, m'a dit Annabeth. La police mortelle ne pourra jamais nous retrouver.

Mais elle ne me semblait pas très convaincue.

Je partageais mon temps entre arpenter le couloir du train d'un bout à l'autre (parce que j'avais vraiment du mal à rester assis) et regarder par la fenêtre.

Une fois, j'ai repéré une famille de centaures qui galopaient dans un champ de blé, arc à la main, pour chasser de quoi déjeuner. Le petit garçon centaure, haut comme un enfant de CE1 juché sur un poney, a croisé mon regard et m'a fait un geste de la main. J'ai jeté un coup d'œil dans le wagon : personne n'avait rien remarqué. Les passagers adultes avaient tous le nez rivé sur leur ordinateur portable ou plongé dans leurs magazines.

Une autre fois, vers le soir, j'ai aperçu une bête énorme qui avançait dans la forêt. J'aurais juré que c'était un lion, sauf que les lions ne vivent pas à l'état sauvage aux États-Unis et que cette bête faisait la taille d'un tank. Sa fourrure luisait d'un éclat doré dans la lumière du soir. Puis elle a bondi entre les arbres et disparu.

L'argent de la récompense d'Hortensia le caniche nous avait permis d'acheter des billets pour Denver seulement. Comme nous ne pouvions pas nous offrir de couchettes, nous somnolions dans nos places assises. J'avais la nuque raide.

J'essayais de ne pas baver dans mon sommeil, vu qu'Annabeth était juste à côté de moi.

Grover n'arrêtait pas de me réveiller par ses ronflements et ses bêlements. Une fois, il a perdu un de ses faux pieds en changeant de position. Annabeth et moi avons dû le lui remettre en vitesse avant qu'un passager ne s'en aperçoive.

– Alors, m'a demandé Annabeth une fois la basket de Grover en place. Qui a besoin de ton aide ?

– Comment ça ?

– Tout à l'heure, en dormant, tu as bredouillé dans ton sommeil. Tu as dit : « Je ne veux pas t'aider. » De qui rêvais-tu ?

Je n'avais pas envie d'en parler. C'était la deuxième fois que je rêvais de la voix maléfique du gouffre. Mais ça me préoccupait tellement que j'ai fini par tout lui raconter.

Annabeth s'est tue longuement.

– Ça ne ressemble pas à Hadès, a-t-elle fini par dire. Il se présente toujours sur un trône noir et il ne rit jamais.

– Il m'a proposé ma mère en échange. Qui d'autre pourrait faire cela ?

– À la limite, s'il voulait dire « Aide-moi à revenir des Enfers ». S'il veut la guerre avec les Olympiens. Mais pourquoi te demander d'apporter l'éclair primitif s'il l'a déjà ?

J'ai secoué la tête... si seulement je connaissais la réponse ! J'ai réfléchi à ce que m'avait dit Grover, que les Furies, dans l'autocar, lui avaient donné l'impression de chercher quelque chose.

Où est-il ? Où l'avez-vous mis ?

Peut-être Grover a-t-il perçu mes émotions. Il a reniflé dans son sommeil, grommelé quelques paroles où il était question de légumes et a tourné la tête.

Annabeth a rajusté sa casquette pour qu'elle lui recouvre bien les cornes.

– Percy, tu ne peux pas négocier avec Hadès, tu le sais, n'est-ce pas ? Il est sournois, sans cœur et cupide. Ça m'est égal si ses Bienveillantes ne se sont pas montrées aussi agressives cette fois-ci...

– Cette fois-ci ? ai-je demandé. Tu veux dire que tu les avais déjà rencontrées avant ?

La main d'Annabeth s'est portée à son collier. Elle a caressé une perle blanche en argile vernissée ornée d'un sapin, un de ses gages de fin d'été.

– Disons que je ne porte pas le Seigneur des Morts dans mon cœur. Ne te laisse pas tenter par un marché pour sauver ta mère.

– Que ferais-tu s'il s'agissait de ton père ?

– Facile. Je le laisserais croupir aux Enfers.

– Tu ne parles pas sérieusement ?

Les yeux gris d'Annabeth se sont posés sur moi. Elle avait la même expression que dans les bois de la colonie, quand elle avait dégainé son épée pour affronter le Chien des Enfers.

– Mon père me reproche d'exister depuis le jour de ma naissance, Percy, a-t-elle dit. Il ne voulait pas d'enfant. Quand il m'a vue, il a demandé à Athéna de me reprendre et de m'élever à l'Olympe parce qu'il était trop pris par son travail. Ça n'a pas plu à ma mère. Elle lui a dit que les héros devaient être élevés par leur parent mortel.

– Mais comment... enfin, je suppose que tu n'es pas née à l'hôpital ?

– Je suis apparue devant la porte de mon père dans un

berceau en or, descendue de l'Olympe par Zéphyr, le vent d'ouest. Tu croirais que mon père s'en souviendrait comme d'un miracle, non ? Qu'il aurait pris des photos numériques, un truc comme ça. Ben en fait, il a toujours parlé de mon arrivée comme si c'était la chose la plus dérangeante qui lui soit arrivée de sa vie. Quand j'avais cinq ans, il s'est marié et il a complètement oublié Athéna. Il a pris une épouse mortelle « normale », il a eu deux enfants mortels « normaux » et depuis il essaie de faire comme si je n'existais pas.

J'ai regardé par la fenêtre du train. Les lumières d'une ville endormie défilaient. Je voulais réconforter Annabeth, mais je ne savais pas comment.

– Ma mère a épousé un type vraiment abominable, lui ai-je dit. D'après Grover, elle l'a fait pour me protéger, pour me dissimuler dans l'odeur d'un foyer humain. C'est peut-être ce que ton père a voulu faire.

Annabeth jouait toujours avec son collier. Elle tripotait une chevalière d'homme en or de l'université de Harvard qui était enfilée avec les perles. Il m'est venu à l'esprit que ça devait être celle de son père. Je me suis demandé pourquoi elle la portait si elle le détestait autant.

– Il n'en a rien à faire de moi, a-t-elle dit. Sa femme, ma belle-mère, me traitait comme un monstre. Elle ne me laissait pas jouer avec ses enfants. Mon père faisait exactement comme elle. Si jamais il arrivait quelque chose de dangereux – tu sais, un problème de monstres –, ils me regardaient tous les deux d'un œil plein de reproche, l'air de dire : « Comment oses-tu mettre notre famille en danger ? » Finalement, j'ai compris le message. Je n'étais pas désirée. Je me suis sauvée.

– Tu avais quel âge ?

– L'âge où je suis arrivée à la colonie. Sept ans.

– Mais... tu n'as pas pu faire le trajet jusqu'à la colline des Sang-Mêlé toute seule...

– Seule, non. Athéna veillait sur moi, me guidait vers des gens qui m'aidaient. Je me suis fait des amis inattendus qui se sont occupés de moi, pendant une courte période en tout cas.

J'avais envie de lui demander ce qui s'était passé, mais Annabeth semblait perdue dans des souvenirs tristes. Alors j'ai écouté les ronflements de Grover et j'ai regardé par les fenêtres du train les champs de l'Ohio qui défilaient dans l'obscurité.

Vers la fin de notre seconde journée de train, le 13 juin, huit jours avant le solstice d'été, nous avons traversé quelques collines dorées, franchi le Mississippi et débouché dans la ville de Saint Louis.

Annabeth a tendu le cou pour apercevoir l'Arche du Mémorial Jefferson. Personnellement, j'ai trouvé que le célèbre monument ressemblait à une poignée de cabas immense posée sur la ville.

– C'est ce que je veux faire, a soupiré Annabeth.

– Quoi donc ? ai-je demandé.

– Construire un édifice comme celui-ci. As-tu jamais vu le Parthénon, Percy ?

– Seulement en photo.

– Un jour, j'irai le voir en vrai. Je vais construire le plus grand monument jamais érigé pour les dieux. Un truc qui durera mille ans.

– Toi ? ai-je dit en riant. Toi, architecte ?

Je ne sais pas pourquoi, mais je trouvais ça drôle. Rien que la pensée d'Annabeth essayant de s'asseoir tranquillement et de dessiner toute la journée.

Elle s'est empourprée.

– Oui, moi architecte. Athéna aime voir ses enfants créer des choses, pas juste les démolir, comme un certain dieu des tremblements de terre que je pourrais nommer.

J'ai regardé les tourbillons de l'eau brune du Mississippi, en contrebas.

– Excuse-moi, a dit Annabeth. C'était méchant.

– On ne pourrait pas travailler un peu ensemble ? ai-je plaidé. Dis-moi, Athéna et Poséidon n'ont-ils jamais coopéré ?

Annabeth a dû réfléchir avant de répondre.

– Pour le chariot, je suppose, a-t-elle dit avec hésitation. C'est maman qui l'a inventé mais Poséidon a créé les chevaux avec les crêtes des vagues. Alors ils ont dû travailler ensemble pour en faire un véhicule complet.

– Alors nous aussi, nous pouvons coopérer. Exact ?

Nous nous sommes enfoncés dans la ville et Annabeth a regardé l'Arche disparaître derrière un hôtel.

– Sans doute, a-t-elle fini par dire.

Le train est arrivé à la gare du centre-ville. Par haut-parleur, on nous a annoncé une attente de trois heures avant le départ pour Denver.

Grover s'est étiré. Avant même d'être entièrement réveillé, il a marmonné :

– Nourriture.

– Mais non, biquet, a dit Annabeth. Tourisme.

– Tourisme ?

– L'Arche du Mémorial Jefferson. C'est peut-être la seule chance que j'aurai jamais de monter tout en haut. Alors vous venez ou pas ?

Grover et moi avons échangé un regard.

J'avais envie de dire non, puis j'ai réfléchi que si Annabeth y allait, nous ne pouvions pas franchement la laisser y aller seule.

Grover a haussé les épaules.

– Du moment qu'il y a une buvette sans monstres.

L'Arche était à environ un kilomètre et demi de la gare. En fin de journée, la queue pour entrer n'était pas trop longue. Nous nous sommes frayé un chemin dans le musée souterrain en regardant des chariots bâchés et diverses autres vieilleries du XIXe siècle. C'était moyennement passionnant, mais Annabeth nous racontait des choses intéressantes sur la construction de l'Arche et Grover me passait plein de Dragibus, donc ça allait.

Pourtant, je n'arrêtais pas de me retourner et de regarder les gens dans la queue.

– Tu ne sens pas quelque chose ? ai-je murmuré à l'oreille de Grover.

Il a retiré le nez du sac de Dragibus le temps de renifler.

– Souterrain, a-t-il dit avec dégoût. L'air des souterrains a toujours une odeur de monstres. Ça ne veut sans doute rien dire.

Mais j'avais le sentiment qu'il y avait quelque chose de louche. J'avais le sentiment que nous n'aurions pas dû être là.

– Les gars, ai-je dit. Vous connaissez les symboles de pouvoir des dieux ?

Annabeth lisait avec intérêt un panneau sur l'équipement utilisé pour la construction de l'Arche, mais elle a tourné la tête :

– Ouais ?

– Eh bien, Hade...

Grover m'a interrompu d'un raclement la gorge.

– Nous sommes dans un lieu public... Tu veux parler de nos amis d'en bas ?

– Euh... c'est ça. Notre ami de tout en bas. Il a un chapeau comme celui d'Annabeth, n'est-ce pas ?

– Tu veux parler du Casque d'Obscurité, a dit Annabeth. Oui, c'est son symbole de pouvoir. Je l'ai vu à côté de sa chaise à la réunion du conseil du solstice d'hiver.

– Il était là ?

Elle a hoché la tête.

– C'est la seule fois où il a le droit de se rendre à l'Olympe – le jour le plus sombre de l'année. Mais son casque est bien plus puissant que ma casquette d'invisibilité, si ce qu'on m'a raconté est vrai...

– Il lui permet de devenir l'obscurité, a confirmé Grover. Il peut se fondre en ombre ou traverser des murs. On ne peut ni le toucher, ni le voir, ni l'entendre. Et il irradie une peur si forte qu'elle peut te rendre fou ou empêcher ton cœur de battre. À ton avis, pourquoi toutes les créatures douées de raison ont-elles peur du noir ?

– Mais alors... comment pouvons-nous savoir qu'il n'est pas là, en ce moment même, en train de nous regarder ?

Annabeth et Grover ont échangé un regard.

– Nous ne pouvons pas le savoir, a dit Grover.

– Merci, tu me rassures. Il te reste des Dragibus bleus ?

J'avais presque repris le contrôle de mes nerfs lorsque j'ai aperçu le minuscule ascenseur dans lequel nous allions monter au toit de l'Arche, et j'ai su que là, j'étais mal. Je ne supporte pas les espaces confinés. Ça me rend dingue.

Nous nous sommes retrouvés coincés dans l'ascenseur avec une grosse dame et son petit chien, un chihuahua au collier clouté de strass. Je me suis demandé si c'était un chihuahua d'aveugle car aucun des gardiens n'a rien dit.

L'ascenseur a commencé à grimper à l'intérieur de l'arche. C'était la première fois que je prenais un ascenseur dont la trajectoire était en courbe, et ça ne plaisait pas trop à mon estomac.

– Pas de parents ? a demandé la grosse dame.

Elle avait de petits yeux perçants, des dents pointues jaunies par le café, une capeline en jean et une robe assortie qui la boudinait tellement qu'elle avait l'air d'un bibendum bleu.

– Ils sont restés en bas, a dit Annabeth. Ils ont le vertige.

– Oh, les pauvres.

Le chihuahua a grogné. La femme a dit :

– Voyons, fiston, tiens-toi bien.

Le chien avait de petits yeux brillants comme ceux de sa maîtresse, intelligents et méchants.

– Fiston. C'est son nom ? ai-je demandé.

– Non, m'a répondu la dame.

Et elle a souri, comme si ça expliquait tout.

En haut de l'Arche, la terrasse panoramique m'a fait l'effet d'une boîte en fer-blanc tapissée de moquette. Des rangées de minuscules fenêtres donnaient d'un côté sur la ville et de l'autre sur le fleuve. La vue était belle, mais s'il y a une chose que j'aime encore moins qu'un espace confiné, c'est un espace confiné à cent cinquante mètres du sol. J'étais prêt à repartir tout de suite.

Annabeth, en revanche, s'était mise à discourir étayage et ossature, expliquant qu'elle aurait fait les fenêtres plus grandes, mis un plancher transparent. Elle aurait sans doute pu rester des heures, mais heureusement pour moi, le guide a annoncé que la terrasse panoramique allait fermer dans quelques minutes.

J'ai entraîné Grover et Annabeth vers la sortie, les ai fait monter dans l'ascenseur et j'allais entrer à mon tour quand j'ai constaté qu'il y avait déjà deux autres visiteurs à l'intérieur. Plus de place pour moi.

– Vous prendrez le suivant, monsieur, m'a dit le guide.

– Nous allons ressortir, a dit Annabeth. Nous allons attendre avec toi.

Mais comme ça aurait dérangé tout le monde et pris encore plus de temps, j'ai dit :

– Non, ce n'est pas grave. On se retrouve en bas.

Grover et Annabeth avaient l'air inquiets, mais ils ont laissé la porte se fermer. L'ascenseur s'est engouffré dans la cage.

Il ne restait plus sur la terrasse panoramique que le guide, un petit garçon avec ses parents, la grosse dame au chihuahua et moi.

J'ai adressé un sourire gêné à la grosse dame. Elle m'a rendu mon sourire en agitant sa langue fourchue entre ses dents.

Attendez une seconde.

Langue fourchue ?

J'étais encore en train de me demander si j'avais bien vu quand son chihuahua a sauté de ses bras et s'est mis à japper contre moi.

– Voyons, voyons, fiston, a dit la dame. Crois-tu vraiment que ce soit le moment ? Regarde toutes ces gentilles personnes qui nous entourent.

– Un toutou ! s'est écrié le petit garçon. Regardez, un toutou !

Les parents du petit garçon l'ont tiré en arrière.

Le chihuahua m'a regardé en montrant les crocs, babines écumantes.

– Bien, mon fils, a soupiré la grosse dame. Si tu insistes.

Un bloc de glace s'est formé dans mon ventre.

– Euh, vous avez appelé ce chihuahua votre fils ?

– *Khimeira*, mon chou, a corrigé la grosse dame. Pas chihuahua. C'est une erreur courante.

Elle a retroussé ses manches en toile de jean, révélant des bras recouverts d'écailles vertes. Lorsqu'elle a souri, j'ai vu que ses dents étaient des crocs. Les pupilles de ses yeux étaient des fentes obliques, comme celles d'un serpent.

Le chien s'est mis à aboyer plus fort, en grandissant à chaque aboiement. Il est d'abord devenu de la taille d'un doberman, puis d'un lion. L'aboiement s'est mué en rugissement.

Le petit garçon a hurlé. Ses parents l'ont tiré vers la sortie, heurtant de plein fouet le guide qui était pétrifié sur place et regardait le monstre bouche bée.

La chimère était si grande, à présent, que son dos frôlait le toit. Elle avait une tête de lion à la crinière pleine de caillots de sang, un corps et des sabots de chèvre géante et un serpent en guise de queue, un crotale de trois mètres de long qui sortait droit de son derrière broussailleux. Le collier de chien en strass pendait toujours à son cou et la médaille, grosse comme une assiette, était maintenant facile à lire : KHIMEIRA – ENRAGÉ, VENIMEUX, CRACHE-LE-FEU – PRIÈRE DE CONTACTER LE TARTARE – POSTE 954.

J'ai pris conscience que je n'avais même pas retiré le capuchon de mon épée. J'avais les mains engourdies. J'étais à trois mètres de la gueule ensanglantée de Khimeira, et je savais qu'à la seconde où je bougerais, la créature bondirait.

La femme-serpent a émis une sorte de sifflement qui était peut-être un rire.

– Tu devrais te sentir honoré, Percy Jackson. Le seigneur Zeus m'autorise rarement à défier un héros avec un de mes petits. Car je suis la Mère des Monstres, la terrible Echidna !

Je l'ai regardée avec stupéfaction. Et tout ce que j'ai trouvé à dire, ce fut :

– Comme un échidné... je croyais que c'était une espèce de fourmilier ?

Elle a hurlé de rage et son visage reptilien a viré au vert marbré de brun.

– Je déteste quand les gens disent ça ! Donner mon nom à cet animal ridicule ! Pour ça, Percy Jackson, mon fils va te tuer !

La chimère est passée à l'attaque en faisant claquer ses dents de lion. Je suis parvenu à éviter son assaut d'un bond sur le côté.

Je me suis retrouvé tout près de la famille et du guide, qui hurlaient en essayant d'ouvrir les portes de secours.

Je ne pouvais pas laisser le monstre leur faire du mal. J'ai décapuchonné mon épée, couru à l'autre bout de la terrasse et crié :

– Eh, chihuahua !

La chimère s'est retournée plus vite que je ne l'aurais cru possible.

Je n'ai pas eu le temps de brandir mon épée. Elle avait déjà ouvert grand la gueule, émettant une puanteur de barbecue géant, et crachait une rafale de flammes qui fusaient vers moi en crépitant.

Je me suis jeté au sol. La moquette s'est enflammée ; la chaleur était si forte que mes sourcils ont roussi.

À l'endroit où je me tenais un instant plus tôt, un trou perçait le mur de l'Arche, et le métal fondu fumait sur ses bords déchiquetés.

Super, me suis-je dit. *Nous attaquons un monument national à la lampe à souder.*

Turbulence était maintenant une longue lame de bronze rutilant entre mes mains et quand Khimeira s'est tournée, je l'ai assénée sur son cou.

Fatale erreur. La lame a ricoché sur le collier de chien. J'ai voulu reprendre mon équilibre mais j'étais tellement occupé à me défendre contre la gueule de lion lance-flammes que j'ai complètement oublié la queue de serpent, laquelle s'est abattue comme un fouet et a planté ses crocs dans mon mollet.

Ma jambe entière s'est embrasée. J'ai essayé d'enfoncer Turbulence dans la gueule de la chimère, mais la queue de serpent s'est enroulée autour de mes chevilles et m'a fait tomber. L'épée m'a échappé des mains, a voltigé par le trou dans le mur et dégringolé vers le Mississippi.

Je suis arrivé à me relever, mais je savais que j'avais perdu. Je n'avais plus d'arme. Je sentais un poison mortel monter vers ma poitrine. Je me suis souvenu que Chiron m'avait dit qu'Anaklusmos me reviendrait toujours, pourtant il n'y avait pas de stylo-bille dans ma poche. Peut-être était-elle tombée trop loin. Peut-être ne revenait-elle que quand on la perdait sous sa forme de stylo. Je n'en savais rien, et je n'allais pas vivre assez longtemps pour l'apprendre.

J'ai reculé vers le trou dans le mur. La chimère avançait en grondant et en crachant des volutes de fumée. Echidna, la femme-serpent, a ricané.

– Les héros ne sont plus ce qu'ils étaient, hein, fiston ?

Le monstre a rugi. Il n'avait pas l'air pressé de m'achever, maintenant que j'étais battu.

J'ai jeté un coup d'œil au guide et à la famille. Le petit garçon se cachait derrière les jambes de son père. Il fallait que je protège ces gens. Je ne pouvais pas... me contenter de mourir. J'ai essayé de réfléchir, mais mon corps entier me brûlait. J'avais la tête qui tournait. Je n'avais pas d'épée. J'étais face à un énorme monstre cracheur de feu et sa mère. Et j'avais peur.

N'ayant nulle part où aller, j'ai reculé jusqu'au bord du trou. En bas, tout en bas, brillaient les eaux du fleuve.

Si je mourais, les monstres s'en iraient-ils ? Laisseraient-ils les humains tranquilles ?

– Si tu es le fils de Poséidon, Percy Jackson, a persiflé Echidna, tu ne devrais pas craindre l'eau. Saute, Percy Jackson. Montre-moi que l'eau ne te fera pas de mal. Saute et récupère ton épée. Prouve ta lignée.

Ben voyons, me suis-je dit. J'avais lu quelque part que

lorsqu'on sautait dans l'eau du haut de plusieurs étages, c'était comme si on sautait sur de l'asphalte. De cette hauteur, l'impact me tuerait.

La gueule de la chimère s'est mise à luire, préparant une nouvelle rafale.

– Tu es sans foi, Percy Jackson, m'a dit Echidna. Tu ne fais pas confiance aux dieux. Je ne peux pas te le reprocher, petit lâche. Il vaut mieux que tu meures maintenant. Les dieux sont déloyaux. Le poison a atteint ton cœur.

Elle avait raison : j'étais en train de mourir. Je sentais ma respiration ralentir. Personne ne pouvait me sauver, pas même les dieux.

J'ai reculé et j'ai regardé l'eau. Je me suis souvenu de la chaleur du sourire de mon père quand j'étais bébé. Il avait dû me voir. Il avait dû me rendre visite quand j'étais dans mon berceau.

Je me suis souvenu du trident vert qui avait apparu en tourbillonnant dans le ciel la nuit de Capture-l'étendard, quand Poséidon m'avait reconnu comme son fils.

Mais là, ce n'était pas la mer. C'était le Mississippi, en plein centre des États-Unis.

– Meurs, héros sans foi ! m'a craché Echidna d'une voix rauque, et la chimère a projeté une colonne de flammes vers moi.

– Père, aide-moi, ai-je prié.

Je me suis retourné et j'ai sauté. Mes vêtements étaient en flammes, le poison courait dans mes veines et je tombais comme une pierre vers le fleuve.

14 Je deviens un fuyard célèbre

J'aimerais pouvoir vous dire que j'ai eu une grande révélation pendant ma chute, que j'ai accepté ma mortalité, ri face à mon trépas, etc.

La vérité ? Je n'avais qu'une seule pensée en tête : *Aaaahhhhhhhh !*

Le fleuve se précipitait vers moi à la vitesse d'un camion. Le vent me coupait le souffle. Les clochers, les gratte-ciel, les ponts défilaient à la lisière de mon champ de vision.

Et puis : *Boum !*

Un voile de bulles blanches. Je me suis enfoncé dans les eaux troubles, persuadé que j'allais m'encastrer dans trente mètres de vase et disparaître à tout jamais.

Mais l'impact avec l'eau n'avait pas été douloureux. Je tombais lentement, à présent, et des colonnes de bulles montaient entre mes doigts. Je me suis posé sans bruit sur le lit du fleuve Un poisson-chat gros comme mon beau-père s'est enfui dans la pénombre. Des nuages de limon et d'ordures en tous genres – cannettes de bière, vieilles chaussures, sacs en plastique – tourbillonnaient tout autour de moi.

À ce moment-là, j'ai pris conscience d'un certain nombre de choses : un, je n'avais pas été écrasé comme une crêpe. Ni grillé façon barbecue. Je ne sentais même plus le poison de la chimère bouillir dans mes veines. J'étais vivant, ce qui était bien.

Deuxième point : je n'étais pas mouillé. Certes, je sentais que l'eau était fraîche. Je voyais les endroits sur mes vêtements où elle avait éteint les flammes. Mais lorsque je touchais mon tee-shirt, il était parfaitement sec.

J'ai regardé les détritus qui flottaient devant moi et saisi au passage un vieux briquet.

Impossible, pensais-je.

J'ai fait rouler la molette sous mon doigt. Une étincelle a jailli, puis une minuscule flamme s'est formée. Sous l'eau, au fond du Mississippi.

J'ai attrapé un emballage de hamburger tout détrempé, et aussitôt le papier a séché. Je n'ai eu aucun mal à l'enflammer. Dès que je l'ai lâché, les flammes se sont éteintes en crachotant. L'emballage est redevenu un chiffon vaseux. Bizarre.

Mais c'est seulement en dernier que le détail le plus étrange a frappé mon esprit : je respirais. J'étais sous l'eau et je respirais normalement.

Je me suis levé. Je m'enfonçais dans la vase jusqu'aux cuisses et mes jambes tremblaient. J'aurais dû être mort. Le fait que je ne l'étais pas ressemblait... à un miracle, il fallait bien le dire. J'ai imaginé une voix de femme, une voix assez proche de celle de ma mère : *Percy, qu'est-ce qu'on dit ?*

Euh... merci. Sous l'eau, ma voix faisait penser à celle d'un garçon bien plus âgé, comme quand elle était enregistrée. *Merci... père.*

Pas de réponse. Rien que le flot sombre des ordures charriées par le courant, l'énorme poisson-chat qui repassait devant moi, la lueur lointaine du soleil couchant à la surface de l'eau, qui nimbait tout d'une teinte caramel.

Pourquoi Poséidon m'avait-il sauvé ? Plus j'y pensais, plus je sentais la honte m'envahir. D'accord, j'avais eu de la chance à quelques reprises. Mais confronté à une créature comme la chimère, je n'avais pas fait le poids. Ces pauvres gens, sur la terrasse de l'Arche, n'étaient sans doute plus de ce monde. Je n'avais pas su les protéger. Je n'étais pas un héros. Peut-être valait-il mieux que je reste ici, avec le poisson-chat et les autres ratisseurs de vase.

Pfoutt-pfoutt-pfoutt. La roue à aubes d'un bateau a brassé les flots au-dessus de ma tête, remuant le limon.

Et j'ai découvert, à un mètre cinquante de moi à peine, la poignée de bronze luisant de mon épée, plantée dans le fond bourbeux.

J'ai entendu à nouveau la voix de la femme : *Percy, prends l'épée. Ton père croit en toi.* Cette fois-ci, j'ai su que la voix n'était pas dans ma tête. Ce n'était pas mon imagination. Ses paroles semblaient provenir de partout à la fois, portées par l'eau comme le sonar d'un dauphin.

– Où es-tu ? ai-je demandé à voix haute.

Alors, à travers la pénombre, je l'ai vue : une femme couleur d'eau, un fantôme dans le courant, qui flottait juste au-dessus de l'épée. Elle avait de longs cheveux ondoyants et ses yeux, à peine visibles, étaient verts comme les miens.

Une boule s'est formée dans ma gorge. J'ai dit

– Maman ?

Non, mon enfant, juste une messagère, même si le sort de ta mère n'est pas aussi désespéré que tu le crois. Va à la plage de Santa Monica.

– Quoi ?

C'est la volonté de ton père. Avant de descendre aux Enfers, tu dois aller à Santa Monica. S'il te plaît, Percy, je ne peux pas rester longtemps. Ce fleuve est trop sale pour moi.

– Mais... (J'étais persuadé que cette femme était ma mère, ou du moins une vision d'elle.) Qui... comment...

Les questions que je voulais poser étaient si nombreuses que les mots se coinçaient dans ma gorge.

Je ne peux pas rester, vaillant garçon, a dit la femme. Elle a tendu la main et j'ai senti le courant passer sur mon visage comme une caresse. *Tu dois aller à Santa Monica ! Et, Percy, méfie-toi des cadeaux...*

Sa voix s'éteignait.

– Quels cadeaux ? ai-je demandé. Attends !

Elle a tenté de parler une fois encore, mais le son s'était tu. Son image s'est dissipée. Si c'était ma mère, je l'avais perdue de nouveau.

J'ai eu envie de me noyer. Seul problème : j'étais immunisé contre la noyade.

Ton père croit en toi, avait-elle dit.

Elle m'avait aussi qualifié de vaillant garçon – à moins qu'elle se soit adressée au poisson-chat.

J'ai pataugé jusqu'à Turbulence et je l'ai saisie par la poignée. À la surface, la chimère était peut-être encore là, avec sa grosse mère reptilienne ; peut-être me guettait-elle pour m'achever. Ce qui était sûr, en tout cas, c'était que la police mortelle n'allait pas tarder à arriver et qu'elle voudrait savoir qui avait percé un trou dans l'Arche. S'ils me trouvaient, ils auraient deux ou trois questions à me poser.

J'ai remis le capuchon de mon épée et j'ai glissé le stylo-bille dans ma poche.

– Merci, père, ai-je dit de nouveau en m'adressant à l'eau sombre.

Puis je me suis propulsé d'un coup de pied dans la vase et je suis remonté en nageant à la surface.

J'ai rejoint la rive à la hauteur d'un McDonald's sur pilotis.

Un peu plus loin, tous les véhicules d'urgence de Saint Louis entouraient l'Arche. Des hélicoptères de la police survolaient les lieux. La foule des badauds m'a fait penser à Broadway un soir de la Saint-Sylvestre.

Une petite fille a dit :

– Maman ! Ce garçon est sorti du fleuve.

– C'est bien, ma chérie, a répondu sa mère, tout en tendant le cou pour regarder les ambulances.

– Mais il est sec !

– C'est bien, ma chérie.

Une journaliste parlait devant une caméra :

– Il ne s'agit probablement pas d'un attentat, nous dit-on, mais l'enquête en est encore à ses débuts. Les dégâts, comme vous pouvez le voir, sont considérables. Nous essayons de nous mettre en contact avec certains survivants pour recueillir leurs témoignages visuels ; en effet, quelqu'un serait tombé de l'Arche.

Survivants. J'ai ressenti une grande bouffée de soulagement. Peut-être que la famille et le guide s'en étaient tirés sains et saufs. J'espérais qu'Annabeth et Grover allaient bien.

J'ai essayé de me frayer un chemin dans la foule pour voir ce qui se passait derrière le cordon de police.

– … un adolescent, disait un autre journaliste. Canal 5 a appris que d'après les caméras de surveillance, ce serait un adolescent pris d'une crise de démence sur la terrasse panoramique qui aurait déclenché cette monstrueuse explosion. Difficile à croire, John, mais c'est ce qu'on nous dit ici. À nouveau, aucune victime n'est déclarée…

J'ai battu en retraite en m'efforçant de garder la tête baissée. J'ai dû décrire une grande boucle autour du périmètre de police. Il y avait des policiers en uniforme et des journalistes partout.

Je commençais à désespérer de jamais retrouver Annabeth et Grover quand une voix familière a bêlé :

– Perrr-cy !

Je me suis retourné et Grover m'a serré de toutes ses forces dans ses bras.

– On a bien cru que tu avais pris un aller simple pour les Enfers !

Annabeth, qui était derrière lui, essayait de paraître en colère mais je voyais bien qu'elle était soulagée elle aussi.

– On ne peut pas te laisser seul cinq minutes ! s'est-elle écriée. Qu'est-ce qui s'est passé ?

– Je suis tombé, en quelque sorte.

– Percy ! Cent quatre-vingt-dix mètres ?

Derrière nous, un flic a crié : « Dégagez le passage ! »

La foule s'est fendue et deux infirmiers ont déboulé en poussant une femme sur un brancard. Je l'ai reconnue aussitôt : c'était la mère du petit garçon sur la terrasse panoramique. Elle disait :

– Et alors ce chien énorme, cet énorme chihuahua cracheur de feu…

– Allons, madame, a dit l'infirmier. Calmez-vous. Votre famille va bien. Le médicament va commencer à agir.

– Je ne suis pas folle ! Le garçon a sauté par le trou et le monstre a disparu ! (À ce moment-là, elle m'a aperçu.) Le voilà ! C'est ce garçon !

J'ai fait volte-face et entraîné Annabeth et Grover derrière moi. Nous nous sommes perdus dans la foule.

– Qu'est-ce qui se passe ? a demandé Annabeth. Parlait-elle du chihuahua qui était dans l'ascenseur ?

Je leur ai raconté toute l'histoire : la chimère, Echidna, mon plongeon de haut vol, le message de la dame sous l'eau.

– Eh ben ! s'est exclamé Grover. Il faut qu'on t'emmène à Santa Monica. Tu ne peux pas ignorer un ordre de ton père.

Avant qu'Annabeth puisse donner son avis, nous sommes passés devant un autre journaliste qui faisait un reportage en direct et j'ai failli piler net quand je l'ai entendu dire :

– Percy Jackson. C'est exact, Dan. Canal 12 vient d'apprendre que le garçon susceptible d'avoir provoqué cette explosion correspond au signalement de Percy Jackson, recherché par les autorités au sujet d'un grave accident d'autocar survenu dans le New Jersey il y a trois jours. Qui plus est, on suppose que le garçon est en route vers l'ouest du pays. Pour les téléspectateurs qui nous regardent, voici une photo de Percy Jackson.

Nous avons contourné discrètement le camion télé et nous nous sommes engouffrés dans une ruelle.

– La première urgence, ai-je dit à Grover, c'est de quitter cette ville fissa !

Par je ne sais quel miracle, nous sommes arrivés à rejoindre la gare de chemin de fer sans nous faire repérer. Nous sommes montés à bord du train juste au moment où il se mettait en route pour Denver. Le train s'est enfoncé vers l'ouest dans l'obscurité tandis que derrière nous, les gyrophares illuminaient encore le ciel de Saint Louis.

15 UN DIEU NOUS PAIE DES CHEESEBURGERS

Le lendemain 14 juin, à sept jours du solstice d'été, notre train est arrivé à Denver dans l'après-midi. Nous n'avions rien mangé depuis la veille au soir au wagon-restaurant. Nous n'avions pas pris de douche depuis notre départ de la colline des Sang-Mêlé, et j'étais certain que ça se remarquait.

– Essayons de contacter Chiron, a dit Annabeth. Je veux lui parler de ta conversation avec l'esprit du fleuve.

– Nous ne pouvons pas utiliser le téléphone, tu te rappelles ?

– Qui parle de téléphoner ?

Nous avons erré environ une demi-heure dans le centre-ville, sans que je sache ce qu'Annabeth cherchait. L'air était sec et brûlant, ce qui faisait un drôle d'effet après l'humidité de Saint Louis. Où que je porte le regard, les montagnes Rocheuses se dressaient face à moi, comme une vague minérale prête à s'abattre sur la ville.

Pour finir, nous avons trouvé une station de lavage de voitures self-service où il n'y avait personne. Nous nous sommes dirigés vers le portique le plus éloigné de la route, en surveillant du coin de l'œil les voitures qui passaient. Trois adolescents qui traînent sans voiture dans une station de lavage automatique de voitures : n'importe quel policier en patrouille avec un minimum de jugeote se douterait que nous tramions quelque chose de pas très net.

– Que faisons-nous au juste ? ai-je demandé quand Grover a attrapé le pistolet aspergeur.

– C'est soixante-quinze *cents*, a-t-il grommelé. Il me reste seulement cinquante *cents*.

– Ne me regarde pas, lui a dit Annabeth. Le wagon-restaurant m'a ratissée.

J'ai récupéré ce que j'avais comme monnaie au fond de ma poche et donné une pièce de vingt-cinq *cents* à Grover, ce qui me laissait deux pièces de cinq et une drachme de chez Méduse.

– Excellent, a dit Grover. On pourrait utiliser un vaporisateur, bien sûr, mais la connexion serait moins bonne et au bout d'un moment, ça fatigue les bras de pomper.

– De quoi tu parles ?

Il a inséré les pièces et réglé le bouton sur « *brumisation* ».

– D'Ir-mail.

– Direct mail ?

– Ir-mail, a corrigé Annabeth. *Iris*-mail. Iris, la déesse des arcs-en-ciel, transporte des messages pour les dieux. Si tu sais comment lui demander et si elle n'est pas trop occupée, elle le fera aussi pour les sang-mêlé.

– Tu appelles la déesse avec un pistolet aspergeur ?

Grover a pointé le bec du jet en l'air et un brouillard d'eau, épais et blanc, a jailli en chuintant.

– À moins que tu connaisses un moyen plus rapide de faire un arc-en-ciel, m'a-t-il répondu.

Effectivement, la lumière de fin d'après-midi a traversé la vapeur et s'est fractionnée en différentes couleurs.

Annabeth a tendu la main :

– Drachme, s'il te plaît.

Je la lui ai donnée.

Elle a levé la pièce au-dessus de sa tête et déclamé :

– Ô déesse, accepte notre offrande !

Annabeth a lancé la pièce dans notre petit arc-en-ciel, et elle a disparu dans un scintillement doré.

– Colline des Sang-Mêlé, a demandé Annabeth.

Au début, il ne s'est rien passé.

Puis j'ai distingué, à travers la brume d'eau, des champs de fraises et, au loin, le détroit de Long Island. Comme si nous étions sur la terrasse de la Grande Maison. Un garçon blond, en short et débardeur orange, était debout à la balustrade et nous tournait le dos. Il tenait une épée de bronze et semblait regarder très attentivement quelque chose qui se passait dans la prairie.

– Luke ! ai-je crié.

Il s'est retourné, le regard farouche. J'aurais juré qu'il se tenait à un mètre de moi dans un rideau de brume, sauf que je ne voyais de lui que la partie de son corps qui était dans l'arc-en-ciel.

– Percy ! (Un sourire a éclairé son visage balafré.) Et c'est Annabeth que je vois là, aussi ? Les dieux soient loués ! Comment ça va, les gars ?

– Euh... bien, a balbutié Annabeth, qui s'est mise à rajuster frénétiquement son tee-shirt sale et à repousser les mèches qui lui tombaient dans la figure. On se demandait... est-ce que Chiron...

– Il est en bas aux bungalows. (Le sourire de Luke s'est évanoui.) Nous avons des problèmes avec les pensionnaires. Dites-moi, tout va bien de votre côté ? Comment va Grover ?

– Je suis là, s'est écrié Grover, en écartant le bec sur le côté pour entrer dans le champ de vision de Luke. Quel genre de problèmes ?

À ce moment-là, une grosse voiture est arrivée, déversant du hip-hop à fond les ballons. Quand la voiture s'est engagée sous le portique voisin du nôtre, le bitume s'est mis à vibrer tellement les basses étaient fortes.

– Chiron a dû... c'est quoi, ce bruit ? a hurlé Luke.

– Je m'en occupe ! a répondu Annabeth en hurlant elle aussi, l'air très soulagée d'avoir un prétexte pour sortir du champ de vision. Viens, Grover !

– Quoi ? Mais...

– Donne le tuyau à Percy et viens !

Grover a marmonné que les filles étaient plus incompréhensibles que l'oracle de Delphes, puis il m'a tendu le pistolet aspergeur et il a suivi Annabeth.

J'ai replacé le jet en bonne position pour maintenir l'arc-en-ciel et continuer de voir Luke.

– Chiron a dû intervenir pour mettre fin à une bagarre, a crié Luke par-dessus la musique. C'est tendu ici, Percy. Il y a eu des fuites sur le conflit Zeus-Poséidon. Nous ne savons toujours pas comment – sans doute par le salopard qui avait appelé le Chien des Enfers. À présent, les pensionnaires commencent à choisir leur camp. On se croirait reparti pour la guerre de Troie. En gros, Aphrodite, Arès et Apollon soutiennent Poséidon, et Athéna soutient Zeus.

J'ai frémi à la pensée que le bungalow de Clarisse puisse se mettre du côté de mon père. Dans le portique voisin, j'ai entendu Annabeth se disputer avec quelqu'un, puis le volume de la musique a baissé d'un coup.

– Alors où en êtes-vous ? m'a demandé Luke. Chiron va regretter de vous avoir ratés.

Je lui ai raconté pratiquement tout, y compris mes rêves. Ça me faisait tellement de bien de le voir et d'avoir l'impression d'être de retour à la colonie, ne serait-ce que pour quelques minutes, que je n'avais pas senti le temps passer lorsque le *bip-bip* du pistolet aspergeur s'est tu et que j'ai compris que l'eau allait être coupée dans une minute.

– J'aurais aimé être avec vous, m'a dit Luke. Nous ne pouvons pas beaucoup vous aider d'ici, mais écoute-moi... c'est forcément Hadès qui a pris l'éclair primitif. Il était présent au solstice d'hiver. J'encadrais une sortie éducative et nous l'avons vu.

– Mais Chiron dit que c'est impossible pour les dieux de se voler leurs objets magiques entre eux, sans intermédiaire.

– C'est vrai, a dit Luke, l'air troublé. Il n'empêche... Hadès avait le casque d'invisibilité. Comment veux-tu que quelqu'un s'introduise dans la salle du trône et vole l'éclair primitif à moins d'être invisible ?

Nous nous sommes tus tous les deux, jusqu'au moment où Luke a réalisé ce qu'il venait de dire.

– Hé, hé ! a-t-il protesté. Je ne parlais pas d'Annabeth. Elle et moi, on se connaît depuis toujours. Jamais elle ne... je veux dire, c'est comme ma petite sœur.

Je me suis demandé si cette description serait du goût d'Annabeth. Dans le portique d'à côté, la musique s'est arrêtée complètement. Un homme a poussé un hurlement terrifié, des portières ont claqué et la voiture est partie sur les chapeaux de roues.

– Je crois que tu devrais aller voir, a dit Luke. Dis-moi, est-ce que tu portes les chaussures volantes ? Ça me rassurerait de savoir qu'elles te servent.

– Oh, euh... ouais ! (Je me suis efforcé de ne pas avoir l'air d'un menteur coupable.) Ouais, elles sont bien pratiques.

– Vraiment ? (Il a souri.) C'est la bonne taille et tout ?

L'eau s'est arrêtée. La brume a commencé de se dissiper.

– Bon, soyez prudents à Denver, a lancé Luke, d'une voix qui s'estompait. Et dis à Grover que ça se passera mieux cette fois-ci ! Personne ne sera changé en pin s'il évite juste de...

Mais il n'y avait plus de brume et l'image de Luke s'est entièrement effacée. Je me suis retrouvé seul dans un portique de lavage automatique, une flaque d'eau à mes pieds.

Annabeth et Grover sont revenus en riant, mais ils se sont tus en voyant mon expression. Le sourire d'Annabeth s'est figé.

– Qu'est-ce qui s'est passé, Percy ? Qu'a dit Luke ?

– Pas grand-chose, ai-je menti, en sentant se creuser dans mon ventre un vide aussi grand que le bungalow 3. Venez, allons nous sustenter.

Quelques minutes plus tard, nous étions assis dans un des box d'un café-restaurant aux chromes étincelants. Aux tables voisines, des familles engouffraient des hamburgers, des milk-shakes et des sodas.

La serveuse a fini par venir. Elle nous a toisés avec méfiance, le sourcil dressé.

– Vous désirez ?

– Nous, euh, souhaitons commander, ai-je dit.

– Et vous avez de quoi payer ?

La lèvre inférieure de Grover a tremblé. J'ai eu peur qu'il se mette à bêler ou, pire encore, à manger le linoléum. Annabeth avait l'air sur le point de tomber d'inanition.

J'essayais d'imaginer une histoire larmoyante pour attendrir la serveuse lorsqu'un grondement a secoué tout le bâtiment : une moto de la taille d'un éléphanteau venait de se ranger au bord du trottoir.

Dans la salle, toutes les conversations se sont arrêtées. Le phare de la moto projetait un rayon lumineux rouge vif. Le réservoir était décoré d'un motif de flammes et flanqué de chaque côté d'un étui à fusil, avec le fusil dedans. La selle était en cuir – mais un cuir qui ressemblait horriblement à... à de la peau d'homme blanc.

Le type qui était perché sur la moto aurait envoyé des catcheurs professionnels se réfugier dans les jupons de leur mère. Il portait un débardeur rouge, un jean noir et une veste en cuir noir, avec un couteau de chasse attaché à la cuisse. Il avait des lunettes de soleil panoramiques et l'expression la plus cruelle, la plus brutale que j'aie jamais vue – un beau visage, sans doute, mais tellement méchant, aux joues couvertes de balafres qui témoignaient de nombreuses bagarres. Pour compléter le tableau, des cheveux en brosse, noir de jais et gras. Le plus étrange, c'était que sa tête me disait quelque chose.

Il est entré dans le restaurant et un vent sec et brûlant a traversé la salle. Les clients se sont tous levés, comme hypnotisés, mais le motard a fait un geste dédaigneux de la main et tout le monde s'est rassis. Les conversations ont repris comme avant. La serveuse a cligné des yeux, comme si quelqu'un venait d'appuyer sur le bouton de rembobinage de son cerveau. Elle nous a demandé de nouveau :

– Et vous avez de quoi payer ?

– C'est moi qui régale, a dit le motard.

Sur ces mots, il s'est glissé dans notre box qui était bien trop petit pour lui, obligeant Annabeth à se pousser contre la fenêtre. Il a tourné la tête vers la serveuse qui le regardait bouche bée.

– Vous êtes encore là, vous ?

Il a pointé le doigt et elle s'est raidie. Comme un automate, elle a fait volte-face et a repris le chemin de la cuisine.

Le motard m'a regardé. Je ne voyais pas ses yeux derrière les lunettes rouges, mais des sentiments négatifs se sont mis à bouillonner en moi. De la colère, de l'amertume, du ressentiment. J'avais envie de taper contre un mur. J'avais envie de me disputer avec quelqu'un. Pour qui se prenait-il, ce type ?

Il m'a adressé un sourire mauvais.

– Alors comme ça, tu es le fils du vieux Goémon ?

J'aurais dû être surpris ou avoir peur, mais en fait j'éprouvais juste la même chose que lorsque je me trouvais en présence de mon beau-père Gaby : j'avais envie de lui défoncer le portrait.

– Qu'est-ce que ça peut vous faire ?

Annabeth m'a lancé un regard d'avertissement :

– Percy, c'est...

Le motard a levé la main.

– Pas grave, a-t-il dit. Je n'ai rien contre un peu d'arrogance. Du moment que tu n'oublies pas qui commande. Sais-tu qui je suis, mon petit cousin ?

Alors ça a fait tilt. J'ai compris pourquoi la tête de ce type me disait quelque chose. Il avait le même rictus méchant que certains pensionnaires de la Colonie des Sang-Mêlé, ceux du bungalow 5 pour être exact.

– Vous êtes le père de Clarisse, ai-je dit. Arès, dieu de la guerre.

Arès a souri et a retiré ses lunettes. À l'emplacement des yeux, il n'y avait que des flammes : des orbites vides illuminées par des explosions nucléaires en miniature.

– C'est cela même, tocard. J'ai appris que tu avais cassé la lance de Clarisse.

– Elle l'avait cherché.

– Très possible. Y a pas de problème. Je laisse mes gosses mener leurs combats tout seuls, tu sais ? Ce qui m'amène ici, c'est que j'ai appris que tu étais de passage. J'ai une petite proposition à te faire.

La serveuse est revenue avec un plateau croulant sous la nourriture : cheeseburgers, frites, rondelles d'oignon panées et milk-shakes au chocolat.

Arès lui a tendu quelques drachmes d'or.

Elle a regardé les pièces avec nervosité.

– Mais, a-t-elle bafouillé, ce... ce ne sont pas...

Arès a sorti son énorme couteau et il a entrepris de se curer les ongles avec la pointe de la lame.

– T'as un problème, ma choute ?

La serveuse a ravalé sa salive et elle est partie avec les pièces d'or.

– Vous ne pouvez pas faire ça, ai-je dit à Arès. Vous ne pouvez pas menacer les gens avec un couteau comme ça.

– Tu plaisantes ? a dit Arès en riant. J'adore ce pays. On n'a pas fait mieux depuis Sparte. T'es pas armé, tocard ? Tu devrais. Le monde est dangereux, tu sais. Ce qui m'amène à ma proposition. J'ai besoin que tu me rendes un service.

– Quel service puis-je bien rendre à un dieu ?

– Faire une chose que le dieu n'a pas le temps de faire lui-même. Ce n'est pas grand-chose. J'ai laissé mon bouclier dans un parc aquatique, ici à Denver. J'avais un... rendez-vous galant avec ma petite amie. Nous avons été interrompus. J'ai oublié mon bouclier. Je veux que tu ailles me le chercher.

– Pourquoi vous ne retournez pas le chercher vous-même ?

Le feu dans ses orbites a redoublé d'intensité.

– Pourquoi je ne te transforme pas en mulot et je ne t'écrase pas avec ma Harley ? Parce que je n'en ai pas envie, voilà. Un dieu te donne l'occasion de montrer ce que tu as dans le ventre, Percy Jackson. Veux-tu montrer que tu es un lâche ? (Il s'est penché en avant.) À moins que tu ne te battes que quand tu as un fleuve où plonger, pour que ton papa puisse te protéger.

J'avais envie de frapper ce type, mais en même temps je voyais bien qu'il n'attendait que ça. C'était le pouvoir d'Arès qui provoquait ma colère. Il aurait été ravi que je l'attaque. Je ne voulais pas lui donner cette satisfaction.

– Ça ne nous intéresse pas, ai-je répondu. Nous avons déjà une quête.

Les yeux de feu d'Arès se sont posés sur moi et m'ont donné à voir des choses que je ne voulais pas voir : du sang, de la fumée et des cadavres sur un champ de bataille.

– Je sais tout sur ta quête, tocard. Juste après le vol de cet *objet*, Zeus a dépêché ses meilleurs dieux pour le rechercher : Apollon, Athéna, Artémis et moi, bien sûr. Si je n'ai pas pu dénicher une arme aussi puissante... (Il a passé la langue sur les lèvres comme si la pensée de l'éclair primitif lui ouvrait l'appétit.) Enfin... si moi, je n'ai pas pu le retrouver, tu n'as aucun espoir. Mais j'essaie quand même de t'accorder le bénéfice du doute. Ton père et moi, c'est une vieille histoire. Après tout, je lui ai fait part de mes soupçons sur le vieux Sent-le-Cadavre.

– Vous lui avez dit qu'Hadès avait volé l'éclair ?

– Bien sûr. Faire porter le chapeau à quelqu'un d'autre pour déclencher une guerre, c'est une ruse vieille comme le monde. C'est celle que je préfère. Dans un sens, c'est à moi que tu dois ta petite quête.

– Merci, ai-je grommelé.

– Hé, je suis un type généreux. Accomplis ma petite tâche et je t'aiderai dans ton voyage. Je vous trouverai un moyen de rejoindre la côte ouest, tes copains et toi.

– On se débrouille très bien tout seuls.

– Ouais, c'est ça. Pas un sou. Pas de moyen de transport. Aucune idée des obstacles qui vous attendent. Rends-moi ce service et je te dirai peut-être quelque chose que tu as besoin de savoir. Concernant ta mère.

– Ma mère ?

Il a souri.

– Maintenant, ça t'intéresse. Le parc aquatique est à deux kilomètres d'ici, rue Delancy. Tu ne peux pas le rater. Cherche le « Tunnel de l'Amour ».

– Qu'est-ce qui a interrompu votre rendez-vous ? ai-je demandé. Quelque chose vous a fait peur ?

Arès a retroussé les lèvres, mais j'avais déjà vu cette

grimace menaçante chez Clarisse. Elle avait quelque chose de faux, presque comme s'il était inquiet.

– Tu as de la chance de m'avoir rencontré, moi et pas un des autres Olympiens, tocard. Ils ne sont pas aussi indulgents que moi envers l'impolitesse. Je te retrouverai ici quand tu auras fini. Ne me déçois pas.

Après, j'ai dû m'évanouir ou avoir un passage à vide, parce que quand j'ai rouvert les yeux, il n'y avait personne d'autre dans notre box. J'aurais cru que toute la conversation avait été un rêve si l'expression d'Annabeth et de Grover ne m'avait pas indiqué le contraire.

– Mauvais, a dit Grover. Arès est venu te chercher, Percy. C'est mauvais.

J'ai regardé par la fenêtre. La moto avait disparu.

Arès savait-il vraiment quelque chose sur maman, ou me faisait-il juste marcher ? Maintenant qu'il était parti, toute ma colère m'avait quitté. Je pressentais qu'Arès devait adorer jouer avec les émotions des gens. Là résidait son pouvoir : agiter si violemment les passions qu'elles vous aveuglent et vous empêchent de réfléchir clairement.

– C'est sans doute un stratagème, ai-je dit. Laissons tomber Arès. Continuons notre chemin.

– Impossible, a dit Annabeth. Écoute, je déteste Arès autant que tout le monde, mais tu ne peux pas ignorer un dieu à moins de vouloir vraiment t'attirer de gros ennuis. Il ne plaisantait pas quand il a parlé de te changer en rongeur.

J'ai regardé mon cheeseburger, qui m'a soudain paru beaucoup moins appétissant.

– Pourquoi a-t-il besoin de nous ?

– C'est peut-être un problème qui exige de la réflexion, a

suggéré Annabeth. Arès a de la force. C'est tout ce qu'il a. Même la force doit parfois s'incliner devant la sagesse.

– Mais ce parc aquatique... il avait l'air presque effrayé. Qu'est-ce qui pourrait faire fuir un dieu de la guerre de cette façon ?

Annabeth et Grover ont échangé des regards inquiets.

– Eh bien, nous allons devoir le découvrir, a dit Annabeth d'un ton grave.

Le soleil commençait à sombrer derrière les montagnes quand nous avons trouvé le parc aquatique. D'après l'enseigne, il s'était appelé autrefois AQUALAND, mais à présent plusieurs lettres étaient cassées, de sorte qu'il ne restait plus que AQ LA D.

Le portail principal était fermé par un cadenas et hérissé de barbelés. À l'intérieur, d'immenses toboggans, tubes et tuyaux dessinaient des courbes qui s'achevaient dans des bassins vides. De vieux tickets et prospectus voletaient sur l'asphalte. Le crépuscule donnait aux lieux un air triste et sinistre.

– Si Arès amène sa petite amie ici pour leurs rendez-vous galants, ai-je dit, je n'ose imaginer à quoi elle ressemble.

– Percy, m'a réprimandé Annabeth. Sois plus respectueux.

– Pourquoi ? Je croyais que tu détestais Arès.

– Il n'empêche que c'est un dieu. Et sa petite amie est très capricieuse.

– Tu n'as pas intérêt à critiquer son physique, a ajouté Grover.

– Qui est-ce ? Echidna ?

– Non, Aphrodite, a dit Grover, l'air un peu rêveur. La déesse de l'amour.

– Je croyais qu'elle était mariée à quelqu'un, ai-je dit. À Héphaïstos.

– Où veux-tu en venir ? a-t-il demandé.

– Oh. (J'ai soudain éprouvé le besoin de changer de sujet.) Alors comment allons-nous entrer ?

– *Maia !*

Des ailes ont poussé sur les chaussures de Grover. Il s'est envolé au-dessus de la clôture, a fait une culbute involontaire en l'air, puis s'est posé cahin-caha de l'autre côté. Il a épousseté son jean comme s'il avait calculé toute l'opération et nous a lancé :

– Alors, vous venez ?

Annabeth et moi, nous avons dû escalader à l'ancienne mode, chacun de nous deux aplatissant le barbelé pour permettre à l'autre de franchir le sommet du mur.

Les ombres s'allongeaient dans le parc. Nous avons commencé à faire le tour des attractions : il y avait « L'Île de Mord-Chevilles », « Cul Par-dessus Tête » et « Mec, il est où mon Maillot ? »

Aucun monstre n'est venu nous attaquer. Rien ne faisait le moindre bruit.

Nous avons trouvé un magasin de souvenirs qui était resté ouvert. Les étagères étaient encore chargées d'articles divers : boules à neige, crayons, cartes postales et portants pleins de...

– Des vêtements, s'est écriée Annabeth. Des vêtements propres.

– Ouais, ai-je dit. Mais tu ne peux pas...

– Je vais me gêner.

Elle a attrapé une rangée entière de vêtements sur un portant et elle a disparu dans une cabine d'essayage. Quelques minutes plus tard, elle est ressortie habillée d'un short à fleurs Aqualand, d'un grand tee-shirt Aqualand rouge et de chaussures de surf Aqualand. Elle portait un sac à dos Aqualand en bandoulière, et il était visiblement bourré d'autres trouvailles.

– Oh, et puis pourquoi pas ? s'est exclamé Grover en haussant les épaules.

Peu après, nous étions tous les trois harnachés comme des publicités ambulantes pour le parc d'attractions désaffecté.

Nous sommes repartis à la recherche du « Tunnel de l'Amour ». J'avais l'étrange impression que le parc entier retenait son souffle.

– Alors, ai-je dit pour me distraire les idées de l'obscurité croissante, il y a quelque chose entre Arès et Aphrodite ?

– C'est de l'histoire ancienne, Percy, a dit Annabeth. Des ragots qui courent depuis trois mille ans.

– Et le mari d'Aphrodite ?

– Ben, tu sais... Héphaïstos. Le forgeron. Il a été estropié bébé, quand Zeus l'a jeté du haut du mont Olympe. Donc il n'est pas vraiment beau. Habile de ses mains, tout ça, mais tu sais, Aphrodite, le talent et l'intelligence, ce n'est pas spécialement son truc.

– Elle aime les motards.

– Si tu veux.

– Héphaïstos est au courant ?

– Bien sûr, a dit Annabeth. Il les a attrapés en flagrant délit une fois. Je veux dire, attrapés littéralement, capturés dans un filet d'or. Et il a invité tous les autres dieux à venir se moquer d'eux. Héphaïstos essaie toujours de les ridiculiser. C'est pour cela qu'ils se donnent rendez-vous dans des lieux isolés, comme...

Elle s'est arrêtée et elle a regardé droit devant elle.

– Comme ici.

Devant nous se trouvait un bassin vide qui aurait été formidable pour faire du skate-board. Il faisait au moins cinquante mètres de diamètre et il avait la forme d'un bol.

Sur tout le pourtour, une douzaine de statues de Cupidon en bronze montaient la garde, les ailes déployées, l'arc tendu. En face de nous, du côté le plus éloigné du bassin, s'ouvrait un tunnel par où l'eau devait s'engouffrer, ai-je supposé, quand le bassin était plein. Le panneau accroché au-dessus annonçait : PARCOURS DU GRAND FRISSON – ICI, C'EST PAS LE TUNNEL DE L'AMOUR POUR MAMIES !

Grover s'est approché du bord à petits pas.

– Venez voir, les mecs.

Au fond du bassin gîtait un bateau rose et blanc à deux places entièrement peint de petits cœurs et surmonté d'un dais. Sur le siège de gauche reposait le bouclier d'Arès, cercle de bronze poli qui luisait dans les dernières lueurs du jour.

– Ça paraît trop facile, ai-je dit. Il suffit de descendre et d'aller le chercher ?

Annabeth a passé la main sur le socle de la statue de Cupidon la plus proche.

– Il y a une lettre grecque gravée ici, a-t-elle dit. Un êta. Je me demande...

– Grover, ai-je dit, est-ce que tu sens des monstres ?

Grover a humé l'air.

– Rien.

– Rien genre « on est dans l'Arche et tu ne sens pas l'odeur d'Echidna », ou vraiment rien ?

Grover a eu l'air vexé.

– Je te l'avais dit, c'était en sous-sol.

– OK, excuse-moi. (J'ai respiré à fond.) J'y vais, je descends.

– Je viens avec toi. (Grover ne paraissait pas très enthousiaste, mais j'ai eu l'impression qu'il essayait de rattraper le coup après ce qui s'était passé à Saint Louis.)

– Non, ai-je répondu. Je veux que tu restes en haut, avec les baskets volantes. Tu es le Baron Rouge, tu te rappelles ? Je compterai sur toi en renfort si jamais ça tournait mal.

Grover a légèrement bombé le torse.

– Bien sûr. Mais pourquoi veux-tu que ça tourne mal ?

– Je ne sais pas. Juste un pressentiment. Annabeth, tu viens avec moi...

– Tu rigoles ?

Elle m'a regardé comme si je tombais de la lune. Elle avait les joues écarlates.

– C'est quoi, le problème ? lui ai-je demandé.

– Tu veux que moi, je t'accompagne au... au « Parcours du Grand Frisson » ? Tu crois pas que c'est hyper-gênant ? Et si quelqu'un me voyait ?

– Qui va te voir ? (Seulement j'avais le visage en feu, moi aussi, maintenant. On peut toujours compter sur les filles pour compliquer les choses.) Très bien, ai-je ajouté. Je me débrouillerai tout seul.

Mais quand je suis descendu dans le bassin, elle m'a suivi en grommelant que les garçons avaient toujours des idées débiles.

Nous sommes arrivés au bateau. Le bouclier était appuyé

contre un siège ; il y avait un foulard de femme en soie juste à côté. J'ai essayé d'imaginer Arès et Aphrodite ici, un couple de dieux se retrouvant dans un parc d'attractions désaffecté. Pourquoi ? J'ai alors remarqué quelque chose que je n'avais pas vu d'en haut : tout le pourtour du bassin était tapissé de miroirs qui reflétaient l'intérieur du bateau. Quelle que soit la direction où nous regardions, nous pouvions nous voir. Ce devait être ça, la raison. Tout en se faisant des câlins, Aphrodite et Arès pouvaient regarder leurs personnes préférées, à savoir eux-mêmes.

J'ai ramassé le foulard. Il était d'un rose chatoyant et dégageait un parfum indescriptible : la rose ou le laurier sauvage. Une senteur exquise. J'ai souri, un peu rêveur, et je m'apprêtais à frotter le foulard contre ma joue quand Annabeth me l'a arraché des mains en disant :

– Oh non ! Ne joue pas avec cette magie d'amour.

– Quoi ?

– Contente-toi de prendre le bouclier, Cervelle d'Algues, et allons-nous-en.

À peine eus-je touché le bouclier que j'ai compris qu'il y avait anguille sous roche. Ma main a traversé quelque chose qui le rattachait au tableau de bord. J'ai d'abord cru qu'il s'agissait d'une toile d'araignée, mais en examinant de plus près un filament resté dans la paume de ma main, j'ai vu que c'était une sorte de fil métallique, si fin qu'il en était presque invisible. Un fil de détente.

– Attends, a dit Annabeth.

– Trop tard.

– Il y a une autre lettre grecque sur le côté du bateau, un autre êta. C'est un piège.

Un vacarme assourdissant a éclaté, celui de millions de rouages se mettant en marche tout autour de nous, comme si le bassin entier se transformait en machine géante.

– Attention ! a hurlé Grover.

En haut, sur le pourtour, les statues de Cupidon armaient leurs arcs. Avant que j'aie le temps de proposer un repli stratégique, ils ont lancé leurs flèches, mais pas vers nous. Ils se visaient l'un l'autre, par-dessus le bassin. Des câbles soyeux, portés par les flèches, traversaient le bassin et s'attachaient de l'autre côté pour former une sorte d'astérisque doré géant. Ensuite, des fils métalliques plus petits ont commencé à se tendre par magie entre les grands pour tisser un filet.

– Il faut qu'on s'en aille, ai-je dit.

– Nan, tu crois ? a répliqué Annabeth.

J'ai attrapé le bouclier et nous nous sommes élancés en courant, mais il était beaucoup moins facile de remonter la pente du bassin que de la descendre.

– Dépêchez-vous ! a crié Grover.

Il essayait de maintenir une ouverture pour nous dans le filet, mais partout où il le touchait, les fils dorés s'enroulaient autour de ses mains.

Les crânes des Cupidons se sont ouverts. Des caméras vidéo en sont sorties. Des projecteurs ont poussé tout autour du bassin, nous aveuglant de leurs faisceaux, et une voix tonitruante a jailli d'un haut-parleur : « Diffusion en direct à l'Olympe dans une minute... cinquante-neuf secondes, cinquante-huit... »

– Héphaïstos ! a crié Annabeth. Je suis trop bête ! Êta, c'est H. Il a créé ce piège pour prendre sa femme en flagrant délit avec Arès. Et maintenant on va être diffusés en direct à l'Olympe et on va avoir l'air de vrais bouffons !

Nous avions presque atteint le bord lorsque les miroirs se sont ouverts comme des écoutilles et que des milliers de minuscules... choses métalliques ont déferlé.

Annabeth a hurlé.

C'était une armée de bestioles mécaniques : des corps de bronze, des pattes frêles, de petites gueules crochues, qui fonçaient sur nous comme une vague de métal cliquetant.

– Des araignées ! a dit Annabeth. Des a-aaahhhhh !

Je ne l'avais jamais vue dans cet état. Prise de terreur, elle est tombée à la renverse et se serait presque laissé terrasser par les robots-araignées si je ne l'avais pas forcée à se relever et tirée vers le bateau.

Les créatures mécaniques sortaient du pourtour par millions, à présent ; elles convergeaient vers le centre du bassin et nous encerclaient. Je me suis dit qu'elles n'étaient sans doute pas programmées pour tuer, juste pour nous cerner, nous mordre et nous tourner en ridicule. Cela étant, c'était un piège conçu pour des dieux. Et nous n'étions pas des dieux.

Annabeth et moi sommes remontés dans le bateau. Je me suis mis à repousser à coups de pied les araignées qui se hissaient à bord par vagues grouillantes. J'ai crié à Annabeth de m'aider, mais elle était trop paralysée pour faire autre chose que hurler.

– Trente... vingt-neuf..., a annoncé le haut-parleur.

Les araignées crachaient maintenant des fils de métal avec lesquels elles essayaient de nous ligoter. Au début, ils étaient faciles à casser, mais ils se multipliaient et de nouvelles araignées affluaient sans cesse. J'en ai envoyé valdinguer une qui rampait sur la jambe d'Annabeth et sa pince a arraché un bout de ma chaussure de surf neuve.

Grover faisait du sur-place au-dessus du bassin avec ses baskets volantes en s'efforçant de déchirer le filet, mais celui-ci ne cédait pas d'une maille.

Réfléchis, me suis-je dit. *Réfléchis.*

L'entrée du tunnel de l'amour se trouvait sous le filet. Nous pouvions l'utiliser comme voie d'issue, sauf qu'elle était barrée par un million de robots-araignées.

– Quinze, quatorze, décomptait le haut-parleur.

L'eau, ai-je pensé. *Par où arrive l'eau du circuit ?*

C'est alors que je les ai aperçues : d'énormes conduites d'eau derrière les miroirs, là d'où avaient déferlé les araignées. Et en haut, au-dessus du filet, à côté d'un des Cupidons, il y avait une cabine vitrée qui devait être le poste des commandes.

– Grover ! ai-je hurlé. Rentre dans la cabine et cherche l'interrupteur !

– Mais...

– Fais-le !

C'était un espoir fou, mais c'était notre seule chance. Les araignées recouvraient entièrement la proue du bateau, à présent. Annabeth hurlait comme une possédée. Je devais trouver un moyen de nous tirer de là.

Grover était entré dans la cabine vitrée et actionnait fébrilement les interrupteurs l'un après l'autre.

– Cinq, quatre...

Grover m'a lancé un regard désespéré en levant les deux

mains. Il me faisait comprendre qu'il avait appuyé sur tous les boutons, sans résultat.

J'ai fermé les yeux et pensé à des vagues, des eaux tumultueuses, aux flots du Mississippi. J'ai senti une tension familière au creux de mon ventre. J'ai essayé d'imaginer que j'attirais l'océan jusqu'ici, à Denver.

– Deux, un, *zéro* !

L'eau a jailli des conduites avec la force d'une explosion. Elle a déferlé dans le bassin en grondant et balayé les araignées. J'ai poussé Annabeth dans le siège voisin du mien et lui ai attaché sa ceinture de sécurité juste avant que le raz-de-marée percute notre esquif. La vague géante est passée par-dessus bord, a emporté les araignées dans son sillage et nous a trempés de la tête aux pieds, mais nous n'avons pas chaviré. Soulevé par le flot, le bateau a tourné et s'est mis à décrire des cercles rapides sur le tourbillon.

L'eau grouillait d'araignées mécaniques qui se court-circuitaient, et certaines heurtaient les parois bétonnées du bassin si fort qu'elles explosaient sous l'impact.

Les projecteurs étaient braqués sur nous. Les Cupid-cams tournaient et nous diffusaient en direct à l'Olympe.

Peu importe – pour l'instant, je ne pouvais me concentrer que sur le bateau. Je lui ai ordonné mentalement de suivre le courant, de ne pas se rapprocher du bord. Peut-être que je me faisais des idées, mais j'ai eu l'impression qu'il m'obéissait. En tout cas, nous ne nous sommes pas brisés en mille morceaux contre la paroi du bassin. Nous avons décrit un dernier cercle sur le tourbillon qui était assez haut, à présent, pour nous déchiqueter contre le filet de métal. Puis l'avant du bateau a piqué vers le tunnel et nous nous sommes engouffrés dans le noir

Annabeth et moi, nous nous sommes cramponnés en hurlant pendant que le bateau prenait des virages en tête d'épingle, se couchait dans les courbes et piquait à quarante-cinq degrés, longeant des portraits de Roméo et Juliette et autres amoureux célèbres.

Et nous avons été propulsés hors du tunnel. L'air nocturne sifflait à nos oreilles tandis que le bateau fonçait droit vers la sortie.

Si le circuit avait fonctionné normalement, nous aurions franchi le Portail de l'Amour en glissant par un toboggan et fini tranquillement dans le bassin de sortie. Mais il y avait un petit problème. Le Portail de l'Amour était fermé par une chaîne. Deux bateaux qui avaient été emportés dans le tunnel avant nous s'étaient écrasés contre les panneaux, l'un à moitié enfoncé, l'autre cassé en deux.

– Détache ta ceinture, ai-je hurlé à Annabeth.

– Tu es fou ?

– Sauf si tu veux mourir écrabouillée. (J'ai passé le bouclier d'Arès à mon bras.) Nous allons devoir sauter.

Mon idée était simple et folle. Quand le bateau heurterait le portail, nous utiliserions la force de l'impact comme tremplin pour sauter par-dessus. J'avais entendu des histoires de gens qui avaient survécu à des accidents de voiture d'une façon similaire, en étant propulsés à dix ou quinze mètres. Avec un peu de chance, nous retomberions dans le bassin.

Annabeth a eu l'air de comprendre. Elle m'a agrippé par la main pendant que nous nous rapprochions du portail.

– À mon signal, ai-je dit.

– Non ! À mon signal !

– Quoi ?

– Simple question de physique ! a-t-elle hurlé. La force par l'angle de trajectoire...

– OK ! À ton signal !

Elle a hésité, hésité... puis crié :

– Maintenant !

Crac !

Annabeth avait raison. Si nous avions sauté au moment où je pensais, nous nous serions écrasés contre le portail. Là, nous avons récupéré le maximum de propulsion.

Malheureusement, c'était un peu plus que nécessaire. Notre bateau s'est écrasé contre les épaves entassées et nous avons été projetés en l'air, par-dessus le portail, par-dessus le bassin, en un arc qui piquait inexorablement vers l'asphalte dur.

J'ai senti quelque chose m'attraper par-derrière.

– Aïe ! a crié Annabeth.

Grover !

En vol, il nous avait saisis tous les deux, moi par mon tee-shirt et Annabeth par le bras, et il essayait de nous retenir dans notre atterrissage forcé, mais Annabeth et moi avions tout l'élan.

– Vous êtes trop lourds ! s'est écrié Grover. On tombe !

Nous piquions en vrille vers le sol, freinés par Grover qui faisait tout son possible pour ralentir la chute.

Nous nous sommes écrasés sur un panneau-photo, le genre où les touristes glissent le visage par un trou pour faire semblant d'être Noo-Noo la gentille baleine. Grover s'est encastré pile dans le trou tandis qu'Annabeth et moi roulions par terre, secoués mais vivants. J'avais encore le bouclier d'Arès au bras.

Après avoir repris notre souffle, Annabeth et moi avons extirpé Grover du panneau et l'avons remercié de nous avoir sauvé la vie. J'ai tourné la tête et regardé vers le Parcours du Grand Frisson. L'eau se retirait. Notre bateau s'était fracassé contre le portail.

À cent mètres de là, à l'entrée du bassin, les Cupidons filmaient toujours. Les statues avaient pivoté sur elles-mêmes de façon à braquer les caméras sur nous, et les projecteurs nous aveuglaient de nouveau.

– Le spectacle est fini ! ai-je hurlé. Merci ! Bonsoir !

Les Cupidons ont repris leur position de départ. Les projos se sont éteints. Le silence et l'obscurité sont retombés sur le parc, interrompus seulement par le filet d'eau qui s'écoulait dans le bassin de sortie du Parcours du Grand Frisson. Je me suis demandé si l'Olympe faisait une coupure publicités et comment était notre Audimat.

J'avais horreur qu'on se paie ma tête. J'avais horreur qu'on me mène en bateau. Et j'avais une longue expérience des petites brutes qui aimaient me faire subir ce genre de traitements. J'ai remonté le bouclier sur mon bras et je me suis tourné vers mes amis :

– Il faut qu'on aille dire deux mots à Arès.

16 NOUS PRENONS UN ZÈBRE POUR LAS VEGAS

Le dieu de la guerre nous attendait dans le parking du restaurant.

– Bien, bien, bien, a-t-il dit. Vous ne vous êtes pas fait tuer.

– Vous saviez que c'était un piège, ai-je dit.

Arès m'a décoché un vilain sourire.

– Je parie que cet estropié de forgeron a dû être drôlement surpris de capturer deux stupides ados. Vous passez bien, à la télé.

– Vous êtes dégueulasse, ai-je rétorqué en lui balançant son bouclier.

Annabeth et Grover ont retenu leur souffle.

Arès a attrapé le bouclier et l'a fait tourner en l'air comme un disque de pâte à pizza. Il a changé de forme et s'est remodelé en gilet pare-balles, qu'Arès a enfilé.

– Tu vois ce camion là-bas ? (Il a pointé du doigt vers un immense semi-remorque garé sur le bas-côté, de l'autre côté de la route.) Voilà votre carrosse. Il vous emmènera direct à Los Angeles, avec un arrêt à Las Vegas.

Le semi-remorque avait une annonce à l'arrière, que j'ai pu lire seulement parce qu'elle était peinte en blanc sur noir, une combinaison inversée qui était bonne pour la dyslexie :

INTERNATIONALE DU CŒUR : TRANSPORTS HUMAINS POUR ZOOS. ATTENTION : ANIMAUX SAUVAGES VIVANTS.

– Vous plaisantez, ai-je dit.

Arès a claqué des doigts. La porte arrière du camion s'est ouverte.

– Transport gratuit pour la côte ouest, tocard. Arrête de te plaindre. Et voilà un petit quelque chose pour avoir fait le boulot.

Il a retiré un sac à dos en nylon qui pendait à son guidon et me l'a lancé.

À l'intérieur il y avait des vêtements propres pour nous tous, vingt dollars en liquide, une bourse contenant des drachmes d'or et un paquet de biscuits fourrés chocolat-vanille.

– Je ne veux pas de vos sales..., ai-je commencé.

– Merci, seigneur Arès, a interrompu Grover, en me gratifiant de son regard « alerte rouge » le plus éloquent. Merci beaucoup.

J'ai serré les dents. C'était sans doute une insulte mortelle de refuser un cadeau d'un dieu, mais je ne voulais rien recevoir qui soit passé entre les mains d'Arès. À contrecœur, j'ai passé le sac à dos à mon épaule. Je savais que ma colère était éveillée par la présence du dieu de la guerre, mais il n'empêche que ça me démangeait de lui envoyer mon poing sur le nez. Il me rappelait toutes les brutes épaisses que j'avais croisées dans ma vie : Nancy Bobofit, Clarisse, Gaby Pue-Grave, les professeurs méprisants – tous les abrutis qui me traitaient d'idiot à l'école ou qui se moquaient de moi quand je me faisais mettre à la porte.

J'ai reporté le regard sur le restaurant, où il n'y avait plus que deux clients. La serveuse qui s'était occupée de notre table regardait par la fenêtre d'un air inquiet, comme si elle craignait qu'Arès nous fasse du mal. Elle est allée chercher le cuisinier. Elle lui a glissé quelques mots à l'oreille. Il a hoché la tête, sorti un petit appareil photo jetable et pris une photo de nous.

Super, ai-je pensé. *Nous allons encore faire la une des journaux demain.*

Je voyais d'ici la manchette : UN BANDIT DE DOUZE ANS MOLESTE UN MOTARD SANS DÉFENSE.

– Vous me devez encore quelque chose, ai-je dit à Arès en essayant de contrôler ma voix. Vous m'avez promis des informations sur ma mère.

– Tu es sûr que tu peux encaisser la nouvelle ? (Il a démarré sa moto au pied.) Elle n'est pas morte.

J'ai eu l'impression que le sol se dérobait sous mes pieds.

– Que voulez-vous dire ?

– Je veux dire qu'elle a été retirée au Minotaure avant qu'il ait pu la tuer. Elle a été changée en pluie d'or, d'accord ? C'est une métamorphose, pas une mort. Elle est retenue prisonnière.

– Prisonnière. Pourquoi ?

– Il faut que tu étudies l'art de la guerre, tocard. Les otages, ça ne te dit rien ? Tu enlèves une personne pour faire pression sur une autre.

– Personne ne fait pression sur moi.

Arès a éclaté de rire.

– Ah ouais ? À la prochaine, fiston.

J'ai serré les poings :

– Vous êtes bien suffisant, seigneur Arès, pour un gars que des statues de Cupidon font fuir.

Derrière ses lunettes de soleil, des flammes ont crépité. J'ai senti un souffle brûlant passer sur mes cheveux.

– Nous nous reverrons, Percy Jackson. À ton prochain combat, surveille tes arrières.

Il a accéléré à fond et s'est éloigné en vrombissant dans la rue Delancy.

– Ce n'était pas malin, ça, Percy, m'a dit Annabeth.

– Je m'en fiche.

– Tu ne veux pas d'un dieu pour ennemi. Surtout pas ce dieu-là.

– Hé les gars, a dit Grover. Désolé de vous interrompre, mais...

Il a pointé du doigt vers le restaurant. Les deux derniers clients réglaient leur addition, deux types en combinaisons de travail noires identiques, avec un logo blanc sur le dos qui reproduisait celui du camion : INTERNATIONALE DU CŒUR.

– Si on veut prendre le zoo express, a dit Grover, il faudrait se dépêcher.

L'idée ne me séduisait pas, mais nous n'avions pas de meilleure option. Et puis, je commençais à en avoir ma claque de Denver.

Nous avons traversé la route en vitesse et grimpé à l'arrière du grand semi-remorque en refermant les portières derrière nous.

La première chose qui m'a frappé, ce fut l'odeur. On se serait cru dans une litière pour chats géante.

Comme il faisait sombre dans la remorque, j'ai décapuchonné

Anaklusmos. La lame a jeté une faible lumière de bronze sur un très triste tableau. Dans des cages crasseuses alignées l'une à côté de l'autre étaient assis les trois animaux de zoo les plus pitoyables que j'aie jamais vus : un zèbre, un lion albinos mâle et une espèce d'antilope bizarre dont j'ignorais le nom.

Quelqu'un avait jeté un sac de navets dans la cage du lion, qu'il n'avait manifestement pas l'intention de manger. Le zèbre et l'antilope avaient eu droit chacun à une barquette de viande hachée. La crinière du zèbre était pleine de nœuds de chewing-gum collé, comme si quelqu'un s'était amusé à cracher dessus à ses moments perdus. L'antilope avait un ridicule ballon d'anniversaire argenté attaché à une de ses cornes par une ficelle, avec l'inscription : « PAS NÉ D'HIER ! »

Visiblement, personne n'avait eu envie de s'approcher suffisamment du lion pour l'embêter, mais la pauvre bête tournait en rond sur des couvertures sales, dans un espace beaucoup trop petit, et haletait dans la chaleur étouffante de la remorque. Des mouches s'agglutinaient autour de ses yeux rouges et on voyait ses côtes poindre sous sa fourrure blanche.

– Ça, c'est du cœur ? a hurlé Grover. Des transports humains ?

Il serait sans doute ressorti directement rouer les camionneurs de coups de flûte de Pan et je lui aurais prêté main-forte, mais à ce moment-là le moteur du camion a grondé, la remorque s'est mise à trembler et nous avons été obligés de nous asseoir pour ne pas tomber.

Nous nous sommes recroquevillés dans un coin sur des sacs de toile moisis en essayant d'ignorer l'odeur, la chaleur et les mouches. Grover a parlé aux animaux en bêlant, mais ils se sont contentés de le regarder tristement. Annabeth était partisane de casser les cages et de les libérer sur-le-champ, mais je lui ai fait remarquer que ça ne servirait pas à grand-chose tant que le camion ne serait pas arrêté. Par ailleurs, j'avais l'impression que le lion risquait de nous trouver bien plus appétissants que ses navets.

J'ai trouvé un jerrycan d'eau et j'ai rempli leurs bols, puis je me suis servi d'Anaklusmos pour sortir des cages la nourriture mal répartie. J'ai donné la viande au lion et les navets au zèbre et à l'antilope.

Grover a tranquillisé l'antilope pendant qu'Annabeth coupait le ballon de sa corne avec son couteau. Elle avait envie d'enlever les nœuds de chewing-gum de la crinière du zèbre, également, mais nous avons estimé que c'était trop risqué, avec les cahots. Nous avons demandé à Grover de promettre aux animaux que nous les aiderions davantage le lendemain matin, puis nous nous sommes installés pour la nuit.

Grover s'est roulé en boule sur un sac de navets ; Annabeth a ouvert notre paquet de biscuits et s'est mise à en grignoter un sans conviction ; j'ai essayé de me remonter le moral en me disant que nous étions à mi-chemin de Los Angeles. À mi-chemin de notre destination. On n'était que le 14 juin. Le solstice était seulement le 21 juin. Nous avions largement le temps d'arriver.

D'un autre côté, je ne savais pas du tout à quoi m'attendre. Les dieux n'arrêtaient pas de jouer avec moi. Au moins Héphaïstos avait-il fait preuve de franchise : il avait installé des caméras et m'avait annoncé comme divertissement. Mais même quand les caméras ne tournaient pas, j'avais l'impression que ma quête était surveillée. J'étais une source d'amusement pour les dieux.

– Hé, Percy, a dit Annabeth, je suis désolée d'avoir paniqué au parc aquatique.

– C'est pas grave.

– C'est juste que... (Elle a frissonné.) Les araignées.

– À cause d'Arachné, ai-je deviné. Elle s'est retrouvée changée en araignée pour avoir défié ta mère lors d'un concours de tissage, c'est bien ça ?

Annabeth a hoché la tête.

– Et depuis, a-t-elle dit, les enfants d'Arachné se vengent sur les enfants d'Athéna. S'il y a une araignée dans un rayon d'un kilomètre, tu peux être sûr qu'elle va me trouver. Je déteste ces sales bestioles. En tout cas, je te dois une fière chandelle.

– Nous sommes une équipe, tu te souviens ? ai-je dit. De toute façon, c'est Grover qui a fait le numéro de haut vol.

Je croyais qu'il dormait, mais il a grommelé depuis le coin de la remorque :

– J'ai assuré comme une bête, hein ?

Nous avons éclaté de rire, Annabeth et moi.

Elle a séparé un biscuit fourré en deux et m'a tendu une des moitiés.

– Dans le Iris-mail... Luke n'a vraiment rien dit ?

Je me suis mis à grignoter mon biscuit en réfléchissant à ce que j'allais répondre. La conversation *via* l'arc-en-ciel m'avait tracassé toute la soirée.

– Luke a dit que vous étiez de vieilles connaissances, tous les deux. Il a aussi dit que Grover n'échouerait pas, cette fois. Que personne ne se transformerait en pin.

Dans la faible lumière de la lame de bronze, il m'était difficile d'interpréter leurs expressions.

Grover a laissé échapper un bêlement morose.

– J'aurais dû te dire la vérité depuis le début. (Sa voix tremblait.) Je pensais que si tu savais quel raté je suis, tu ne voudrais pas que je t'accompagne.

– Tu es le satyre qui a essayé de sauver Thalia, la fille de Zeus.

Il a hoché tristement la tête.

– Et les deux autres sang-mêlé avec qui Thalia était devenue amie, ceux qui sont arrivés sains et saufs à la colonie... (Je me suis tourné vers Annabeth.) C'étaient Luke et toi, n'est-ce pas ?

Elle a posé son biscuit, sans y avoir touché.

– Comme tu le disais, Percy, une sang-mêlé de sept ans ne serait pas allée très loin toute seule. Athéna m'a guidée vers leur aide. Thalia avait douze ans. Luke en avait quatorze. Ils s'étaient tous les deux sauvés de chez eux, comme moi. Ils ont été heureux de me prendre avec eux. C'étaient... c'étaient des combattants de monstres incroyables, même sans entraînement. Nous avons quitté la Virginie et pris la direction du nord, sans vraiment avoir de plan. Nous avons repoussé des monstres pendant environ quinze jours avant que Grover nous trouve.

– J'étais censé escorter Thalia jusqu'à la colonie, a dit Grover en reniflant. J'avais reçu des ordres stricts de Chiron : ne fais rien qui ralentirait le sauvetage. Tu comprends, nous savions qu'Hadès était aux trousses de Thalia, mais je ne pouvais pas abandonner Luke et Annabeth. J'ai cru... j'ai cru que je pourrais les ramener à bon port tous les trois. C'est ma faute si les Bienveillantes nous ont rattrapés. Ça m'a paralysé. J'ai eu peur sur le chemin du retour et j'ai pris quelques mauvais tournants. Si seulement j'avais été un peu plus rapide...

– Arrête, a dit Annabeth. Personne ne te reproche rien. Thalia non plus ne t'a rien reproché.

– Elle s'est sacrifiée pour nous sauver, a-t-il dit d'un ton malheureux. C'est ma faute si elle est morte. C'est ce qu'a dit le Conseil des Sabots Fendus.

– Parce que tu n'as pas voulu abandonner deux autres sang-mêlé ? ai-je demandé. C'est injuste !

– Percy a raison, a dit Annabeth. Je ne serais pas ici sans toi, Grover. Et Luke non plus. Le Conseil peut dire ce qu'il veut, nous, on n'en a rien à faire.

Grover reniflait toujours dans la pénombre.

– C'est bien ma chance. Je suis le satyre le plus foireux de tous les temps et je trouve les deux sang-mêlé les plus puissants du siècle, Thalia et Percy.

– Tu n'as rien de foireux, Grover, a insisté Annabeth. Tu es plus courageux que tous les autres satyres que j'aie jamais rencontrés. Cite-m'en un autre qui oserait aller aux Enfers. Je te parie que Percy est drôlement content que tu sois là maintenant.

Discrètement, elle m'a donné un coup de pied dans le tibia.

– Ouais, ai-je acquiescé, ce que j'aurais fait de toute façon, même sans le coup de pied. Ce n'est pas par hasard que tu nous as trouvés Thalia et moi, Grover. Tu as le plus grand cœur qu'aucun satyre ait jamais eu. Tu es un chercheur-né. C'est pour cela que tu es celui qui retrouvera Pan.

J'ai entendu un profond soupir de satisfaction. J'ai attendu que Grover dise quelque chose, mais sa respiration n'a fait que s'accentuer. Lorsque le bruit est devenu un ronflement, j'ai réalisé qu'il s'était endormi.

– Mais comment fait-il ? me suis-je exclamé avec étonnement.

– Je ne sais pas, a répondu Annabeth. Mais c'était vraiment sympa, ce que tu lui as dit.

– J'étais sincère.

Nous avons parcouru quelques kilomètres en silence, secoués sur les sacs de toile. Le zèbre a grignoté un navet. Le lion a essuyé la dernière miette de viande hachée de ses babines d'un coup de langue et m'a regardé avec espoir.

Annabeth frottait son collier comme si elle était en train d'échafauder de grandes stratégies complexes.

– Cette perle avec le pin, ai-je demandé. C'est celle de ta première année ?

Elle l'a regardée. Elle ne s'était pas rendu compte de son geste.

– Oui, a-t-elle dit. Tous les ans au mois d'août, les conseillers choisissent l'événement le plus important de l'été et ils le peignent sur la perle de l'année. J'ai le pin de Thalia, une trière grecque en flammes, un centaure en robe de bal – ça, crois-moi, c'était un drôle d'été...

– Et la chevalière de Harvard, c'est celle de ton père ?

– Ça ne te re... (Elle s'est interrompue.) Ouais. Ouais, c'est la sienne.

– Tu n'es pas obligée de m'en parler.

– Non, ça va. (Elle a poussé un soupir hésitant.) Mon père me l'a envoyée dans une lettre, l'avant-dernier été. La chevalière c'était, disons, son principal souvenir d'Athéna. Sans son aide, il n'aurait jamais pu finir son doctorat à Harvard... C'est une longue histoire. Toujours est-il qu'il m'a dit qu'il aimerait me la donner. Il s'est excusé de s'être comporté comme un crétin, il m'a dit qu'il m'aimait et que je lui manquais. Il voulait que je rentre vivre à la maison avec lui.

– Ça ne me paraît pas si mal.

– Ouais... ben le problème, c'est que je l'ai cru. J'ai essayé de rentrer à la maison pour l'année scolaire, mais ma belle-mère n'avait pas changé d'un poil. Elle ne voulait pas que ses enfants se retrouvent en danger en habitant avec une anormale. Des monstres attaquaient, on se disputait. D'autres monstres attaquaient, on se disputait encore. Je n'ai même pas tenu jusqu'aux vacances de Noël. J'ai appelé Chiron et je suis rentrée direct à la Colonie des Sang-Mêlé.

– Tu crois que tu réessayeras de vivre avec ton père, un jour ?

Annabeth évitait mon regard.

– Je t'en prie. Je ne suis pas maso.

– Tu ne devrais pas renoncer, lui ai-je dit. Tu devrais lui écrire une lettre, par exemple.

– Merci du conseil, a-t-elle dit froidement. Mais mon père a choisi avec qui il veut vivre.

Nous avons passé quelques kilomètres de plus en silence.

– Alors si les dieux se battent, est-ce que les choses vont s'organiser comme au moment de la guerre de Troie ? Est-ce que ce sera Athéna contre Poséidon ?

Annabeth a appuyé la tête sur le sac à dos que nous avait donné Arès et fermé les yeux.

– Je ne sais pas ce que maman fera, a-t-elle répondu. Tout ce que je sais, c'est que je me battrai à tes côtés.

– Pourquoi ?

– Parce que tu es mon ami, Cervelle d'Algues. Tu as d'autres questions idiotes ?

Je ne savais pas quoi répondre à cela. Heureusement, je n'ai pas eu à le faire : Annabeth s'était endormie.

J'ai eu du mal à suivre son exemple, entre Grover qui ronflait et le lion albinos qui me regardait d'un œil affamé, mais j'ai fini par fermer les yeux.

Mon cauchemar a commencé comme un rêve que j'avais déjà fait des millions de fois : on m'obligeait à passer un examen scolaire avec une camisole de force. Tous les autres élèves partaient en récréation, et le professeur n'arrêtait pas de me dire : *Voyons, Percy, vous n'êtes pas stupide, quand même ? Prenez votre stylo.*

À ce moment-là, le rêve a pris une tournure différente.

J'ai regardé vers le bureau d'à côté et vu qu'une fille y était assise, elle aussi en camisole de force. Elle avait mon âge, des cheveux noirs en bataille, coiffés un peu à la punk, des yeux vert tempête soulignés d'un trait d'eye-liner et des taches de rousseur sur le nez. D'une façon ou d'une autre, je savais qui c'était. C'était Thalia, fille de Zeus.

Elle s'est débattue dans la camisole de force, m'a adressé un regard frustré et rageur et m'a lancé sèchement : *Alors, Cervelle d'Algues ? Il faut qu'un de nous deux sorte d'ici.*

Elle a raison, a dit mon double dans le rêve. *Je vais retourner à cette caverne. Je vais lui dire ma façon de penser, au seigneur Hadès.*

La camisole de force est tombée de mes épaules en fondant. J'ai traversé la salle de classe. La voix du professeur a changé, est devenue dure et froide, amplifiée par les profondeurs caverneuses d'un grand gouffre.

Percy Jackson, disait-elle. *Oui, je vois que l'échange s'est bien passé.*

J'étais à nouveau dans la caverne sombre, entouré d'esprits des morts qui flottaient dans l'air. La créature monstrueuse, invisible dans la fosse, parlait toujours mais ne s'adressait pas à moi, maintenant. La force hypnotique de sa voix semblait se diriger ailleurs.

Et il ne soupçonne rien ? a-t-elle dit.

Une autre voix, que j'ai failli reconnaître, a répondu à mon épaule :

Non, mon seigneur. Il est aussi ignorant que les autres.

Je me suis retourné : personne. Celui qui parlait était invisible.

Tromperie sur tromperie, a murmuré la chose de la fosse d'un ton songeur. *Excellent.*

Mon seigneur, a dit la voix proche de moi, *c'est à juste titre qu'on vous nomme Le Retors. Mais était-ce vraiment nécessaire ? J'aurais pu vous apporter directement ce que j'avais volé...*

Toi ? a fait le monstre avec dédain. *Tu as déjà montré tes limites. Si je n'étais pas intervenu, ton échec aurait été total.*

Mais, mon seigneur...

La paix, petit serviteur. Nos six mois ont porté beaucoup de fruits. La colère de Zeus s'est amplifiée. Poséidon joue sa carte la plus désespérée. Maintenant nous allons l'utiliser contre lui. Bientôt tu recevras la récompense que tu désires, et tu tiendras ta vengeance. Dès que les deux objets m'auront été remis en mains propres... mais attends. Il est ici.

Quoi ? (La voix du serviteur invisible s'est brusquement crispée.) *Vous l'avez appelé, mon seigneur ?*

Non. (L'attention du monstre s'est portée sur moi dans toute son intensité et m'a cloué sur place.) *Maudit soit le sang de son père – il est trop changeant, trop imprévisible. Le garçon est venu ici par lui-même.*

Impossible !

Pour une mauviette comme toi, peut-être, a ricané la voix. (Puis son pouvoir froid est revenu sur moi.) *Alors... tu souhaites rêver de ta quête, jeune sang-mêlé ? Qu'à cela ne tienne !*

Le décor a changé.

J'étais debout dans une vaste salle du trône aux murs de marbre noir et sol de bronze. L'abominable trône, qui était fait d'os humains amalgamés, était vide. Au pied de l'estrade se tenait ma mère, figée dans un scintillement de lumière dorée, les bras tendus.

Malgré tous mes efforts pour avancer vers elle, mes jambes refusaient de se mouvoir. J'ai tendu les bras, pour découvrir avec effroi que mes mains se décharnaient jusqu'à l'os. Des squelettes ricanants vêtus d'armures grecques m'ont entouré, m'ont drapé de soieries et m'ont coiffé d'une couronne de lauriers fumants imbibés du poison de Chimère, qui m'a attaqué le cuir chevelu.

La voix maléfique s'est mise à rire.

Salut à toi, héros victorieux !

Je me suis réveillé en sursaut.

Grover me secouait par l'épaule.

– Le camion est arrêté, a-t-il dit. Nous pensons qu'ils vont venir jeter un coup d'œil aux animaux.

– Cachez-vous ! nous a ordonné Annabeth à mi-voix.

Elle en avait de bonnes ! Il lui suffisait de mettre sa casquette d'invisibilité pour disparaître, mais Grover et moi, nous avons dû plonger derrière les sacs d'aliments pour animaux en espérant nous confondre parmi les navets.

Les portes du semi-remorque se sont ouvertes en grinçant. Un flot de chaleur et de lumière s'est engouffré.

– Purée ! s'est écrié un des camionneurs en agitant la main devant son horrible nez. Je préférerais transporter de l'électroménager !

Il a grimpé à l'intérieur et versé de l'eau dans l'écuelle des animaux.

– T'as chaud, mon grand ? a-t-il demandé au lion, sur quoi il lui a envoyé le reste du seau d'eau en pleine figure.

Le lion a rugi avec indignation.

– Ouais, ouais, ouais, a bougonné l'homme.

À côté de moi, sous les sacs de navets, Grover bouillonnait de rage. Pour un herbivore pacifique, il avait l'air sacrément meurtrier.

Le camionneur a lancé à l'antilope un menu McDo' à moitié écrasé. Il a regardé le zèbre avec un sourire railleur :

– Comment ça va, le rayé ? On va se débarrasser de toi à cet arrêt, ce sera déjà ça. Tu aimes les numéros de magie ? Tu vas adorer celui-là. Ils vont te scier en deux !

Le zèbre m'a regardé avec des yeux écarquillés par la peur.

Il n'y a eu aucun son mais je l'ai entendu dire, clair comme le jour : *Libère-moi, seigneur. S'il te plaît.*

J'étais trop stupéfait pour réagir.

Un *toc-toc-toc* énergique a retenti contre la paroi du camion.

Le type qui était dans le semi-remorque avec nous a crié :

– Qu'est-ce que tu veux, Eddie ?

– Maurice ? Qu'est-ce que tu dis ? a rétorqué une voix du dehors – sans doute Eddie.

– Pourquoi tu tapes ?

Toc, toc, toc.

– Comment ça, je tape ? a hurlé Eddie, toujours dehors.

Notre Maurice a roulé des yeux et il est ressorti en pestant contre cet imbécile d'Eddie.

Une seconde plus tard, Annabeth est apparue à côté de moi. Elle avait dû taper contre la paroi du camion pour faire sortir Maurice.

– Cette entreprise de transports ne peut pas être légale, a-t-elle dit.

– C'est clair que non ! a acquiescé Grover. (Il s'est interrompu, comme pour écouter.) Le lion dit que ce sont des trafiquants d'animaux !

Exactement, a dit la voix du zèbre dans ma tête.

– Nous devons les libérer ! s'est exclamé Grover.

Annabeth et lui m'ont tous les deux regardé comme s'ils attendaient mes directives.

J'avais entendu le zèbre parler, mais non le lion. Pourquoi ? Peut-être était-ce une fois de plus lié à mes difficultés pour apprendre... je ne pouvais comprendre que les zèbres ? Et puis j'ai pensé : *chevaux*. Annabeth m'avait raconté un truc à propos de la création des chevaux par Poséidon, mais quoi au juste ? Le zèbre était-il proche du cheval ? Est-ce la raison pour laquelle que je parvenais à comprendre ce zèbre-là ?

Le zèbre a dit *Ouvre ma cage, seigneur. S'il te plaît. Après je me débrouillerai.*

Dehors, Eddie et Maurice se chamaillaient toujours, mais

je savais qu'ils allaient revenir tourmenter les animaux d'une minute à l'autre. J'ai attrapé Turbulence et sectionné d'un coup de lame le verrou de la cage du zèbre.

Le zèbre est sorti d'un bond. Il s'est tourné vers moi et a incliné la tête. *Merci, seigneur.*

Grover a tendu les mains et dit quelque chose en langue chèvre au zèbre, une sorte de bénédiction.

À l'instant même où Maurice, alerté par le bruit, pointait le nez à l'intérieur du semi-remorque, le zèbre a bondi par-dessus lui et a atterri dans la rue. Des cris, des hurlements et des coups de klaxon ont retenti. Nous nous sommes rués aux portes du semi-remorque juste à temps pour voir le zèbre s'éloigner au galop le long d'un grand boulevard bordé d'hôtels, de casinos et de néons. Nous venions de lâcher un zèbre dans Las Vegas.

Maurice et Eddie se sont élancés à sa poursuite, eux-mêmes coursés par quelques policiers qui leur ont crié :

– Hé ! il vous faut un permis pour ça !

– Ce serait une bonne idée de partir, maintenant, a dit Annabeth.

– Les autres animaux d'abord, a rétorqué Grover.

J'ai brisé les verrous avec mon épée. Grover a levé les mains et prononcé la même bénédiction caprine que pour le zèbre.

– Bonne chance, ai-je dit aux animaux.

L'antilope et le lion ont bondi hors de leurs cages et se sont engouffrés ensemble dans les rues.

Quelques touristes ont hurlé mais la plupart se sont contentés de s'écarter et de prendre des photos, croyant sans doute que c'était un numéro organisé par un des casinos.

– Tu crois que les animaux vont s'en sortir ? ai-je demandé à Grover. Je veux dire, la ville est en plein désert...

– Ne t'inquiète pas, a répondu Grover. Je les ai placés sous une protection de satyre.

– Ce qui signifie ?

– Ce qui signifie qu'ils atteindront le monde de la nature sains et saufs. Ils trouveront de l'eau, de la nourriture, de l'ombre et tout ce dont ils auront besoin jusqu'à ce qu'ils soient arrivés dans un endroit où ils pourront vivre en sécurité.

– Tu ne pourrais pas nous placer sous une protection pareille, nous aussi ? ai-je demandé.

– Ça ne marche que pour les animaux sauvages, a expliqué Grover.

– Alors ça n'agirait que sur Percy, a dit Annabeth.

– Hé ! ai-je protesté.

– Je plaisante. Venez. Fichons le camp de cet ignoble camion.

Nous sommes sortis dans la chaleur de l'après-midi. Il faisait facilement 40 degrés et nous devions avoir l'air de vagabonds frits par le soleil du désert, mais les gens étaient trop occupés à regarder les animaux sauvages pour faire attention à nous.

Nous avons longé les hôtels-casinos Monte-Carlo et MGM. Nous sommes passés devant des pyramides, un vaisseau pirate et la statue de la Liberté, qui était une copie assez petite de l'originale à New York, mais ça m'a quand même donné un pincement de cœur.

Je ne savais pas ce que nous cherchions au juste. Peut-être juste un endroit où échapper quelques instants à la chaleur, prendre un sandwich et un verre de citron pressé, établir un nouveau plan pour aller à Los Angeles.

Nous avons dû tourner à un mauvais endroit car nous nous sommes retrouvés dans une impasse, en face de l'hôtel-casino du Lotus. L'entrée était une fleur de lotus géante dont les pétales s'allumaient et clignotaient. Personne n'entrait ni ne sortait, mais les portes de chrome scintillantes étaient ouvertes et déversaient des vagues d'air conditionné qui avait un parfum de fleur – de lotus, peut-être. Comme je n'en avais jamais senti, je n'en étais pas certain.

Le portier nous a souri.

– Hé, les enfants. Vous avez l'air fatigués. Voulez-vous entrer vous asseoir ?

J'avais appris à me méfier au cours des jours passés. J'avais compris que n'importe qui peut être un monstre ou un dieu ; on ne peut jamais savoir. Mais ce type-là était normal. Il me suffisait d'un coup d'œil pour m'en rendre compte. En plus j'étais tellement soulagé d'entendre quelqu'un faire preuve de gentillesse que j'ai hoché la tête en répondant que nous serions ravis d'entrer. Nous avons fait trois pas à l'intérieur et Grover s'est exclamé :

– Waouh, j'hallucine !

Le hall de l'hôtel était une salle de jeux géante. Et je ne parle pas de vieux Pacman ringards ou de machines à sous. Un toboggan aquatique dessinait une spirale autour de l'ascenseur de verre transparent, lequel devait monter à au moins quarante étages. Tout un mur était occupé par une paroi d'escalade, et celui d'en face par une plate-forme de saut à l'élastique en intérieur. Il y avait des suites de réalité virtuelle avec de vrais pistolets laser. Et des centaines de jeux vidéo qui avaient tous des écrans grand format. En gros, ce lieu offrait tous les jeux dont on pouvait rêver. Quelques jeunes jouaient, mais ils n'étaient pas très nombreux. Il n'y avait la queue à aucun jeu. Partout, des serveuses et des snack-bars proposaient toutes sortes de choses à manger.

– Salut ! a dit un groom. (Du moins j'ai supposé que c'était un groom. Il portait une chemise hawaïenne blanc et jaune avec un motif à lotus, des shorts et des tongs.) Bienvenue au casino du Lotus. Voici la clé de votre chambre.

– Euh, mais..., ai-je bafouillé.

– Non, non, non, a-t-il dit en riant. La note est déjà réglée. Pas de frais supplémentaires, pas de pourboires. Vous n'avez plus qu'à monter au dernier étage, chambre 4001. Si vous avez besoin de quoi que ce soit, plus de bulles dans le Jacuzzi ou de la chevrotine pour le ball-trap, par exemple, appelez la réception. Voici vos cartes de paiement Lotus. Elles sont valables aux restaurants et pour tous les jeux et attractions.

Il nous a tendu à chacun une carte de crédit en plastique vert.

Je savais qu'il y avait une erreur quelque part. Manifestement, il nous prenait pour des enfants de millionnaire. J'ai quand même pris la carte en me demandant :

– Il y a combien, là-dessus ?

Il a froncé les sourcils.

– Comment ça ?

– Je veux dire : quel est le maximum que nous pouvons dépenser avec cette carte ?

– Ah ! Tu plaisantes ! a-t-il dit en riant. T'es marrant. Bon séjour à tous les trois !

Nous sommes montés par l'ascenseur pour aller voir notre

chambre. C'était une suite avec trois chambres à coucher séparées et un bar rempli de bonbons, de sodas et de chips. Il y avait un numéro vert pour le service d'étage. Des serviettes éponge moelleuses, des matelas à eau et des oreillers en plumes. Une télévision grand écran avec le satellite et une connexion Internet à haut débit. Le balcon-terrasse avait son propre Jacuzzi ainsi, effectivement, qu'un ball-trap et un fusil : tu pouvais lancer des pigeons d'argile au-dessus de Las Vegas et les dégommer. Je comprenais mal comment ça pouvait être légal, mais il n'empêche que c'était plutôt cool. La vue sur l'avenue du Sunset Strip et le désert était superbe, mais je doutais qu'on passe beaucoup de temps à admirer le panorama avec une chambre comme celle-ci.

– Oh, dites donc, s'est exclamée Annabeth. Cet endroit est...

– Délicieux, a dit Grover. Absolument délicieux.

Il y avait des vêtements dans la penderie, et ils étaient à ma taille. J'ai froncé les sourcils en me disant que c'était un peu bizarre.

J'ai jeté le sac à dos d'Arès à la poubelle. Je n'en aurais plus besoin. En repartant, je pourrais en racheter un neuf à la boutique de l'hôtel avec ma carte.

J'ai pris une douche, ce qui était hyper-agréable après une semaine de voyage à la dure. Je me suis changé, j'ai mangé un paquet de chips et bu trois Coca. Ça faisait longtemps que je ne m'étais pas senti aussi bien. Dans un coin de ma tête, pourtant, un petit détail me chiffonnait. J'avais fait un rêve, je crois... il fallait que j'en parle à mes amis. Mais cela pouvait attendre, j'en étais certain.

En sortant de ma chambre, j'ai vu qu'Annabeth et Grover s'étaient eux aussi douchés et changés. Grover se gavait de chips tandis qu'Annabeth réglait la télévision sur la chaîne du National Geographic.

– Tu as toutes les chaînes possibles et imaginables, lui ai-je dit, et tu mets National Geographic ? Tu es folle ou quoi ?

– C'est intéressant.

– Je me sens bien, a déclaré Grover. J'adore cet endroit.

Sans même qu'il s'en aperçoive, les ailes de ses baskets se sont déployées et l'ont hissé à trente centimètres du sol, avant de le redéposer.

– Et maintenant ? a demandé Annabeth. On va se coucher ?

Grover et moi, nous nous sommes regardés en souriant. Nous avions tous les deux nos cartes Lotus en plastique vertes à la main.

– On va jouer, ai-je dit.

Je ne me souvenais pas de m'être jamais autant amusé. Je viens d'un milieu relativement pauvre. Notre idée d'une grande fiesta, c'était d'aller au Burger King et de louer une cassette vidéo. Alors un cinq étoiles à Las Vegas... Laissez tomber.

J'ai fait cinq ou six sauts à l'élastique, pris le toboggan aquatique, descendu la piste de ski artificielle en surf des neiges et joué en réalité virtuelle à chat-laser et au tireur d'élite du FBI. J'ai aperçu Grover plusieurs fois en allant d'un jeu à l'autre. Il aimait vraiment le jeu du chasseur à l'envers : celui où la biche sort du bois et abat les péquenauds qui la pourchassaient. Annabeth jouait à des jeux de culture générale et autres trucs de cérébraux. Il y avait notamment un immense jeu en 3D où on construisait sa propre ville et où on pouvait voir les bâtiments holographiques s'ériger sur l'écran.

Moi, ça ne me branchait pas plus que ça, mais Annabeth adorait.

Je ne sais pas exactement quand j'ai commencé à soupçonner qu'il y avait quelque chose de louche.

Sans doute quand j'ai remarqué le garçon qui etait à côté de moi à la console de tir d'élite en réalité virtuelle. Il devait avoir treize ans, mais il avait un drôle de look. Je me suis dit que ça devait être le fils d'un imitateur d'Elvis Presley. Il portait un pantalon pattes d'éléphant et un tee-shirt rouge avec un passepoil noir, et ses cheveux étaient permanentés et pleins de gel.

Nous avons fait une partie ensemble et à un moment donné, il m'a dit :

– C'est extra. Je suis là depuis quinze jours et les jeux s'améliorent sans cesse.

C'est extra ?

Plus tard, pendant que nous bavardions, j'ai dit « ça craint », et il m'a regardé d'un air un peu étonné, comme s'il n'avait jamais entendu le mot employé dans ce sens.

Il m'a dit qu'il s'appelait Darrin, mais dès que j'ai commencé à lui poser des questions, ça l'a ennuyé et il est retourné devant l'écran de l'ordinateur.

– Hé, Darrin ?

– Quoi ?

– On est en quelle année ?

Il m'a regardé en fronçant les sourcils.

– Dans le jeu ?

– Non, ai-je dit. Dans la vraie vie.

Il lui a fallu réfléchir.

– 1977, a-t-il fini par dire.

– Non, ai-je rétorqué, un peu effrayé. Vraiment ?

– Écoute, mec, je ne veux pas de mauvaises vibrations. J'ai une partie en cours.

Après cela, il m'a complètement ignoré.

J'ai essayé de parler avec d'autres gens et je me suis rendu compte que ce n'était pas facile. Ils étaient tous scotchés à l'écran de télé ou au jeu vidéo, à leur assiette, à n'importe quoi. J'ai trouvé un type qui m'a dit qu'on était en 1985, un autre qu'on était en 1993. Ils disaient tous qu'ils n'étaient pas là depuis longtemps, quelques jours, quelques semaines au maximum. Ils ne savaient pas exactement et ils s'en fichaient un peu.

Puis la question m'est venue à l'esprit : depuis combien de temps étais-je ici ? J'avais l'impression que ça ne faisait que quelques heures, mais si je me trompais ?

J'ai essayé de me rappeler pourquoi nous étions là. Nous étions en route pour Los Angeles. Nous étions censés trouver l'entrée des Enfers. Ma mère... pendant une effrayante seconde, je n'ai pas pu me souvenir de son nom. Sally. Sally Jackson. Il fallait que je la retrouve. Il fallait que j'empêche Hadès de déclencher la Troisième Guerre mondiale.

J'ai retrouvé Annabeth, encore absorbée par la construction de sa ville.

– Viens, lui ai-je dit. Nous devons partir d'ici.

Pas de réponse. Je l'ai secouée par l'épaule :

– Annabeth ?

Elle a tourné la tête, l'air agacé :

– Qu'est-ce qu'il y a ?

– Nous devons partir.

– Partir ?

– Ce lieu est un piège.

Elle n'a pas répondu et j'ai dû la secouer de nouveau.

– Quoi ?

– Écoute-moi. Les Enfers. Notre quête !

– Oh, Percy, allez ! Juste quelques minutes de plus !

– Annabeth, il y a des gens de 1977 ici. Des jeunes qui n'ont jamais grandi. Tu rentres dans cet hôtel et tu y restes pour toujours.

– Et alors ? Peux-tu imaginer un meilleur endroit ?

Je l'ai attrapée par le poignet et je l'ai arrachée à son jeu.

– Hé ! (Elle a crié et m'a frappé, mais personne n'a daigné nous jeter un regard. Tout le monde était trop occupé.)

Je l'ai forcée à me regarder droit dans les yeux. Et j'ai dit :

– Des araignées. De grosses araignées velues.

Ça lui a fait l'effet d'une douche froide. Elle a repris ses esprits.

– Oh, mes dieux, s'est-elle exclamée. Depuis combien de temps...

– Je ne sais pas, mais nous devons récupérer Grover.

Nous sommes partis à sa recherche et nous l'avons trouvé qui jouait toujours au Cerf Chasseur en réalité virtuelle.

– Grover ! avons-nous crié tous les deux.

– Meurs, humain ! disait-il. Meurs, sale pollueur stupide !

– Grover !

Il a braqué le pistolet en plastique sur moi et enfoncé la détente comme si je n'étais qu'une autre image sur l'écran.

J'ai regardé Annabeth et à nous deux, nous avons empoigné Grover par les bras pour l'entraîner de force. Ses baskets volantes se sont animées et se sont mises à tirer ses jambes dans la direction opposée.

– Non ! a-t-il crié. Je viens d'accéder à un niveau supérieur ! Non !

Le groom a accouru à notre rencontre.

– Alors, êtes-vous prêts pour vos cartes platine ?

– Nous partons, lui ai-je annoncé.

– Quel dommage, a-t-il dit. (Et j'ai eu l'impression qu'il était vraiment sincère et que notre départ lui briserait le cœur.) Nous venons d'ajouter un étage entier de nouveaux jeux pour les détenteurs de la carte platine.

Il nous a tendu les cartes et je me suis senti très tenté. Je savais que si j'en prenais une, je ne partirais pas. Je resterais ici, heureux pour toujours, je jouerais indéfiniment et je ne tarderais pas à oublier ma mère, ma quête et peut-être même mon propre nom. Je passerais l'éternité à jouer au tireur d'élite virtuel avec Disco Darrin.

Grover a voulu attraper une carte, mais Annabeth a tiré son bras en arrière en disant :

– Non merci.

Nous nous sommes dirigés vers la porte et, plus nous en approchions, plus les odeurs de nourriture et les tintements des jeux nous tentaient. J'ai repensé à notre chambre du quarantième étage. Nous pourrions y passer la nuit seulement, dormir pour une fois dans un vrai lit...

Et puis nous avons franchi les portes du casino Lotus et couru dans la rue. Dehors, on aurait dit l'après-midi, à peu près au même moment que lorsque nous étions entrés dans l'hôtel, mais quelque chose clochait. Le temps avait complètement changé. Il y avait de l'orage dans l'air et au loin, dans le désert, des éclairs de chaleur zébraient le ciel.

Le sac à dos d'Arès était à mon épaule, ce qui était bizarre car j'étais certain de l'avoir jeté dans la corbeille à papier de la chambre 4001 mais, bon, pour le moment j'avais des problèmes plus urgents à régler.

J'ai couru au kiosque à journaux le plus proche et j'ai commencé par lire l'année. Loués soient les dieux, c'était toujours la même. C'est alors que j'ai remarqué la date : 20 juin.

Nous avions passé cinq jours au casino du Lotus.

Il ne nous restait qu'un seul jour avant le solstice d'été. Une journée pour mener notre quête à bien.

17 Nous faisons les magasins

C'était l'idée d'Annabeth.

Elle nous a poussés dans un taxi de Las Vegas et elle a dit au chauffeur, comme si nous avions vraiment de l'argent :

– Los Angeles, s'il vous plaît.

Le chauffeur a mâchonné son cigare et nous a toisés.

– Ça fait cinq cents kilomètres. Pour ce genre de courses, il faut payer au départ.

– Vous prenez les cartes de crédit des casinos ? a demandé Annabeth.

– Faut voir, a répondu le chauffeur de taxi. Ça dépend desquelles. Il faut que je les vérifie d'abord.

Annabeth lui a tendu sa carte Lotus verte.

Il l'a regardée d'un œil sceptique.

– Interrogez-la, a dit Annabeth.

Il l'a glissée dans l'appareil.

Le compteur s'est mis à tinter. Les voyants lumineux ont clignoté. Pour finir, un symbole « infini » est apparu à côté du signe du dollar.

Le chauffeur de taxi en a perdu son cigare. Il s'est tourné vers nous, bouche bée et yeux écarquillés.

– Où, à Los Angeles... euh, Votre Altesse ?

– À la jetée de Santa Monica, a répondu Annabeth en se redressant de quelques centimètres. (J'ai remarqué que le « Votre Altesse » lui avait bien plu.) Conduisez-nous là-bas au plus vite et vous pourrez garder la monnaie.

Peut-être n'aurait-elle pas dû dire ça.

Le compteur de vitesse du taxi n'est jamais descendu au-dessous des 150 kilomètres-heure de toute la traversée du désert Mojave.

En route, nous avons eu tout le temps pour parler. J'ai raconté mon dernier rêve à Annabeth et à Grover, mais plus j'essayais de me souvenir des détails, plus ils m'échappaient. À croire que le casino du Lotus avait court-circuité ma mémoire. Je n'arrivais pas à me rappeler la tonalité de la voix du serviteur invisible, pourtant j'étais certain que c'était la voix de quelqu'un que je connaissais. Le serviteur s'était adressé au monstre de la fosse avec un autre titre que « mon seigneur »... un nom ou un qualificatif spécial...

– Le Silencieux ? a suggéré Annabeth. Le Riche ? Ce sont deux des surnoms d'Hadès.

– Peut-être, ai-je dit, même si aucun des deux ne me semblait correspondre vraiment à mon souvenir.

– Cette salle du trône ressemble à celle d'Hadès, a dit Grover. C'est comme ça qu'elle est décrite habituellement.

J'ai secoué la tête.

– Il y a quelque chose qui ne colle pas, ai-je dit. La salle du trône n'était pas la partie essentielle du rêve. Et cette voix qui venait de la fosse... je ne sais pas. Elle ne m'a pas donné l'impression d'être une voix de dieu.

Annabeth a écarquillé les yeux.

– Quoi ? ai-je demandé.

– Oh… rien. C'était juste… Non, c'est forcément Hadès. Peut-être qu'il a envoyé ce voleur, cette personne invisible, dérober l'éclair primitif, et puis quelque chose a mal tourné…

– Comme quoi ?

– Je ne sais pas. Mais s'il a volé à l'Olympe le symbole de pouvoir de Zeus et si les dieux étaient à ses trousses, un tas de choses auraient pu mal tourner, si tu vois ce que je veux dire. Et alors le voleur a dû cacher l'éclair, ou bien il l'a perdu. En tout cas, il ne l'a pas rapporté à Hadès. C'est ce que disait la voix dans ton rêve, n'est-ce pas ? Le gars a échoué. Ça expliquerait que les Furies cherchaient quelque chose quand elles nous ont assaillis dans le car. Elles croyaient peut-être que nous avions récupéré l'éclair.

Je ne comprenais pas bien ce qu'avait Annabeth. Elle était toute pâle.

– Mais si j'avais déjà récupéré l'éclair, ai-je dit, pourquoi voudrais-je aller aux Enfers ?

– Pour menacer Hadès, a suggéré Grover. Pour le convaincre de te rendre ta mère en lui graissant la patte.

J'ai émis un sifflement.

– Tu as des pensées bien maléfiques pour une chèvre, ai-je dit.

– Ben, merci.

– Mais la créature de la fosse a dit qu'elle attendait deux choses, ai-je repris. Si l'éclair en est une, quelle est la seconde ?

Grover a secoué la tête, visiblement perplexe.

Annabeth m'a regardé comme si elle connaissait déjà ma

prochaine question et qu'elle me suppliait silencieusement de ne pas la poser.

– Tu as une idée de ce qui pourrait être dans cette fosse, n'est-ce pas ? lui ai-je demandé. Je veux dire, si ce n'est pas Hadès ?

– Percy... n'en parlons pas. Parce que si ce n'est pas Hadès... Non. C'est forcément Hadès.

Le désert défilait de part et d'autre. Nous sommes passés devant un panneau annonçant « ÉTAT DE CALIFORNIE, 20 KM ».

J'avais l'impression qu'il me manquait une information simple mais cruciale. Comme si je regardais un mot ordinaire, que j'aurais dû connaître, mais que je n'arrivais pas à comprendre parce qu'une ou deux lettres m'échappaient. Plus je réfléchissais à ma quête, plus j'avais la certitude que le face-à-face avec Hadès n'apporterait pas la véritable réponse. Il se passait quelque chose d'autre, quelque chose d'encore plus dangereux.

Le problème, c'était que nous foncions à 150 kilomètres-heure vers les Enfers en partant du principe qu'Hadès détenait l'éclair primitif. Si nous découvrions en arrivant là-bas que nous nous étions trompés, il serait trop tard pour rectifier le tir. L'échéance du solstice tomberait et la guerre éclaterait.

– La réponse est aux Enfers, m'a assuré Annabeth. Tu as vu des esprits des morts, Percy. Il ne peut s'agir que d'un seul endroit. Nous faisons ce qu'il faut.

Là-dessus, elle a essayé de nous remonter le moral en suggérant d'astucieuses stratégies pour pénétrer dans le Pays des Morts, mais en ce qui me concerne, le cœur n'y était pas.

Trop de facteurs demeuraient dans l'ombre. C'était comme d'essayer de réviser pour un examen sans rien connaître de la matière. Et ça, croyez-moi, j'avais pratiqué plein de fois.

Le taxi fonçait vers l'ouest. Chaque rafale de vent dans la Vallée de la Mort sifflait à mes oreilles comme l'esprit d'un mort. Chaque fois qu'un semi-remorque donnait un coup de frein, je croyais entendre la voix reptilienne d'Echidna.

Au coucher du soleil, le taxi nous a déposés devant la plage de Santa Monica. Elle était exactement comme les plages de Los Angeles qu'on voit dans les films, sauf qu'elle sentait mauvais. Des attractions de fête foraine s'alignaient le long de la jetée, des palmiers bordaient les trottoirs, des sans-abri dormaient dans les dunes de sable et des surfeurs attendaient la vague parfaite.

Grover, Annabeth et moi sommes descendus jusqu'à la lisière de l'eau.

– Et maintenant ? a demandé Annabeth.

Le Pacifique s'embrasait sous les rayons du soleil couchant. Je me suis souvenu de la dernière fois où je m'étais trouvé sur la plage de Montauk, il y avait maintenant longtemps, sur l'autre côte du pays, et où j'avais contemplé un autre océan.

Comment un dieu pouvait-il contrôler tout cela ? Que disait mon prof de sciences naturelles... deux tiers de la surface de la terre sont recouverts d'eau ? Comment pouvais-je être le fils de quelqu'un d'aussi puissant ?

Je suis entré dans l'eau.

– Percy ? s'est écriée Annabeth. Qu'est-ce que tu fais ?

J'ai continué d'avancer, jusqu'à la taille, jusqu'à la poitrine.

Dans mon dos, j'ai entendu Annabeth qui essayait de me retenir :

– Tu sais que cette eau est complètement polluée ? Il y a un tas de...

C'est là que j'ai immergé la tête. Il est difficile d'inhaler délibérément de l'eau. Au début, j'ai retenu mon souffle. Puis je n'ai plus pu y tenir et j'ai hoqueté. C'était à prévoir : je pouvais respirer normalement.

Je me suis enfoncé vers le large. Normalement, je n'aurais pas dû pouvoir percer l'obscurité des eaux, pourtant j'arrivais à me repérer. Je sentais la texture mouvante du fond. Je distinguais les colonies d'oursins plats qui tapissaient les barres de sable. Je voyais même les courants, longs rubans chauds et froids qui tourbillonnaient en s'entremêlant.

J'ai senti un frôlement contre ma jambe. J'ai baissé les yeux et failli me propulser hors de l'eau tel un missile balistique : un requin marsouin d'un mètre cinquante de long passait en glissant à mes côtés.

Mais il n'attaquait pas. Il se blottissait contre moi, se frottait contre mes jambes comme un chien. D'une main hésitante, j'ai touché sa dorsale. Il s'est un peu cabré, comme pour m'inciter à la serrer plus fort. J'ai attrapé la nageoire à deux mains. Le requin a décollé, m'entraînant avec lui. Il m'a emporté dans les profondeurs obscures. Il m'a déposé au bord de l'océan à proprement parler, là où la barre de sable cède la place à une fosse immense. Cela m'a fait l'effet d'être au bord du Grand Canyon à minuit, sans pouvoir distinguer grand-chose mais en sachant que le vide est juste là, à mes pieds.

La surface scintillait à peut-être cinquante mètres au-dessus de ma tête. Je savais que j'aurais dû être broyé par la pression. Cela étant, normalement je n'aurais pas dû pouvoir respirer non plus. Je me suis demandé s'il y avait une limite à la profondeur que je pouvais atteindre, si je pouvais me laisser couler jusqu'au fond du Pacifique.

Alors j'ai aperçu une forme qui luisait dans l'obscurité au-dessous de moi et qui devenait de plus en plus grande à mesure qu'elle montait à ma rencontre. Une voix de femme, semblable à celle de ma mère, m'a appelé :

– Percy Jackson.

En se rapprochant, la silhouette se précisait. C'était une femme aux cheveux noirs flottants, vêtue d'une robe de soie vert d'eau. Elle était auréolée d'une lumière clignotante et ses yeux étaient d'une beauté si frappante que j'ai failli ne pas remarquer l'hippocampe grand comme un étalon qu'elle chevauchait.

Elle est descendue de sa monture. L'hippocampe et le requin marsouin ont filé tous les deux et se sont mis à jouer à ce qui ressemblait à une partie de chat. La dame sous-marine m'a souri :

– Tu viens de loin, Percy Jackson. Bravo.

Ne sachant pas trop quoi faire, je me suis incliné.

– Vous êtes la femme qui m'a parlé dans les eaux du Mississippi, ai-je dit.

– Oui, mon petit. Je suis une néréide, un esprit de la mer. Ce n'était pas facile d'apparaître aussi loin dans le fleuve mais les naïades, mes cousines d'eau douce, m'ont aidée à garder ma force vitale. Elles honorent le seigneur Poséidon, bien qu'elles n'appartiennent pas à sa cour.

- Et... vous appartenez à la cour de Poséidon ?

Elle a acquiescé.

– Cela faisait de longues années qu'il n'était né aucun enfant au dieu de la mer Nous t'avons suivi avec beaucoup d'intérêt.

Soudain je me suis souvenu des visages sur les vagues à la plage de Montauk quand j'étais petit, des reflets de femmes souriantes. Comme à tant de choses étranges dans ma vie, je n'y avais pas beaucoup prêté attention.

– Si mon père est tellement intéressé, ai-je dit, pourquoi n'est-il pas ici ? Pourquoi ne me parle-t-il pas ?

Un courant froid est monté des profondeurs.

– Ne juge pas trop durement le Seigneur de la Mer, m'a dit la néréide. Il est au bord d'une guerre qu'il ne souhaite pas. Il a beaucoup à faire. Par ailleurs, il n'a pas le droit de t'aider directement. Les dieux ne peuvent pas faire preuve de favoritisme.

– Même envers leurs enfants ?

– Surtout envers eux. Les dieux ne peuvent agir que par un jeu d'influences indirectes. C'est pourquoi je t'apporte un avertissement et un cadeau.

Elle a tendu la main. Trois perles blanches luisaient au creux de sa paume.

– Je sais que tu es en route pour le royaume d'Hadès, a-t-elle dit. Peu d'humains en sont revenus vivants : Orphée, qui avait un grand don musical ; Héraclès, à la force exceptionnelle ; Houdini, le prestidigitateur spécialiste de l'évasion, capable de s'extirper même des profondeurs du Tartare. Disposes-tu d'un de ces talents ?

– Euh... non, madame.

– Ah, mais tu as autre chose, Percy. Tu as des dons que tu

commences seulement à découvrir. Les oracles te prédisent un avenir glorieux et terrible, si tu parviens à l'âge d'homme. Poséidon ne te laissera pas mourir avant ton heure. Alors prends ces perles et lorsque tu seras en difficulté, écrases-en une à tes pieds.

– Que se passera-t-il ?

– Cela, dit-elle, dépendra du besoin. Mais rappelle-toi : ce qui appartient à la mer retournera toujours à la mer.

– Et l'avertissement ?

Une lumière verte a clignoté dans son regard.

– Écoute toujours ce que te dit ton cœur, ou tu perdras tout. Hadès se nourrit du doute et du désespoir. Il t'induira en erreur s'il le peut, te poussera à te méfier de ton propre jugement. Une fois que tu seras dans son royaume, il ne te laissera pas repartir de son plein gré. Garde la foi. Bonne chance, Percy Jackson.

Sur ces mots, elle a rappelé son hippocampe et s'est dirigée vers l'abysse.

– Attendez ! ai-je crié. Dans le fleuve, vous m'avez dit de ne pas faire confiance aux cadeaux. Quels cadeaux ?

– Au revoir, jeune héros ! m'a-t-elle répondu d'une voix qui se perdait déjà dans les profondeurs. Tu dois suivre ton cœur.

Elle s'est réduite à un point vert lumineux, puis elle a disparu.

J'avais envie de la suivre dans l'obscurité de l'abysse. J'avais envie de voir la cour de Poséidon. Mais j'ai levé les yeux vers le coucher du soleil qui s'estompait à la surface. Mes amis attendaient. Nous avions si peu de temps...

Je me suis propulsé d'un coup de pied vers l'air libre.

Lorsque je suis ressorti sur le rivage, mes vêtements ont

séché instantanément. J'ai raconté à Grover et à Annabeth ce qui s'était passé, et je leur ai montré les perles.

Annabeth a fait la grimace.

– Quand on te fait un cadeau, il y a toujours un prix à payer.

– Là, c'était gratuit.

– Non. (Elle a secoué la tête.) On n'a rien sans rien. C'est un vieux dicton de grec ancien qui est bien passé dans la langue d'aujourd'hui. Il y aura un prix à payer. Tu verras.

Sur cette note joyeuse, nous avons quitté la plage.

Avec une partie de la monnaie qui était dans le sac à dos d'Arès, nous avons pris l'autobus pour le quartier de West Hollywood. J'ai montré au chauffeur la facture avec l'adresse des Enfers que j'avais trouvée au Palais du Nain de Jardin de Tatie Em, mais il n'avait jamais entendu parler des Studios DOA.

– Tu me rappelles quelqu'un que j'ai vu à la télé, m'a-t-il dit. Tu es acteur ou quoi ?

– Je... euh... je suis cascadeur... je double beaucoup d'enfants acteurs.

– Ah, d'accord !

Nous l'avons remercié et sommes descendus rapidement à l'arrêt suivant.

Nous avons fait des kilomètres à pied en cherchant les studios DOA. Personne n'avait l'air de savoir où c'était. Ils ne figuraient pas dans l'annuaire.

À deux reprises, nous nous sommes jetés dans des ruelles adjacentes pour éviter des voitures de police qui passaient.

À un moment donné, j'ai pilé net devant la vitrine d'un

magasin d'électronique parce qu'une télévision y diffusait une interview de quelqu'un que je ne connaissais que trop bien : mon beau-père, Gaby Pue-Grave. Il discutait avec Barbara Walters, l'animatrice qui reçoit toujours des gens célèbres, comme s'il était devenu une grande vedette. Elle l'interviewait dans notre appartement, au milieu d'une partie de poker. Une jeune femme blonde, assise à côté de Gaby, lui tapotait la main.

Une fausse larme luisait sur sa joue. Il disait :

– Honnêtement, madame Walters, sans Bibiche, ma psychologue, je serais une loque. Mon beau-fils m'a pris tout ce qui comptait pour moi. Ma femme... ma voiture... Je... Excusez-moi. J'ai du mal à en parler.

– Et voilà, chers concitoyens d'Amérique. (Barbara Walters s'est tournée face à la caméra.) Un homme déchiré. Un jeune qui a de graves problèmes. Laissez-moi vous montrer de nouveau la dernière photo connue de ce jeune fuyard perturbé, prise il y a une semaine à Denver.

Un cliché granuleux a envahi tout l'écran. On nous y voyait, Annabeth, Grover et moi, devant le restaurant du Colorado, en pleine discussion avec Arès.

– Qui sont les autres jeunes sur la photo ? a demandé Barbara Walters d'un ton théâtral. Quel est cet homme qui se trouve avec eux ? Percy Jackson est-il un délinquant, un terroriste, ou, qui sait, une victime manipulée par une nouvelle secte ? Après la pause, nous discuterons avec des spécialistes de la psychologie enfantine. Restez avec nous, chers concitoyens d'Amérique !

– Allez, viens, m'a dit Grover en me tirant par le bras avant que je n'assène un coup de poing dans la vitrine.

L'obscurité est tombée et des personnages à l'air affamé ont commencé d'affluer dans les rues. Croyez-moi, je ne suis pas du genre trouillard. Je suis new-yorkais, n'oubliez pas. Mais Los Angeles avait une ambiance radicalement différente de New York. À New York, tout semble proche. La ville a beau être grande, on peut toujours aller n'importe où sans se perdre. Les rues et le métro sont faciles à comprendre. Les choses sont organisées d'une façon cohérente. À moins d'être stupide, quand on est un gamin à New York, on ne craint rien.

Los Angeles n'était pas comme ça. C'était une ville très étendue, chaotique, où il était difficile de se déplacer et de se repérer. Elle me faisait penser à Arès. Los Angeles ne se contentait pas d'être immense ; elle voulait le prouver en étant bruyante, bizarre et déconcertante. Je me demandais comment nous allions nous y prendre pour trouver l'entrée des Enfers avant le lendemain, jour du solstice d'été.

Nous croisions des clochards, des vendeurs de rues et des voyous qui nous regardaient comme s'ils essayaient d'évaluer si ça valait la peine de nous braquer.

Alors que nous passions rapidement devant l'entrée d'une ruelle, une voix dans la pénombre a dit :

– Eh, toi.

Comme un idiot, je me suis arrêté.

En une seconde, nous nous sommes retrouvés encerclés. Une bande de jeunes s'était refermée sur nous. Ils étaient six en tout : des garçons blancs, qui avaient tous des vêtements chers et des visages méchants. Comme les jeunes à Yancy : des gosses de riches qui jouaient à s'encanailler.

Instinctivement, j'ai décapuchonné Turbulence.

En voyant l'épée surgir du vide, les jeunes ont reculé, mais leur chef devait être très stupide ou alors très courageux, au choix, car il a persisté à m'attaquer avec un cran d'arrêt.

J'ai commis l'erreur d'asséner mon épée.

Le jeune a poussé un cri. Mais il devait être cent pour cent mortel car la lame de l'épée a traversé sa poitrine sans rien lui faire. Il a baissé les yeux.

– Qu'est-ce qui...

Je me suis dit que je disposais d'environ trois secondes avant que sa surprise se mue en colère.

– Courez ! ai-je crié à Annabeth et Grover.

Nous avons poussé deux jeunes et nous nous sommes engouffrés à toutes jambes dans la rue, sans savoir où nous allions. Nous avons tourné abruptement.

– Là ! a crié Annabeth.

Un seul magasin dans la rue avait l'air ouvert, avec ses néons qui clignotaient en vitrine. L'enseigne au-dessus de la porte annonçait un truc du genre : CRSTUY EL RIO UD LATEMAS À AUE.

– Crusty le Roi du Matelas à Eau ? a traduit Grover.

C'était le genre d'endroits où je ne mettrais jamais les pieds sauf en cas d'urgence, mais justement, là, c'était assez bien un cas d'urgence.

Nous sommes entrés en trombe et nous avons couru nous cacher derrière un matelas à eau. Une fraction de seconde plus tard, les membres du gang passaient sur le trottoir en courant

– Je crois que nous les avons semés, a dit Grover en haletant.

– Semé qui ? a tonné une voix dans notre dos.

Nous avons sauté en l'air tous les trois.

Derrière nous se tenait un gars qui ressemblait à un rapace en costume sport. Il faisait au moins deux mètres dix de haut et il n'avait pas un seul cheveu sur le caillou. Il avait la peau grise et parcheminée, les paupières épaisses et tombantes et un froid sourire de reptile. Il s'approchait de nous à pas lents mais j'avais le sentiment qu'il pouvait être rapide s'il le voulait.

Son costume était digne du casino du Lotus. Il avait un look années 1970 à mort. Chemise en soie à imprimé cachemire, largement ouverte sur un torse velu. Veste de velours aux revers larges comme des pistes d'atterrissage. Quant aux chaînes en argent à son cou, je ne pouvais même pas les compter.

– Je suis Crusty, a-t-il annoncé avec un sourire jaune de tartre.

– Désolé d'avoir fait irruption comme ça, ai-je dit. Nous, euh, nous nous promenions.

– Tu veux dire que vous vouliez échapper à ces vauriens, a-t-il grommelé. Ils traînent dans le quartier tous les soirs. Je reçois beaucoup de gens ici, grâce à eux. Dis donc, tu veux essayer un matelas à eau ?

J'allais dire « Non merci », lorsqu'il a mis sa grosse paluche sur mon épaule et m'a poussé vers l'intérieur du magasin.

Il y avait tous les modèles de matelas à eau et de sommiers imaginables : différentes qualités de bois, différents motifs de draps, lit double, extra-double, géant.

– Voici mon modèle le plus apprécié.

Crusty a tendu fièrement les bras vers un lit habillé de draps en satin noir, avec des lampes de lave incorporées dans la tête de lit. Le matelas vibrait, ce qui lui donnait un petit air de Flamby arôme pétrole.

– Le massage aux mille mains, nous a dit Crusty. Allez-y, essayez. Tenez, faites donc une sieste. Ça ne me gêne pas. Il n'y a personne aujourd'hui, de toute façon.

– Euh, ai-je dit, je ne crois pas...

– Le massage aux mille mains ! s'est écrié Grover, en plongeant sur le lit. Hé, les mecs, c'est trop cool !

– Hum hum, a fait Crusty en frottant son menton rugueux. Presque, presque...

– Presque quoi ? ai-je demandé.

Il a regardé Annabeth.

– Fais-moi plaisir, essaie donc celui-là, ma grande. Peut-être la bonne taille.

– Mais qu'est-ce que..., a dit Annabeth.

Il lui a tapoté l'épaule avec bonhomie et l'a emmenée devant le modèle Safari Deluxe, qui avait un cadre orné de lions en teck sculptés et une couette à imprimé léopard. Comme Annabeth refusait de s'allonger, Crusty l'a poussée.

– Hé ! a-t-elle protesté.

Crusty a claqué des doigts en disant :

– *Ergo !*

Des cordes ont jailli des côtés du lit et se sont tendues en travers du matelas, ficelant Annabeth.

Grover a voulu se relever, mais des cordes sont sorties de son lit de satin noir et l'ont ligoté lui aussi.

– Pas cool ! a-t-il crié d'une voix qui vibrait sous les secousses du massage à mille mains. Pas cool du tout !

Le géant a contemplé Annabeth, puis il s'est tourné vers moi en souriant.

– Presque, a-t-il dit. Il s'en faut de vraiment pas grand-chose.

J'ai essayé de reculer mais sa main a fusé et s'est abattue sur ma nuque.

– Hé, mon grand ! T'inquiète donc pas, on va t'en trouver un en moins de deux.

– Détachez mes amis.

– Oui, bien sûr. Mais je vais les mettre à la bonne taille d'abord.

– Que voulez-vous dire ?

– Vois-tu, les lits font tous exactement un mètre quatre-vingts. Tes amis sont trop petits. Faut les mettre à la bonne taille.

Annabeth et Grover se débattaient toujours.

– Je ne supporte pas les mesures imparfaites, a grommelé Crusty. *Ergo !*

Un nouveau jeu de cordes a poussé à la tête et au pied des lits, pour aller se nouer autour des chevilles d'Annabeth et de Grover, puis sous leurs bras. Les cordes ont commencé à se resserrer, tirant mes amis dans les deux sens.

– Ne t'inquiète pas, m'a dit Crusty. Ce ne sont que des étirements. Six à dix centimètres de plus sur leurs colonnes vertébrales, voilà tout. Peut-être même qu'ils survivront. Et maintenant, si on cherchait un lit qui te plaise, hein ?

– Percy ! a hurlé Grover.

Je réfléchissais à cent à l'heure. Je savais que je ne pouvais pas affronter à moi tout seul ce géant vendeur de lits. Il me briserait la nuque avant même que j'aie pu dégainer mon épée.

– Votre vrai nom n'est pas Crusty, si ? ai-je demandé.

– Officiellement, a-t-il reconnu, c'est Procruste.

– L'Étireur, ai-je dit.

Je me souvenais de l'histoire : le géant qui avait tenté de tuer Thésée par son hospitalité excessive quand le héros, en route pour Athènes, avait fait halte chez lui.

– Ouais, a repris le vendeur. Mais qui peut prononcer « Procruste » ? C'est mauvais pour les affaires. Tandis que « Crusty », tout le monde peut le dire.

– Vous avez raison. Ça sonne bien.

Une lueur s'est allumée dans son regard :

– Ah oui, tu trouves ?

– Ah, complètement ! Et la qualité des finitions de ces lits ? Fabuleuse !

Il a souri jusqu'aux oreilles, mais ses doigts sur ma nuque ne se sont pas desserrés pour autant.

– C'est ce que je dis toujours à mes clients. Personne ne se donne la peine de regarder les finitions. Combien de têtes de lit avec lampe de lave incorporées as-tu déjà vues ?

– Pas tant que ça.

– Exactement !

– Percy ! a hurlé Annabeth. Qu'est-ce que tu fiches ?

– Ne faites pas attention à elle, ai-je dit à Procruste. Elle est insupportable.

Le géant a ri.

– Comme tous mes clients. Ils ne font jamais pile un mètre quatre-vingts. Un manque total de tact. Et ensuite ils se plaignent du travail de réglage.

– Comment faites-vous s'ils mesurent plus d'un mètre quatre-vingts ?

– Oh, ça arrive tout le temps. Ça se répare facilement.

Il a lâché mon cou mais avant que j'aie pu réagir, il a plongé la main sous un comptoir et en a ressorti une énorme hache en cuivre à double lame.

– Ce que je fais, a-t-il expliqué, c'est que je centre le sujet du mieux que je peux et je tranche ce qui dépasse de chaque côté.

– Ah, ai-je répondu en ravalant ma salive. Ça se tient.

– Ça me fait tellement plaisir de rencontrer un client intelligent !

Les cordes étiraient vraiment mes amis, à présent. Annabeth blêmissait. Grover émettait des gargouillis d'oie qu'on étrangle.

– Alors, Crusty..., ai-je dit en m'efforçant de garder un ton de voix léger. (J'ai jeté un coup d'œil à l'étiquette descriptive du Spécial Lune de Miel.) Celui-là, a-t-il vraiment des stabilisateurs dynamiques qui empêchent la propagation des vagues ?

– Absolument. Essaie-le donc.

– Je suis bien tenté. Mais dites-moi, ça marche même pour quelqu'un d'aussi grand que vous ? Pas de vagues du tout ?

– Garanti.

– Pas possible.

– Tout ce qu'il y a de plus possible.

– Montrez-moi.

Il s'est assis avec enthousiasme sur le lit et a tapoté le matelas.

– Tu vois ? Pas de vagues.

J'ai claqué des doigts et dit :

– *Ergo !*

Des cordes ont jailli et ligoté Crusty en le plaquant au matelas.

– Hé ! a-t-il hurlé.

– Centrez-le comme il faut, ai-je dit.

Les cordes ont obéi à mon ordre. Crusty s'est retrouvé avec la tête entière qui dépassait en haut du lit, et les pieds qui dépassaient en bas.

– Non ! s'est-il écrié. Attends ! C'est juste un modèle de démonstration !

J'ai libéré Turbulence.

– Quelques menus réglages...

Je n'avais pas d'états d'âme quant à ce que j'allais faire. Si Crusty était humain, de toute façon je ne pouvais pas lui faire de mal. Et si c'était un monstre, il méritait bien de tomber en poussière pour quelque temps.

– Tu es dur en affaires, m'a-t-il dit. Je te ferai 30 pour cent de réduction sur certains modèles d'exposition !

– Je crois que je vais commencer par le haut, ai-je dit en levant mon épée.

– Pas de versement initial ! Crédit gratuit sur six mois !

J'ai asséné l'épée. Crusty a cessé de me faire des offres.

J'ai coupé les cordes des autres lits. Annabeth et Grover se sont relevés en grognant, grimaçant et pestant très fort contre moi.

– Vous avez l'air plus grands, ai-je dit.

– Très drôle, a dit Annabeth. La prochaine fois, sois plus rapide.

J'ai regardé le panneau d'affichage qui se trouvait derrière le bureau de Crusty. Il y avait une publicité pour les Livraisons Hermès, et une autre pour le *Tout Nouveau Précis des monstres de Los Angeles et sa région* : « Le Bottin monstrueux qui répond à toutes vos questions ! » Juste au-dessous était épinglé un prospectus orange vif des Studios d'enregistrement DOA, offrant une commission pour les âmes de héros. « Nous sommes toujours à la recherche de nouveaux artistes ! » L'adresse de DOA était inscrite, assortie d'un plan.

– Venez, ai-je dit à mes amis.

– Donne-nous une minute, s'est plaint Grover. On a failli mourir écartelés !

– Alors vous êtes prêts pour les Enfers, ai-je dit. C'est juste la rue d'à côté.

18 Annabeth donne dans le dressage

Debout dans l'obscurité de Valencia Boulevard, nous regardions les grandes lettres dorées gravées dans le marbre noir : STUDIOS D'ENREGISTREMENT DOA.

Au-dessous, sur les portes vitrées, il était marqué : ACCÈS INTERDIT AUX DÉMARCHEURS ET QUÊTEURS. ACCÈS INTERDIT AUX VIVANTS.

Il était presque minuit mais le hall d'entrée était plein de monde et brillamment éclairé. Un vigile patibulaire était assis derrière un bureau, avec des lunettes de soleil et une oreillette.

Je me suis tourné vers mes amis.

– Bon. Vous vous souvenez du plan.

– Le plan, a hoqueté Grover. J'adore le plan.

– Et si le plan ne marche pas ? a dit Annabeth.

– Ne sois pas négative.

– Je vois. Nous pénétrons dans le Pays des Morts mais je ne dois pas être négative.

J'ai sorti les perles de ma poche, les trois sphères laiteuses que la néréide m'avait données à Santa Monica. Elles n'avaient pas l'air de pouvoir fournir un soutien formidable au cas où ça tournerait mal.

Annabeth a mis la main sur mon épaule.

– Je suis désolée, Percy. Tu as raison, nous allons y arriver. Tout ira bien.

Elle a donné un coup de coude à Grover.

– Complètement ! a-t-il renchéri. Nous sommes bien arrivés jusqu'ici ! Nous allons retrouver l'éclair et sauver ta maman. Pas de problème.

Je les ai regardés tous les deux et j'ai éprouvé une vive reconnaissance. Il y a quelques minutes à peine, j'avais failli les laisser écarteler sur des lits à eau grand luxe, et maintenant, ils essayaient de se montrer courageux pour me remonter le moral.

J'ai remis les perles dans ma poche.

– Venez, ai-je dit, on va occire quelques monstres des Enfers.

Nous sommes entrés dans le hall de DOA.

Une musique d'ambiance se déversait par des haut-parleurs invisibles. Les murs étaient gris acier. Des cactus se dressaient dans les coins comme des mains de squelette. Le mobilier était en cuir noir et tous les sièges étaient occupés. Il y avait des gens assis sur des canapés, des gens debout, des gens qui regardaient par les fenêtres ou qui attendaient l'ascenseur. Personne ne bougeait, ni ne parlait, ni ne faisait grand-chose. Du coin de l'œil, je les voyais tous assez bien, mais si je concentrais mon attention sur l'un d'eux en particulier, il devenait peu à peu... transparent. Mon regard traversait son corps.

Le vigile avait son bureau perché sur une estrade, de sorte que nous devions lever la tête pour le regarder.

C'était un homme grand et élégant, au teint chocolat et

aux cheveux blonds décolorés, tondus à la mode militaire. Il portait des lunettes de soleil à monture d'écaille et un costume en soie italien assorti à ses cheveux. Une rose noire était épinglée à son revers de veste, sous une plaque en argent portant son nom.

J'ai lu la plaque, puis je l'ai regardé avec stupéfaction.

– Vous vous appelez Chiron ?

Il s'est penché en travers de son bureau. Je ne voyais rien dans ses lunettes à part mon propre reflet mais il avait un sourire froid et doucereux, un peu comme un python avant d'engloutir sa proie.

– Quel charmant garçon. (Il avait un accent étrange – britannique, peut-être, mais aussi comme s'il avait appris l'anglais en seconde langue.) Dis-moi, mon vieux, ai-je l'air d'un centaure ?

– N-non.

– Monsieur, a-t-il ajouté avec onctuosité.

– Monsieur.

Il a pincé la plaque et passé un doigt sur les lettres.

– Tu peux lire ça, mon vieux ? C-H-A-R-O-N. Prononcé CARON. Répète après moi : CHARON.

– Charon.

– Formidable. Et maintenant : monsieur Charon.

– Monsieur Charon, ai-je dit.

– Bien joué. (Il s'est radossé à son siège.) J'ai horreur qu'on me prenne pour ce vieil homme-bourrin. Et maintenant, en quoi puis-je vous aider, les petits morts ?

Sa question m'a fait l'effet d'un coup de poing dans le ventre. Du regard, j'ai appelé Annabeth à la rescousse.

– Nous voulons aller aux Enfers, a-t-elle dit.

Un tic a agité la bouche de Charon.

– Voilà qui change agréablement, a-t-il commenté.

– Vraiment ? a demandé Annabeth.

– Franc et direct. Pas de hurlements. Pas de « Il doit y avoir une erreur, monsieur Charon. » (Il nous a toisés.) Alors, comment êtes-vous morts ?

J'ai donné un coup de coude à Grover.

– Oh, euh, a-t-il bredouillé. On s'est noyés... dans la baignoire.

– Tous les trois ? a demandé Charon.

Nous avons fait oui de la tête.

– Grande baignoire. (Charon a eu l'air modérément impressionné.) J'imagine que vous n'avez pas de pièces pour la traversée. Vous comprenez, normalement, avec des adultes, je mettrais le prix du ferry sur votre carte de crédit ou je l'ajouterais à votre dernière facture de câble. Mais les enfants... hélas, vous ne mourez jamais préparés. Je suppose que vous allez devoir prendre un siège et attendre quelques siècles.

– Oh, mais nous avons des pièces.

J'ai déposé trois drachmes d'or sur son bureau, prélevées sur le magot que j'avais trouvé dans le bureau de Crusty et empoché.

– Ça alors... (Charon a passé la langue sur ses lèvres.) De vraies drachmes. De vraies drachmes en or. Je n'en ai pas vu depuis...

Ses doigts flottaient avec cupidité au-dessus des pièces.

Nous étions si près du but.

Alors Charon a posé les yeux sur moi. J'ai eu la sensation que son regard froid, derrière les lunettes, perçait un trou dans ma poitrine.

- Voyons, a-t-il dit. Tu n'as pas pu lire mon nom correctement. Es-tu dyslexique, mon garçon ?

– Non, ai-je répondu. Je suis mort.

Charon s'est penché en avant et il a reniflé.

– Tu n'es pas mort. J'aurais dû m'en douter. Tu es une graine de dieu.

- Nous devons aller aux Enfers, ai-je insisté.

Charon a poussé une sorte de grognement du fond de sa gorge.

Aussitôt, tous les gens qui étaient dans la salle d'attente se sont levés et se sont mis à faire les cent pas avec agitation, à allumer des cigarettes, à passer la main dans leurs cheveux ou à regarder leur montre.

– Partez tant que vous le pouvez encore, nous a dit Charon. Je prends ça et j'oublie que je vous ai vus.

Il tendait déjà la main vers les pièces, mais je les ai récupérées d'un geste leste.

– Pas de prestation, pas de pourboire, ai-je lancé en m'efforçant d'exprimer plus de courage que je n'en ressentais.

Charon a grondé de nouveau – c'était un son grave et terrifiant. Les esprits des morts ont commencé à tambouriner contre la porte de l'ascenseur.

– C'est dommage, d'ailleurs, ai-je soupiré. Nous avions davantage à offrir.

J'ai levé le sac contenant le magot de Crusty. J'ai prélevé une pleine poignée de drachmes et j'ai laissé les pièces couler entre mes doigts.

Le grondement de Charon s'est mué en quelque chose qui ressemblait davantage à un ronronnement de lion.

– Tu crois qu'on peut m'acheter, graine de dieu ? Et... euh, par simple curiosité, combien as-tu là ?

– Beaucoup, ai-je fait. Je parie qu'Hadès ne te paie pas assez pour un boulot exigeant comme le tien.

– Oh, et encore, tu n'en connais pas la moitié. Que dirais-tu de baby-sitter ces esprits à longueur de journée ? Toujours les mêmes rengaines, les « S'il vous plaît, faites que je ne sois pas mort », « S'il vous plaît, laissez-moi traverser gratuitement ». Je n'ai pas eu d'augmentation depuis trois mille ans. Tu crois que c'est bon marché, un costume comme ça ?

– Vous méritez mieux, ai-je renchéri. Un peu de gratitude. Du respect. Un bon salaire.

À chaque mot, je déposai une pièce d'or de plus sur le bureau.

Charon a baissé les yeux sur sa veste en soie italienne, comme s'il s'imaginait paré d'une tenue plus élégante encore.

– Je dois dire, mon garçon, que tu commences à tenir des propos plus censés. Un tout petit peu plus censés.

J'ai empilé quelques pièces supplémentaires.

– Je pourrais suggérer une augmentation quand je parlerai à Hadès, ai-je ajouté.

Charon a soupiré.

– Le bateau est presque plein, de toute façon. Autant que je vous prenne tous les trois et que je fasse une traversée.

Il s'est levé en empochant notre argent et il a dit :

– Venez.

Nous nous sommes frayé un chemin dans la foule des esprits en attente. Certains ont tenté de nous tirer par nos vêtements, en murmurant des paroles que je n'ai pas pu distinguer. Charon les a repoussés en grommelant :

– Espèces de parasites.

Il nous a fait entrer dans l'ascenseur, déjà bondé d'âmes mortes qui tenaient chacune une carte d'embarquement verte. Charon a attrapé deux esprits qui essayaient de monter avec nous et les a renvoyés dans le hall.

– Bien, a-t-il annoncé à la cantonade. Maintenant, n'allez pas vous faire des idées en mon absence. Et si jamais quelqu'un change de nouveau ma station de radio, je veillerai à ce qu'il reste ici encore mille ans. C'est compris ?

Sur ces mots, Charon a fermé les portes. Il a inséré une carte-clé dans le tableau de commandes de l'ascenseur et nous avons amorcé la descente.

– Qu'arrive-t-il aux esprits qui attendent dans le hall ? a demandé Annabeth.

– Rien, a dit Charon.

– Pendant combien de temps ?

– Pour toujours, ou jusqu'à ce que je sois d'humeur généreuse.

– Oh, a-t-elle dit. C'est... juste.

Charon a levé un sourcil.

– Qui a dit que la mort était juste, jeune demoiselle ? Attends que ce soit ton tour. Ça ne devrait pas tarder, vu l'endroit où vous allez.

– Nous en ressortirons vivants, ai-je dit.

– Ha !

Soudain, j'ai été pris de vertige. Nous avions cessé de descendre et, à présent, nous avancions. Une brume flottait dans l'air. Autour de moi, les esprits commençaient à changer de forme. Leurs vêtements modernes clignotaient puis se changeaient en longues robes grises à capuche. Le sol de l'ascenseur tanguait sous nos pieds.

J'ai cligné des yeux très fort Lorsque je les ai rouverts, le costume italien blanc cassé de Charon avait cédé la place à une longue robe noire. Ses lunettes à monture d'écaille avaient disparu. À l'emplacement de ses yeux, il n'y avait que des orbites vides – comme les yeux d'Arès, à la différence que ceux de Charon étaient entièrement sombres, pleins de nuit, de mort et de désespoir.

Voyant que je le regardais, il m'a dit :

– Oui ?

– Rien, ai-je bafouillé.

J'ai cru qu'il souriait, mais ce n'était pas ça. La chair de son visage devenait transparente, me permettant de voir jusqu'à son crâne.

Le sol de l'ascenseur tanguait toujours.

Grover a dit :

– Je crois que j'ai le mal de mer.

Lorsque j'ai cligné des yeux à nouveau, l'ascenseur n'en était plus un. Nous étions dans un bac en bois. Charon nous poussait avec une perche le long d'un fleuve sombre et huileux dans lequel tourbillonnaient des os, des poissons morts et d'autres objets plus surprenants : des poupées, des œillets écrasés, des diplômes détrempés aux bords dorés.

– Le Styx, a murmuré Annabeth. Il est tellement...

– Pollué, a dit Charon. Ça fait des milliers d'années que vous autres humains y jetez tout ce que vous apportez avec vous : vos espoirs, vos rêves, vos souhaits jamais réalisés. Déplorable traitement des déchets, si tu veux mon avis.

Une brume s'élevait des eaux crasseuses. Au-dessus de nous,

presque perdu dans l'obscurité, s'étendait un plafond de stalactites. Au-devant, le rivage luisait d'un éclat vert, la couleur du poison.

La panique m'a pris à la gorge. Que faisais-je ici ? Tous ces gens qui m'entouraient... ils étaient morts.

Annabeth m'a attrapé par la main. En d'autres circonstances, ça m'aurait embarrassé, mais là j'ai compris ce qu'elle ressentait. Elle avait besoin de se rappeler qu'il y avait quelqu'un d'autre de vivant à bord de ce bateau.

Je me suis surpris à marmonner une prière, sans trop savoir à qui je l'adressais. Dans ces profondeurs, il n'y avait qu'un seul dieu qui comptait, et c'était celui que j'étais venu affronter.

Le rivage des Enfers est apparu. Une étendue de sable noir volcanique parsemée de rochers escarpés s'étirait sur une centaine de mètres, jusqu'au pied d'un haut mur de pierre qui s'enfonçait sur la gauche et sur la droite aussi loin que portait le regard. Un son a surgi de la pénombre verdâtre, un son assez proche qui résonnait contre les pierres : le grondement d'un gros animal.

– Ce vieux Triple-Tête a faim, a dit Charon. (Son sourire s'est fait squelettique dans les reflets verts.) Pas de chance pour vous, graines de dieu.

Le fond du bac a glissé sur le sable noir. Les morts ont commencé à débarquer. Une femme qui tenait une petite fille par la main. Un vieil homme et une vieille femme qui allaient clopin-clopant, bras enlacés. Un garçon pas plus âgé que moi, qui s'éloignait à pas traînants et silencieux dans sa robe grise.

– Je t'aurais bien souhaité bonne chance, mon vieux, m'a

dit Charon, mais ça n'existe pas ici. Cela dit, n'oublie pas de parler de mon augmentation.

Il a compté nos pièces d'or et les a glissées dans sa bourse, puis il a repris sa perche. Tout en chantonnant un air qui ressemblait à du Barry Manilow, il a poussé sa barge vide vers l'autre rive.

Nous avons suivi les esprits le long d'un sentier vieux comme la mort.

Je ne sais pas trop ce que je m'étais imaginé – les Portes de l'Au-Delà, une herse noire, quelque chose d'un peu grandiose. Mais l'entrée des Enfers ressemblait à un croisement entre un péage d'autoroute et un poste de sécurité dans un aéroport.

Il y avait trois entrées séparées regroupées sous une immense arcade noire avec un panneau : VOUS ALLEZ PÉNÉTRER DANS L'ÉRÈBE. Chaque entrée était équipée d'un portique détecteur de métal et de caméras de sécurité. Derrière, il y avait des postes de péage tenus par des spectres en robe noire comme Charon.

Le grondement de l'animal affamé était vraiment fort, à présent ; pourtant je ne voyais pas d'où il venait. Cerbère, le chien tricéphale censé garder la porte d'Hadès, n'avait pas l'air d'être dans les parages.

Les morts faisaient la queue en trois files, deux devant des panneaux ENTRÉE SUR ENTRETIEN et une devant le panneau MORT DIRECTE.

La file MORT DIRECTE était fluide, tandis que les deux autres bougeaient à peine.

– Qu'en penses-tu ? ai-je demandé à Annabeth

– La file rapide doit aller directement à l'Asphodèle, a-t-elle répondu. Pas de suspense. Les gens ne veulent pas courir le risque d'un jugement au tribunal parce que ça pourrait se retourner contre eux.

– Il y a un tribunal pour les morts ?

– Oui. Il y a trois juges, qui président à tour de rôle. Le roi Minos, Thomas Jefferson, Shakespeare – ce genre de gens. Parfois, ils regardent une vie et décident que cette personne mérite une récompense particulière : les Champs-Élysées. Parfois ils décident d'une punition. Mais la plupart des gens se sont contentés de vivre. Rien de spécial, ni en bon ni en mauvais. Alors ils vont à l'Asphodèle.

– Et qu'est-ce qu'ils font ?

– Imagine-toi, a dit Grover, dans un champ de blé du Kansas. Pour toujours.

– Rude, ai-je dit.

– Pas aussi rude que ça, là-bas, a marmonné Grover. Regarde.

Deux spectres en robe noire avaient pris un esprit à l'écart et le fouillaient. Le visage du mort me disait vaguement quelque chose.

– C'est le prêtre dont on a parlé aux informations, tu te souviens ? m'a dit Grover.

– Ah, oui.

Je m'en souvenais maintenant. Nous l'avions vu deux ou trois fois au journal télévisé à Yancy. C'était ce télévangéliste exaspérant qui avait récolté des millions de dollars pour des orphelinats dans l'État de New York puis qui s'était fait prendre à dépenser l'argent pour lui en se faisant installer des trucs comme des lunettes de toilettes plaquées or ou un mini-golf couvert. Il s'était tué en fuyant les voitures de police au volant de sa « Lamborghini du Seigneur », qui était tombée du haut d'une falaise.

– Qu'est-ce qu'ils lui font ? ai-je demandé.

– Punition spéciale d'Hadès, je suppose, a dit Grover. Les gens vraiment mauvais lui sont soumis dès leur arrivée. Les Fur... les Bienveillantes inventent une torture éternelle pour chacun.

La pensée des Furies m'a fait frissonner. Je me suis rendu compte que j'étais sur leur territoire, à présent. La vieille Mme Dodds devait se lécher les babines d'avance.

– Mais si c'est un prédicateur, ai-je dit, et s'il croit à un enfer différent...

– Qui te dit qu'il voit ce lieu de la même façon que nous ? a répondu Grover avec un haussement d'épaules. Les humains ne voient que ce qu'ils veulent. Vous êtes très têtus, euh, persévérants, à cet égard.

Nous nous sommes rapprochés des portes. Le grondement était si fort, maintenant, que le sol tremblait sous mes pieds, pourtant je ne trouvais toujours pas d'où il pouvait bien provenir.

Alors, à une quinzaine de mètres devant nous, la brume verte a scintillé. Planté exactement à l'endroit où le chemin se divisait en trois, il y avait un énorme monstre un peu flou.

Je ne l'avais pas vu avant parce qu'il était à moitié transparent, comme les morts. Tant qu'il ne bougeait pas, il se fondait dans l'arrière-plan. Seuls ses yeux et ses crocs paraissaient en dur. Il braquait ses regards sur moi.

J'en suis resté bouche bée. Tout ce que j'ai trouvé à dire, ce fut :

– C'est un rottweiler.

Je m'étais toujours imaginé Cerbère comme un grand dogue noir. Mais c'était de toute évidence un rottweiler de race, à ces détails près bien sûr qu'il faisait à peu près la taille d'un mammouth, qu'il était presque invisible et qu'il avait trois têtes.

Les morts passaient devant lui sans manifester aucune peur. Les files ENTRÉE SUR ENTRETIEN bifurquaient sur sa gauche et sa droite. Les esprits qui empruntaient la MORT DIRECTE passaient carrément entre ses pattes de devant et sous son ventre, sans même avoir besoin de se pencher.

– Je commence à le voir plus nettement, ai-je dit. Comment ça se fait ?

– Je crois... (Annabeth a passé la langue sur les lèvres.) J'ai peur que ce soit parce que nous nous rapprochons d'un état de mort.

Le chien a tendu sa tête du milieu vers nous. Elle a reniflé l'air et grondé.

– Il sent l'odeur du vivant, ai-je dit.

– Mais ce n'est pas grave, a rétorqué Grover, qui tremblait à côté de moi. Parce que nous avons un plan.

– Exact, a renchéri Annabeth.

Je ne lui avais jamais entendu une si petite voix. Le plan.

Nous nous sommes avancés vers le monstre.

La tête du milieu nous a montré les dents puis a éclaté en aboiements si forts que mes yeux ont roulé dans leurs orbites.

– Tu comprends ce qu'il dit ? ai-je demandé à Grover.

– Oh oui, hélas.

– Que dit-il ?

– Je ne crois pas que les humains disposent d'un juron qui puisse exprimer ça.

J'ai sorti le grand bâton de mon sac à dos – une colonne de lit que j'avais arrachée du modèle d'exposition Safari Deluxe chez Crusty. J'ai levé le bâton en l'air en m'efforçant d'envoyer mentalement des pensées canines heureuses à Cerbère – des publicités pour croquettes, de mignons petits chiots jouant avec des tuyaux d'arrosage. J'ai essayé de sourire comme si je n'étais pas sur le point de mourir.

– Hé, mon grand ! me suis-je écrié. Je parie qu'on ne joue pas souvent avec toi.

– GRRRRRRRRRRR ! ! !

– Gentil, ai-je dit d'une voix faible.

J'ai agité le bâton. La tête du milieu a suivi le mouvement. Les deux autres têtes se sont rivées sur moi en ignorant complètement les esprits. Cerbère m'accordait son attention entière. Je n'en demandais pas tant...

– Va chercher !

J'ai lancé le bâton dans l'obscurité d'un geste énergique. Je l'ai entendu faire *Plouf !* dans le Styx.

Cerbère m'a toisé, pas impressionné pour deux sous. Il avait le regard froid et torve.

Autant pour le plan.

Cerbère émettait maintenant un grondement différent, qui montait du tréfonds de ses trois gorges.

– Euh... Percy ? a fait Grover.

– Ouais ?

– Je me disais juste que ça t'intéresserait...

– Ouais ?

– Cerbère dit qu on a dix secondes pour prier le dieu de notre choix. Après ça... ben... il a faim.

– Attendez ! s'est écriée Annabeth, qui s'est mise à fouiller dans son sac à dos.

Qu'est-ce qu'elle trame ? me suis-je demandé.

– Cinq secondes, a dit Grover. On se sauve ?

Annabeth a sorti une balle en caoutchouc rouge de la taille d'un pamplemousse, qui portait l'inscription : AQUALAND, DENVER. Avant que j'aie pu l'arrêter, elle a levé la balle bien haut et s'est avancée d'un pas ferme vers Cerbère.

– Tu vois la balle ? a-t-elle crié. Tu veux la balle, Cerbère ? Assis !

Cerbère a paru aussi sidéré que nous.

Ses trois têtes se sont penchées de côté. Ses six narines se sont dilatées.

– Assis ! a ordonné Annabeth de nouveau.

J'étais persuadé que d'une seconde à l'autre, elle allait jouer le rôle du plus grand biscuit pour chien de la terre.

Mais Cerbère a léché ses trois paires de babines, a remué l'arrière-train et s'est assis en écrasant immédiatement une douzaine d'esprits qui passaient sous lui dans la file MORT DIRECTE. Les esprits se sont dissipés avec des chuintements étouffés, comme l'air qui s'échappe d'un pneu.

– Gentil ! a dit Annabeth.

Elle a lancé la balle à Cerbère.

Il l'a attrapée dans sa gueule du milieu. Elle était à peine assez grande pour qu'il puisse la mordiller. Là-dessus, les deux autres têtes se sont attaquées à celle du milieu pour essayer de s'emparer du nouveau jouet.

– Lâche ! a ordonné Annabeth.

Les têtes de Cerbère ont arrêté de se chamailler et l'ont regardée. La balle était coincée entre deux crocs comme une minuscule boulette de chewing-gum. Cerbère a poussé un gémissement sonore et effrayant, puis a lâché la balle, maintenant couverte de bave et à moitié déchiquetée, aux pieds d'Annabeth.

– Gentil. (Annabeth a ramassé la balle sans se soucier de la bave et s'est tournée vers nous.) Allez-y. La file MORT DIRECTE, c'est la plus rapide.

– Mais..., ai-je dit.

– Tout de suite ! a-t-elle ordonné, sur le même ton qu'elle employait avec le chien.

Grover et moi, nous nous sommes avancés à petits pas hésitants

Cerbère s'est mis à gronder

– Attends ! a ordonné Annabeth au monstre. Si tu veux la balle, attends !

Cerbère a gémi, mais il a attendu sans bouger.

– Et toi ? ai-je demandé à Annabeth quand nous sommes passés devant elle.

– Je sais ce que je fais, Percy, a-t-elle bougonné. En tout cas, j'en suis à peu près sûre.

Grover et moi nous sommes avancés entre les pattes du monstre.

S'il te plaît, Annabeth, ai-je prié en silence, *ne lui dis pas de s'asseoir de nouveau*.

Nous sommes arrivés de l'autre côté. Cerbère n'était pas moins effrayant vu de dos.

– Bon chien ! a dit Annabeth.

Elle a levé la balle rouge déchiquetée et elle est sans doute arrivée à la même conclusion que moi : si elle récompensait Cerbère, il ne resterait plus de quoi jouer une nouvelle fois.

Elle lui a quand même lancé la balle. La gueule de gauche du monstre l'a saisie au vol, malgré les claquements de mâchoires de la tête du milieu et les grognements de protestation de la tête de droite.

Profitant de la distraction du monstre, Annabeth est vite passée sous son ventre et nous a rejoints devant le détecteur de métal.

– Comment t'as fait ? lui ai-je demandé, estomaqué.

– L'école de dressage, a-t-elle dit à bout de souffle, et j'ai pu voir avec étonnement qu'elle avait les larmes aux yeux. Quand j'étais petite, chez mon père, nous avions un doberman...

– C'est pas le moment, a dit Grover en me tirant par mon tee-shirt. Venez !

Nous allions remonter en flèche la file MORT DIRECTE lorsque Cerbère a gémi pitoyablement par ses trois gueules. Annabeth s'est arrêtée.

Elle s'est retournée vers le chien, qui avait fait volte-face pour nous regarder.

Cerbère haletait, plein d'impatience. La minuscule balle rouge gisait en lambeaux dans une flaque de bave à ses pieds.

– Gentil, a dit Annabeth (mais sa voix avait un timbre triste et hésitant).

Le monstre a incliné ses têtes comme s'il se faisait du souci pour elle.

– Je t'apporterai une autre balle bientôt, a promis doucement Annabeth. Ça te ferait plaisir ?

Le monstre a gémi. Je n'avais pas besoin de parler le canin pour savoir que Cerbère attendait toujours la balle.

– Gentil chien. Je reviendrai te voir bientôt. Je... je te promets. (Annabeth s'est retournée vers nous.) Allons-y.

Grover et moi, nous nous sommes élancés sous le portique détecteur de métal, lequel a aussitôt explosé en hurlements et lumières rouges clignotantes.

– Objets non autorisés ! Magie détectée !

Cerbère s'est mis à aboyer.

Nous avons franchi en courant la porte MORT DIRECTE, ce qui a déclenché encore plus de sirènes d'alarme et nous avons déboulé à fond de train aux Enfers.

Quelques minutes plus tard, nous étions cachés dans le tronc pourri d'un immense arbre noir, tout essoufflés, tandis que des spectres de sécurité défilaient au pas de charge en appelant les Furies au secours à grands cris.

– Eh bien, Percy, a murmuré Grover, qu'avons-nous appris aujourd'hui ?

– Que les chiens tricéphales préfèrent les balles en caoutchouc aux bâtons ?

– Non, m'a dit Grover. Nous avons appris que tes plans ne manquent pas de mordant !

Je n'étais pas si mécontent que ça de notre plan, pourtant. J'avais le sentiment qu'Annabeth et moi avions peut-être vu juste, tous les deux. Même ici aux Enfers, tout le monde – monstres compris – avait besoin d'un peu d'attention de temps en temps.

J'y ai réfléchi pendant que nous attendions que les spectres s'éloignent. J'ai fait semblant de ne pas voir Annabeth essuyer une larme sur sa joue en entendant la plainte triste de Cerbère, au loin, qui se languissait de sa nouvelle amie.

19 Nous découvrons la vérité, plus ou moins

Imaginez la plus grande foule que vous ayez jamais vue à un concert, ou un terrain de football bourré de supporters. Maintenant, imaginez un champ qui soit un million de fois plus grand, plein de monde, et imaginez qu'il y ait une panne d'électricité et pas un bruit, pas une lumière, pas un ballon de plage qui rebondisse au-dessus des têtes. Il vient de se passer quelque chose de tragique en coulisses. D'immenses groupes de gens circulent entre les ombres en murmurant, attendant un concert qui ne commencera jamais.

Si vous arrivez à vous représenter cette scène, vous aurez une assez bonne idée de ce à quoi ressemblaient les Champs d'Asphodèle. L'herbe noire avait été piétinée par des éternités de pieds morts. Un vent moite et tiède soufflait, tels les effluves d'un marais. Des arbres noirs – Grover m'a dit que c'étaient des peupliers – poussaient en bosquets çà et là

La voûte de la caverne était si haute au-dessus de nos têtes qu'il aurait pu s'agir d'une masse de nuages d'orage, sans les stalactites qui luisaient d'un éclat gris pâle et paraissaient méchamment pointues. J'essayais de ne pas penser qu'elles pouvaient nous tomber dessus à tout moment, mais les champs étaient hérissés de plusieurs stalactites qui s'étaient décrochées et plantées dans l'herbe noire. Je suppose que les morts n'avaient pas à se préoccuper de risques mineurs comme se faire écraser par une stalactite de la taille d'une fusée d'appoint.

Annabeth, Grover et moi nous efforcions de nous fondre dans la foule, tout en guettant les spectres de sécurité. Je ne pouvais pas m'empêcher de chercher des visages connus parmi les esprits de l'Asphodèle, mais les morts sont difficiles à regarder. Leurs visages scintillent. Ils ont tous l'air un peu en colère ou déconcertés. Ils s'approchent de toi et te parlent, mais leurs voix ressemblent à un gazouillis de chauve-souris. Une fois qu'ils se rendent compte qu'on ne les comprend pas, ils font la grimace et s'éloignent.

Les morts ne font pas peur, ils sont tristes, c'est tout.

Nous avancions lentement, suivant la queue des nouveaux venus qui s'étirait en serpentant entre le portail d'entrée et un pavillon surmonté d'une tente noire, dont la bannière annonçait :

JUGEMENTS POUR L'ÉLYSÉE
ET LA DAMNATION ÉTERNELLE
Bienvenue aux Nouveaux Défunts !

Deux files beaucoup plus petites ressortaient à l'arrière du pavillon.

Sur la gauche, des esprits flanqués de spectres de sécurité étaient menés par un sentier rocailleux vers les Champs du Châtiment qui luisaient et fumaient au loin : un immense désert craquelé et miné, parcouru de rivières de lave et de kilomètres de barbelés séparant les différents secteurs de torture. Même de loin, je voyais des gens pourchassés par des Chiens des Enfers, brûlés au bûcher, forcés à courir tout nus dans des jardins de cactus ou à écouter de la musique d'opéra. Je suis même parvenu à distinguer une colline minuscule, avec la silhouette de fourmi de Sisyphe qui se démenait pour pousser son rocher vers le sommet. J'ai vu de pires tortures, également – des choses que je ne veux pas décrire.

La queue qui sortait du côté droit du pavillon du jugement était nettement plus enviable. Elle menait à une petite vallée entourée de murs – une résidence protégée qui semblait constituer le seul endroit heureux des Enfers. Derrière les grilles de sécurité se déployaient de magnifiques quartiers résidentiels de toutes les époques historiques, villas romaines, châteaux médiévaux, demeures victoriennes. Des fleurs d'or et d'argent fleurissaient sur les pelouses. L'herbe ondulait de toutes les couleurs de l'arc-en-ciel. J'entendais des rires et je sentais des odeurs de barbecue.

L'Élysée.

Au milieu de cette vallée, il y avait un lac bleu étincelant parsemé de trois petites îles, genre villégiature de rêve aux Bahamas. Les Îles du Blest, pour les gens qui ont choisi de renaître trois fois et qui trois fois ont accédé à l'Élysée. J'ai tout de suite su que c'était là que je voulais aller quand je serais mort.

– Eh oui, c'est ça l'idée, a dit Annabeth comme si elle lisait dans mes pensées. C'est le lieu réservé aux héros.

Je me suis alors fait la réflexion qu'il y avait extrêmement peu de gens à l'Élysée, qu'il était minuscule comparé à l'Asphodèle ou même aux Champs du Châtiment. Si peu de gens faisaient le bien de leur vivant. C'était déprimant.

Nous avons dépassé le pavillon du jugement et nous nous sommes enfoncés plus avant dans l'Asphodèle. Au loin se dressait un palais d'obsidienne noire et luisante. Trois créatures sombres aux silhouettes de chauve-souris voletaient au-dessus des parapets : les Furies. J'ai eu le sentiment qu'elles nous attendaient.

– Je suppose qu'il est trop tard pour faire demi-tour, a dit Grover avec une pointe de mélancolie.

– Ça va aller, t'inquiète, ai-je dit d'un ton qui se voulait confiant.

– Peut-être qu'on devrait explorer d'autres secteurs d'abord, a repris Grover. L'Élysée, par exemple...

– Voyons, biquet, a dit Annabeth en l'attrapant par le bras.

Grover a glapi. Ses baskets ont brusquement sorti leurs ailes et ses jambes se sont élancées vers l'avant, l'arrachant à Annabeth. Il est retombé à plat dos dans l'herbe.

– Grover, a grondé Annabeth, arrête de faire l'andouille.

– Mais je...

Il a glapi de nouveau. Ses chaussures battaient follement des ailes, à présent. Elles ont décollé du sol et commencé à l'entraîner loin de nous.

– *Maïa !* a-t-il crié, mais le mot magique semblait avoir perdu son effet. *Maïa*, j'ai dit ! Au secours !

Je me suis secoué de ma stupéfaction et j'ai voulu attraper la main de Grover, mais il était trop tard. Il gagnait en vitesse et glissait le long la pente comme un bobsleigh.

Nous nous sommes mis à courir derrière lui.

– Défais tes lacets ! lui a crié Annabeth.

En soi, c'était une bonne idée, mais sans doute pas très facile à réaliser quand vos chaussures vous emportent à fond de train dans une pente. Grover a essayé de se redresser, mais il n'arrivait pas à atteindre ses lacets.

Il fonçait entre les jambes des esprits qui chuchotaient des remarques agacées à son passage et nous lui courions après en essayant de ne pas le perdre de vue.

J'étais persuadé que Grover allait franchir en trombe le portail d'entrée du palais d'Hadès, mais ses chaussures ont soudain obliqué abruptement vers la droite et l'ont emmené dans la direction opposée.

La pente s'est accentuée. Grover a pris de la vitesse. Annabeth et moi devions courir de toutes nos forces pour ne pas nous faire distancer. Les murs de la caverne se sont resserrés et j'ai compris que nous étions entrés dans une sorte de tunnel latéral. Plus d'herbe noire ni d'arbres, ici, rien que la pierre sous les pieds et la lueur diffuse des stalactites au-dessus de nous.

– Grover ! ai-je hurlé d'une voix qui a résonné fort dans le boyau. Raccroche-toi à quelque chose !

– À quoi ? a-t-il crié à son tour.

Il agrippait des graviers mais ses mains ne trouvaient rien d'assez lourd pour le ralentir.

Il faisait de plus en plus sombre et froid dans le tunnel. Les poils de mes bras se sont hérissés. Ça sentait le mal, ici. Des horreurs dont je n'aurais même pas dû avoir connaissance surgissaient dans mon esprit : du sang répandu sur un autel de pierre antique, l'haleine fétide d'un meurtrier.

Soudain j'ai vu ce qui se trouvait plus loin devant nous, et j'ai pilé net.

Le tunnel débouchait sur une vaste caverne sombre, au milieu de laquelle s'ouvrait un gouffre grand comme un pâté de maisons.

Grover glissait vers le bord du gouffre.

– Grouille, Percy ! a hurlé Annabeth en me prenant par le poignet

– Mais c est..

- Je sais ! a-t-elle crié. L'endroit que tu as vu dans ton rêve ! Mais Grover va tomber dedans si nous ne le rattrapons pas.

Elle avait raison, bien sûr, et à la pensée du sort qui menaçait Grover, je suis reparti de plus belle.

Il hurlait, essayait de se retenir au sol, mais les baskets ailées l'entraînaient inexorablement vers l'abîme et nous semblions mal partis pour le rattraper à temps

Ce qui l'a sauvé, ce furent ses sabots.

Les baskets volantes avaient toujours été mal ajustées à ses pieds, et pour finir Grover a heurté une grosse pierre et la basket gauche s'est détachée en voltigeant. Elle a fusé dans le noir et disparu dans le gouffre. La chaussure droite tirait toujours Grover, mais moins vite Il a pu se ralentir en s'agrippant à la grosse pierre comme à une ancre.

Il n'était plus qu'à trois mètres du bord quand nous l'avons enfin rattrapé et hissé vers le haut de la pente. L'autre chaussure s'est détachée à son tour et elle a voleté en cercles audessus de nos têtes en nous assénant quelques coups furieux avant de piquer vers les profondeurs de l'abîme rejoindre sa sœur.

Nous nous sommes effondrés, à bout de forces, sur les graviers d'obsidienne. J'avais l'impression d'avoir les bras et les jambes en plomb. Même mon sac à dos paraissait plus lourd, comme si quelqu'un l'avait subrepticement rempli de pierres.

Grover était écorché de partout. Ses mains saignaient. Ses yeux s'étaient réduits à deux fentes obliques, comme ceux des chèvres lorsqu'elles sont terrifiées.

Je ne sais pas comment..., a-t-il dit d'une voix haletante. Je n'ai pas...

– Attends, ai-je interrompu. Écoutez.

J'entendais quelque chose, comme un murmure grave dans l'obscurité.

Au bout de quelques secondes, Annabeth a dit .

– Percy, cet endroit...

– Chut.

Je me suis levé. Le son enflait. C'était un grommellement, une voix maléfique qui sourdait des lointaines, très lointaines profondeurs. Qui montait de l'abîme.

Grover s'est redressé :

– Qu'est-ce que c'est que ce bruit ?

Annabeth l'entendait elle aussi, à présent. Je le lisais dans ses yeux.

– Le Tartare. C'est l'entrée du Tartare.

J'ai décapuchonné Anaklusmos.

L'épée de bronze s'est déployée, a lui dans l'obscurité, et la voix maléfique a paru se briser, ne serait-ce qu'un instant, avant de reprendre sa mélopée.

Je pouvais presque distinguer des mots à présent, des mots anciens, très anciens, plus vieux même que le grec. Comme si...

– C'est de la magie, ai-je dit.

– Nous devons partir d'ici, a dit Annabeth.

À nous deux, nous avons aidé Grover à se remettre sur ses sabots et nous nous sommes tous engagés dans le tunnel. Mes jambes refusaient d'avancer aussi vite que je le leur dictais. Le poids de mon sac à dos me ralentissait. Derrière nous, la voix devenait plus forte et plus rageuse, et nous nous sommes mis à courir.

Il était moins une.

Un souffle de vent froid nous a tirés dans le dos, comme si le gouffre tout entier inspirait. Pendant quelques terrifiantes secondes, j'ai perdu pied et j'ai dérapé sur le gravier. Si nous avions été plus près du gouffre, nous aurions été aspirés.

Péniblement, nous avons continué d'avancer et nous sommes enfin arrivés à l'orée du boyau, là où la caverne s'élargit et rejoint les Champs d'Asphodèle. Le vent est tombé. Un mugissement outragé a résonné dans les profondeurs du tunnel. Quelque chose n'était pas content que nous nous en soyons tirés.

– Qu'est-ce que c'était ? a demandé Grover, une fois que nous nous fûmes écroulés dans la relative sécurité d'un bosquet de peupliers noirs. Un des chouchous d'Hadès ?

Annabeth et moi avons échangé un regard. Je voyais qu'elle avait une idée en tête, sans doute celle qui lui était venue pendant le trajet en taxi, mais elle avait trop peur pour nous en faire part. Cela suffisait à me terrifier.

J'ai recapuchonné mon épée et glissé le stylo-bille dans ma poche.

– Remettons-nous en route. (Je me suis tourné vers Grover.) Tu peux marcher ?

– Oui, bien sûr, a-t-il répondu en ravalant sa salive. De toute façon, je n'ai jamais aimé ces chaussures.

Il essayait de se montrer courageux, mais il tremblait aussi fort qu'Annabeth et moi. La chose qui se trouvait dans ce gouffre, quelle qu'elle soit, n'était le chouchou de personne. C'était quelque chose de terriblement vieux et puissant. Même Echidna ne m'avait pas fait cet effet-là. J'ai presque éprouvé du soulagement quand nous avons tourné le dos au tunnel pour nous diriger vers le palais d'Hadès.

Presque.

Les Furies décrivaient des cercles au-dessus des parapets, voletant haut dans l'obscurité lugubre. Les murs d'enceinte de la forteresse luisaient d'un éclat noir et les portes de bronze hautes de deux étages étaient grandes ouvertes.

De près, j'ai vu que les gravures ornant les panneaux de bronze représentaient des scènes de mort. Certaines évoquaient les temps modernes – une bombe atomique explosant au-dessus d'une ville, une tranchée pleine de soldats portant des masques à gaz, une file d'Africains victimes d'une famine faisant la queue, un bol vide à la main – mais d'autres semblaient avoir été tracées dans le bronze depuis des millénaires. Je me suis demandé si j'avais devant les yeux des prophéties qui s'étaient réalisées.

La cour du palais abritait le jardin le plus bizarre que j'aie jamais vu. Des champignons multicolores, des buissons vénéneux et d'étranges plantes luminescentes poussaient sans soleil. Des pierres précieuses compensaient l'absence de fleurs, des amoncellements de rubis gros comme le poing, des grappes de diamants étincelants. Çà et là, tels des invités figés sur place, se dressaient des statues de jardin de chez Méduse, enfants, satyres et centaures pétrifiés au sourire grotesque.

Au centre du jardin se trouvait un verger planté de grenadiers, dont les fleurs orange brillaient comme des néons dans le noir.

– Le jardin de Perséphone, a dit Annabeth. Pressez le pas.

J'ai compris pourquoi elle voulait que nous passions notre chemin. L'odeur acidulée de ces grenades était presque irrésistible. J'ai ressenti le désir soudain d'en manger, mais je me suis souvenu de l'histoire de Perséphone. Une bouchée de nourriture des Enfers, et nous ne pourrions plus jamais repartir. J'ai tiré Grover par le bras pour l'empêcher de cueillir une belle grenade bien mûre.

Nous avons gravi les marches du palais, flanquées de colonnes noires de part et d'autre, avant de traverser un portique de marbre noir et de pénétrer dans la demeure d'Hadès. Le sol du vestibule était en bronze poli, qui semblait en fusion sous les reflets des torches. Il n'y avait pas de plafond, rien que la voûte de la caverne tout en haut. Je suppose qu'il n'y avait pas à s'inquiéter de la pluie, dans ces profondeurs.

Toutes les portes latérales étaient gardées par des squelettes en tenue militaire. Certains portaient des armures grecques, d'autres des uniformes de soldats anglais du XVIIIe siècle, certains encore des gilets de camouflage avec des drapeaux américains en lambeaux sur les épaules. Ils étaient armés de lances, de mousquets ou de M16. Aucun d'eux ne nous a cherché querelle, mais leurs orbites vides nous ont suivis pendant que nous traversions le vestibule pour rejoindre les grandes doubles portes du fond.

Deux squelettes de marines américains gardaient ces portes. Ils nous ont souri, le lance-grenades autopropulsé serré contre la cage thoracique.

– Vous savez quoi, a bougonné Grover, je parie qu'Hadès ne se fait pas embêter par les démarcheurs.

Mon sac à dos pesait une tonne, à présent. Je n'arrivais pas à comprendre pourquoi. J'avais envie de l'ouvrir, de vérifier que je n'y avais pas fourré une boule de bowling par mégarde, mais ce n'était pas le moment.

– À votre avis, les gars, ai-je dit, est-ce qu'on devrait frapper ?

Un souffle de vent chaud a traversé le hall et les portes se sont ouvertes. Les gardes se sont écartés.

– Je suppose que ça veut dire « Entrez », a dit Annabeth.

La salle qui se trouvait derrière les portes était exactement semblable à celle de mon rêve, à cette différence près que là, le trône d'Hadès était occupé.

C'était le troisième dieu que je rencontrais, mais le premier qui me fasse vraiment l'effet d'être un dieu.

Il mesurait au moins trois mètres de haut, pour commencer, et il portait une longue toge en soie noire et une couronne d'or tressé. Il avait la peau d'une blancheur albinos et des cheveux noir de jais qui lui tombaient aux épaules. Il n'était pas baraqué comme Arès, mais il irradiait la puissance. Affalé sur son trône d'os humains, il avait la souplesse, la grâce et l'éclat dangereux d'une panthère.

J'ai tout de suite senti que c'était lui qui devait donner les ordres. Il en savait bien plus que moi. Il devait être mon maître. Puis je me suis intimé de réagir et de me secouer.

L'aura d'Hadès m'affectait, tout comme l'avait fait celle

d'Arès. Le Seigneur des Morts me rappelait des photos des grands dictateurs et criminels de guerre : Hadès avait les mêmes yeux passionnés, le même charisme maléfique et fascinant.

– Tu es courageux de venir ici, fils de Poséidon, m'a-t-il dit d'une voix onctueuse. Très courageux en vérité, après ce que tu m'as fait. À moins que tu ne sois simplement très idiot.

Une torpeur s'emparait de mes membres, m'incitant à m'allonger et à faire une petite sieste aux pieds d'Hadès. Me rouler en boule par terre et dormir pour toujours.

J'ai résisté à cette impulsion et fait un pas vers lui. Je savais ce que j'avais à dire.

– Seigneur et oncle, je viens avec deux requêtes.

Hadès a levé un sourcil. Lorsqu'il s'est avancé dans son trône, des visages d'ombre sont apparus dans les plis de ses robes noires, des visages tourmentés, comme si le vêtement était fait d'âmes prisonnières arrachées aux Champs du Châtiment et cousues entre elles, qui essayaient de se libérer. L'hyperactif en moi s'est demandé si le reste de ses vêtements étaient fabriqués de la même manière. Quelles horreurs faut-il avoir commises dans sa vie pour finir cousu dans le slip d'Hadès ?

– Rien que deux requêtes ? a dit Hadès. Petit arrogant. Comme si tu n'avais pas déjà pris assez de choses comme ça. Vas-y, parle. Ça m'amuse de ne pas te terrasser tout de suite.

J'ai ravalé ma salive. Ça se passait à peu près aussi bien que je l'avais redouté.

J'ai jeté un coup d'œil à un trône vide, un peu plus petit, voisin de celui d'Hadès. Il avait la forme d'une fleur noire, dorée à l'or. Si seulement la reine Perséphone était là. Je me souvenais d'avoir appris dans les légendes qu'elle savait calmer les colères de son mari. Mais c'était l'été. Perséphone était à la surface, bien sûr, dans le monde de la lumière avec sa mère Déméter, la déesse de la terre. C'étaient ses visites qui créaient la saison, et non l'inclinaison de la planète.

Annabeth s'est raclé la gorge. Elle m'a poussé du doigt dans le dos.

– Seigneur Hadès, ai-je dit. Écoutez, seigneur, ce n'est pas possible qu'il y ait une guerre entre les dieux. Ce serait... catastrophique.

– Vraiment catastrophique, a renchéri Grover.

– Rendez-moi l'éclair primitif de Zeus, ai-je dit. S'il vous plaît, seigneur. Laissez-moi le rapporter à l'Olympe.

Une lueur dangereuse a brillé dans les yeux d'Hadès.

– Tu oses maintenir ce mensonge, après ce que tu as fait ?

J'ai jeté un coup d'œil à mes amis. Ils avaient l'air aussi déconcertés que moi.

– Euh... Oncle, ai-je dit. Vous n'arrêtez pas de dire « après ce que j'ai fait ». Qu'est-ce que j'ai fait, au juste ?

Un tremblement si fort a secoué la salle du trône qu'on l'a sûrement senti à la surface, à Los Angeles. Des débris sont tombés de la voûte de la caverne. Des portes se sont ouvertes le long des murs et des guerriers squelettes ont déferlé, par centaines, de toutes les époques et toutes les nations de la civilisation occidentale. Ils se sont déployés sur tout le périmètre de la salle en barrant les issues.

– Crois-tu que je *souhaite* la guerre, graine de dieu ? a tonné Hadès.

J'avais envie de dire : « Ben, ces types n'ont pas l'air de militants pacifistes », mais j'ai craint que ce ne soit une réponse dangereuse.

– Vous êtes le Seigneur des Morts, ai-je dit avec prudence. Une guerre développerait votre royaume, non ?

– C'est bien le genre de choses que racontent mes frères ! Crois-tu que j'aie besoin de davantage de sujets ? Tu n'as pas vu l'étendue de l'Asphodèle ?

– Ben, euh...

– As-tu la moindre idée de la croissance qu'a connue mon royaume ne serait-ce qu'au courant du siècle dernier ? De toutes les nouvelles sous-divisions que j'ai dû ouvrir ?

J'ai ouvert la bouche pour répondre, mais Hadès était parti sur sa lancée.

– Toujours plus de spectres de sécurité, a-t-il gémi. Des embouteillages au pavillon du jugement. Deux fois plus d'heures supplémentaires pour le personnel. J'étais un dieu riche, autrefois, Percy Jackson. C'est moi qui contrôle tous les gisements de métaux précieux. Mais j'ai de ces frais !

– Charon veut une augmentation, ai-je lâché à brûle-pourpoint, par associations d'idées. (J'ai immédiatement regretté d'avoir laissé passer cette occasion de me taire.)

– Ne me parle pas de Charon ! a hurlé Hadès. Il est infernal depuis qu'il a découvert les costumes italiens ! Des problèmes, des problèmes dans tous les sens et je dois tous les résoudre moi-même. Le temps qu'il faut pour aller du palais aux portes, rien que ça, ça me rend dingue ! Et les morts n'arrêtent pas d'arriver. Non, graine de dieu. Je n'ai pas besoin d'aide pour récupérer des sujets ! Je n'ai pas voulu cette guerre.

– Mais vous avez pris l'éclair primitif de Zeus.

– Mensonges ! (De nouveaux grondements. Hadès s'est levé de son trône et déplié de toute sa hauteur de poteau de but.) Ton père peut berner Zeus, mon garçon, mais moi je ne suis pas un imbécile. Je vois clair dans son jeu.

– Son jeu ?

– C'était toi le voleur, le jour du solstice d'hiver, a-t-il dit. Ton père s'imaginait que tu resterais son petit secret. Il t'a expliqué comment t'introduire dans la salle du trône de l'Olympe. Tu as pris mon casque en plus de l'éclair. Si je n'avais pas envoyé ma Furie te débusquer à l'Institut Yancy, Poséidon serait peut-être arrivé à cacher ses machinations guerrières. Mais à présent tu as été obligé de te montrer au grand jour. Tu vas être démasqué comme le voleur de Poséidon et moi, je vais récupérer mon casque !

– Mais... (Annabeth a pris la parole. Je voyais que son cerveau carburait à mille à l'heure.) Seigneur Hadès, votre casque d'invisibilité a disparu également ?

– Ne fais pas l'innocente avec moi, gamine. Le satyre et toi, vous aidez ce héros qui vient ici me menacer au nom de Poséidon, sans doute, et qui veut me poser un ultimatum. Poséidon s'imagine-t-il qu'il peut m'obliger à le soutenir en me faisant du chantage ?

– Non, ai-je dit. Poséidon n'a pas... n'a pas...

– Je n'ai pas parlé de la disparition du casque, a repris hargneusement Hadès, parce que je ne me fais pas d'illusions. Je sais bien que personne à l'Olympe ne m'apporterait le moindre secours, la moindre justice. Je ne peux pas me permettre de laisser courir la rumeur que mon arme de terreur la plus puissante a disparu. Alors je me suis mis à ta recherche moi-même, et quand il s'est avéré clairement que tu venais me trouver pour m'apporter ta menace, je n'ai pas essayé de t'arrêter.

– Vous n'avez pas essayé de nous arrêter ? Mais...

– Rends-moi mon casque maintenant, ou j'arrêterai la mort, a menacé Hadès. Telle est ma contre-proposition. J'ouvrirai la terre et je laisserai les morts se déverser dans le monde. Je transformerai vos pays en cauchemar. Quant à toi, Percy Jackson, c'est ton squelette qui guidera mon armée hors des Enfers.

Les soldats-squelettes se sont tous avancés d'un pas en pointant leurs armes.

Là, j'aurais sans doute dû être terrifié. Or, bizarrement, j'étais offensé. Rien ne me met plus en colère que d'être accusé de quelque chose que je n'ai pas fait. Cela m'est arrivé très souvent.

– Vous ne valez pas mieux que Zeus, ai-je dit. Vous croyez que je vous ai volé ? C'est pour cela que vous avez lancé les Furies à mes trousses ?

– Bien sûr, a répondu Hadès.

– Et les autres monstres ?

– Je n'ai rien à voir avec eux, a dit Hadès avec un rictus. Je ne voulais pas de mort rapide pour toi – je voulais que tu me sois amené vivant pour te faire subir toutes les tortures des Champs du Châtiment. Pourquoi crois-tu que je vous ai laissé entrer si facilement dans mon royaume ?

– Facilement ?

– Rends-moi mon bien !

– Mais je n'ai pas votre casque. Je suis venu chercher l'éclair primitif.

– Que tu détiens déjà ! a hurlé Hadès. Tu es venu ici avec. petit imbécile, en t'imaginant que tu pourrais me menacer !

– C'est faux !

– Ouvre ton sac à dos, alors.

Un horrible pressentiment s'est emparé de moi. La lourdeur de mon sac à dos, comme une boule de bowling. Se pourrait-il...

J'ai fait glisser le sac de mon épaule et j'ai ouvert la fermeture éclair. À l'intérieur se trouvait un cylindre en métal long de soixante centimètres, pointu aux deux extrémités, qui vibrait d'énergie.

– Percy, a dit Annabeth. Comment...

– Je... je ne sais pas. Je ne comprends pas.

– Vous autres les héros, vous êtes tous pareils, a dit Hadès. Votre orgueil vous rend idiots. T'imaginer que tu peux te présenter devant moi avec cette arme ! Je n'ai pas demandé l'éclair primitif de Zeus, mais puisqu'il est là, tu vas me le céder. Je suis sûr qu'il me sera très utile pour les négociations. Et maintenant... mon casque. Où est-il ?

Je suis resté muet. Je n'avais pas le casque. J'ignorais complètement comment l'éclair primitif s'était retrouvé dans mon sac à dos. Je voulais croire qu'Hadès me jouait un tour quelconque. Hadès était le méchant. Mais soudain, la donne avait changé. Je prenais conscience que j'avais été manipulé. Quelqu'un d'autre avait dressé Zeus, Poséidon et Hadès l'un contre l'autre. L'éclair primitif était dans le sac à dos, et le sac à dos m'avait été donné par...

– Seigneur Hadès, attendez, ai-je dit. Tout ceci est une erreur.

Une erreur ? a rugi Hadès.

Les squelettes ont pointé leurs armes. De très haut, dans un bruissement d'ailes parcheminées, les trois Furies sont descendues se percher sur le dossier de leur maître. Celle qui avait le visage de Mme Dodds m'a souri avec impatience et elle a fait claquer son fouet.

– Il n'y a aucune erreur, a dit Hadès. Je sais pourquoi tu es venu. Je connais la véritable raison qui t'a poussé à m'apporter l'éclair. Tu es venu pour marchander sa libération *à elle*.

Hadès a fait rouler une boule de feu doré du creux de sa main. Elle a explosé sur les marches devant moi et là, figée dans une pluie d'or, exactement comme lorsque le Minotaure avait commencé à l'étrangler, se tenait ma mère.

Je n'ai pas pu émettre un son. J'ai tendu la main pour la toucher, mais la lumière brûlait comme des flammes vives.

– Oui, a dit Hadès avec satisfaction. Je l'ai prise. Je savais, Percy Jackson, que tôt ou tard tu viendrais pour essayer de négocier sa libération avec moi. Rends-moi mon casque et je la laisserai peut-être partir. Elle n'est pas morte, tu sais. Pas encore. Mais si tu me contraries, ça pourrait changer.

Je me suis souvenu des perles que j'avais dans ma poche. Peut-être pouvaient-elles me tirer d'affaire. Si seulement je pouvais libérer maman...

– Ah, les perles, a dit Hadès. (Mon sang s'est glacé dans mes veines.) Oui, mon frère et ses petites astuces. Montre-les moi, Percy Jackson.

Ma main a bougé contre mon gré et a sorti les perles de ma poche.

– Il n'y en a que trois, a dit Hadès. Quel dommage. Tu es conscient, bien sûr, que chaque perle ne protège qu'une seule personne. Essaye donc de prendre ta mère, petite graine de dieu. Et lequel de tes amis vas-tu m'abandonner pour l'éternité ? Vas-y. Choisis. Ou donne-moi ton sac à dos et accepte mes conditions.

J'ai regardé Annabeth et Grover. Tous deux avaient le visage grave.

– On s'est fait piéger, leur ai-je dit. Manipuler.

– Oui, mais pourquoi ? a demandé Annabeth Et la voix dans le gouffre...

– Je l'ignore encore, ai-je dit. Mais je compte bien poser la question.

– Décide-toi, petit ! a crié Hadès.

– Percy. (Grover a mis la main sur mon épaule.) Tu ne peux pas lui donner l'éclair.

– Je le sais.

– Laisse-moi ici. Sers-toi de la troisième perle pour ta mère.

– Non !

– Je suis un satyre, a dit Grover. Nous n'avons pas d'âmes comme les humains. Il peut me torturer jusqu'à la mort, mais il ne m'aura pas pour l'éternité. Je me réincarnerai juste en fleur ou je ne sais quoi. C'est la meilleure solution.

– Non. (Annabeth a dégainé son couteau de bronze.) Vous deux, vous partez. Grover, tu dois protéger Percy. Il faut que tu obtiennes ton permis de chercheur et que tu commences ta quête du dieu Pan. Faites sortir sa mère d'ici. Je vous couvrirai. Je compte me battre jusqu'à mon dernier souffle.

– Pas question, a dit Grover. Je reste.

– Repenses-y, biquet, a dit Annabeth.

- Arrêtez, vous deux !

J'avais l'impression qu'on me déchirait le cœur. Tous les deux avaient traversé tellement d'épreuves avec moi. Je me suis souvenu de Grover attaquant Méduse en rase-mottes dans son jardin de statues, d'Annabeth nous sauvant des crocs de Cerbère ; nous avions survécu au circuit aquatique d'Héphaïstos, à l'Arche de Saint Louis, au casino du Lotus. J'avais passé des milliers de kilomètres à craindre d'être trahi par un ami, mais ces amis-là ne feraient jamais une chose pareille. Ils n'avaient fait que me sauver, au contraire, à plusieurs reprises, et à présent ils étaient prêts à sacrifier leur vie pour ma mère.

– Je sais quoi faire, ai-je dit. Tenez.

Je leur ai tendu une perle à chacun.

– Mais, Percy..., a commencé Annabeth.

Je me suis tourné face à ma mère. Je souhaitais désespérément me sacrifier en lui consacrant la dernière perle, mais je savais ce qu'elle dirait. Elle ne le permettrait pas. Il fallait que je rapporte l'éclair à l'Olympe et que je révèle la vérité à Zeus. Il fallait que j'empêche la guerre. Elle ne me le pardonnerait jamais si je la sauvais au lieu d'accomplir ma mission. Je me suis souvenu de la prophétie qui m'avait été faite à la Colonie des Sang-Mêlé il y avait, me semblait-il, des milliers d'années : *Et à la fin, tu ne parviendras pas à sauver ce qui compte le plus.*

– Je suis désolé, ai-je dit à ma mère. Je reviendrai. Je trouverai un moyen.

Le visage d'Hadès a brusquement perdu son expression suffisante.

– Graine de dieu... ?

– Je retrouverai votre casque, oncle, ai-je dit. Je le rapporterai. N'oubliez pas l'augmentation de Charon.

– Ne me provoque pas !

– Et ce serait sympa de jouer avec Cerbère de temps en temps. Il aime les balles en caoutchouc rouge.

– Percy Jackson, tu ne vas pas...

– Allons-y, les gars ! ai-je crié.

Nous avons écrasé nos perles sous nos pieds. Pendant quelques angoissantes secondes, il ne s'est rien passé.

– Tuez-les ! a hurlé Hadès.

L'armée des squelettes s'est ruée vers nous, épées dégainées, mitraillettes en position automatique. Les Furies ont bondi en faisant crépiter leurs fouets lance-flammes.

À l'instant même où les squelettes ouvraient le feu, la perle a explosé à mes pieds dans une gerbe de lumière verte accompagnée d'une brise marine fraîche. Une sphère d'un blanc laiteux m'a enveloppé avant de décoller doucement du sol.

Annabeth et Grover étaient juste derrière moi. Les lances et les balles ricochaient sans même les érafler contre les bulles nacrées qui nous emportaient tous trois dans l'air. Hadès hurlait de rage, si fort que toute la forteresse tremblait, et j'ai deviné que ce ne serait pas une nuit paisible à Los Angeles.

– Regardez ! a crié Grover. Nous allons nous écraser !

Effectivement, nous foncions vers les stalactites, qui allaient certainement crever nos bulles et nous embrocher.

– Comment on contrôle ces engins ? a crié Annabeth.

– On ne les contrôle pas ! ai-je crié à mon tour.

Nous nous sommes mis à hurler quand les bulles se sont jetées contre la voûte, et puis. le noir.

Étions-nous morts ?

Non, je sentais toujours le mouvement d'ascension. Nous grimpions à toute vitesse en traversant l'écorce rocheuse aussi facilement qu'une bulle d'air dans de l'eau. C'était là le pouvoir des perles, ai-je compris : *Ce qui appartient à la mer retournera toujours à la mer.*

Pendant quelques instants, je n'ai rien pu voir derrière les parois lisses de ma sphère, puis ma perle a percé le fond de l'océan. Les deux autres sphères laiteuses, celles d'Annabeth et de Grover, fendaient l'eau aussi vite que la mienne et soudain... *Pfoutt !*

Nous avons jailli à la surface, en pleine baie de Los Angeles, en renversant un surfeur qui s'est écrié avec indignation :

– M'enfin les mecs !

J'ai attrapé Grover et je l'ai emmené à la nage jusqu'à une bouée. J'en ai fait autant avec Annabeth. Un requin curieux décrivait des cercles autour de nous, un grand blanc long d'environ trois mètres cinquante.

– Dégage, lui ai-je dit.

Le requin a tourné les ailerons et a disparu.

Le surfeur a poussé des cris où il était question de mauvais trip et de champignons, et il s'est éloigné en pagayant avec les mains de toutes ses forces.

J'ignore comment, mais je savais quel jour nous étions et quel moment de la journée : à l'aube du 21 juin, solstice d'été.

Au loin, Los Angeles était la proie des flammes, et des panaches de fumée montaient de différents quartiers de la ville. Il y avait bel et bien eu un tremblement de terre, et c'était la faute d'Hadès. Il s'apprêtait sans doute en ce moment même à envoyer une armée de morts à mes trousses.

Mais pour l'heure, les Enfers n'étaient pas ma priorité.

Je devais gagner le rivage. Je devais rapporter l'éclair de Zeus à l'Olympe. Et surtout, je devais avoir une sérieuse conversation avec le dieu qui m'avait roulé dans la farine

20 Je me bats avec mon horrible tonton

Un bateau de la gendarmerie maritime nous a repêchés, mais les gardes-côtes avaient trop à faire pour nous retenir ou se demander comment trois gamins en tenue de ville s'étaient retrouvés au milieu de la baie. Ils avaient une catastrophe sur les bras. Leurs radios étaient saturées d'appels de détresse.

Ils nous ont déposés à la jetée de Santa Monica avec des serviettes sur nos épaules et des gourdes marquées JE SUIS UN GARDE-CÔTES JUNIOR ! et ils sont partis sauver d'autres gens.

Nos vêtements étaient trempés, même les miens. Lorsque le bateau des gardes-côtes était apparu, j'avais prié silencieusement pour qu'ils ne me trouvent pas parfaitement sec en me sortant de l'eau, ce qui aurait pu les intriguer. Je m'étais mentalement intimé d'être trempé. Et ça avait marché, mon habituelle magie waterproof m'avait abandonné. J'étais pieds nus, aussi, parce que j'avais donné mes chaussures à Grover. Il valait mieux que les gardes-côtes se demandent pourquoi l'un de nous était sans chaussures plutôt que pourquoi l'un de nous avait des sabots.

Après avoir rejoint la terre ferme, nous sommes descendus

sur la plage et nous avons regardé la ville brûler sur fond de superbe lever du soleil. J'avais l'impression de revenir d'outre-tombe – ce qui était le cas. L'éclair de Zeus pesait lourdement dans mon sac a dos. J'avais le cœur encore plus lourd d'avoir revu ma mère.

– Je n'arrive pas à y croire, a dit Annabeth. Nous sommes allés si loin et...

– C'était une ruse, ai-je dit. Une stratégie digne d'Athéna.

– Hé, fais gaffe !

– Tu comprends, non ?

Annabeth a baissé les yeux et sa colère est retombée tout aussi vite.

– Ouais. J'ai pigé.

– Oui, ben pas moi ! a râlé Grover. Quelqu'un aurait-il l'amabilité...

– Percy, a dit Annabeth. Je suis désolée pour ta mère. Je suis vraiment désolée...

J'ai fait semblant de ne pas l'entendre. Si je commençais à parler de ma mère, je risquais de fondre en larmes comme un petit môme.

– La prophétie était exacte, ai-je dit. « Tu iras à l'ouest et tu affronteras le dieu qui s'est retourné. » Mais ce n'était pas Hadès. Hadès ne voulait pas de guerre entre les Trois Grands. Quelqu'un d'autre a commis le vol. Quelqu'un s'est emparé de l'éclair primitif de Zeus et du casque d'invisibilité d'Hadès, puis m'a fait porter le chapeau parce que je suis le fils de Poséidon. Poséidon sera accusé des deux côtés. Ce soir au coucher du soleil, il y aura une guerre à trois parties. Et c'est moi qui l'aurai provoquée.

Grover a secoué la tête, décontenancé.

– Mais qui pourrait être aussi retors ? a-t-il demandé. Qui pourrait désirer la guerre aussi âprement ?

J'ai pilé net en apercevant une silhouette plus loin sur la plage.

– Hum, ai-je fait. Laisse-moi réfléchir.

Il était là qui nous attendait, avec son manteau en cuir et ses lunettes de soleil, une batte de base-ball en aluminium appuyée sur l'épaule. Sa moto vrombissait à côté de lui et le phare avant striait le sable d'un trait rouge.

– Hé, petit, s'est écrié Arès, l'air sincèrement content de me voir. Tu étais censé mourir.

– Vous m'avez manipulé, ai-je dit. C'est vous qui avez volé l'éclair primitif et le casque.

Arès a souri.

– Enfin, je ne les ai pas volés personnellement. Des dieux qui se chipent leurs symboles de pouvoir entre eux, c'est strictement *verboten*. Mais tu n'es pas le seul héros au monde qui puisse rendre des services.

– Qui avez-vous utilisé ? Clarisse ? Elle était présente au solstice d'hiver.

L'idée a paru l'amuser.

– Ça n'a pas d'importance. Le problème, petit, c'est que tu entraves l'effort de guerre. Tu comprends, tu es censé mourir aux Enfers. Comme ça, le Vieux Goémon sera furieux contre Hadès pour t'avoir tué. Sent-le-Cadavre récupérera l'éclair primitif de Zeus, donc Zeus lui en voudra. Et Hadès cherche toujours ceci...

De sa poche il a sorti une cagoule – comme celles que portent les braqueurs de banque – et l'a placée entre les poignées de sa moto. Immédiatement, la cagoule s'est transformée en casque de guerrier en bronze ouvragé.

– Le casque d'invisibilité, a murmuré Grover, le souffle coupé.

– Exact, a dit Arès. Alors, où en étais-je ? Ah oui. Hadès sera furieux contre Zeus et Poséidon car il ne sait pas qui lui a pris son casque. Très bientôt, nous aurons une belle castagne tripartite.

– Mais c'est votre famille ! a protesté Annabeth.

Arès a haussé les épaules :

– C'est ce qui donne les meilleures guerres. Les plus sanglantes. Rien de tel que de regarder sa famille s'entredéchirer, comme je dis toujours.

– Vous m'avez donné le sac à dos à Denver, ai-je dit. L'éclair y était depuis le début.

– Oui et non, a dit Arès. C'est sans doute trop compliqué pour ton petit cerveau de mortel, mais le sac à dos est le fourreau de l'éclair primitif, juste un peu transformé. L'éclair lui est relié, un peu comme cette épée que tu as, petit. Elle revient toujours dans ta poche, n'est-ce pas ?

Je me suis demandé comment Arès savait cela, mais je suppose qu'un dieu de la guerre met un point d'honneur à s'y connaître en armes.

– De toute façon, a continué Arès, j'avais trafiqué le sortilège pour que l'éclair ne rejoigne son fourreau qu'une fois que tu serais arrivé aux Enfers. Tu te rapproches d'Hadès et bingo ! « Vous avez du courrier. » Si tu étais mort en cours de route, pas de perte. J'avais toujours l'arme.

– Mais pourquoi ne pas avoir gardé l'éclair primitif pour vous-même ? ai-je demandé. Pourquoi l'envoyer à Hadès ?

La mâchoire d'Arès a tressailli. Un bref instant, on aurait presque cru qu'il écoutait une autre voix, tout au fond de sa tête.

– Pourquoi n'ai-je pas... ouais... avec une telle puissance de feu...

Il est resté dans cette espèce de transe une seconde... deux secondes...

Annabeth et moi avons échangé des regards inquiets.

Puis le visage d'Arès s'est éclairci.

– Je ne voulais pas m'embêter. C'était plus simple de te faire prendre en flagrant délit, le truc à la main.

– Vous mentez ! ai-je dit. C'est quelqu'un d'autre qui a eu l'idée d'envoyer l'éclair aux Enfers, n'est-ce pas ?

– Absolument pas ! C'est moi !

Des volutes de fumée se sont échappées de ses lunettes de soleil, comme si elles allaient s'enflammer.

– Ce n'est pas vous qui avez ordonné le vol, ai-je deviné. Quelqu'un d'autre a envoyé un héros voler les deux objets magiques. Puis quand Zeus vous a envoyé à la recherche du voleur, vous l'avez capturé. Mais vous ne l'avez pas livré à Zeus. Quelque chose vous a convaincu de lui laisser sa liberté. Vous avez gardé les objets jusqu'à ce qu'un autre héros puisse venir terminer la livraison. La créature de l'abîme vous donne ses ordres.

– Je suis le dieu de la guerre ! Je n'obéis aux ordres de personne ! Je ne fais pas de rêves !

J'ai hésité.

– Qui parle de rêves ? ai-je rétorqué.

Arès a paru perturbé, mais il a essayé de le cacher en ricanant.

– Revenons à nos moutons, petit. Tu es vivant. Je ne peux pas te laisser rapporter cet éclair à l'Olympe. Tu serais fichu de convaincre ces fieffés idiots. Je suis donc obligé de te tuer. Ne le prends pas personnellement.

Il a claqué des doigts. Le sable a explosé à ses pieds et un sanglier sauvage a surgi du sol, encore plus grand et plus laid que celui dont la tête était accrochée au-dessus de la porte du bungalow 7, à la Colonie des Sang-Mêlé. La bête a gratté le sol en me toisant de ses petits yeux vifs et porcins, a baissé ses défenses acérées et a attendu l'ordre d'attaquer.

Je me suis avancé dans l'eau.

– Affrontez-moi en personne, Arès.

Il a ri, mais j'ai décelé une pointe de nervosité dans son rire, un petit malaise.

– Tu n'as qu'un seul talent, petit, c'est celui de la fuite. Tu as pris la fuite devant Chimère. Tu t'es enfui des Enfers. Tu n'as pas d'estomac.

– Vous avez peur ?

– Tu rêves, petit ! (Il n'empêche que ses lunettes commençaient à fondre sous la chaleur de ses yeux.) Pas d'implication directe. Désolé, petit. Tu n'es pas à mon niveau.

– Sauve-toi, Percy ! a crié Annabeth.

Le sanglier géant fonçait vers moi.

Mais j'en avais fini de fuir devant les monstres. Ou devant Hadès, ou Arès, ou qui que ce soit.

Quand le sanglier a chargé, j'ai décapuchonné mon stylo-bille et Turbulence est apparue entre mes mains. J'ai donné un coup de lame vers le haut. La défense droite de la bête, tranchée net, est tombée à mes pieds tandis que l'animal désorienté se ruait dans la mer.

– Vague ! ai-je hurlé.

Immédiatement, une vague surgie de nulle part s'est dressée et s'est abattue sur le sanglier, qu'elle a enveloppé comme une couverture. La bête a poussé un seul glapissement de terreur. Puis elle a disparu, avalée par les flots.

Je me suis tourné vers Arès :

– Alors, allez-vous m'affronter, maintenant ? lui ai-je demandé. Ou vous cacher derrière un autre petit cochon ?

Le visage d'Arès s'est empourpré de rage.

– Fais gaffe, petit. Je pourrais te changer en...

– En cafard, je sais. Ou en ténia. Ouais, c'est ça. Ça épargnerait à Sa Majesté divine de prendre une pâtée, hein ?

Des flammes ont parcouru la monture de ses lunettes.

– Bon sang, tu cherches vraiment à te faire écrabouiller, mon gars.

– Si je perds, changez-moi en ce que vous voudrez. Et prenez l'éclair. Si je gagne, le casque et l'éclair me reviendront et vous, vous partirez.

Arès a ricané.

Il a balancé la batte de base-ball appuyée sur son épaule.

– Comment veux-tu te faire dégommer, à la mode classique ou moderne ?

Je lui ai montré mon épée.

– Parfait, futur cadavre. À la mode classique, donc.

La batte de base-ball s'est transformée en une énorme épée à deux mains. La poignée était un gros crâne d'argent avec un rubis dans la bouche.

– Percy, m'a dit Annabeth. Ne fais pas ça. C'est un dieu.

– C'est un lâche, ai-je dit.

Elle a ravalé sa salive.

– Prends ça, au moins. Pour te porter chance.

Elle a retiré son collier, avec les perles des cinq années passées à la colonie et la bague de son père, et me l'a attaché autour du cou.

– En signe de réconciliation, a-t-elle dit. Athéna et Poséidon main dans la main.

Le sang m'est monté au visage, mais je suis arrivé à sourire.

– Merci.

– Prends ça aussi, m'a dit Grover. (Il m'a tendu une cannette en fer-blanc aplatie qu'il gardait sans doute depuis deux mille kilomètres dans sa poche.) Les satyres te soutiennent.

– Grover... je ne sais pas quoi dire.

Il m'a donné une petite tape sur l'épaule. J'ai glissé la cannette en fer-blanc dans ma poche arrière.

– Vous avez fini vos petits adieux ? (Arès s'est avancé vers moi, son manteau de cuir traînant derrière lui, son épée luisant comme du feu à la lumière du soleil levant.) Je me bats de toute éternité, petit. Ma force est illimitée et je ne peux pas mourir. Qu'as-tu comme avantages ?

Un ego plus petit, ai-je failli répondre, mais je me suis abstenu. J'ai gardé les pieds dans l'eau et j'ai reculé dans les vagues jusqu'aux chevilles. Je me suis souvenu de ce qu'avait dit Annabeth au restaurant de Denver, il y a si longtemps. *Arès a de la force. C'est tout ce qu'il a. Même la force doit parfois s'incliner devant la sagesse.*

Il a abattu son épée de haut en bas sur ma tête, mais je n'étais plus là.

Mon corps pensait pour moi. L'eau m'a poussé en l'air et je me suis catapulté au-dessus d'Arès, pour le frapper dans mon mouvement de descente. Mais Arès était tout aussi rapide. Il s'est contorsionné et le coup d'épée qui aurait dû le toucher à la colonne vertébrale a été dévié par le bord de sa poignée Il a souri.

– Pas mal, a-t-il fait. Pas mal.

Il a frappé de nouveau et, cette fois-ci, j'ai été obligé de sauter sur le sable. J'ai essayé de faire un pas de côté, de revenir dans l'eau, mais Arès avait l'air de comprendre ce que je voulais. Il contrecarrait mes manœuvres et je devais appliquer toute ma force de concentration à ne pas me faire tailler en pièces. Je ne cessais de m'éloigner de l'eau. Je n'arrivais pas à trouver d'ouverture pour attaquer. L'épée d'Arès avait une portée bien plus grande qu'Anaklusmos.

Rapproche-toi, m'avait dit Luke un jour pendant nos cours d'épée. *Quand tu as la lame la plus courte, rapproche-toi.*

J'ai fait un pas en avant en allongeant une botte, mais Arès m'avait vu venir. Il a fauché mon arme de mes mains et m'a donné un coup de pied en pleine poitrine. J'ai fait un vol plané de six ou peut-être même dix mètres, et je me serais brisé le dos si je n'étais pas tombé dans le sable meuble de la dune.

– Percy ! a crié Annabeth. La police !

Je voyais double. J'avais mal à la poitrine comme si j'avais reçu un coup de bélier, mais je suis arrivé à me relever.

Je ne pouvais pas détacher les yeux d'Arès de peur qu'il ne me coupe en deux, mais du coin de l'œil j'ai aperçu des gyrophares qui clignotaient sur le boulevard bordant la plage. Des portières de voiture claquaient.

– Là, monsieur l'agent ! a crié quelqu'un. Vous voyez ?

– On dirait ce môme qu'ils ont montré à la télé, a fait une voix de policier bourrue. Qu'est-ce que...

– Ce type est armé, a dit un autre policier. Appelle des renforts.

J'ai pivoté sur moi-même et la lame d'Arès s'est plantée dans le sable.

J'ai couru vers mon épée, je l'ai ramassée et j'ai porté une botte au visage d'Arès, qu'il a parée une fois de plus.

Arès semblait savoir exactement ce que j'allais faire un instant avant que je le fasse.

J'ai reculé vers la mer en le forçant à me suivre.

– Reconnais-le, petit, a dit Arès. Tu n'as aucune chance. Je joue avec toi.

Mes sens faisaient des heures supplémentaires. Je comprenais maintenant ce qu'Annabeth avait voulu dire en m'expliquant que le syndrome HADA vous maintenait en vie dans les combats. J'étais complètement éveillé, je remarquais tous les détails.

Je percevais chaque crispation chez Arès, devinais où il allait porter ses coups. En même temps, je sentais la présence d'Annabeth et de Grover à dix mètres sur ma gauche. Une deuxième voiture de police s'est rangée au bord de la plage dans un hurlement de sirène. Des badauds, des gens qui erraient dans les rues à cause du tremblement de terre, ont commencé à s'amasser. Dans la foule, j'ai cru distinguer quelques hommes qui marchaient avec l'étrange démarche sautillante des satyres en camouflage. Il y avait des esprits aux contours flous et scintillants, aussi, comme si les morts étaient montés de chez Hadès pour regarder le combat. J'ai entendu des battements d'ailes parcheminées quelque part au-dessus de nos têtes.

De nouvelles sirènes se sont jointes au tumulte.

Je me suis avancé plus profondément dans l'eau, mais Arès était rapide. La pointe de son épée a déchiré ma manche et éraflé mon avant-bras.

La voix d'un policier a retenti, amplifiée par un mégaphone :

– Lâchez vos flingues ! Posez-les par terre. Tout de suite !

Vos *flingues* ?

J'ai regardé l'arme d'Arès et vu avec étonnement qu'elle changeait d'aspect en clignotant d'une seconde à l'autre : tantôt mitraillette, tantôt épée à deux mains. J'ignorais ce que les humains voyaient entre mes mains, mais j'aurais parié que ça ne plaidait pas en ma faveur.

Arès s'est tourné pour fusiller nos spectateurs du regard, ce qui m'a donné un bref instant de répit. Il y avait cinq voitures de police, à présent, et une rangée de policiers tapis derrière, qui braquaient leurs pistolets sur nous.

– C'est une affaire privée ! a rugi Arès. Fichez le camp !

Là-dessus, il a fait un grand geste du bras et un mur de flammes a balayé les voitures de police. Les hommes ont eu tout juste le temps de se mettre à couvert avant que leurs voitures explosent. La foule attroupée derrière eux s'est dispersée dans un concert de cris.

Arès a ri à gorge déployée.

- À ton tour, petit héros. On va te rajouter au barbecue !

Il a asséné son épée. J'ai paré le coup. Je me suis avance suffisamment près pour le frapper, j'ai tenté de le feinter, mais il a repoussé ma botte d'une chiquenaude. Les vagues éclataient dans mon dos, à présent. Arès, s'avançant dans l'océan pour me talonner, avait de l'eau jusqu aux cuisses

Je sentais le rythme de la mer, des vagues qui s'amplifiaient avec la marée montante, et soudain j'ai eu une idée. *Vaguelettes*, ai-je pensé. Et dans mon dos, les flots ont semblé retomber. Je retenais la marée par la seule force de ma volonté, mais la tension s'accumulait, comme des bulles de champagne sous le bouchon.

Arès s'est avancé, un sourire sûr de lui aux lèvres. J'ai abaissé Anaklusmos, comme si je n'avais plus la force de continuer à me battre. *Attends,* ai-je dit à l'océan. La pression me soulevait presque du sol marin, maintenant. Arès a brandi son épée. J'ai libéré la marée et j'ai sauté, propulsé par une vague au-dessus de la tête d'Arès

Le mur d'eau de deux mètres de haut a heurté Arès en pleine figure ; furieux, il s'est mis à crachoter et à jurer, la bouche pleine d'algues. Je suis retombé derrière lui dans une gerbe d'eau et je lui ai fait une feinte à la tête, comme tout à l'heure. Il s'est tourné à temps pour brandir son épée mais. cette fois-ci, il était désorienté et n'a pas su anticiper ma ruse. J'ai changé de direction, piqué sur le côté et enfoncé Turbulence droit dans l'eau, plantant la pointe dans le talon du dieu.

Le rugissement qu'il a poussé a renvoyé le tremblement de terre d'Hadès dans la catégorie des incidents mineurs. L'océan lui-même a reculé, laissant un cercle de sable mouillé de vingt mètres de diamètre autour d'Arès.

L'Ichor, le sang doré des dieux, a coulé d'une entaille dans la botte du dieu de la guerre. L'expression de son visage dépassait la haine. J'y ai lu de la douleur, de l'indignation et le refus total de croire qu'il avait été blessé.

Il s est avancé vers moi en bougonnant des malédictions en grec ancien.

Quelque chose l'a arrêté.

Brusquement, ce fut comme si un nuage cachait le ciel, mais en bien pire. La lumière s'est voilée, le son et la couleur ont disparu. Une présence lourde et froide est passée sur la plage en ralentissant le temps et en glaçant l'atmosphère, et j'ai eu le sentiment soudain que la vie était sans espoir et tout combat inutile.

Puis l'obscurité s'est dissipée.

Arès avait l'air sonné.

Les voitures de police brûlaient derrière nous. La foule des badauds avait fui. Sur la plage, Annabeth et Grover, en état de choc, regardaient l'eau refluer autour des pieds d'Arès et son Ichor doré se répandre en scintillant dans les flots.

Arès a baissé son épée.

– Tu t'es fait un ennemi, graine de dieu, m'a-t-il dit. Tu as scellé ton destin. Chaque fois que tu lèveras ton épée au combat chaque fois que tu espéreras triompher, tu sentiras ma malédiction. Prends garde, Percy Jackson. Prends garde à toi !

Son corps s'est mis à dégager une vive lueur.

– Percy ! a crié Annabeth. Ne regarde pas !

J'ai fait volte-face avant que le dieu Arès ne révèle sa véritable forme immortelle. Je savais que si je regardais, je serais réduit en cendres.

La lumière s'est éteinte.

J'ai tourné la tête. Arès avait disparu. La mer s'est retirée, découvrant le casque d'invisibilité en bronze d'Hadès sur la grève. Je l'ai ramassé et je suis allé rejoindre mes amis.

Mais avant d'y arriver, j'ai entendu un bruissement d'ailes parcheminées Trois vilaines grands-mères, coiffées de chapeaux de dentelles et armées de fouets lance-flammes, sont descendues du ciel et se sont posées devant moi.

La Furie du milieu, l'ex-Mme Dodds, s'est avancée. Elle montrait les crocs mais, pour une fois, elle n'avait pas l'air menaçante. Son expression dénotait plutôt de la déception, comme si elle avait eu l'intention de me manger pour son dîner mais qu'elle s'était ravisée par crainte d'indigestion.

– Nous avons tout vu, a-t-elle lâché entre ses dents. Alors... ce n'était vraiment pas toi ?

Je lui ai lancé le casque, qu'elle a attrapé avec surprise.

– Rapportez cela au seigneur Hadès, ai-je dit. Dites-lui la vérité. Dites-lui d'annuler la guerre

Elle a hésité, puis passé sa langue fourchue sur ses lèvres vertes et parcheminées.

– Vis bien, Percy Jackson. Deviens un véritable héros. Parce que sinon, si jamais tu retombes entre mes griffes...

Elle a ricané avec délectation à cette pensée. Puis ses sœurs et elle ont agité leurs ailes de chauve-souris, elles ont voleté dans le ciel noir de fumée et elles ont disparu.

J'ai rejoint Grover et Annabeth, qui me regardaient avec stupéfaction.

– Percy, a dit Grover. C'était vraiment trop...

– Terrifiant ! s'est écriée Annabeth.

– Cool ! a corrigé Grover.

Je n'étais pas terrifié. Quant au côté cool de la situation, franchement, il m'échappait. J'étais fatigué, endolori et vidé de toute mon énergie.

– Dites, les gars, avez-vous senti... cette chose ? ai-je demandé.

Ils ont tous les deux hoché la tête, l'air craintif.

– Ça devait être les Furies qui planaient au-dessus de nous, a dit Grover.

Mais je n'étais pas convaincu. Quelque chose avait empêché Arès de me tuer, et pour pouvoir faire cela, il fallait être autrement plus puissant que les Furies.

J'ai croisé le regard d'Annabeth et nous nous sommes compris tacitement. Je savais maintenant ce qu'il y avait dans cette fosse, ce qui avait murmuré des paroles à l'entrée du Tartare.

J'ai repris mon sac à dos à Grover et j'ai regardé à l'intérieur. L'éclair primitif était encore là. Dire qu'un si petit objet pouvait déclencher la Troisième Guerre mondiale.

– Il faut que nous rentrions à New York, ai-je dit. D'ici ce soir.

– C'est impossible, a répondu Annabeth. À moins de...

– ... de prendre l'avion, ai-je acquiescé.

Elle m'a regardé.

Prendre l'avion, ce qu'on t'a formellement interdit de faire de peur que Zeus ne te raye du ciel, et qui plus est en portant une arme qui a un pouvoir de destruction supérieur à celui d'une bombe nucléaire ?

– Ouais, ai-je dit. C'est un assez bon résumé de la situation. Venez.

21 Je règle un vieil arriéré

C'est drôle comme les humains peuvent remodeler les choses pour les faire correspondre à leur version de la réalité. Chiron me l'avait dit il y a longtemps. Comme d'habitude, je n'appréciais sa sagesse que bien plus tard.

D'après le journal télévisé de Los Angeles, l'explosion de Santa Monica avait été provoquée par un kidnappeur fou qui avait tiré au fusil de chasse sur une voiture de police. Il avait touché par accident une canalisation de gaz qui avait éclaté pendant le tremblement de terre.

Ce kidnappeur fou (alias Arès) était l'homme qui m'avait enlevé, moi et deux autres adolescents, dans l'État de New York et nous avait fait traverser le pays en une terrifiante odyssée de dix jours.

Le pauvre petit Percy Jackson n'était pas un criminel international, en fin de compte. Il avait semé la panique dans cet autocar dans le New Jersey en essayant d'échapper à son ravisseur (et après coup, des témoins jureraient même avoir vu l'homme vêtu de cuir à bord du car – « Pourquoi ne m'en suis-je pas souvenu plus tôt ? »). Le fou avait provoqué l'explosion à l'Arche de Saint Louis. D'ailleurs, comment un enfant aurait-il pu déclencher un tel désastre ? Une serveuse inquiète avait vu l'homme menacer ses captifs devant son restaurant, à Denver, et elle avait demandé à un ami de les prendre en photo, puis elle avait averti la police. Finalement, le courageux Percy Jackson (je commençais à le trouver sympathique, ce jeune) avait volé un fusil à son ravisseur à Los Angeles et l'avait affronté en duel armé sur la plage. La police était arrivée juste à temps. Mais cinq voitures de police avaient été détruites dans la spectaculaire explosion, et l'homme avait pris la fuite. Il n'y avait pas eu de victimes. Percy Jackson et ses amis étaient sous la garde de la police, sains et saufs.

Les journalistes nous ont expliqué toute l'histoire. Nous nous sommes contentés de hocher la tête, de prendre un air larmoyant et épuisé (ce qui n'était pas difficile), et de jouer aux victimes devant les caméras.

– Tout ce que je veux, ai-je dit en refoulant mes larmes, c'est revoir mon cher beau-père. Chaque fois que je le voyais à la télé, que je l'entendais me traiter de jeune délinquant, je savais... que d'une façon ou d'une autre... ça s'arrangerait. Et je sais qu'il voudra récompenser chaque habitant et chaque habitante de cette belle ville de Los Angeles en leur offrant un article d'électroménager de son magasin. Voici le numéro de téléphone.

Les policiers et les journalistes ont été tellement émus par mon laïus qu'ils ont fait la quête et rassemblé de quoi nous payer trois billets pour le prochain vol à destination de New York.

Je savais que je n'avais pas d'autre choix que de prendre l'avion. J'espérais que Zeus fermerait les yeux, compte tenu des circonstances. Il n'empêche que j'ai dû me faire violence pour monter à bord.

Le décollage fut un cauchemar. Durant le vol, chaque turbulence m'a fait plus peur qu'un monstre grec. Je n'ai pas desserré les mains des accoudoirs de tout le trajet, jusqu'à l'instant où nous nous sommes posés sains à saufs à New York. À l'aéroport, les journalistes locaux nous attendaient derrière les contrôles de sécurité, mais nous leur avons échappé grâce à Annabeth qui les a entraînés dans la mauvaise direction avec sa casquette d'invisibilité, en criant « Venez ! Ils sont là-bas, près des jus de fruits ! », avant de nous rejoindre devant le tapis de récupération des bagages.

Nous nous sommes séparés à la station de taxi. J'ai dit à Annabeth et à Grover de retourner à la Colonie des Sang-Mêlé et de raconter ce qui s'était passé. Ils ont protesté. Moi-même, il m'en coûtait de me séparer d'eux après tout ce que nous avions partagé, mais je savais que je devais accomplir la dernière manche de ma quête tout seul. Si les choses tournaient mal. si jamais les dieux refusaient de me croire... Je voulais qu'Annabeth et Grover survivent pour dire la vérité à Chiron.

J'ai sauté dans un taxi, direction Manhattan.

Une demi-heure plus tard, je pénétrais dans le hall de l'Empire State Building.

Je devais avoir l'air d'un gamin des rues, avec mes vêtements déchirés et mon visage tout écorché. Je n'avais pas dormi depuis au moins vingt-quatre heures.

Je me suis dirigé vers le vigile assis au bureau d'accueil et j'ai dit :

– Six centième étage.

L'homme lisait un gros bouquin avec un dessin de sorcier en couverture. La *fantasy* n'était pas un genre dont je raffolais, mais ce livre-là devait être captivant car le vigile a mis un moment à lever la tête.

– Il n'y a pas de six centième étage, fiston.

– J'ai besoin d'une audience avec Zeus.

Il m'a adressé un sourire sans expression :

– Pardon ?

– Vous m'avez entendu.

J'allais conclure que ce type n'était qu'un simple mortel et me carapater avant qu'il n'appelle le SAMU Psychiatrique, lorsqu'il a dit :

– Pas de rendez-vous, pas d'audience, fiston Le seigneur Zeus ne reçoit personne à l'improviste.

– Oh, je crois qu'il fera une exception.

Sur ces mots, j'ai retiré mon sac à dos et ouvert sa fermeture éclair.

Le vigile a regardé le cylindre métallique à l'intérieur pendant quelques secondes avant de comprendre de quoi il s'agissait. Alors il est devenu blanc comme un linge.

– Ce n'est pas..., a-t-il bafouillé.

– Si, absolument, lui ai-je assuré. Voulez-vous que je le sorte et...

– Non ! Non ! (Il s'est extirpé de son siège, a farfouillé dans son bureau et m'a donné une carte-clé.) Tiens, insère-la dans la fente de sécurité. Fais bien attention à ce que personne ne te voie.

J'ai fait comme il m'avait dit. Dès que les portes de l'ascenseur se sont fermées, j'ai glissé la carte dans la fente. Elle a été avalée et un nouveau bouton est apparu sur le panneau des étages, un bouton rouge marqué « 600 ».

J'ai appuyé et attendu. Et attendu.

Une musique d'ambiance était diffusée en sourdine. *Ti-ta t-ta-ta ta-ta...*

Pour finir, il y a eu un *ding !* Les portes se sont ouvertes en coulissant. Je suis sorti et j'ai failli avoir une crise cardiaque.

J'étais debout sur une étroite passerelle suspendue dans l'air. À mes pieds s'étendait Manhattan, vu de la hauteur d'un avion. Devant moi, un escalier de marbre blanc enjambait un nuage et grimpait dans le ciel. Mon regard a suivi les marches jusqu'en haut, mais mon cerveau s'est refusé à croire mes yeux.

Regarde de nouveau, disait mon cerveau.

C'est tout vu, insistaient mes yeux. *Il est bel et bien là.*

Au-dessus des nuages flottait le sommet décapité d'une montagne, couronné de neige. Des dizaines de palais de plusieurs étages étaient accrochés sur les flancs, formant une cité somptueuse toute en portiques de colonnes blanches, terrasses dorées et braseros de bronze brillant de mille feux.

Des routes serpentaient en dessinant des zigzags délirants jusqu'au sommet, où le plus grand des palais scintillait contre la neige. Des jardins perchés en équilibre précaire débordaient d'oliviers et de rosiers en fleurs. J'ai aperçu un marché en plein air aux tentes de toutes les couleurs, un amphithéâtre en pierre construit sur un des flancs de la montagne, et sur l'autre un hippodrome et un colisée. C'était une cité grecque antique, à la différence qu'elle n'était pas en ruines. Elle était neuve, propre, riche en couleurs, comme Athènes avait dû l'être il y a quelque deux mille cinq cents ans.

Ce lieu ne peut pas être là, me suis-je dit. Le sommet d'une montagne suspendu au-dessus de New York comme un astéroïde d'un milliard de tonnes ? Comment une masse pareille pouvait-elle flotter au-dessus de l'Empire State Building, exposée au regard de millions de gens, sans que personne ne la remarque ?

Et pourtant. Elle était bel et bien là, et moi aussi.

J'ai traversé l'Olympe comme dans un brouillard. Je suis passé devant quelques nymphes sylvestres qui m'ont lancé des olives de leur jardin en pouffant de rire. Au marché, des vendeurs m'ont propose de l'ambroisie en bâtonnets, un bouclier neuf, ainsi qu'une imitation de la Toison d'or en véritable tissé-lumineux, « vue sur Télé-Héphaïstos ». Les neuf muses accordaient leurs instruments pour un concert en plein air tandis qu'une petite foule de spectateurs se formait dans le parc : des satyres, des naïades et quelques beaux ados qui devaient être des dieux et déesses mineurs. Personne ne semblait s'inquiéter d'une guerre civile imminente. En fait, ils paraissaient tous d'humeur festive. Certains se sont retournés sur mon passage et ont échangé des murmures.

J'ai grimpé la route principale, qui menait au grand palais du sommet. C'était la réplique inversée du palais des Enfers. Là-bas, tout était noir et bronze. Ici, tout scintillait de blanc et d'argenté.

Je soupçonnais qu'Hadès avait dû construire son palais en écho à celui-ci. Comme il n'était pas le bienvenu à l'Olympe sauf le jour du solstice d'hiver, il s'était construit son propre Olympe dans les profondeurs. Malgré notre désastreuse rencontre, j'ai eu un peu de peine pour lui. Il y avait quelque chose de terriblement injuste à être banni de ce lieu. N'importe qui en éprouverait de l'amertume.

Un escalier menait à une cour centrale. De l'autre côté de la cour s'étendait la salle du trône.

« Salle » n'est pas vraiment le mot. C'était un lieu si vaste que par comparaison, la gare centrale de New York tenait du placard à balais. D'imposantes colonnes rejoignaient un dôme doré, orné de constellations en mouvement.

Douze trônes construits pour des êtres de la taille d'Hadès étaient disposés en U à l'envers, comme à la Colonie des Sang-Mêlé. Un énorme feu crépitait dans la fosse centrale. Les trônes étaient vides à l'exception de deux d'entre eux, au fond du U : le trône principal à droite et celui qui se trouvait juste à sa gauche. Je n'avais pas besoin qu'on me dise qui étaient les deux dieux qui trônaient là, attendant que je m'approche. Je me suis avancé vers eux, les jambes tremblantes.

Les dieux étaient sous forme humaine géante, comme Hadès quand je l'avais rencontré, mais je ne pouvais pas les regarder sans ressentir un picotement, comme si mon corps allait prendre feu. Zeus, le Seigneur des Dieux, portait un costume bleu foncé à fines rayures. Il était assis sur un trône de platine massif aux lignes sobres. Il avait une barbe taillée avec soin, marbrée de gris et de noir comme un nuage d'orage. Son visage était fier, beau et grave, et ses yeux couleur de pluie.

Quand je me suis rapproché de lui, l'air a crépité en dégageant une odeur d'ozone.

Le dieu assis à côté de lui était son frère, sans l'ombre d'un doute, mais il était habillé très différemment. Il m'a fait penser à un de ces types qui arpentent les plages de Floride en ramassant des coquillages et des bois flottés. Il portait des sandales en cuir, un bermuda en toile et une chemise à motifs de perroquets et de cocotiers. Son visage était tanné et ses mains calleuses comme celles d'un vieux pêcheur. Il avait les cheveux noirs, comme moi. Son visage avait cet air sombre qui m'avait toujours valu de me faire qualifier de rebelle. Mais ses yeux, vert d'eau comme les miens, étaient entourés de petites rides de soleil qui me disaient qu'il souriait beaucoup, aussi.

Son trône était un siège de pêcheur de haute mer. C'était le modèle tout simple, pivotant, avec une assise en cuir noir et un étui incorporé pour ranger la canne à pêche. En l'occurrence, à la place d'une canne, l'étui contenait un trident en bronze, dont les pointes lançaient des éclats de lumière verte.

Les dieux étaient immobiles et silencieux, mais il y avait de la tension dans l'air, comme s'ils venaient tout juste de se disputer.

Je me suis approché du trône du pêcheur et je me suis agenouillé.

– Père, ai-je dit.

Je n'osais pas lever la tête. Mon cœur battait à se rompre. Je sentais l'énergie qui émanait des deux dieux. Si je disais ce qu'il ne fallait pas, je ne doutais pas une seconde qu'ils pourraient me pulvériser.

À ma gauche, Zeus a parlé.

– Tu ne crois pas que tu devrais adresser la parole au maître de céans d'abord, petit ?

J'ai gardé la tête baissée et attendu.

– Paix, mon frère, a fini par dire Poséidon. (Sa voix réveillait mes souvenirs les plus anciens : le rayonnement chaud que je me rappelais avoir ressenti bébé, le contact de la main de ce dieu sur mon front.) Le garçon s'incline devant son père. Rien de plus normal.

– Tu le reconnais donc toujours ? a demandé Zeus d'un ton menaçant. Tu reconnais comme tien cet enfant que tu as engendré au mépris de notre serment sacré ?

– J'ai admis mon méfait, a dit Poséidon. Maintenant j'aimerais l'entendre parler.

Méfait.

Une boule s'est formée dans ma gorge. N'étais-je rien de plus que cela ? Un méfait ? Le fruit d'une erreur commise par un dieu ?

– Je l'ai épargné une fois déjà, a grommelé Zeus. Oser pénétrer dans mon domaine... Pff ! J'aurais dû le griller en plein vol pour son impudence.

– Et courir le risque de détruire ton éclair primitif ? a demandé posément Poséidon. Écoutons ce qu'il a à dire, mon frère.

Zeus a bougonné encore un peu, puis il a tranché :

– Je l'écouterai. Puis je déciderai si oui ou non je souhaite précipiter ce garçon du haut de l'Olympe.

– Persée, a dit Poséidon. Regarde-moi.

Je l'ai fait, mais je n'ai pas su décrypter son expression. Je n'y ai lu aucun signe clair d'amour ou d'approbation. Rien qui pût m'encourager. C'était comme regarder l'océan : certains jours, tu vois quelle est son humeur. Mais la plupart du temps, il est énigmatique, mystérieux.

J'ai eu l'impression que Poséidon ne savait pas vraiment quoi penser de moi. Il n'avait pas déterminé s'il était heureux de m'avoir pour fils ou non. Bizarrement, j'étais content que Poséidon soit si distant. S'il avait essayé de s'excuser, s'il m'avait dit qu'il m'aimait, ou même souri, ça m'aurait paru faux. Comme ces pères humains qui trouvent une raison boiteuse pour justifier leur absence. Je pouvais m'arranger avec cette distance. Après tout, moi non plus, je ne savais pas encore quoi penser de lui.

– Parle au seigneur Zeus, petit, m'a dit Poséidon. Raconte-lui ton histoire.

Alors j'ai tout raconté à Zeus, exactement comme ça s'était passé. J'ai sorti le cylindre de métal, qui a aussitôt lancé des étincelles en présence du dieu du ciel, et je l'ai déposé à ses pieds.

Il y a eu un long silence, interrompu seulement par le crépitement du feu dans la fosse.

Zeus a ouvert la main. L'éclair de foudre a volé pour s'y placer. Lorsque le dieu a refermé le poing, l'électricité a embrasé les extrémités du métal et bientôt ce qu'il tenait en main a pris l'aspect d'un véritable éclair, d'un javelot long de six mètres d'énergie vibrante et sifflante qui me hérissait les cheveux sur la tête.

– Je sens que le garçon dit la vérité, a marmonné Zeus. Pourtant, qu'Arès ait fait une telle chose... ça ne lui ressemble vraiment pas.

– Il est fier et impulsif, a dit Poséidon. C'est de famille.

– Seigneur ? ai-je demandé.

– Oui ? ont-ils dit tous les deux.

– Arès n'a pas agi seul. C'est quelqu'un d'autre – quelque chose d'autre – qui a eu l'idée.

Je leur ai raconté mes rêves et j'ai également parlé de l'impression que j'avais eue sur la plage, de ce bref souffle maléfique qui avait paru arrêter le monde et empêcher Arès de me tuer.

– Dans les rêves, ai-je raconté, la voix me disait d'apporter l'éclair aux Enfers. Arès a fait allusion à des rêves qu'il aurait faits, lui aussi. Je crois qu'on se servait de lui, tout comme de moi, pour déclencher une guerre.

– Alors tu accuses Hadès, en fin de compte ? a demandé Zeus.

– Non, ai-je répondu. Je veux dire, seigneur Zeus, je me suis trouvé en présence d'Hadès. Ce que j'ai ressenti sur la plage était différent. Et j'ai ressenti la même chose quand je me suis approché de cette fosse. C'était l'entrée du Tartare, n'est-ce pas ? Il y a quelque chose de puissant et de maléfique qui s'agite dans ces profondeurs... quelque chose de plus ancien encore que les dieux.

Poséidon et Zeus se sont regardés. Ils ont eu une conversation brève et enflammée en grec ancien. Je n'ai reconnu qu'un seul mot. *Père.*

Poséidon a voulu faire une suggestion, mais Zeus l'a interrompu. Poséidon a essayé de discuter. Zeus a levé la main avec colère.

– Le sujet est clos, a-t-il dit. À présent je dois aller en personne purifier cet éclair dans les eaux du Lemnos, pour retirer la souillure humaine du métal.

Il s'est levé et m'a regardé. Son expression s'est adoucie d'un quart de degré.

– Tu m'as rendu service, petit. Peu de héros auraient pu en accomplir autant.

– J'ai eu de l'aide, seigneur, ai-je dit. Grover Underwood et Annabeth Chase...

– En signe de remerciement, je t'épargnerai la vie. Je ne te fais pas confiance, Persée Jackson. Je n'aime pas ce que ton arrivée signifie pour l'avenir de l'Olympe. Mais pour préserver la paix dans la famille, je te laisserai vivre.

– Euh... merci, seigneur.

– Ne t'avise pas de reprendre l'avion. Que je ne te trouve pas ici à mon retour, ou tu tâteras de cet éclair. Et ce sera ta dernière sensation.

Le tonnerre a ébranlé le palais. Dans un éclair de foudre aveuglant, Zeus a disparu.

Je me suis retrouvé seul dans la salle du trône avec mon père.

– Ton oncle, a soupiré Poséidon, a toujours eu un faible pour les sorties spectaculaires. Je pense qu'il aurait fait un excellent dieu du théâtre.

Un silence gêné s'est installé.

– Seigneur, ai-je dit. Qu'y avait-il dans la fosse ?

Poséidon m'a regardé intensément.

– Tu n'as pas deviné ?

– Cronos, ai-je dit. Le roi des Titans.

Même dans la salle du trône de l'Olympe, loin du Tartare, le nom de *Cronos* a assombri la pièce, et le feu, dans mon dos, ne m'a plus paru si chaud.

Poséidon a empoigné son trident.

– Pendant la Première Guerre, Percy, Zeus a découpé notre père Cronos en mille morceaux, exactement comme Cronos l'avait fait avec son propre père, Ouranos. Zeus a jeté les restes de Cronos dans la fosse la plus sombre du Tartare. L'armée des Titans a été dispersée, leur forteresse de l'Etna a été détruite et leurs alliés monstrueux ont été chassés aux confins de la terre. Mais les Titans ne peuvent pas mourir, pas plus que les dieux. Ce qu'il reste de Cronos est toujours en vie sous une forme hideuse, toujours conscient dans sa douleur éternelle, toujours affamé de pouvoir.

– Il guérit, ai-je dit. Il revient.

Poséidon a secoué la tête.

– De temps en temps, au cours des éternités, Cronos s'agite. Il s'introduit dans les cauchemars des hommes et leur insuffle des pensées maléfiques. Il tire des monstres piaffants des profondeurs. Mais de là à suggérer qu'il puisse remonter de la fosse, il y a un pas

– C'est ce qu'il compte faire, père. C'est ce qu'il a dit.

Poséidon s'est tu longuement.

– Le seigneur Zeus a clos la discussion sur ce sujet. Il interdit qu'on parle de Cronos. Tu as mené ta mission à bien, mon enfant. C'est tout ce que tu dois faire.

– Mais... (Je me suis interrompu. Discuter ne m'aurait avancé à rien. Cela aurait seulement risqué de mettre en colère le seul dieu que j'aie de mon côté.) Comme vous voudrez, père.

Un léger sourire a flotté sur ses lèvres.

– L'obéissance ne te vient pas facilement, hein ?

– Non... seigneur.

– C'est sans doute un peu ma faute. La mer n'aime pas être contenue. (Il s'est déplié de toute sa hauteur et il a brandi son trident. Puis il a scintillé et il est devenu de la taille d'un homme normal, debout juste devant moi.) Tu dois partir, mon enfant. Mais d'abord, sache que ta mère est rentrée.

Je l'ai regardé, complètement sonné :

– Ma mère ?

– Tu la trouveras à la maison. Hadès l'a renvoyée lorsqu'il a récupéré son casque. Même le Seigneur de la Mort paie ses dettes.

Mon cœur battait à tout rompre. Je n'arrivais pas à y croire.

– Est-ce que vous... auriez-vous...

J'avais envie de demander à Poséidon s'il voulait bien venir la voir avec moi, mais je me rendais bien compte que c'était ridicule. Je me suis imaginé mettant le dieu de la mer dans un taxi pour le ramener à la maison. S'il avait voulu voir ma mère pendant toutes ces années, il l'aurait fait. Et je devais tenir compte de la présence de Gaby Pue-Grave, aussi.

Une certaine tristesse s'est lue dans les yeux de Poséidon.

– Lorsque tu rentreras chez toi, Percy, tu devras prendre une décision importante. Tu trouveras un paquet qui t'attend dans ta chambre.

– Un paquet ?

– Tu comprendras en le voyant. Personne ne peut choisir ta voie, Percy. C'est à toi de décider.

J'ai hoché la tête sans comprendre ce qu'il voulait dire.

– Ta mère est une reine entre les femmes, a dit Poséidon avec mélancolie. Je n'avais pas rencontré de mortelle comme elle depuis mille ans. Pourtant... je regrette que tu sois né, mon enfant. Je t'ai apporté un destin de héros, et un destin de héros n'est jamais heureux. Il n'est jamais rien d'autre que tragique.

J'ai essayé de ne pas être peiné. Mon propre père me disait qu'il regrettait que je sois né.

– Ça ne m'ennuie pas, père.

– Pas encore, peut-être. Pas encore. Mais c'était une erreur impardonnable de ma part.

Je vais vous laisser, alors. (Je me suis incliné gauchement.) Je... je ne vous embêterai plus.

J'avais fait cinq pas lorsqu'il m'a rappelé :

Persée.

Je me suis retourné.

Une lumière différente brillait dans son regard, une sorte de fierté passionnée.

– Tu as bien agi, Persée. Ne te méprends pas sur mes paroles. Quoi que tu puisses faire d'autre, sache que tu m'appartiens. Tu es un vrai fils du dieu de la mer

Lorsque j'ai traversé la cité des dieux dans le sens inverse, les conversations se sont arrêtées à mon passage. Les muses ont interrompu leur concert Les gens, les satyres et les naïades se tournaient tous vers moi, le visage empreint de respect et de gratitude, et s'agenouillaient comme si j'étais une sorte de héros.

Un quart d'heure plus tard, toujours en transe, j'étais de retour dans les rues de Manhattan.

J'ai pris un taxi pour me rendre à l'appartement de maman. J'ai sonné à la porte et c'est elle qui m'a ouvert : ma mère, plus belle que jamais, qui sentait la menthe et la réglisse. Dès qu'elle m'a vu, la fatigue et l'inquiétude se sont évaporées de son visage.

– Percy ! Mon bébé ! Le ciel soit loué !

Elle m'a serré dans ses bras à m'en couper le souffle. Nous étions debout dans le hall, et elle passait sa main dans mes cheveux en pleurant.

Je l'avoue, j'avais les yeux embués, moi aussi. Je tremblais tellement j'étais soulagé de la voir.

Elle m'a raconté qu'elle avait débarqué à l'appartement ce matin, collant une peur bleue à Gaby. Elle ne se souvenait de rien après le Minotaure et elle avait refusé de croire Gaby quand il lui avait dit que j'étais un criminel recherché qui parcourait le pays en faisant sauter des monuments nationaux. Elle s'était rongée d'inquiétude toute la journée parce qu'elle n'avait pas entendu les nouvelles. Gaby l'avait forcée à aller travailler en lui disant qu'elle avait un mois de salaire à rattraper et qu'elle avait intérêt à s'y mettre tout de suite.

J'ai ravalé ma colère et je lui ai raconté mon histoire. J'ai essayé de la faire paraître moins dangereuse qu elle ne l'avait été, mais ce n'était pas facile. J'arrivais tout juste au combat avec Arès quand la voix de Gaby, en provenance du salon, nous a interrompus.

– Alors, Sally, ça vient, ce pain de viande ?

Maman a fermé les yeux.

– Ça ne va pas lui faire plaisir de te voir, Percy. Le magasin a reçu des milliers d'appels téléphoniques de Los Angeles aujourd'hui... une histoire d'appareils ménagers gratuits.

– Ah ouais. Que je t'explique...

Elle m'a adressé un sourire en coin.

– Essaye juste de ne pas le mettre encore plus en colère, d'accord ?

Pendant le mois de mon absence, l'appartement s'était transformé en Gaby-land. Une couche épaisse de détritus recouvrait la moquette. Le canapé disparaissait sous les cannettes de bière. Des chaussettes et des slips sales pendaient aux abat-jour.

Gaby et trois de ses gros acolytes jouaient au poker autour de la table. En me voyant, Gaby a ouvert la bouche si grand qu'il en a perdu son cigare. Il est devenu écarlate.

– Tu as du culot de venir ici, petit voyou. Je croyais que la police...

- Il n'est pas recherché, en fin de compte, a glissé ma mère N'est-ce pas merveilleux, Gaby ?

Le regard de Gaby allait de ma mère à moi. Il n'avait pas l'air de trouver mon retour si merveilleux.

– Déjà que j'ai dû rendre l'argent de ton assurance-vie, Sally..., a-t-il grogné. Passe-moi le téléphone. Je vais appeler les flics.

- Gaby, non !

Il a dressé les sourcils.

– Non ? Tu as dit « non » ? Tu t'imagines que je vais tolérer ce voyou de nouveau ? Je peux encore le poursuivre pour avoir bousillé ma Camaro.

– Mais..

Gaby a levé la main et ma mère a tressailli.

Soudain, pour la première fois, j'ai compris quelque chose. Gaby avait déjà frappé ma mère. Je ne savais pas quand, ni si ça s'était produit souvent. Mais j'étais certain qu'il l'avait fait. Peut-être que ça durait depuis des années, quand je n'étais pas là.

Une énorme bulle de colère a gonflé dans ma poitrine. Je me suis approché de Gaby en sortant instinctivement mon stylo de ma poche.

Il a ricané.

– Tu vas me dénoncer par courrier, petit voyou ? Si tu me touches, tu vas en prison pour le restant de tes jours pigé ?

Hé, Gaby, est intervenu son ami Eddie. C'est qu'un gosse

Gaby lui a lancé un regard plein de reproche et l'a imité d'une voix de fausset :

– *C'est qu'un gosse.*

Ses autres amis ont gloussé comme des imbéciles.

– Je vais être gentil avec toi, petit voyou. Je te donne cinq minutes pour emballer tes affaires et fiche le camp. Après, j'appelle la police.

– Gaby ! a plaidé ma mère.

– Il a fugué, a dit Gaby. Pas la peine qu'il revienne.

Il me démangeait de décapuchonner Turbulence, mais même si je le faisais, la lame ne blessait pas les humains. Et Gaby, dans l'acception la plus large du mot, était humain.

Ma mère m'a attrapé par le bras.

– S'il te plaît, Percy, viens. Allons dans ta chambre.

Je l'ai laissé m'entraîner, encore tremblant de rage.

Ma chambre croulait sous le foutoir de Gaby. Il y avait des tas de batteries de voiture usagées, un bouquet de fleurs fanées avec une carte de condoléances de la part de quelqu'un qui avait vu son interview dans l'émission de Barbara Walters.

– Gaby est contrarié, c'est tout, chéri, m'a dit maman. Je lui parlerai plus tard. Je suis sûre que ça va s'arranger.

– Ça ne s'arrangera jamais, maman. Pas tant que Gaby sera là.

Elle a tordu nerveusement les mains.

– Je peux... je t'emmènerai au travail avec moi pendant le reste de l'été. À l'automne, peut-être qu'on trouvera une autre pension...

– Maman.

Elle a baissé les yeux.

– Je cherche, Percy. J'ai juste... j'ai besoin d'un peu de temps.

Un paquet s'est matérialisé sur mon lit. Disons, en tout cas, que j'aurais juré qu'il n'y était pas l'instant d'avant.

C'était une boîte en carton abîmée, assez grande pour contenir un ballon de basket. L'adresse était tracée de ma propre écriture :

LES DIEUX
MONT OLYMPE
600e ÉTAGE
EMPIRE STATE BUILDING
NEW YORK, N.Y.

Avec les salutations respectueuses de
PERCY JACKSON

En haut, tracés en capitales fermes d'une main d'homme, figuraient l'adresse de notre appartement et les mots : RETOUR À L'EXPÉDITEUR.

Soudain, j'ai compris ce que Poséidon m'avait dit à l'Olympe.

Un paquet. Une décision.

Quoi que tu puisses faire d'autre, sache que tu m'appartiens. Tu es un vrai fils du dieu de la mer.

J'ai regardé ma mère.

– M'man, veux-tu te débarrasser de Gaby ?

– Percy, ce n'est pas si simple. Je...

– Maman, réponds-moi simplement. Ce salaud te frappe. Veux-tu te débarrasser de lui, ou non ?

Elle a hésité, puis hoché imperceptiblement la tête.

– Oui, Percy. Et j'essaie de rassembler mon courage pour le mettre à la porte. Mais tu ne peux pas le faire à ma place. Tu ne peux pas régler mes problèmes.

J'ai regardé la boîte.

Je pouvais régler son problème. J'avais envie d'ouvrir le paquet, de le balancer sur la table de poker et de sortir ce qu'il contenait. Je pouvais commencer ma propre collection de statues de jardin ici même, dans notre salon.

C'est ce que ferait un héros grec dans les histoires, ai-je pensé. *C'est ce que mérite Gaby.*

Mais l'histoire d'un héros se terminait toujours en tragédie. Poséidon me l'avait dit.

J'ai repensé aux Enfers. J'ai imaginé l'esprit de Gaby errant pour toujours dans les Champs d'Asphodèle ou condamné à je ne sais quelle torture abominable derrière les barbelés des Champs du Châtiment : une partie de poker éternelle, assis dans de l'huile bouillante jusqu'à la taille en écoutant de la musique d'opéra. Avais-je le droit d'envoyer quelqu'un là-bas ? Même Gaby ?

Il y a un mois, je n'aurais pas hésité. Maintenant...

– Je peux le faire, ai-je dit à ma mère. Suffit qu'il jette un coup d'œil à l'intérieur de cette boîte, et il ne t'embêtera plus jamais.

Elle a regardé le paquet et a paru comprendre immédiatement.

– Non, Percy, a-t-elle dit en reculant d'un pas. Tu ne peux pas.

– Poséidon a dit que tu étais une reine, ai-je ajouté. Il a dit qu'il n'avait pas rencontré de femme comme toi depuis mille ans.

Maman a rougi.

– Percy...

– Tu mérites mieux que ça, m'man. Tu devrais aller à l'université, passer ton diplôme. Tu peux écrire ton roman, rencontrer quelqu'un de bien, peut-être, vivre dans une belle maison. Tu n'as plus besoin de me protéger en restant avec Gaby. Laisse-moi te débarrasser de lui.

Elle a essuyé une larme sur sa joue.

– Tu me rappelles tellement ton père, a-t-elle dit. Une fois, il m'a proposé d'arrêter la marée pour moi. Il m'a proposé de me construire un palais au fond de la mer. Il pensait qu'il pouvait résoudre tous mes problèmes d'un geste de la main.

– Et pourquoi pas ?

Elle m'a scruté de ses yeux multicolores, comme pour sonder le tréfonds de mon cœur.

– Je crois que tu sais pourquoi, Percy. Tu me ressembles assez pour comprendre. Si je veux que ma vie ait un sens quelconque, il faut que je la vive moi-même. Je ne peux pas laisser un dieu s'occuper de moi... ou de mon fils. Je dois... trouver le courage en moi-même. Ta mission me l'a rappelé.

Nous avons écouté un instant le tintement des jetons de poker, les jurons et le bruit de la télé qui venaient du salon.

– Je vais te laisser la boîte, ai-je dit. S'il te menace...

Maman était pâle, mais elle a hoché la tête.

– Où vas-tu aller, Percy ?

– À la colline des Sang-Mêlé.

– Pour l'été... ou pour toujours ?

– Je crois que ça va dépendre.

Nos regards se sont croisés et j'ai senti que nous passions un accord tacite. Nous ferions le point à la fin de l'été.

Elle m'a embrassé sur le front.

– Tu seras un héros, Percy. Tu seras le plus grand de tous.

J'ai jeté un dernier regard à ma chambre. J'avais le pressentiment que je ne la reverrais jamais. Puis ma mère m'a accompagné à la porte de l'appartement.

– Tu pars déjà, voyou ? a lancé Gaby dans mon dos. Bon débarras !

J'ai eu un dernier pincement de doute. Comment pouvais-je laisser passer une occasion si parfaite de me venger de lui ? Je le laissais là sans sauver ma mère.

– Hé, Sally, a-t-il hurlé. Alors, ce pain de viande ?

Une lueur de colère froide s'est allumée dans les yeux de ma mère, et je me suis dit, au fond, que je la laissais peut-être entre de bonnes mains – les siennes.

– Le pain de viande arrive tout de suite, chéri, a-t-elle dit à Gaby. Tu vas voir, c'est la surprise du chef.

Là-dessus, elle m'a lancé un clin d'œil.

La dernière chose que j'ai vue pendant que la porte se refermait, c'était ma mère qui regardait Gaby comme si elle se demandait à quoi il ressemblerait en statue de jardin.

22 La prophétie se réalise

Nous étions les premiers héros à revenir vivants à la colline des Sang-Mêlé depuis Luke ; aussi, bien sûr, tout le monde nous a reçus comme si nous avions gagné un concours de télé-réalité. Selon la tradition de la colonie, nous avons assisté à une grande fête donnée en notre honneur coiffés de couronnes de laurier, puis nous avons mené une procession jusqu'au feu de joie où nous avons brûlé les linceuls que nos bungalows avaient faits pour nous en notre absence.

Le linceul d'Annabeth était tellement beau – en soie grise avec des chouettes brodées – que je lui ai dit qu'il était vraiment dommage de ne pas l'enterrer dedans. Elle m'a donné un petit coup de poing en me disant de me taire.

En tant que fils de Poséidon, je n'avais pas de camarades de bungalow, aussi les « Arès » s'étaient-ils portés volontaires pour faire mon linceul. Ils avaient pris un vieux drap et peint sur tout le tour des têtes à Toto avec les yeux barrés d'une croix, plus le mot « LOSER » en très grosses lettres au milieu.

J'ai pris plaisir à le brûler.

Ce sont les « Apollon » qui ont dirigé les chants et ont distribué les marshmallows grillés au chocolat. J'étais entouré de mes anciens camarades du bungalow Hermès, des amis d'Annabeth de chez Athéna et des copains satyres de Grover, qui admiraient le permis de chercheur flambant neuf que lui avait décerné le Conseil des Sabots Fendus. Les anciens avaient qualifié le comportement de Grover dans la quête de « courageux jusqu'à l'indigestion. Cornes et moustaches au-dessus de tout ce que nous avons jamais vu par le passé ».

Les seuls à ne pas avoir le cœur à la fête, c'étaient Clarisse et ses compagnons de bungalow, et les regards venimeux qu'ils me lançaient me disaient qu'ils ne me pardonneraient jamais d'avoir déshonoré leur père.

Ça ne me posait pas de problème

Même le discours de bienvenue de Dionysos n'a pas réussi à me décourager : « Oui, oui, le petit morveux ne s'est pas fait tuer, maintenant il va avoir encore plus la grosse tête. Bon, ben hourra pour ça. Et dans un autre registre, il n'y aura pas de courses de canoë ce samedi... »

Je me suis réinstallé au bungalow 3, mais je ne me sentais plus aussi seul. Dans la journée, je m'entraînais avec mes amis. La nuit, allongé dans mon lit avant de dormir, j'écoutais la mer en sachant que mon père était là-bas. Peut-être ne savait-il pas encore ce qu'il éprouvait pour moi, peut-être même n'avait-il pas souhaité ma naissance, il n'empêche qu'il me surveillait Et jusqu'à présent, il était fier de ce que j'avais fait.

Quant à ma mère, elle avait eu sa seconde chance. Sa lettre est arrivée une semaine après mon retour à la colonie. Elle me disait que Gaby était parti mystérieusement – qu'il avait disparu de la surface de la terre en fait. Elle avait signalé sa disparition à la police, mais elle avait l'étrange impression qu'on ne le retrouverait jamais.

Par ailleurs, dans un domaine tout à fait différent, elle avait vendu sa première sculpture en béton grandeur nature, intitulée *Le Joueur de poker*, à un collectionneur d'art par l'intermédiaire d'une galerie branchée. Elle avait été si bien payée pour sa statue qu'elle avait versé une caution pour un nouvel appartement et réglé les frais de scolarité de son premier semestre à l'université de New York. Les galeristes réclamaient d'autres œuvres à grands cris, traitant son travail d'« immense pas en avant dans la voie du néoréalisme hyper hideux ».

Mais ne t'inquiète pas écrivait maman. *J'arrête la sculpture. Je me suis défaite de la boîte à outils que tu m'avais donnée. Il est temps pour moi de me mettre à l'écriture.*

Au bas de la lettre, elle avait ajouté un post-scriptum : *Percy, j'ai trouvé une bonne école privée ici en ville. J'ai versé une avance pour te retenir une place au cas où tu veuilles y faire ta cinquième. Tu pourrais habiter à la maison. Mais si tu veux passer toute l'année à la colline des Sang-Mêlé, je comprendrai.*

J'ai replié soigneusement la lettre et je l'ai posée sur ma table de chevet. Tous les soirs avant de dormir, je la relisais et j'essayais de décider quoi lui répondre.

Le 4 juillet, jour de la fête nationale des États-Unis, la colonie tout entière s'est rassemblée sur la plage pour assister au feu d artifice donné par le bungalow 9. Étant les enfants d'Héphaïstos, les « 9 » n'allaient pas se contenter de quelques petites explosions rouge-blanc-bleu. Ils avaient ancré une barge au large et l'avaient chargée de fusées grosses comme des missiles. D'après Annabeth qui avait déjà vu le spectacle, les tableaux allaient s'enchaîner pour composer une séquence d'animation dans le ciel. Le bouquet final était censé être deux guerriers spartiates hauts de trente mètres qui surgiraient en crépitant au-dessus de l'océan, s'affronteraient en duel puis exploseraient en un million de couleurs.

Pendant qu'Annabeth et moi dépliions une couverture de pique-nique, Grover est venu nous dire au revoir. Il portait son jean, son tee-shirt et ses baskets habituels, mais au cours des quelques dernières semaines, il avait mûri physiquement et faisait plus âgé, presque lycéen. Sa barbiche s'était épaissie et lui-même s'était étoffé. Ses cornes avaient poussé d'au moins deux bons centimètres, ce qui allait l'obliger à porter son béret de rasta en permanence afin de se faire passer pour un humain.

– Je m'en vais, a-t-il dit. Je suis juste venu... enfin, vous savez

Je me suis efforcé d'être heureux pour lui. Après tout, ce n'est pas tous les jours qu'un satyre reçoit l'autorisation de partir à la recherche du grand dieu Pan. Mais c'était dur de lui dire au revoir. Ça faisait seulement un an que je connaissais Grover, mais c'était mon plus vieil ami.

Annabeth l'a serré dans ses bras. Elle lui a dit de ne jamais enlever ses faux pieds.

Je lui ai demandé par où il allait commencer sa quête.

– C'est un peu secret, en fait, a-t-il répondu, l'air embarrassé. J'aurais bien aimé que vous puissiez venir avec moi, les gars, mais les humains et Pan...

– On comprend, a dit Annabeth. Tu as assez de cannettes en fer-blanc pour la route ?

– Ouais.

– Et tu n'as pas oublié ta flûte de Pan ?

– Bon sang, Annabeth, a grommelé Grover, on dirait une vieille maman chèvre !

Mais il n'avait pas l'air si fâché que ça

Il a empoigné sa canne et a enfilé un sac à dos sur son épaule. Il avait l'air de n'importe quel auto-stoppeur au bord d'une autoroute américaine : plus rien de l'ado gringalet que je défendais contre les grosses brutes de Yancy.

– Bon, a-t-il dit. Souhaitez-moi bonne chance

Il a embrassé Annabeth de nouveau. Il m'a donné une tape sur l'épaule, puis il est reparti vers les dunes.

Au-dessus de nos têtes, le feu d'artifice a explosé : Héraclès tuant le lion de Némée, Artémis chassant le sanglier, George Washington traversant le Delaware pendant la guerre d'Indépendance.

– Hé, Grover ! ai-je appelé.

Il s'est retourné à la lisière des bois.

– Où que tu ailles, j'espère qu'ils font de bonnes enchiladas.

Grover a souri puis les arbres se sont refermés sur lui, et il a disparu.

– Nous le reverrons, a dit Annabeth.

Je voulais le croire. Le fait qu'aucun chercheur ne soit jamais revenu en deux mille ans... mais j'ai décidé de chasser cette pensée de mon esprit. Grover serait le premier. C'était obligé.

Le mois de juillet s'est écoulé.

Je passais mes journées à concevoir de nouvelles stratégies

pour Capture-l'étendard et à contracter des alliances avec d'autres bungalows pour empêcher les « Arès » de reprendre la bannière. Je suis arrivé à grimper jusqu'en haut du mur d'escalade sans me faire brûler par la lave pour la première fois.

De temps en temps, quand je passais devant la Grande Maison, je jetais un coup d'œil vers les fenêtres du grenier et je repensais à l'Oracle. J'essayais de me convaincre que sa prophétie s'était entièrement réalisée.

Tu iras à l'ouest et tu rencontreras le dieu qui s'est retourné.

OK, ça c'était bon – même si le dieu traître s'était avéré Arès et non Hadès.

Tu retrouveras ce qui fut volé et tu le verras restitué sans dommage.

Dont acte. Un éclair primitif livré à bon port. Un casque d'invisibilité de retour sur la chevelure grasse d'Hadès.

Tu seras trahi par quelqu'un qui se dit ton ami.

Cette phrase-là me tracassait encore. Arès avait fait semblant d'être mon ami, puis il m'avait trahi. Ça devait être ce que voulait dire l'Oracle...

Et à la fin, tu ne parviendras pas à sauver ce qui compte le plus.

Effectivement, je n'étais pas parvenu à sauver ma mère, mais seulement parce que je l'avais laissé se sauver elle-même, et je savais que j'avais pris la bonne décision.

Alors pourquoi étais-je encore inquiet ?

La dernière soirée de la session d'été est arrivée bien trop vite.

Les pensionnaires ont pris un dernier repas ensemble. Nous avons brûlé une partie de notre dîner pour les dieux. Au feu de camp, les grands conseillers ont attribué les perles de l'été.

J'ai reçu mon propre lien de cuir et, quand j'ai vu la perle de mon premier été, je me suis réjoui que la lumière du feu cache ma rougeur subite. Le motif était noir profond, avec un trident vert d'eau qui scintillait au milieu.

– Le choix a été unanime, a annoncé Luke. Cette perle commémore l'arrivée du premier fils du dieu de la mer à cette colonie et la quête qu'il a menée dans les tréfonds les plus sombres des Enfers pour empêcher une guerre !

Tous les pensionnaires se sont levés et ont applaudi. Même les « Arès » se sont sentis obligés de se lever. Les « Athéna » ont poussé Annabeth sur le devant pour qu'elle partage les acclamations avec moi.

Je crois que je ne m'étais jamais senti aussi heureux ou aussi triste qu'en cet instant. J'avais enfin trouvé une famille, des gens qui m'aimaient et qui pensaient que j'avais fait quelque chose de bien. Et au matin, la plupart d'entre eux s'en iraient pour toute l'année

Le lendemain matin, j'ai trouvé une lettre circulaire sur ma table de chevet.

J'ai deviné que c'était Dionysos qui l'avait complétée car il s'obstinait à écorcher mon nom.

> Cher Peter Johnson,
>
> Si vous comptez rester à la Colonie des Sang-Mêlé pour toute l'année scolaire, vous devez en informer la Grande Maison aujourd'hui avant midi. Si vous ne nous faites pas part de vos intentions, nous en déduirons que

vous avez libéré votre bungalow ou péri d'une mort atroce. Des harpies de ménage se mettront au travail au coucher du soleil. Elles seront autorisées à manger les éventuels pensionnaires non inscrits. Tous les effets personnels abandonnés sur place seront incinérés dans la fosse à lave.

Bonne journée !
Monsieur D. (Dionysos)
Directeur de la colonie, conseil olympien n° 12

Voilà une autre caractéristique du syndrome d'hyperactivité avec déficit de l'attention. Pour moi, les dates limites ne veulent rien dire tant qu'elles ne sont pas atteintes. L'été était fini et je n'avais toujours pas dit à ma mère ni à la colonie si j'allais rester ou non. Maintenant je n'avais plus que quelques heures pour me décider.

La décision aurait dû être facile à prendre : neuf mois d'entraînement de héros contre neuf mois assis dans une salle de classe, en principe c'était tout vu.

Seulement il y avait ma mère. Pour la première fois, j'avais l'occasion de vivre avec elle une année entière, sans Gaby. Je pourrais rester à la maison ou me promener dans la ville pendant mon temps libre. Je me suis souvenu de ce qu'Annabeth avait dit au début de notre quête, il y avait si longtemps. Les monstres sont dans le monde réel. *C'est là seulement que tu peux découvrir ce que tu vaux.*

J'ai repensé au sort de Thalia, fille de Zeus. Je me suis demandé combien de monstres m'attaqueraient si je quittais la colline des Sang-Mêlé. Si je restais au même endroit pendant une année entière sans Chiron et mes amis pour m'aider, ma mère et moi survivrions-nous jusqu'à l'été ? À supposer que les dictées et les rédactions ne m'achèvent pas. J'ai décidé d'aller à l'arène et de m'entraîner un peu à l'épée. Cela m'éclaircirait peut-être les idées.

Les terrains de sport, pratiquement vides, scintillaient dans la chaleur d'août. Les pensionnaires étaient tous dans leurs bungalows à faire leurs bagages ou allaient et venaient avec des balais et des serpillières, se préparant pour l'inspection finale. Argos aidait certains des enfants d'Aphrodite à hisser leurs valises Gucci et leurs trousses de maquillage en haut de la colline, où les attendait la navette de la colonie qui les emmènerait à l'aéroport.

Ne pense pas encore au départ, me suis-je dit. *Entraîne-toi, c'est tout.*

Je suis arrivé à l'arène des escrimeurs et je me suis aperçu que Luke avait eu la même idée que moi. Son sac de sport était jeté dans un coin de la piste. Il travaillait en solo, s'attaquant à des mannequins de combat avec une épée que je ne lui avais jamais vue. Elle devait avoir une lame d'acier normal car il décapitait les mannequins et pourfendait leurs ventres bourrés de paille. Son tee-shirt orange de conseiller était trempé de sueur. Il avait une expression d'une étonnante intensité, comme si sa vie était réellement menacée. Fasciné, je l'ai regardé éventrer la rangée entière de mannequins, leur trancher bras et jambes, les réduire à un tas de paille et d'armures.

Ce n'étaient que des mannequins mais je ne pouvais m'empêcher d'être impressionné par la virtuosité de Luke. Ce type était un adversaire hors pair. Une fois de plus, je me suis demandé comment il avait bien pu échouer dans sa quête.

Il a fini par m'apercevoir et s'est arrêté en plein mouvement.

– Percy.

– Euh, excuse-moi, ai-je dit, embarrassé. Je...

– Pas grave, a-t-il dit en baissant son épée. Je faisais juste un petit entraînement de dernière minute.

– Ces mannequins ne vont plus embêter personne.

Luke a haussé les épaules.

– Nous en fabriquons de nouveaux tous les étés.

À présent que son épée ne tournoyait plus, j'ai remarqué quelque chose d'étrange. La lame était composée de deux types de métal différents : un tranchant en bronze, l'autre en acier.

Luke a remarqué que je la regardais.

– Ah, ça ? C'est mon nouveau jouet, Perfide.

– Perfide ?

Luke a tourné l'épée dans la lumière pour faire jouer les rayons du soleil sur la lame.

– Elle est en bronze céleste d'un côté, en acier trempé de l'autre. Elle marche aussi bien sur les mortels que sur les immortels.

J'ai repensé à ce que Chiron m'avait dit avant que je parte pour ma quête : qu'un héros ne devait jamais faire de mal à des mortels à moins d'y être véritablement contraint.

– Je ne savais pas qu'on pouvait faire des armes de ce type.

– On ne peut sans doute pas, a acquiescé Luke. Elle est unique en son genre.

Il m'a adressé un petit sourire puis il a glissé l'épée dans son fourreau.

– Écoute, j'allais justement aller te chercher. Ça te dirait qu'on aille faire un tour dans les bois tous les deux une dernière fois, qu'on cherche un monstre à combattre ?

Je ne sais pas pourquoi j'ai hésité. J'aurais dû être soulagé que Luke se montre aussi chaleureux. Je l'avais trouvé un peu distant depuis mon retour de ma quête. J'avais eu peur qu'il soit un peu jaloux de toute l'attention que mon succès m'avait value.

– Tu crois que c'est une bonne idée ? ai-je demandé. Je veux dire...

– Oh, allez ! (Il a farfouillé dans son sac de sport et a sorti un pack de cannettes de Coca.) C'est moi qui régale.

J'ai regardé les cannettes en me demandant où il avait bien pu les dégoter. Il n'y avait pas de sodas ordinaires de mortels au magasin de la colonie. Impossible d'en faire entrer en douce, à moins peut-être de s'entendre avec un satyre

Bien sûr, les verres magiques du réfectoire se remplissaient de n'importe quelle boisson de son choix, mais ça n'avait pas le même goût qu'un vrai Coca qu'on boit à même la cannette.

Sucre et caféine. Ma volonté s'est effritée.

– Bien sûr, ai-je décidé. Pourquoi pas ?

Nous sommes allés dans le bois et avons cherché des monstres à combattre pendant quelques instants, mais il faisait bien trop chaud. Tous les monstres un tout petit peu malins devaient faire la sieste au frais dans leurs grottes.

Nous avons trouvé un coin ombragé près du ruisseau où j'avais cassé la lance de Clarisse lors de ma première partie de Capture-l'étendard. Nous nous sommes assis sur un gros rocher et nous avons regardé la lumière jouer dans les arbres en buvant du Coca.

Au bout d'un moment, Luke m'a dit :

– Ça te manque d'être sur une quête ?

– Avec des monstres qui m'attaquent tous les trois pas ? Tu rigoles ?

Luke a levé un sourcil.

– Ouais, ça me manque, ai-je avoué. Et toi ?

Une ombre est passée sur son visage.

J'avais l'habitude d'entendre les filles s'extasier sur le charme et la beauté de Luke, mais en cet instant, il avait l'air fatigué, en colère, et pas du tout charmant. Ses cheveux blonds étaient gris à la lumière du soleil. Sa cicatrice au visage paraissait plus profonde que d'habitude. Je pouvais l'imaginer vieux.

– Je vis à la colline des Sang-Mêlé à longueur d année depuis mes quatorze ans, m'a-t-il raconté. Depuis que Thalia... enfin, tu connais l'histoire. Je me suis entraîné, entraîné, entraîné. Je n'ai jamais eu de vie d'ado normal, dans le monde réel. Puis ils m'ont accordé une quête, une seule, et à mon retour, en gros on m'a dit : « Et voilà, fini de jouer. Amuse toi bien le restant de ta vie. »

Il a comprimé sa cannette de Coca et l'a jetée dans le ruisseau, ce qui m'a vraiment choqué. Une des premières choses qu'on vous apprend à la Colonie des Sang-Mêlé, c'est . pas de détritus. Ou alors, gare aux nymphes et aux naïades. Elles vous le revaudront. Un soir, en vous glissant dans votre lit, vous trouverez vos draps pleins de mille-pattes et de vase.

– Ras-le-bol des couronnes de laurier, a dit Luke. Je n'ai pas envie de finir comme un de ces trophées poussiéreux dans le grenier de la Grande Maison.

– Tu parles comme si tu allais partir.

Luke m'a décoché un sourire tordu.

– Pour ça oui, Percy, je pars. Et je t'ai amené ici pour te dire au revoir.

Il a claqué des doigts. Un trou s'est creusé dans un crépitement de flammes à mes pieds. Il en est sorti en rampant quelque chose de noir et luisant, grand comme ma main. Un scorpion.

J'ai voulu dégainer mon stylo-bille.

– À ta place je m'abstiendrais, m'a averti Luke. Les scorpions de l'abîme peuvent sauter jusqu'à cinq mètres de haut. Son aiguillon peut transpercer tes vêtements. Tu seras mort en soixante secondes.

– Luke, qu'est-ce qui...

Alors ça a fait tilt.

Tu seras trahi par quelqu'un qui se dit ton ami.

– C'est toi, ai-je dit.

Il s'est levé lentement et il a passé le revers de la main sur son jean.

Le scorpion ne lui a prêté aucune attention. Gardant ses petits yeux noirs rivés sur moi, il s'est mis à ramper sur ma chaussure en serrant les pinces.

– J'ai vu beaucoup de choses en sortant dans le monde réel, Percy, a dit Luke. Ne l'as-tu pas senti : l'obscurité qui s'amasse, les monstres qui deviennent plus forts ? Ne t'es-tu pas rendu compte à quel point tout cela était vain ? Tous ces numéros d'héroïsme où nous sommes les pions des dieux de l'Olympe. Ils auraient dû être détrônés depuis des milliers d'années mais ils s'accrochent grâce à nous, les sang-mêlé.

Je n'arrivais pas à croire que ceci se passait pour de vrai.

– Luke... c'est de nos parents que tu parles.

Il a ri.

– Et alors, je devrais les aimer ? Je préfère servir le Seigneur des Titans !

– Tu es aussi dingue qu'Arès.

Les yeux de Luke se sont enflammés.

– Arès est un imbécile. Il n'a jamais compris quel maître il servait en réalité. Si j'avais le temps, je pourrais t'expliquer tout ça, Percy. Mais j'ai bien peur que tu ne vives pas assez longtemps.

Le scorpion est monté sur la jambe de mon pantalon.

Il devait y avoir une issue. J'avais besoin de temps pour réfléchir.

– Cronos, ai-je dit. C'est lui que tu sers.

L'air a rafraîchi.

– Tu devrais faire attention aux noms que tu prononces a dit Luke.

– Cronos t'a ordonné de voler l'éclair primitif et le casque. Il t'a parlé dans tes rêves.

La paupière de Luke a tressailli.

– À toi aussi, il t'a parlé, Percy. Tu aurais dû l'écouter.

– Il te manipule, Luke.

– Tu te trompes. Il m'a montré à quel point mes talents étaient gaspillés. Tu sais quelle était ma quête il y a deux ans, Percy ? Mon père Hermès voulait que je vole une pomme d'or au jardin des Hespérides et que je la rapporte à l'Olympe Avec tout l'entraînement que j'avais, c'est tout ce qu'il a trouvé.

– Ce n'est pas une quête facile, ai-je dit. Héraclès l'a fait.

– Exactement. Quelle gloire y a-t-il à reproduire ce que d'autres ont déjà fait ? La seule chose que les dieux savent faire, c'est rejouer leur passé. J'y suis allé, mais le cœur n'y était pas. C'est le dragon du jardin qui m'a fait ça... (d'un geste rageur, il a désigné sa cicatrice). Et lorsque je suis rentré, je n'ai eu droit qu'à de la pitié. À ce moment-là, j'ai eu envie de démolir l'Olympe pierre par pierre, mais j'ai rongé mon frein. J'ai commencé à rêver de Cronos. Il m'a convaincu de voler quelque chose qui en vaille la peine, quelque chose dont aucun héros n'ait jamais eu le courage de s'emparer. Lorsque nous avons fait cette sortie éducative du solstice d'hiver, pendant que les autres pensionnaires dormaient, je me suis introduit en douce dans la salle du trône et j'ai pris l'éclair primitif de Zeus qui était juste sous son siège. Le casque d'invisibilité d'Hadès, aussi. Tu ne peux pas savoir comme ce fut facile. La salle du trône était déserte. J'étais déjà en plein New Jersey quand j'ai entendu l'orage gronder et que j'ai su qu'ils avaient découvert le vol.

Le scorpion était perché sur mon genou, maintenant, et me fixait de ses yeux luisants. Je me suis efforcé de garder la voix ferme.

– Alors pourquoi n'as-tu pas apporté les objets à Cronos ?

Le sourire de Luke s'est estompé.

– Je... j'ai été trop sûr de moi. Zeus a envoyé ses fils et ses filles à la recherche de l'éclair volé : Artémis, Apollon et mon père, Hermès. Mais c'est Arès qui m'a attrapé. J'aurais pu le battre mais je n'ai pas été assez vigilant. Il m'a désarmé, il a pris les objets de pouvoir et a menacé de les rapporter à l'Olympe et de me brûler vif. Alors la voix de Cronos m'est venue et m'a dicté mes paroles. J'ai mis dans la tête d'Arès l'idée d'une grande guerre entre les dieux. Je lui ai dit que tout ce qu'il avait à faire, c'était de cacher les objets pendant quelque temps et de regarder les autres se battre. Une étincelle mauvaise s'est allumée dans les yeux d'Arès et j'ai compris qu'il avait mordu. Il m'a laissé partir et je suis rentré à l'Olympe sans que personne ne se soit aperçu de mon absence. (Luke a dégainé sa nouvelle épée. Il a passé le pouce sur le plat de la lame, comme s'il était fasciné par sa beauté.) Après cela, le Seigneur des Titans... il... il m'a puni en m'envoyant des cauchemars. J'ai juré de ne plus échouer. De retour à la Colonie des Sang-Mêlé, j'ai été informé dans mes rêves qu'un deuxième héros allait arriver, un à qui on pourrait faire porter l'éclair et le casque sur le reste du trajet, d'Arès au Tartare.

– C'est toi qui as appelé le Chien des Enfers, cette nuit-là dans la forêt.

– Il fallait faire croire à Chiron que tu n'étais pas en sécurité à la colonie pour qu'il décide de t'envoyer mener ta quête. Il fallait confirmer ses craintes qu'Hadès cherchait à te tuer. Et ça a marché.

– Les baskets volantes étaient ensorcelées, ai-je dit. Elles étaient censées m'entraîner moi et le sac à dos dans le Tartare.

– Et elles l'auraient fait, si tu les avais portées. Mais tu les as données au satyre, ce qui ne faisait pas partie du plan. Grover fiche en l'air tout ce qu'il touche. Il a même détraqué le sortilège.

Luke a baissé le regard sur le scorpion, qui était maintenant perché sur ma cuisse.

– Tu aurais dû mourir dans le Tartare, Percy. Mais ne t'en fais pas, je te laisse avec mon petit copain qui va rattraper le coup.

– Thalia a donné sa vie pour te sauver, ai-je dit en

m'efforçant de rester calme et stoïque. C'est comme ça que tu lui rends son sacrifice ?

– Ne me parle de Thalia ! a crié Luke. Les dieux l'ont laissé mourir. C'est un des nombreux méfaits qu'ils vont payer.

– Tu es manipulé, Luke. Comme Arès. N'écoute pas Cronos.

– Moi, je suis manipulé ? (La voix de Luke a grimpé dans les aigus.) Regarde-toi. Qu'est-ce que ton père a jamais fait pour toi ? Cronos va revenir. Tu n'as fait que retarder ses plans. Il jettera les Olympiens dans le Tartare et renverra l'humanité à ses cavernes. Tous les humains sauf les plus forts – ceux qui le servent.

– Rappelle la bestiole, ai-je dit. Si tu es si fort, affronte-moi toi-même.

Luke a souri :

– Jolie tentative, Percy. Mais je ne suis pas Arès. Je ne mords pas à l'hameçon. Mon seigneur attend et il a plein de missions à me confier.

– Luke...

– Au revoir, Percy. Un nouvel Âge d'Or arrive et tu n'en feras pas partie.

Il a tracé un arc de cercle dans l'air avec son épée et il a disparu dans une ondulation d'obscurité.

Le scorpion a saute.

Je l'ai repoussé du revers de la main et j'ai décapuchonné mon épée. La bestiole a bondi vers moi et je l'ai coupée en deux en pleine trajectoire.

J'allais me féliciter lorsque j'ai remarqué ma main. J'avais la paume barrée d'une énorme boursouflure rouge qui fumait et dégageait une substance visqueuse et jaunâtre. Le scorpion m'avait eu, en fin de compte

Mes oreilles bourdonnaient, mes yeux se sont voilés. *L'eau*, ai-je pensé. Elle m'avait guéri, en d'autres occasions.

Je me suis traîné jusqu'au ruisseau et j'y ai plongé la main, mais il ne s'est rien passé. Le poison était trop fort. Ma vision s'obscurcissait. Je tenais à peine debout.

« Soixante secondes », m'avait dit Luke.

Il fallait que je rentre à la colonie. Si je m'effondrais ici, mon corps servirait de dîner à un monstre quelconque et personne ne saurait ce qui était arrivé.

J'avais les jambes lourdes comme du plomb. Mon front me brûlait. Je me suis dirigé en titubant vers la colonie et les nymphes sont sorties de leurs arbres.

– Aidez-moi, ai-je dit dans un râle. S'il vous plaît...

Deux d'entre elles m'ont attrapé par les bras et m'ont entraîné. Je me souviens d'être arrivé à la clairière. Je me souviens d'un conseiller qui appelait des secours en criant, d'un centaure soufflant dans sa conque.

Puis tout est devenu noir.

Je me suis réveillé avec une paille dans la bouche. Je sirotais quelque chose qui avait un goût de cookies au chocolat liquides. Du nectar.

J'ai ouvert les yeux.

J'étais au lit, calé par des oreillers, dans l'infirmerie de la Grande Maison, la main droite emmaillotée comme un poupon. Argos montait la garde dans un coin. Annabeth était assise à mon chevet, un verre de nectar à la main, et me tamponnait le front avec une serviette éponge.

– On prend les mêmes et on recommence, ai-je dit.

– Espèce d'idiot, a dit Annabeth (ce qui m'a fait comprendre qu'elle était folle de joie de me voir conscient). Tu étais vert tirant sur le gris quand on t'a trouvé. Sans les soins de Chiron...

– Voyons, voyons, a dit la voix de Chiron. La constitution de Percy y est pour quelque chose.

Il était assis au pied de mon lit sous sa forme humaine, c'est pourquoi je ne l'avais pas remarqué plus tôt. La partie inférieure de son corps était comprimée par magie dans le fauteuil roulant, la partie supérieure en veste et cravate. Il m'a souri, mais son visage était pâle et fatigué, comme autrefois quand il avait passé la nuit à corriger des devoirs de latin.

– Comment te sens-tu ? a-t-il demandé.

– Comme si on m'avait passé les entrailles au congélateur et ensuite au micro-ondes.

– Assez bien vu dans la mesure où il s'agissait de venin de scorpion de l'abîme. Maintenant il faut que tu me racontes, si tu le peux, comment ça s'est passé.

Entre deux gorgées de nectar, je leur ai raconté l'histoire.

Un long silence a plané dans la chambre.

– Je n'arrive pas à croire que Luke... (La voix d'Annabeth s'est brisée. Une expression de tristesse mêlée de colère est apparue sur son visage.) Si. Si, pourtant. Je peux y croire. Que les dieux le maudissent... Il n'a plus jamais été le même après sa quête.

– Il faut rapporter ces faits à l'Olympe de toute urgence, a murmuré Chiron. Je pars tout de suite.

– Luke est lâché dans la nature, ai-je dit. Il faut que je me lance à ses trousses.

Chiron a secoué la tête.

– Non, Percy, les dieux...

– ... ne veulent même pas entendre *parler* de Cronos ! l'ai-je interrompu sèchement. Zeus a déclaré que le débat était clos !

– Percy, je sais que c'est dur. Mais tu ne dois pas te précipiter à chercher vengeance. Tu n'es pas prêt.

Ça ne faisait pas plaisir à entendre, mais je me doutais que Chiron avait raison. Un seul regard à ma main me disait que je n'allais pas pouvoir manier l'épée de sitôt.

– Chiron... votre prophétie de l'Oracle... elle concernait Cronos, n'est-ce pas ? Est-ce que j'y étais ? Et Annabeth ?

Chiron a jeté un coup d'œil nerveux vers le plafond.

– Percy, ce n'est pas à moi...

– On vous a donné ordre de ne pas m'en parler, n'est-ce pas ?

Ses yeux étaient compréhensifs, mais tristes.

– Tu seras un grand héros, mon enfant. Je vais m'employer de mon mieux à te former. Mais si je vois juste en ce qui concerne ta voie...

Un coup de tonnerre a fait vibrer les carreaux.

– Bon, bon ! a crié Chiron. Ça va !

Il a poussé un soupir de frustration.

– Les dieux ont leurs raisons, Percy. En connaître trop sur son propre avenir n'est jamais une bonne chose.

– Mais on ne peut pas rester sans rien faire, ai-je dit.

– Nous n'allons certainement pas rester sans rien faire ! a promis Chiron. Mais toi, tu dois être prudent. Cronos veut que tu perdes tes moyens. Il veut que ta vie soit bouleversée et tes pensées brouillées par la peur et la colère. Ne lui donne pas ce qu'il veut. Entraîne-toi patiemment. Ton heure viendra.

– À supposer que je vive assez longtemps.

Chiron a posé la main sur ma cheville.

– Tu vas devoir me faire confiance, Percy. Tu vivras. Mais il faut d'abord que tu choisisses la voie que tu vas prendre pour l'année qui vient. Je ne peux pas te dire quel est le bon choix. . (J'ai eu l'impression qu'il avait une opinion très tranchée sur la question et qu'il devait faire appel à toute sa volonté pour ne pas essayer de m'influencer.) Mais tu dois décider si tu veux rester à la Colonie des Sang-Mêlé toute l'année ou retourner faire ta cinquième parmi les mortels et venir ici comme pensionnaire d'été. Réfléchis. Et à mon retour de l'Olympe, tu devras me faire part de ta décision.

Je voulais protester. Je voulais lui poser d'autres questions. Mais j'ai vu à son expression que c'était exclu ; il m'en avait dit le maximum.

· Je reviendrai dès que je pourrai, a promis Chiron. Argos veillera sur toi.

Il a lancé un coup d'œil à Annabeth.

– Oh, et, ma chère Annabeth... quand tu seras prête, ils sont là.

– Qui est là ? ai-je demandé.

Personne ne m'a répondu.

Chiron est sorti de la pièce en fauteuil roulant. J'ai entendu les roues descendre lentement les marches du perron, deux par deux.

Annabeth s'est absorbée dans la contemplation des glaçons dans mon verre.

– Qu'est-ce qu'il y a ? lui ai-je demandé.

– Rien. (Elle a posé le verre sur la table.) Je... j'ai juste suivi un conseil que tu m'avais donné. Tu... euh.. as besoin de quelque chose ?

– Ouais. Aide-moi à me lever. Je veux sortir

– Percy, ce n'est pas une bonne idée.

J'ai basculé les jambes hors du lit. Annabeth m'a rattrapé avant que je m'effondre. J'ai été pris d'un haut-le-cœur.

– Je te l'avais dit..., a soupiré Annabeth.

– Ça va, ne t'inquiète pas, ai-je insisté. Je ne voulais pas rester couché comme un invalide pendant que Luke circulait librement et œuvrait pour Cronos.

Je suis arrivé à faire un pas. Puis un deuxième, en m'appuyant toujours fortement sur Annabeth. Argos nous a suivis, mais en gardant ses distances.

Le temps que nous arrivions sur la terrasse, j'avais le visage couvert de sueur et l'estomac noué. Mais je suis parvenu à marcher jusqu'à la balustrade.

C'était le crépuscule. La colonie avait l'air complètement abandonnée. Les bungalows étaient tous éteints et le terrain de volley-ball désert et silencieux. Pas un seul canoë ne sillonnait les eaux du lac. Derrière les bois et les champs de fraises, le détroit de Long Island scintillait sous les derniers feux du soleil.

– Que vas-tu faire ? m'a demandé Annabeth.

– Je ne sais pas.

Je lui ai fait part de mon impression que Chiron souhaitait que je reste toute l'année, pour bénéficier de plus d'entraînement individuel, mais en expliquant je n'étais pas sûr d'en avoir envie. J'ai ajouté que j'aurais mauvaise conscience, cependant, de la laisser seule, avec Clarisse pour toute compagnie...

Annabeth a serré les lèvres, puis elle a dit calmement :
– Je rentre passer l'année à la maison, Percy.
Je l'ai regardée avec étonnement :
– Tu veux dire chez ton père ?
Elle a pointé du doigt vers le sommet de la colline des Sang-Mêlé. À côté du pin de Thalia, juste derrière la bordure magique du camp, une famille se dessinait contre le ciel : deux petits enfants, une femme et un homme grand et blond. Ils avaient l'air d'attendre. L'homme tenait un sac à dos qui ressemblait à celui qu'Annabeth avait pris à l'Aqualand de Denver.
– Je lui ai écrit une lettre à notre retour, a dit Annabeth. Exactement comme tu me l'avais suggéré. Je lui ai dit... que j'étais désolée. Que j'étais prête à rentrer à la maison pour l'année scolaire, s'il voulait encore de moi. Il m'a répondu immédiatement. Nous avons décidé... de faire une nouvelle tentative.
– C'était super-courageux de ta part.
Elle a ravalé sa salive.
– Tu ne vas rien faire d'idiot pendant l'année scolaire, dis-moi ? En tout cas... pas sans m'envoyer un Iris-mail ?
Je me suis forcé à sourire.
– Je ne chercherai pas les ennuis. En général, je n'en ai pas besoin.
– Lorsque je reviendrai l'été prochain, a-t-elle dit, nous traquerons Luke. Nous demanderons une quête, mais s'ils ne nous donnent pas l'autorisation, nous partirons en douce et nous le ferons quand même. Ça marche ?
– Ça m'a l'air d'un plan digne d'Athéna.
Nous nous sommes serré la main.

– Prends soin de toi, Cervelle d'Algues, a dit Annabeth. Reste sur tes gardes.

– Toi aussi, Puits de Sagesse.

Je l'ai regardée gravir la colline et rejoindre sa famille. Elle a embrassé son père avec gaucherie et a jeté un dernier regard à la vallée. Puis elle a passé la main sur le pin de Thalia et s'est laissé entraîner de l'autre côté de la crête, dans le monde des mortels.

Pour la première fois à la colonie, je me suis senti vraiment seul. J'ai regardé le détroit de Long Island, à l'horizon, et je me suis souvenu de mon père me disant « La mer n'aime pas être contenue ».

J'ai pris ma décision.

Je me suis demandé : si Poséidon me regardait, approuverait-il mon choix ?

– Je reviendrai l'été prochain, lui ai-je promis. Je survivrai d'ici là. Après tout, je suis ton fils.

J'ai demandé à Argos de m'accompagner au bungalow 3. Il fallait que je fasse mes bagages pour rentrer à la maison.

Remerciements

Sans l’aide de nombreux et vaillants alliés, j’aurais été tué par des monstres à maintes et maintes reprises au long de mes tentatives pour faire publier cette histoire. Merci à mon fils aîné, Haley Michael, qui fut le premier à entendre l’histoire ; à mon plus jeune fils, Patrick John, qui, à l’âge de six ans, est l’esprit pondéré de la famille ; et à ma femme Becky qui supporte mes longues heures passées à la Colonie des Sang-Mêlé. Merci également à mon équipe de choc de bêta-testeurs au lycée : Travis Stoll, intelligent et rapide comme Hermès ; C.C. Kellogg, bien-aimée telle Athéna ; Allison Bauer, clairvoyante comme Artémis Chasseresse ; et Mme Margaret Floyd, la sage et bienveillante prophétesse d’anglais. Ma gratitude va également au professeur Egbert J. Bakker, remarquable spécialiste des lettres classiques ; à Nancy Gallt, agent hors pair ; à Jonathan Burnham, Jennifer Besser et Sarah Hughes pour avoir cru en Percy.

D'autres livres

wiz
Albin Michel

Rafael ÁBALOS, *Grimpow, l'élu des Templiers*
Rafael ÁBALOS, *Grimpow : le chemin invisible*
Artur BALDER, *Le Secret de la pierre occulte*
Dave BARRY & Ridley PEARSON, *Peter et la poussière d'étoiles*
Dave BARRY & Ridley PEARSON, *Peter et le voleur d'ombres*
Neil GAIMAN, *Coraline*
Neil GAIMAN, *L'Étrange Vie de Nobody Owens*
Michael HOEYE, *Hermux Tantamoq I. Le temps ne s'arrête pas pour les souris*
Michael HOEYE, *Hermux Tantamoq II. Les Sables du temps*
Michael HOEYE, *Hermux Tantamoq III. Les souris mènent la danse*
Michael HOEYE, *Hermux Tantamoq IV. L'Élixir de rose*
Katherine MARSH, *Jack Perdu et le royaume des ombres*
Dale PECK, *Le Premier Voyage – Les Sirènes*
Dale PECK, *La Dérivante*
Lucy Daniel RABY, *L'Elfe du Grand Nord*
Laura RUBY, *Fantômes à tous les étages*
Marie RUTKOSKI, *Les Chroniques de Kronos – Le Cabinet des Merveilles*
Marie RUTKOSKI, *Les Chroniques de Kronos – Le Globe céleste*
Angie SAGE, *Magyk, Livre Un*
Angie SAGE, *Magyk, Livre Deux : Le Grand Vol*
Angie SAGE, *Magyk, Livre Trois : La Reine maudite*
Angie SAGE, *Magyk, Livre Quatre : La Quête*
Angie SAGE, *Magyk, Livre Cinq : Le Sortilège*
Angie SAGE, *Magyk Book*
Jonathan STROUD, *La Trilogie de Bartiméus I. L'Amulette de Samarcande*
Jonathan STROUD, *La Trilogie de Bartiméus II. L'Œil du golem*
Jonathan STROUD, *La Trilogie de Bartiméus III. La Porte de Ptolémée*
Jonathan STROUD, *Les Héros de la vallée*
Jeanette WINTERSON, *L'Horloge du temps*

www.wiz.fr
Logo Wiz : Cédric Gatillon

Composition Nord Compo
Impression CPI Bussière en novembre 2010
à Saint-Amand-Montrond (Cher)
Éditions Albin Michel
22, rue Huyghens, 75014 Paris

ISBN : 978-2-226-20718-0
N° d'édition : 16404/22. – N° d'impression : 103231/4.
Dépôt légal : janvier 2010.
Loi n° 49-956 du 16 juillet 1949 sur les publications destinées à la jeunesse.
Imprimé en France.